WENN SCHATTEN FALLEN

Callaways Nr. 7

BARBARA FREETHY

HYDE STREET PRESS
Veröffentlicht von Hyde Street Press
1325 Howard Avenue, #321, Burlingame, California 94010

© Urheberrecht 2017 Hyde Street Press

Übersetzung Helga Murauer
Language + Literary Translations, LLC

Gedruckt in den Vereinigten Staaten von Amerika

ISBN: 978-1-944417-29-1

LOB FÜR DIE ROMANE VON BARBARA FREETHY

"Barbara Freethy hat eine Gabe, komplexe Charaktere zu erschaffen."
-- Library Journal

"Barbara Freethy ist eine meisterhafte Erzählerin mit einer Gabe, Geschichten über gewöhnliche Menschen in außergewöhnlichen Situationen zu erfinden und damit die Leser in ihren Bann zu ziehen."
-- Romance Reviews Today

"Freethys geschickte Handlungen und ihre Gabe, sympathische Charaktere zu erschaffen, sorgt dafür, dass am Ende der Geschichte nur wenige trockene Augen zurückbleiben."
-- Publishers Weekly über The Way Back Home

"Freethy hält das Interesse der Leser gekonnt und ihre verlockende und glaubwürdige Geschichte hat alles - Romantik, Abenteuer und Geheimnisse."
-- Booklist über Summer Secrets

"Barbara Freethy bringt eine zarte Wehmut zur Romantischen Literatur."
-- Romantic Times über Daniel's Gift

"Freethys Fähigkeit des Geschichtenerzählens ist erstklassig."
-- Romantic Times über Don't Say A Word

VON BARBARA FREETHY

Kapitel 1

»Callaway, ja? Welcher sind Sie?«

Colton Callaway blickte in verärgerte, braune Augen und fragte sich, was er wohl getan hatte, um seinen neuen Captain so aufzubringen, einen Mann, der erst vor zehn Minuten die Feuerwache betreten hatte.

»Colton Callaway«, sagte er und stand ein wenig aufrechter, so dass er mit seinem Boss auf Augenhöhe war. Er wusste über Mitchell Warren, dem neuen Captain der Station 36 nur, dass er Ende dreißig war, fünfzehn Jahre Dienst auf dem Buckel und den Ruf hatte, ein sehr angesehener, harter Bursche zu sein.

Das Geplauder verstummte schlagartig im Aufenthaltsraum, als der Captain eintrat. Colton konnte sehen, dass die anderen das Gespräch mit Interesse verfolgten.

»Ich hätte mir denken können, dass ich keine Feuerwache ohne einen Callaway bekommen würde«, sagte Warren durch zusammengepresste Lippen. »Ihr glaubt, die Stadt gehört euch.«

Da er zahlreiche Verwandte bei der Feuerwehr hatte – darunter sein älterer Bruder Burke, der

Bataillonskommandeur war, sein Vater Jack, stellvertretender Branddirektor von San Francisco, und seine Schwester Emma, eine Brandermittlerin – um nur einige zu nennen – war er von Warrens Kommentar nicht überrascht. Brandbekämpfung war seit jeher eine Familienangelegenheit der Callaways in San Francisco. Er hätte nur gerne gewusst, welcher seiner Verwandten Mitchell Warren angepisst hatte.

»Stellen wir eines klar«, fuhr Warren fort. »Bei mir gibt es keine Bevorzugung, besonders nicht bei den Callaways. Wenn Sie was vermasseln, fliegen Sie hochkant raus. Mir ist es egal, was Ihr Vater oder Ihr großer Bruder dazu zu sagen haben. Verstanden?«

Warren stieß den Finger in Coltons Brust und Colton musste sich eine plötzliche Welle der Wut verbeißen. Er hatte sich in den letzten vier Jahren immer wieder unter Beweis stellen müssen und hatte es verdammt satt. Er hatte auf die schwere Tour gelernt, den Mund zu halten, aber es war nicht immer leicht - wie jetzt.

»Verstanden«, sagte Colton so ruhig er konnte. Er blickte seinem Captain direkt in die Augen. »Wir werden kein Problem haben, weil ich nichts vermassele, Sir.« Seine großspurige Überzeugung brachte ihm einen weiteren scharfen Blick ein.

»Sehen Sie zu, dass das stimmt.« Warren machte einen Schritt zurück und warf einen Blick auf das übrige Team, von dem sich jeder blitzschnell an seine jeweiligen Aufgaben machte. Dann verließ Warren den Raum und ging den Flur hinunter zu seinem Büro.

Colton schnaubte frustriert und ging dann hinüber zum Tisch, wo sein Freund Adam Powell einen riesigen Teller Rührei verputzte. Adam war 31, hatte blonde Haare und braune Augen und fünf Jahre mehr Erfahrung als Colton. Seit sie sich aber vor einem Jahr aus einem

Hotelbrand herausgekämpft hatten, waren sie gute Freunde geworden und Colton legte Wert auf seine Meinung.

»Was zum Teufel sollte das denn gerade?«, fragte Colton und setzte sich an den Tisch Adam gegenüber.

Adam zuckte mit den Schultern und zeigte deutlich seine coole Einstellung. »Er mag dich nicht.«

»Ja, soweit ist mir das klar ... aber warum nicht? Soviel ich weiß, sind wir uns noch nie begegnet.«

»Scheinbar hat er ein Problem mit deinem Nachnamen. Vergiss es einfach. Mach deine Arbeit wie immer und er wird darüber hinwegkommen. Du bist ein guter Feuerwehrmann. Der Captain wird das schon noch merken.«

»Ja«, murmelte er. »Ich hab' es nur satt, an jedem gemessen zu werden, der vor mir hier war.«

»Dann hättest du einen anderen Beruf wählen sollen.«

Das war Adam, immer unverblümt und treffend. Aber Colton hätte keinen anderen Beruf wählen können, weil er seit jeher nur wie seine Brüder, sein Vater und Großvater Feuerwehrmann werden wollte. Er war sich nur nicht darüber bewusst gewesen, wie schwierig es sein würde, sich selbst einen Namen in dieser Welt zu machen.

Er wechselte das Thema und sagte: »Wie waren deine freien Tage?«

»Gut. Ich hab' mit einer heißen Rothaarigen 'nen Ausflug nach Carmel gemacht«, antwortete Adam grinsend.

Colton erwiderte sein Lächeln. Adam hatte nie Probleme, Frauen abzuschleppen. »Scheint ja was Ernstes zu werden. Wie lange läuft das bei euch schon? Zwei Monate ... ganz schön lang für dich.«

»Dana ist eine schöne Frau und wirklich gut im

Bett.«

»Die perfekte Kombination. Wann lerne ich sie kennen?«

»Wir werden sehen.« Adam schob den leeren Teller zur Seite und wischte sich mit einer Serviette den Mund ab. »Und bei dir? Was hast du gemacht?«

»Ich habe mich bei weitem nicht so gut amüsiert wie du. Ich hab' für meinen Onkel Kevin gearbeitet. Er baut sich ein Haus in Noe Valley und hatte Arbeit für mich. Und gestern Abend hab' ich mit meinen Neffen Brandon und Kyle aus Bauklötzen ein Fort gebaut. Meine Schwester und ihr Mann mussten zum Elternabend.«

»Was ist denn bei dir los?«, fragte Adam und schüttelte den Kopf. »Du hattest früher viel bessere Storys. Was ist mit der Blondine, mit der du letztes Wochenende im Club getanzt hast? Wie hieß sie nochmal?«

»Keine Ahnung.«

»Heißt das, dass du nicht mal ihre Nummer gekriegt hast?«

»Ich hab' sie nicht darum gebeten. Sie war nicht so interessant.«

»Sie war blond und hatte einen tollen Vorbau. Was ist daran nicht interessant?«, entgegnete Adam.

»Ich bin nicht so oberflächlich«, witzelte er.

»Doch, bist du.«

»Vielleicht verändere ich mich ja.«

»Warum willst du das? Du bist jung, solo, einigermaßen gutaussehend und du trägst eine Uniform. Setz' das doch zu deinem Vorteil ein. Damit hab' ich eine Menge Telefonnummern bekommen.«

Auch er hatte eine Menge Telefonnummern bekommen, aber in letzter Zeit hatte er das Gefühl, als fehlte etwas. »Ich weiß nicht.« Er winkte ab. »Ich möchte eine, die mich von den Socken haut. Ich möchte mich fühlen, als hätte mich der Blitz getroffen.«

»Warum um Himmels willen möchtest du dich so fühlen?«

»Weil alles andere langweilig ist.« Er hatte sich in den letzten Jahren in der Single-Szene ausgetobt und hatte es jetzt satt. Außerdem hatte er zusehen müssen, wie sich in den letzten zwei Jahren seine älteren Geschwister Schlag um Schlag verliebten und er begann, sich ebenfalls etwas Ernsthafteres zu wünschen. Obwohl ihn dieser Gedanke auch ein wenig nervös machte.

Vielleicht war es auch nur der ständige Trott und das momentane Gefühl, sich mehr von einer Frau zu wünschen, würde wieder vorübergehen. Denn in Wirklichkeit hatte er viel größeres Interesse daran, seine Karriere aufzubauen als eine Beziehung. Er wollte eigentlich nur mit einer Frau ausgehen, die er auch am Morgen danach gern anrufen würde. Das war schon eine ganze Weile nicht mehr der Fall gewesen.

Er richtete sich auf, als der Alarm losging. Seine 24-Stunden-Schicht hatte gerade erst begonnen. Es würde ein betriebsamer Tag werden. Er stand rasch auf, zog seinen Schutzanzug an und sprang auf das Feuerwehrauto. Ihre Feuerwache war eine der größeren Stationen in der Stadt und hatte ein Löschzug, ein Drehleiterfahrzeug und einen Krankenwagen. Für diesen Brand kamen alle drei zum Einsatz.

Die drei Fahrzeuge rasten mit heulenden Sirenen durch San Francisco. Es war noch Hauptverkehrszeit in der Stadt, deshalb mussten sie auf ihrem Weg zum Garment District, in dem sich zahlreiche Industrielagerhäuser befanden, einer Menge Autos ausweichen. Als sie sich ihrem Ziel näherten, sah er die dicken schwarzen Rauchwolken, die sich mit dem frühen

Morgennebel vermischten und ein gespenstisches Licht über die Stadt warfen. Die Farbe dieses Rauchs ließ vermuten, dass es ein Chemikalienbrand war.

Jeder Muskel in seinem Körper spannte sich an, als er sich auf das Bevorstehende vorbereitete. Brände waren immer unvorhersehbar und jeder Feuerwehrmann lernte - gewöhnlich auf die harte Art - dass sogar der kleinste Funke zu einer tödlichen Flamme werden konnte.

Als der Löschzug abrupt zum Halt kam, sprang er hinaus. Adrenalin schoss durch seinen Körper und verlieh ihm Geschwindigkeit, Kraft und Stärke. Er würde alle drei brauchen, bevor der Brand gelöscht war, denn mindestens die Hälfte des vierstöckigen Gebäudes vor ihm wurde bereits von den Flammen verzehrt.

Feuerwehrautos und Drehleitern von drei anderen Feuerwachen bekämpften bereits den Brand. Auf dem Weg zum Gebäude ging er an seinem Bruder Burke vorbei, der die Bodeneinsätze befehligte. Mit 36 war Burke der jüngste Bataillonskommandeur der Feuerwehr, aber Burke hatte, seit er Anfänger bei der Feuerwehr war, immer schon Rekorde erzielt. Er war intelligent, mutig und ein geborener Anführer. Colton hatte ihn immer respektiert, auch wenn er ihm nicht sehr nahestand. Burke schenkte ihm einen angespannten Blick und nickte ihm zu, aber sie sprachen nicht miteinander. Sie hatten beide ihre Arbeit zu erledigen und Colton würde seinen Job nach bestem Wissen durchführen. Obwohl er nicht unter dem Druck stehen wollte, irgendetwas beweisen zu müssen, spürte er doch jedes Mal, wenn er einen Brand bekämpfte, das Gewicht des Callaway-Erbes, das ihn dazu drängte, ebenso heldenhaft zu sein, wie die Männer seiner Familie vor ihm.

Er und Adam wurden in den Südflügel des Gebäudes geschickt, um nach mehreren vermissten Lagerarbeitern zu suchen. Kaum hatten sie das Gebäude betreten, nahm ihnen der dicke schwarze Rauch praktisch jede Sicht.

Colton ging voraus, konnte aber kaum einige Zentimeter weit sehen. Der Rauch war so heiß, dass er sich jeden Augenblick in Flammen verwandeln konnte. Er spürte, wie die Ränder seiner Maske an seinem Gesicht schmolzen. Adam blieb direkt hinter ihm, als er sich aber trotzdem einen Weg bahnte.

Sie waren den halben Flur entlanggegangen, als sie die gedämpften Schreie eines Mannes hörten. Colton versuchte, die Tür zu öffnen, sie war aber verschlossen. Er trat zurück und stieß sie mit dem Fuß auf. Er konnte Flammen aus der eingestürzten Decke emporsteigen sehen. Es sah so aus, als wäre die Büroeinrichtung vom Stockwerk darüber heruntergekracht. Ein Mann lag auf dem Boden, ein riesiger Schreibtisch drückte seinen Magen ein, auf der Stirn hatte er eine tiefe klaffende Wunde.

Colton lief zu ihm und ließ sich neben dem Verletzten auf die Knie fallen.

»Helft mir«, keuchte der Mann.

Er war Anfang sechzig, dachte Colton. Unter seinem Kopf war eine Blutlache und Blut rann an seinem Gesicht herunter. Er hatte wegen des Schreibtisches auf seiner Brust Mühe zu atmen.

»Ich hole Sie hier heraus«, sagte Colton.

»Lasst mich nicht hier.«

»Ich gehe nicht ohne Sie weg.« Er stand auf und ergriff die Kante des Schreibtisches, während Adam zur anderen Seite ging. Sie hoben den Tisch vom Verletzten weg und wollten ihn eben sicher abstellen, als eine Explosion das Gebäude erschütterte.

Colton fühlte sich wie eine Stoffpuppe, die in die Luft geschleudert und durch den Raum gewirbelt wurde.

Ganz benommen musste er sich erst eine Sekunde sammeln, bevor er durch den rauchigen Raum sah, wie sich Adam im Flur hochrappelte. Dann schaute er zurück zu dem Mann, dem er zu helfen versucht hatte und bemerkte, dass er von heruntergefallenem Schutt begraben worden war.

Er sprang auf und rannte durch den Raum. Sein Kopfhörer krächzte, es war die Stimme von Captain Warren: »Verlasst das Gebäude.«

Er hörte den Befehl, konnte ihn aber nicht befolgen - noch nicht. Er wandte sich an Adam. »Geh' raus.«

»Wir gehen zusammen«, sagte Adam kurz angebunden. »Und wir nehmen ihn mit.«

Wie immer waren er und Adam sich einig.

Sie rannten zum Verletzten zurück und gruben fieberhaft im Schutt. Endlich gelang es Colton, die Hände unter die Schultern des Mannes zu bekommen und ihn zu befreien.

Der Mann war nicht mehr bei Bewusstsein und ein weiterer Blutstrom floss aus einer neuen tief klaffenden Wunde an seinem Kopf.

Colton zog den Handschuh aus, um seinen Puls zu prüfen. Es gab keinen Pulsschlag. Er begann mit einer Herz-Lungen-Wiederbelebung, aber der Mann reagierte nicht.

»Callaway, hör auf«, sagte Adam. »Wir müssen ihn hier rausbringen.«

Adam zog den Mann hoch, so dass er saß und dann hob Colton ihn auf und legte ihn über seine Schulter. Er ging schnell den Flur entlang. Als er zum Treppenhaus kam, wurde er sich bewusst, dass das Feuer zehnmal stärker geworden war, als beim Betreten des Gebäudes. Colton war nicht sicher, ob sie es noch hinausschaffen würden. Überall war Feuer, aber er durfte sich von der

Angst nicht die Konzentration nehmen lassen. Dafür war er ausgebildet worden und im Augenblick hatte er ein Ziel: den Verwundeten aus dem Gebäude zu schaffen.

Während er hinter Adam die Treppe hinunterlief, züngelten Flammen am Geländer entlang, quälten ihn mit dem Atem eines wütenden Monsters, aber er schaffte es zum Eingang. Er konnte Tageslicht sehen, saubere Luft. Er war schon so nahe ...

Nach einem Schritt zur Tür hinaus zerriss eine weitere Explosion die Luft und schleuderte ihn und den Mann, den er trug, durch die Luft. Der Verwundete entglitt seinem Griff und Colton landete ungefähr zwei Meter entfernt hart auf dem Boden. Ein scharfer Schmerz durchfuhr seine Hand und seinen Kopf, er schob aber den Schmerz beiseite, musste aufstehen und den Mann finden, den er zu retten versuchte.

Er stolperte auf die Beine und taumelte nach vor.

Eine schwere Hand legte sich auf seine Schulter. Er drehte sich um und blickte in die Augen von Captain Warren. »Callaway, hör auf.«

Er schaute zu dem Verwundeten und war dankbar, dass sich Sanitäter um ihn kümmerten. Er hatte aber dem Mann versprochen, dass er ihn nicht allein lassen würde. »Ich muss zu ihm. Ich habe ihm gesagt, dass ich bei ihm bleiben würde.«

»Er ist tot.« Der Captain packte seinen Arm, sein Blick bohrte sich mit der schrecklichen Wahrheit in seinen.

Colton atmete tief ein und wieder aus. Er konnte sich noch nicht mit dem Tod des Mannes abfinden. Ein paar Sekunden hatten zwischen Leben und Tod entschieden. Wenn er schneller gewesen wäre, hätte er ihn vielleicht retten können.

»Du musst ins Krankenhaus, Callaway.«

»Mir geht's gut. Ich will einfach nur zurück an die Arbeit.«

»Dir geht es gar nicht gut. Schau' dir deine Hand an.«

Er starrte verwirrt auf seine linke Hand. Der Handschuh war weg und die beiden mittleren Finger waren krumm und geschwollen. Wie zum Teufel war das passiert?

Captain Warren winkte eine Rettungssanitäterin heran. »Bring ihn in die Notaufnahme.«

»Komm mit«, sagte Robin Kendall.

»Ich brauche kein Krankenhaus«, wandte er ein, als Captain Warren weggegangen war.

»Du hast einen Befehl erhalten. Und ich auch«, sagte sie entschieden. »Und ich werde dem Boss nicht an seinem ersten Tag widersprechen. Also komm schon Colton.«

Er würde diesen Streit nicht gewinnen, also folgte er ihr hinüber zum Rettungswagen. Der Mann, den er um jeden Preis hatte retten wollen, wurde hinten in den Wagen gehoben, ein Laken bedeckte sein Gesicht.

»Du kannst vorne bei mir sitzen«, sagte Robin und warf ihm ein mitfühlendes Lächeln zu.

»Nein. Ich habe ihm versprochen, ihn nicht zurückzulassen. Ich fahre hinten mit.«

»Du hast alles getan, was du konntest, Callaway.«

Er wollte glauben, dass sie Recht hatte, musste aber trotzdem ständig daran denken, dass der Mann noch am Leben wäre, wenn er wirklich alles getan hätte.

Kapitel 2

━━➤➤➤◄◄◄━━

Drei Stunden später wurde Colton aus dem Krankenhaus entlassen. Er hatte zwei mit medizinischem Tape fixierte, gebrochene Finger und eine leichte Gehirnerschütterung. Eigentlich hätte er es sich nicht nehmen lassen mit der hübschen brünetten Krankenschwester zu flirten, die sich um seine Entlassungspapiere kümmerte, aber seine Hand und sein Kopf taten ihm verdammt weh und er ärgerte sich, dass er sich verletzt hatte. Er vermutete, dass sein Captain seine Verletzung als ersten Fehltritt ansehen würde. Der Arzt hatte ihm schon gesagt, dass er eine Woche lang keinen vollen Dienst schieben könnte.

Seine Stimmung verschlechterte sich noch mehr, als die Schwester ihn dazu nötigte, sich in einen Rollstuhl zu setzen. Sie schob ihn in den Warteraum – wie einen verdammten Krüppel. Als er dort ankam, sah er die Hälfte seiner Familie, die auf ihn wartete. Sie füllten fast jeden Stuhl aus. Burke musste ihnen erzählt haben, dass er verletzt worden war.

Sein ältester Bruder stand an eine Wand gelehnt. Er trug noch seine Uniform. Sein Gesicht war verschwitzt und dreckig vom Brand. Neben Burke stand Aiden, sein zweitältester Bruder, der früher Feuerspringer war. Aiden hatte sich schon wesentlich schlimmere Verletzungen eingefangen, daher konnte Colton sich nicht vorstellen, dass er wegen einer solchen Lappalie quer durch die ganze Stadt gefahren wäre. Irgendjemand musste seine Verletzung aufgebauscht haben.

Seine Eltern saßen am hinteren Ende des Warteraums. Vielleicht hatte sein Vater ja den Familienalarm ausgelöst. Er war der stellvertretende Branddirektor der Feuerwehr von San Francisco, also war er sicherlich über die Fahrt ins Krankenhaus informiert worden.

Sein Blick wanderte über die anderen Stühle hinweg. Vielleicht war es auch Emma gewesen, die alle informiert hatte. Sie war Brandermittlerin. An ihrer marineblauen Hose und der weißen Bluse konnte er erkennen, dass auch sie im Dienst war, was wiederum bedeutete, dass sie die erste Feuermeldung mitbekommen hatte.

Da war noch Shayla, die geradewegs auf ihn zulief. Sie trug einen weißen Kittel über einem Kleid mit Blumenmuster. Um ihren Hals hing ein Stethoskop. Er hatte sie in der Notaufnahme gar nicht gesehen, wusste aber, dass sie zurzeit dort Dienst hatte. Sie war im letzten Jahr ihrer Assistenzzeit.

»Musstest du wirklich jeden anrufen, Shayla?«

Sie lächelte ihn an. »Ich habe niemanden angerufen. Ich glaube, ich habe als Letzte davon erfahren. Ich habe einem Kind einen Spielzeugsoldaten aus dem Hals gefischt, als du reingebracht wurdest. Wie geht es dir?«

»Wie als wäre ich aus einem Gebäude gesprengt worden.«

Sie runzelte die Stirn. »Mach' keine Witze, das hätte

auch übel ausgehen können.«

»Aber das ist es nicht.« Er hielt inne, als seine Schwester Nicole mit zwei Jungs an den Händen in den Warteraum eilte.

»Colton.« Sie seufzte erleichtert, als sie ihn sah. »Geht's dir gut? Ich bin so schnell ich konnte hergekommen. Aber die Jungs hatten heute früher aus und ich musste sie zuerst von der Schule abholen.«

»Mir geht's gut. Du hättest dich wirklich nicht hierher beeilen müssen.«

»Was ist mit deiner Hand passiert?«, fragte der siebenjährige Kyle neugierig. Er starrte gebannt auf Coltons verbundene Finger.

»Ich hab' mir ein paar Finger gebrochen.«

»Tut das weh?«

»Ein bisschen.«

»Kannst du immer noch Baseballs werfen?«, fragte Kyle.

»Heute vermutlich nicht.«

»Sei nicht so neugierig, Kyle«, sagte Nicole und schenkte Colton ein entschuldigendes Lächeln. »Ich bin froh, dass es dir gut geht. Mom hatte nicht so viele Informationen, als sie mich angerufen hat.«

»Du bist also diejenige, die alle herbeordert hat«, sagte er zu seiner Mutter.

Lynda Callaway schenkte ihm ein unschuldiges Lächeln. »Was hätte ich denn sonst machen sollen, wenn dein Vater mich anruft und mir mitteilt, dass du auf dem Weg ins Krankenhaus bist? Du weißt doch, dass ich solche Anrufe gar nicht mag, Colton.«

Eigentlich müsste sie wirklich an die Anrufe gewöhnt sein, wo doch die meisten seiner Geschwister in Hochrisikoberufen arbeiteten. Es tat ihm leid, dass er ihr solche Sorgen bereitet hatte. Es tat ihm auch leid, dass er davon genervt war, dass seine Familie ins Krankenhaus geeilt war, um ihn zu sehen. Er sollte froh sein, dass sich so viele Leute um ihn sorgten. »Es tut mir leid, Mom.«

»Der Arzt sagte, du hast eine Gehirnerschütterung«, warf sein Vater mit einem durchdringenden, forschenden Blick ein.

»Eine leichte. Beim Football hat es mich schon heftiger erwischt.«

»Du kommst heute mit zu uns«, sagte Lynda entschlossen. »Ich will dich im Auge behalten.«

»Ich brauche keinen Babysitter.«

»Du solltest wirklich nicht allein sein«, sagte Shayla und unterstützte damit ihre Mutter. »Es ist immer gut, wenn man in der ersten Nacht nach einer Kopfverletzung jemanden in der Nähe hat.«

»Ich hab' mir nur den Kopf angestoßen.«

»Hör' einfach auf zu widersprechen«, riet ihm Aidan mit einem mitfühlenden Lächeln. »Du kannst nicht gewinnen, Colton.«

»Warum bist du nicht bei der Arbeit?«

»Ich mache Mittagspause«, antwortete Aiden. »Aber ich muss jetzt auch wieder los. Ruh' dich aus, kleiner Bruder.«

»Mach' ich. Keine Sorge, mir geht's gut.« Colton stand auf und versuchte es sich nicht anmerken zu lassen, dass ihm etwas schwindelig war. An Shaylas Gesichtsausdruck konnte er aber sehen, dass er ihr nichts vormachen konnte – und seiner Mom auch nicht.

Lynda griff sofort nach seinem Arm, um ihn zu stützen und sagte: »Hol' das Auto, Jack.« Als sein Vater gegangen war, sagte sie: »Du musst hier nicht den Helden spielen, Colton. Wir sind deine Familie. Setz' dich hin.«

Er wusste, dass sich hinzusetzen weit weniger peinlich war, als umzufallen, also gehorchte er seiner

Mutter.

»Ich rufe Drew und Sean an und sage ihnen, dass es dir gut geht«, sagte Lynda.

»Und ich geh' zurück an die Arbeit«, warf Shayla ein. »Ruf' mich an, wenn du irgendetwas brauchst.«

»Danke.«

Als seine Mutter und Shayla sich von der Gruppe entfernten, kamen Burke und Emma zu ihm.

»Du hast heute gute Arbeit geleistet, Colton«, sagte Burke.

Sein Gesicht spannte sich in Anbetracht dieser hohlen Worte an. Er sah seinen Bruder an. »Nein, das habe ich nicht. Der Mann hat sein Leben verloren.«

Burkes Blick wurde finster. »Das passiert nun manchmal. Du hast getan, was du konntest. Mach' dir keine Vorwürfe.«

»Das sagt mir jeder und ich wünschte, ihr würdet damit aufhören«, murmelte er.

»Ja, tut mir leid«, sagte Burke mit einem mitfühlenden Blick. »Wenn mir das jemand sagt, fühle ich mich auch nicht besser. Ich weiß auch nicht, warum ich es gesagt habe.« Er hielt inne. «Ich muss zurück auf die Wache. Ich bin froh, dass es dir gut geht.«

»Bevor du gehst ... was weißt du über Mitchell Warren?«, fragte Colton. »Er ist seit heute früh mein Captain und scheinbar hasst er die Callaways.«

»Er hasst uns?«, unterbrach ihn Emma. »Warum?«

»Genau das will ich ja herausfinden. Captain Warren hat mich sofort beiseite genommen, als er in die Wache kam. Er hat mir einen Vortrag gehalten, darüber, dass ich wegen meines Nachnamens oder meinen Verwandten von ihm keine Sonderbehandlung zu erwarten hätte.«

»Warren«, murmelte Emma nachdenklich. »Hat er nicht mal mit dir zusammengearbeitet, Burke?«

»Wir haben mal ein paar Monate zusammengearbeitet, aber das ist schon Jahre her«, sagte Burke mit knappen, abgehackten Worten.

»Also liegt seine Einstellung an etwas, was zwischen euch beiden vorgefallen ist?«, fragte Colton.

»Nicht auf der Arbeit«, antwortete Burke kryptisch.

»Was soll das denn bedeuten?«

»Gar nichts. Lass ihn dir nicht unter die Haut gehen, Colton. Mach' einfach deine Arbeit gut.«

»Ich mache meine Arbeit immer gut, aber ich wüsste gerne, woran ich bei meinem neuen Boss bin.«

»Er ist ein anständiger Feuerwehrmann. Er weiß, wo's langgeht«, sagte Burke. »Mehr kann ich dir nicht sagen.«

Colton runzelte die Stirn und dachte, dass sein Bruder ihm bestimmt mehr sagen könnte – wenn er nur wollte. Aber scheinbar wollte er das nicht. Er war sogar schon fast am Ausgang, bevor Colton auch nur eine weitere Frage formulieren konnte. Er wandte sich an Emma. »Geht das nur mir so, oder ist bei Burke was im Busch?«

»Da ist was im Busch«, entgegnete Emma mit einem nachdenklichen Blick. »Ich frage mich, was zwischen ihm und deinem Boss vorgefallen ist.«

»Das frage ich mich auch. Burke hat sonst nie Probleme mit anderen. Die meisten bewundern ihn total«, sagte er. »Er hat den Ruf unter seinen Kollegen, ein offener und ehrlicher Kerl zu sein.«

»Ja, er war schon immer ein geborener Anführer«, sagte Emma mit trockenem Unterton.

Er sah sie fragend an, ihr Ton machte ihn neugierig.

»Was?«, fragte sie ihn herausfordernd. »Glaubst du, du bist der Einzige, der versucht Burkes große Fußstapfen bei der Feuerwehr auszufüllen – oder Dads oder Grandpas? Ich war schon vor dir Feuerwehrfrau und mir wurde das Leben nicht nur schwer gemacht, weil ich eine Callaway bin, sondern auch weil ich eine Frau bin.«

»Mir hat noch nie jemand das Leben wegen meines Nachnamens schwer gemacht.«

»Dann hast du Glück gehabt«, schoss sie zurück.

»Scheinbar ist meine Glückssträhne jetzt vorbei.«

»Wenn Burke dir nicht erzählt, was zwischen ihnen vorgefallen ist, vielleicht hast du ja beim Captain mehr Glück. Aber ich würde das an deiner Stelle jetzt erstmal nicht an mich heranlassen und mich ein wenig auskurieren. Ich hoffe, dir geht es bis Sonntag gut genug, dass du zu Grandmas Geburtstagsfeier im Sunset Seniorentreff kommen kannst. Grandpa wünscht sich, dass alle kommen.«

»Ich hoffe, Grandma erinnert sich daran, dass sie Geburtstag hat.«

»Ich auch. Ihre neuen Medikamente scheinen anzuschlagen, aber sie hat immer noch schlechte Tage. Ich wünsche mir nur, dass sie so lange wie möglich bei uns bleiben kann.«

Er wünschte sich das Gleiche, aber seine Oma hatte Alzheimer und die Langzeitprognose sah nicht gut aus. Vielleicht packte sie es ja. Sie war immerhin eine sture Callaway und Callaways bissen sich immer durch.

»Mom hat gesagt, dass eine Schriftstellerin zu Grandmas Feier kommen wird«, fuhr Emma fort. »Sie will ein Buch über Grandma und ein paar andere ältere Damen vom Seniorentreff schreiben.«

»Über Grandma? Was für eine Geschichte soll das denn bitte werden? Sie ist eine tolle, liebe, großzügige Frau – aber das rechtfertigt doch kein Buch über sie.«

Emma sah ihn komisch an. »Vielleicht gibt es in ihrer Vergangenheit mehr zu entdecken, als wir wissen. Grandma will uns schon ganz lange etwas sagen, aber sie erinnert sich einfach nicht lang genug, um die Worte herauszubringen. Oder Grandpa kommt rein und sagt ihr, sie soll still sein, dass sie nicht weiß, wovon sie da redet.«

Colton sah sie zweifelnd an. »Das bildest du dir ein.«

»Ich glaube nicht. Jeder hat Geheimnisse, Colton.«

»Nicht Grandma. Und traurigerweise hat sie ihre sicher schon vergessen, wenn sie denn welche hätte.«

»Naja, wir werden ja sehen.«

Kapitel 3

Es war Sonntagnachmittag, als Olivia Bennett auf den Parkplatz vor dem Sunset Seniorentreff fuhr. Das zweistöckige Gebäude befand sich direkt gegenüber des Ocean Beach und da, wo sie gerade stand, hatte sie eine perfekte Sicht auf das Meer.

Es war ein windiger Tag Ende September. Das dunkelblaue Meer glitzerte in der Sonne. Es war keine Wolke in Sicht und auch der Nebel ließ sich nicht blicken. Einige ließen am Strand bunte Drachen steigen. Andere machten ein Picknick. Es waren auch einige Spaziergänger und Jogger am Wasser zu sehen, wo die großen Wellen auf den Strand krachten.

Der Pazifik in San Francisco lockte nicht gerade viele Badegäste an, aber einige Surfer in Neoprenanzügen versuchten ihr Glück auf den Wellen. Das war aber keine große Überraschung für sie. Sie war in San Diego in Südkalifornien aufgewachsen und kannte einige Surfer. Sie hatte sich selbst auch schon im Wellenreiten versucht – als sie noch jung und dumm war und dachte, es würde ihr niemals etwas passieren.

Als sie so diese kühnen Surfer beobachtete, wurde sie

von einer Welle der Nostalgie gepackt. Sie hatte das kalifornische Strandleben vermisst. Seit sie an der New York University aufs College gegangen war und danach als freiberufliche Autorin und wissenschaftliche Assistentin für einen berühmten Biographen gearbeitet hatte, war sie in den letzten zehn Jahren nie mehr als nur ein paar Tage in Kalifornien gewesen.

Und jetzt fühlte sie sich an ihre Jugend erinnert.

Sie hatte eine unbeschwerte Kindheit und Teenagerzeit erlebt. Sie war die geliebte einzige Tochter von Elaine und Hal Bennett, die ihr die Welt zu Füßen legten und ihr ein wunderbares Leben ermöglichten. Ihre Eltern waren wirklich ein Segen. Und auch jetzt, wo sie ihren Vater verloren hatte, hatte sie immer noch ihre Mom. Sie hatten sich immer nahegestanden.

Und als hätte sie es geahnt, klingelte Olivias Handy und die Nummer ihrer Mutter erschien auf dem Display. Sie telefonierten jeden Sonntag, wann immer sie es beide einrichten konnten. Es war ihr Ritual geworden, seit Olivia ihr Elternhaus wegen ihres Studiums verlassen hatte, und sie hielt die Tradition nach wie vor aufrecht, wann immer sie konnte.

»Hi, Mom«, sagte sie. »Ich hab' vorhin bei dir angerufen, aber du bist nicht drangegangen.«

»Ich musste Will zu seiner Schwester fahren. Sein Auto ist in der Werkstatt.«

»Wie geht es Mr. Hansen?« Sie hatte gegenüber der aufblühenden Romanze zwischen ihrer Mutter und ihrem früheren Mathelehrer gemischte Gefühle. Aber die beiden verbrachten viel Zeit miteinander.

»Du kannst ihn Will nennen. Er ist nicht mehr dein Lehrer«, sagte Elaine.

»Also, wie geht es Will?«

»Er ist ein guter Mann. Ich möchte, dass du ihn

besser kennen lernst. Ich hatte gehofft, du würdest in deinem Urlaub nach Hause kommen«, sagte Elaine mit spitzem Unterton.

»Das hatte ich vor, aber es ist eine neue Geschichte aufgetaucht. Ich muss ihr einfach nachgehen. Du weißt doch, ich will schon seit Jahren ein eigenes Buch schreiben.«

»Ich weiß. Dein Arbeitgeber ist wirklich ein Wichtigtuer, der all deine Arbeit als seine ausgibt und damit Millionen von Dollar verdient.«

Damit hatte ihre Mutter recht. Philip Dunston war ein weltberühmter Bestsellerautor, der Biographien von Prominenten und Politikern schrieb. Sie hatte es mehr als satt, unter dem Deckmantel einer wissenschaftlichen Mitarbeit, seine Bücher für ihn zu schreiben. Aber es war ein gut bezahlter Job und sie hatte dadurch in den letzten Jahren die Möglichkeit gehabt, ihr Handwerk aufzupolieren. Aber jetzt war es für sie an der Zeit, ihre Flügel auszubreiten.

»Was ich nicht verstehe«, fügte ihre Mutter hinzu, »ist, warum du glaubst, dass du in einem Seniorentreff voller gewöhnlicher Leute mit gewöhnlichen Leben eine tolle Geschichte gefunden hast. Du solltest lieber einen Promi finden, der dich seine Story schreiben lässt.«

»Aber die wollen immer nur mit Philip reden. Und gewöhnliche Leute erleben außergewöhnliche Dinge. Ich habe einen Brief von Molly Harper erhalten und ich glaube, dass die Frauen hier etwas wirklich Unglaubliches erlebt haben, etwas, über das es sich zu schreiben lohnt.«

»Das klingt immer noch ziemlich vage. Hast du mit dieser Frau schon mal gesprochen?«

Olivia seufzte. »Leider nein. Es ist etwas passiert.«

»Was denn?«

»Molly Harper hatte vor zwei Tagen einen

Schlaganfall. Sie ist im Krankenhaus. Ich hab' auf der anderen Nummer, die sie mir gegeben hat, angerufen und mit der Leiterin des Seniorentreffs gesprochen. Sie sagte, dass es nicht gut für sie aussieht.«

»Oh weh. Das tut mir leid. Ich verstehe nicht, warum du in San Francisco bist. Steig' doch ins Flugzeug und verbring' die Woche mit mir.«

Olivia hasste den hoffnungsvollen Unterton in der Stimme ihrer Mutter. »Ich muss mit ein paar der anderen Frauen sprechen. Ich sitze gerade im Auto auf dem Parkplatz vom Seniorentreff. Dort findet heute eine Geburtstagsfeier für Eleanor Callaway statt. Das ist eine der besten Freundinnen von Molly. Molly hatte Eleanor in ihrem Brief erwähnt und gesagt, dass ich unbedingt mit ihr sprechen muss. Und da ich ja sowieso gerade in San Francisco bin, kann ich mich doch auch einfach mit den anderen Frauen aus Mollys Umkreis unterhalten.«

»Okay, dann triff dich mit ihnen und komm dann nach Hause. Übrigens, ich habe vor ein paar Tagen Jeff Lawson getroffen. Er ist jetzt Anwalt in der Kanzlei seines Vaters. Und er ist single. Er hat nach dir gefragt.«

Olivia lächelte. Ihre Mutter dachte, die einzige Art und Weise, wie sie ihre Tochter wieder zurückbekommen würde, wäre, wenn sie nach Hause käme und sich in jemanden aus San Diego verlieben würde. Sie erwähnte ständig alte Freunde oder die attraktiven Söhne ihrer Bekannten, die noch single waren. Jeff Lawson fiel in die Kategorie alte Freunde. Sie war in der zehnten Klasse ein halbes Jahr mit ihm zusammen gewesen. Sie erinnerte sich nur noch daran, dass er sich gerne reden hörte – und das sehr oft.

»Er sieht gut aus und hat einen guten Job«, fuhr Elaine fort. »Du solltest dich wirklich mit ihm treffen, wenn du zurückkommst.«

»Mom, ich bin nicht auf der Suche nach einem Partner. Ich bin auf der Suche nach einem guten Thema für ein Buch.«

»Vielleicht kennt Jeff ja jemand Interessanten. Er ist hier in der Gemeinde gut vernetzt.«

»Das glaube ich dir, aber wir müssen ein andermal weiter über ihn sprechen. Ich muss los.«

»Alles klar, dann geh'. Und sobald du merkst, dass es dort keine tolle Geschichte aufzudecken gibt, komm nach Hause und verbring' ein paar Tage mit mir. Es ist schon so lange her, dass wir uns gesehen haben. Du fehlst mir, Liv.«

»Ich vermisse dich auch, Mom.«

»Und ich mache mir Sorgen um dich. Ich weiß ja, du willst Karriere machen, aber ich will nicht, dass du dein ganzes Leben nur mit Arbeit verbringst und die schönen Dinge des Lebens vernachlässigst.«

»Es ist ja nicht so, als hätte ich mein Leben schon gelebt«, protestierte sie. »Ich bin gerade einmal sechsundzwanzig. Da habe ich noch Zeit für beides, Arbeit und Spaß.«

»Ich weiß, dass du nicht alt bist, aber du bist zynisch, Olivia. Das hat angefangen, als dein Vater gestorben ist, und ist von Jahr zu Jahr immer schlimmer geworden.«

Ihre Mutter hatte damit nicht ganz unrecht. Aber sie wollte jetzt nicht auf ihren Zynismus eingehen. »Mom, ich muss los.«

»Aber versprich mir, dass du dein Herz nicht verschließt. Es gibt nichts Besseres als eine Liebe, die dein Herz schneller schlagen lässt, deine Hände schwitzig macht und dir kalte Schauer über den Rücken laufen lässt.«

»Ich verspreche es dir«, sagte sie, zwar nicht, weil sie es ernst meinte, sondern weil sie auflegen wollte. Sie

verstand nicht, wie ihre Mutter nach der Tragödie in ihrem eigenen Liebesleben noch so romantisch sein konnte, aber es war einfach so. »Ich ruf' dich später an.«
»Alles klar, Liebes. Ich hab' dich lieb.«
»Ich dich auch, Mom.«

Als sie aufgelegt hatte und ihr Handy zurück in ihre Handtasche schob, fiel ihr Blick auf den violetten Briefumschlag mit Lavendelduft, der auf dem Beifahrersitz lag.

Sie nahm ihn in die Hand. Sie dachte daran, dass es der erste richtige Brief war, den sie per Post bekommen hatte, seit ... sie konnte sich nicht einmal erinnern, wann. Die Handschrift war wunderschön, ein Sinnbild für die Vergangenheit. Die Worte waren in einer Förmlichkeit gewählt, die man in einer E-Mail wohl nie vorfinden würde.

Molly Harpers Brief war von Philips persönlicher Assistentin beinahe drei Wochen lang um die halbe Welt geschickt worden. Olivia war mit ihm auf einer Pressereise in Europa, auf der seine neue Biographie von Carlton Hughes vorgestellt wurde. Hughes war ein weltweit bekannter Schauspieler, der später erst in die Lokalpolitik ging und schließlich in der US-Regierung tätig war. Er war über zehn Jahre lang Außenminister der Vereinigten Staaten.

Mrs. Harpers Brief erreichte sie am Ende ihrer Reise in London. Philip veranstaltete eine Party in seiner Penthouse Suite, während sie sich in ihrem kleinen Hotelzimmer einige Stockwerke tiefer wie Aschenputtel fühlte und ihre Notizen bearbeitete. Sie versuchte, nicht an die extravagante Party zu denken, die sie gerade verpasste, oder an all die cleveren Zitate aus dem Buch, mit denen Philip sich schmücken würde. Sie war nun mal seine Angestellte und würde ihren Job so lange für ihn machen, bis sie etwas Besseres fand. Sie öffnete Mollys Brief und war sich sicher, es sei ein Leserbrief von einem Fan, den sie an Philip weiterreichen würde.

Der Brief war aber nicht an Philip adressiert, sondern an sie.

Sie las ihn erneut – auch wenn sie ihn bereits beinahe auswendig kannte.

Liebe Miss Bennett,

ich bin siebenundsiebzig Jahre alt und in einer Generation aufgewachsen, in der Frauen ihren Mund hielten und die Männer für sie sprachen. Aber ich habe in meinem Leben viele Frauen getroffen, die mich beeindruckt haben mit ihrem Mut im Angesicht solch enormer Ungleichheiten. Eine von ihnen darf ich nicht nur meine beste Freundin nennen, nein, sie ist auch meine Retterin. Ihr Name ist Eleanor Callaway. Wir haben uns vor vierzig Jahren kennengelernt, als wir beide Teil einer ganz besonderen Theatergruppe waren.

Vielleicht denken Sie jetzt, was ist wohl an einer Theatergruppe so besonders, aber ich kann Ihnen versichern, es war keine gewöhnliche Gruppe. Wir haben etwas getan, was ziemlich schockierend und gleichzeitig fantastisch war. Manchmal denke ich zurück und kann kaum glauben, dass wir das alles erreicht hatten, ohne dabei erwischt worden zu sein.

Es ist schon eine ganze Zeit her und wir haben unsere Geheimnisse lange für uns behalten. Nicht nur, um uns zu schützen, sondern auch so viele andere. Aber nun werden wir älter und werden unsere Geschichten mit ins Grab nehmen, wenn wir niemanden finden, der sie für uns aufschreibt. Jemand Aufrechtes, voller Mut. Eine Frau, die sich traut, sich für diejenigen einzusetzen, die es selbst nicht können.

Wir brauchen Sie, Miss Bennett!

Wir haben viel über Sie und Ihre Arbeit gelesen und glauben, dass Sie die richtige Person sind, um uns zu helfen. Ich weiß, es ist eine große Bitte. Sie sind eine junge Frau mit einem Beruf, der Sie einspannt. Vielleicht sind Sie auch gar nicht daran interessiert, mit einer Runde alter Damen zu sprechen, aber ich kann Ihnen versprechen: Sie werden Ihre Reise zu uns nicht bereuen.

Es gibt im Leben Momente, in denen wir eine Entscheidung treffen müssen. Manchmal begreifen wir die Auswirkungen dieser Entscheidungen erst Jahre später. Ich hätte meine Geschichte schon vor langer Zeit erzählen sollen, aber ich hatte Angst. Ich hoffe, dass Sie den Mut haben, der mir fehlte.

Wenn Sie es einrichten können, ein paar Tage in San Francisco zu verbringen, dann kommen Sie und sprechen Sie mit uns. Wir stünden für immer in Ihrer Schuld.

Mit freundlichen Grüßen
Molly Harper

Olivia legte den Brief beiseite und starrte auf den Ozean. Sie fragte sich, warum ihr Mollys Worte stets einen Schauer über den Rücken laufen ließen. Manche Zeilen sprangen geradewegs hervor: *Wir haben etwas getan, was ziemlich schockierend und gleichzeitig fantastisch war. Manchmal denke ich zurück und kann kaum glauben, dass wir das alles erreicht hatten, ohne dabei erwischt worden zu sein.* Was hatten diese Frauen bloß getan?

Und irgendetwas war seltsam an der Art, wie Molly zu ihr sagte: *Wir brauchen Sie, Miss Bennett.* Sie fragte sich, wie Molly sie überhaupt ausfindig gemacht hatte.

Molly hatte sich auf ihre Arbeit bezogen, aber sie

stand lediglich in der Danksagung von Philips Büchern, als wissenschaftliche Mitarbeiterin für Rechercheaufgaben. Warum hatte sich Molly nicht an Philip oder an einen anderen bekannten Autor gewandt? Warum gerade an sie?

Die Frage spukte in ihrem Kopf umher, aber hier in ihrem Mietwagen sitzend würde sie die Antwort wohl kaum finden. Jetzt war sie schon einmal hier, da sollte sie auch hineingehen und sich das anhören, was die Damen zu sagen hatten.

Als sie den Seniorentreff wenige Minuten später betrat, war sie positiv überrascht über die fröhlichen Farben im Empfangsbereich. Sie wusste nicht, was sie erwarten würde, aber das hier war kein trostloses, düsteres Seniorenzentrum, also zumindest nicht der Empfangsbereich. Am Empfang war niemand zu sehen, also ging sie auf die Doppeltür zu ihrer Linken zu, wo sie Ballons und bunte Girlanden aus Krepppapier sah.

Sie hielt inne, als sie durch die Tür trat. In einer Ecke stand ein Büffet mit einer großen Punschschale, einem großen Kuchen, Tabletts voller Schnittchen und Schüsseln mit Chips. Auf einem riesigen Banner an einer der Wände stand: *Happy Birthday Eleanor.*

Der großzügige, helle Raum hatte viele Fenster und wirkte warm und einladend. Es gab mehrere Kartentische in einer Ecke und vier große Sofas um einen runden Couchtisch am anderen Ende des Raumes. Dort saßen ein halbes Dutzend Leute, zwei Männer und vier Frauen – alle etwa zwischen 70 und 85 Jahre alt. Eine hübsche weißhaarige Dame mit blauen Augen war der Mittelpunkt der Gruppe. Sie trug ein knallrotes Kleid mit dazu passenden roten Stöckelschuhen. Sie lachte über etwas, das ein anderer gesagt hatte und die gesamte Gruppe stimmte mit ein.

Der Mann neben ihr hatte graues Haar, hellblaue Augen. Seine Haut war rötlich und vom Wetter gegerbt. Er war weitaus konservativer gekleidet mit seiner schwarzen Stoffhose und einem grauen sportlichen Sakko über einem weißen Hemd. Seine Gesichtszüge waren auch in seinem Alter noch sehr attraktiv – in seinen jungen Jahren musste er ein wirklich stattlicher Kerl gewesen sein, dachte Olivia. Seine Hand ruhte auf dem Schenkel der Frau, eine Geste, die liebevoll und beschützerisch zugleich wirkte. Es war klar, dass sie ihm sehr viel bedeutete.

Sie wollte gerade hinübergehen und sich der Gruppe vorstellen, als eine Frau neben ihr auftauchte.

»Sie müssen Miss Bennett sein«, sagte sie. »Ich bin Nancy Palmer.«

Die große, dunkelhaarige Frau war in mittlerem Alter. Sie war die Person, mit der Olivia am Vortag telefoniert hatte.

»Schön Sie kennenzulernen«, sagte Olivia.

»Ebenso.« Nancy schenkte ihr ein anerkennendes Lächeln. »Ich freue mich sehr, dass Sie gekommen sind. Molly und die anderen Frauen sprechen schon seit Wochen über ihren möglichen Besuch.«

»Es hat eine Weile gebraucht, bis ich Mollys Brief erhalten habe.«

»Sie war sich nicht sicher, ob Sie ihn erhalten würden. Aber scheinbar hat es geklappt. Sie hat es als ihr kleines Wunder bezeichnet.«

»Naja, ein Wunder ist vielleicht übertrieben.« Wieder war sie verblüfft über die Intensität, mit der Molly versuchte, sie dazu ihrem Seniorentreff kommen zu lassen. »Wussten Sie, warum Sie mir geschrieben hat? Hat Sie Ihnen gesagt, woher Sie meinen Namen hat?«

»Nein, das hat sie mir nicht gesagt. Vielleich weiß es

einer ihrer Freunde.« Nancy hielt inne, ihr Lächeln schwand. »Ich wünschte wirklich, Molly könnte heute hier sein. Sie hat sich so auf Sie gefreut. Und natürlich wollte sie auch Eleanors Party nicht verpassen. Die beiden sind schon sehr lange befreundet.«

»Wie geht es Mrs. Harper? Hat sich ihr Zustand verändert?«, fragte Olivia.

»Leider nein. Aber ich habe die Hoffnung noch nicht aufgegeben und ich weiß, dass Mollys Freunde jeden Tag für sie beten. Diese Gruppe Damen kommt seit zehn Jahren hier zum Seniorentreff. Das Zentrum ist für sie wie ein zweites Zuhause und sie haben es mehr oder weniger durch ihre Spenden am Leben gehalten. Es ist für sie sehr wichtig, dass es einen Ort gibt, an dem sich Senioren mit ihren Freunden treffen und gemeinsam Spaß haben können. Die Damen sind alle um die 25 Jahre älter als ich, aber manchmal habe ich das Gefühl, dass sie mehr Schwung draufhaben.«

Olivia lächelte. »Das ist ziemlich cool.«

»Ja, das ist es. Es wird Ihnen Spaß machen, die Damen kennen zu lernen. Auch wenn einige von ihnen recht starke Persönlichkeiten haben.«

»Molly hat insbesondere Eleanor Callaway erwähnt. Das ist ja auch ihre Feier. Könnten Sie mir sagen, welche der Damen Eleanor ist? Oder sollte ich einfach davon ausgehen, dass sie die strahlende Blondine im Mittelpunkt ist?«

»Das haben Sie gut erraten«, sagte Nancy lächelnd. »Neben ihr sitzt ihr Ehemann Patrick. Er ist selten hier. Normalerweise bringt er Eleanor nur hierher und holt sie ein paar Stunden später wieder ab. Es ist der einzige Ort, an dem er sich sicher sein kann, dass man sich gut um sie kümmert. Eleanor hat Alzheimer.«

»Wirklich?«, fragte Olivia überrascht. »Sie wirkt so

normal, so gesund.«

»Sie hat gute und schlechte Tage. Heute ist ein guter Tag, zum Glück. Der Rest ihrer Familie wird bald eintreffen. Es ist eine ziemlich große Gruppe. Eleanor hat fünf Kinder, mindestens 25 Enkel und mehrere Großenkel. Sie und Patrick haben ganz schön was erreicht. Und ich meine damit nicht nur die Familie. Die Callaways sind in San Francisco sehr bekannt. Viele von ihnen sind bei der Berufsfeuerwehr. Patrick war mal der Branddirektor von San Francisco. Natürlich ist er jetzt schon eine Weile im Ruhestand. Soll ich Sie vorstellen?«

Noch bevor Olivia antworten konnte, wurde ihre Unterhaltung von einer jungen Frau unterbrochen, die Nancys Hilfe in der Küche benötigte.

»Entschuldigen Sie mich«, sagte Nancy. »Ich bin gleich wieder da.«

»Das ist schon okay. Ich werde mich selbst vorstellen.« Sie war es gewohnt, mit Fremden zu sprechen. Sie war diejenige, die für Philips Bücher die meisten Interviews durchführte. Sie wusste also, wie sie es schaffen konnte, die Aufmerksamkeit einer Gruppe auf sich zu lenken und sie dazu zu bringen, sich zu öffnen, auch wenn sie das eher nicht wollten. Aber Molly hatte ihr das Gefühl gegeben, dass diese Gruppe wirklich gerne mit ihr reden wollte, also ging sie davon aus, dass alles reibungslos verlaufen würde.

Innerhalb von fünf Minuten merkte sie, dass sie damit daneben gelegen hatte. Eleanor hatte sich zwar äußerst über ihre Ankunft gefreut und auch die anderen Damen waren ganz aufgeregt gewesen, aber Patrick Callaway hatte ihr einen durchbohrenden Blick zugesandt, der sie ziemlich eingeschüchtert hatte. Er hatte zwar noch kein Wort zu ihr gesagt, aber sie sah in seinen Augen, dass sich ein Donnerwetter zusammenbraute.

»Setzen Sie sich, Miss Bennett«, sagte Eleanor. Sie wandte sich an ihren Ehemann: »Warum bietest du Miss Bennett nicht deinen Platz an? Du wolltest doch noch deine Nichte anrufen, bevor es an der Ostküste zu spät ist.«

Patrick verzog das Gesicht und stand widerwillig auf. »Ja«, sagte er. »Ich muss sie tatsächlich anrufen.«

»Setzen Sie sich zu mir«, sagte Eleanor zu Olivia und klopfte mit der Hand auf den leeren Platz neben ihr. »Ich kann es kaum fassen, dass Sie wirklich hier sind.«

»Warum sind Sie hier, Miss Bennett?«, fragte Patrick. Obwohl er noch kurz zuvor gesagt hatte, dass er einen Anruf tätigen wollte, war er doch nicht sehr weit gekommen.

»Habe ich dir das nicht erzählt?«, fragte Eleanor ihren Mann mit einem verwirrten Gesichtsausdruck. »Ich könnte schwören, dass ich es dir gesagt habe. Miss Bennett wird ein Buch über die alte Theatergruppe schreiben.« Sie sah Olivia an und lächelte gutmütig. »Molly hat sich gefreut wie eine Schneekönigin, als Sie zugesagt haben, zu kommen.« Traurigkeit trat in ihren Blick. »Ich wünschte, sie könnte heute hier sein und Sie kennenlernen.«

»Das geht mir auch so. Sie hat mir nicht viel verraten, aber sie sagte mir, dass Sie alle eine Geschichte zu erzählen hätten und dass ich die unbedingt hören muss.«

»Wir haben viele Geschichten«, sagte Eleanor.

»Aber heute nicht«, warf Patrick ein. Seine Wortwahl glich mehr einem Befehl, als einer Aussage. »Es ist dein Geburtstag. Die ganze Familie wird bald hier sein. Heute wird gefeiert.«

»Nun ja, noch haben wir ein paar Minuten Zeit.« Eleanor wandte sich wieder Olivia zu. »Wo sollen wir anfangen?«

»Erzählen Sie mir doch einfach etwas über die Theatergruppe.« Sie konzentrierte sich auf Eleanor und war froh, als Patrick sich abwandte. Sie wusste nicht, warum er so wütend und unterkühlt war, aber es war deutlich, dass es ihn störte, dass sie hier war. Sie fragte sich, ob er einer der Männer war, die Molly in ihrem Brief erwähnt hatte. Einer der Männer, die lieber für ihre Frau sprachen, als sie selbst sprechen zu lassen.

»Wir waren Teil der Center Stage Volkstheatergruppe«, sagte Eleanor. »Wir haben sie 1975 gegründet und waren sechs Jahre lang sehr erfolgreich damit. Ich stelle Ihnen mal die Gruppe vor.« Sie deutete mit der Hand auf den einzigen anderen Mann im Raum. »Das ist Tom Kennedy. Er war unser Bühnenbildner. Seine verstorbene Ehefrau Marjorie war eine unserer beliebtesten Schauspielerinnen.«

Olivia nickte Tom zu. Er war ein hagerer Mann mit Halbglatze, dessen Aussehen durch ein rot-gelbes Hawaiihemd aufgehellt wurde. Er lächelte sie an und sagte. »Diese Weiber hier ... die waren was ganz Besonderes, sag' ich Ihnen.«

»Tom, das sagt man heute nicht mehr«, beschwerte sich die Dame neben ihm. Sie war eine mollige Rothaarige mit dunkelbraunen Augen mit einem frechen Glitzern darin, das Olivia verriet, dass es ihr eigentlich ganz und gar nichts ausmachte, als *Weib* bezeichnet zu werden. »Ich bin Ginnie Culpepper. Ich war die Maskenbildnerin der Truppe«, erklärte sie.

Es war also kein Wunder, dass Ginnie zehn Jahre jünger aussah, als alle anderen. Ganz offensichtlich hatte sie ein Händchen für Kosmetik.

»Das hier ist Constance Baker«, fügte Ginnie hinzu und legte ihren Arm um die Schultern der zarten, ruhigen

Frau neben ihr.

Constance hatte braune Haare mit breiten silbernen Strähnen. Sie trug eine Brille.

»Sag' ihr, was deine Aufgabe war«, ermutigte Ginnie sie.

»Ich habe Karten verkauft und die Programmhefte und Handzettel gestaltet«, sagte Constance. »Ich war hinter den Kulissen. Eleanor und Marjorie mussten jeden Monat so viel Text auswendig lernen. Sie waren die Stars. Ich weiß nicht, wie sie das immerzu geschafft haben. Und Eleanor hatte mit ihren vielen Kindern allerhand zu tun.«

»Und was ist mit Molly?«

»Molly war unsere Kostümbildnerin«, sagte Eleanor. »Sie war eine wahre Meisterin mit Nadel und Faden. Sie konnte Stofffetzen in Ballkleider verwandeln.«

»Das klingt toll. Wie haben Sie sich alle kennen gelernt?«

»Molly, Ginnie und ich waren befreundete Nachbarinnen«, sagte Eleanor. »Constance, Marjorie und einige anderen kannten wir entweder über die Schule, weil wir Kinder im gleichen Alter hatten, oder über Freunde von Freunden. Zu unseren besten Zeiten waren wir fast 40 Leute, die alle im Theater gearbeitet haben. Es war eine wunderbare Zeit«, sagte Eleanor.

»Warum haben Sie aufgehört?«

Eleanors Mundwinkel verzogen sich nach unten. »In unserem Theater hat es gebrannt. Die Bühne wurde völlig zerstört. Wir wollten das Theater woanders wieder aufbauen, aber es hat nicht geklappt.«

»Das war sehr traurig«, sagte Constance. »An dem Tag, an dem uns klarwurde, dass es vorbei war, haben wir viel geweint. Nicht nur wegen des Theaters, sondern weil wir die Einnahmen nicht mehr verwenden konnten und das war das Schlimmste daran.«

»Was meinen Sie damit?«, fragte Olivia. »Wofür haben Sie die Einnahmen verwendet?«

»Nun ja ...« Constance sah Olivia an, als hätte sie gerade ein Geheimnis angeschnitten, auf das sie nun nicht mehr weiter eingehen wollte.

Ihr schuldiger Blick ließ Olivia sich aufrichten. Sie hatte Lunte gerochen. »Molly hat in ihrem Brief gesagt, dass Sie etwas Schockierendes und Fantastisches gemacht haben. Kann mir eine von Ihnen sagen, was sie damit gemeint hat?«

»Wir haben Geld für wohltätige Zwecke gesammelt«, sagte Eleanor und zog damit Olivias Aufmerksamkeit erneut auf sich. »Wir konnten einigen Leuten helfen, die Geld brauchten.«

»Das ist sehr großzügig von Ihnen«, sagte sie und hatte dabei das Gefühl, dass von der Geschichte noch ein großer Teil fehlte. Es lag etwas in der Luft. Unausgesprochene Worte, lange gehütete Geheimnisse ... vielleicht ging aber auch nur ihre Fantasie mit ihr durch.

»So, jetzt reicht's aber«, unterbrach Patrick, als er zur Gruppe zurückkam. »Es ist Ellies Geburtstag. Sie können später über die Vergangenheit sprechen. Die Familie ist jetzt da.«

Olivia blickte auf und sah, wie eine große Gruppe Leute den Raum betrat. Viele von ihnen hatten Geschenke in der Hand.

»Wir unterhalten uns ein andermal weiter, meine Liebe«, sagte Eleanor und tätschelte ihren Arm. »Sie sind ja noch eine Weile in San Francisco, oder?«

»Ich bin nicht sicher«, sagte Olivia. Sie war genervt, dass ihre Unterhaltung genau dann endete, wo es gerade spannend wurde.

»Sie müssen noch mindestens ein paar Tage bleiben«, sagte Eleanor mit einem dringlichen Unterton in der Stimme. »Molly wollte Ihnen ihre Geschichte erzählen. Ich wünschte, ich könnte Ihnen heute mehr erzählen, aber wir feiern heute. Können Sie morgen wieder hierher kommen?«

»Ja, das kann ich machen.«

Eleanor lächelte. »Schön. Ich hoffe, dass Molly auch in den nächsten Tagen aufwachen wird und selbst mit Ihnen sprechen kann.«

»Das wäre schön.«

Olivia stand auf und Eleanors Familie schwärmte hinüber zur Sitzgruppe. Alle wollten Eleanor mit Küsschen und Umarmungen beglückwünschen.

Als sie sich von der Couch entfernte, bemerkte sie, dass Patrick Callaway neben ihr herging. Er folgte ihr bis in die Lobby.

»Miss Bennett?«

Sie hielt inne und sah ihn an. Sie war sich sicher, dass ihr das, was er ihr sagen wollte, nicht gefallen würde. »Ja?«, fragte sie argwöhnisch.

»Sie sollten meine Frau in Ruhe lassen.«

Diese unverblümte Aussage überraschte sie. Sie hatte es bei Recherchearbeiten für Philip schon oft erlebt, dass man nicht mit ihr sprechen wollte, aber das hatte sie nie davon abgehalten, weiter zu bohren. »Ihre Frau wollte, dass ich herkomme und mit ihr spreche. Sie und ihre Freundin Molly haben mich eingeladen.« Das war nicht ganz wahr. Der Brief war zwar von Molly gekommen, aber sie hatte bemerkt, dass Eleanor sehr wohl wollte, dass sie kam.

»Molly liegt im Sterben. Sie können nicht mit ihr sprechen und ich würde es vorziehen, wenn Sie nicht mit Eleanor sprechen würden. Meine Frau ist krank. Wahrscheinlich ist es Ihnen nicht aufgefallen, aber sie hat Gedächtnislücken. Manchmal weiß sie nicht, wer sie ist, oder wer alle anderen sind. Sie wird ganz aufgeregt, wenn sie sich nicht mehr erinnern kann.«

Olivia wusste nicht so recht, was sie sagen sollte. Diese Seite von Eleanor hatte sie natürlich in der letzten halben Stunde nicht mitbekommen.

»Ich nicht, dass Eleanor ihre verbleibenden guten Tage, damit verschwendet, in der Vergangenheit zu wühlen«, fuhr Patrick fort. »Ich möchte, dass sie in der Gegenwart lebt und das Leben genießt, das sie jetzt führt.«

Sie hatte dafür sicherlich Verständnis, aber irgendetwas sagte ihr, dass sich hinter seiner Sorge noch andere Gründe versteckten. »Ich denke, das sollte Ihre Frau entscheiden«, sagte sie.

»Sie kann das nicht entscheiden. Ich treffe die Entscheidungen für sie, weil sie es nicht mehr selbst kann.« Er hielt inne, als eine attraktive blonde Frau ihm zuwinkte, um ihn wieder in den Aufenthaltsraum zu bitten.

»Grandpa, wir wollen ein Foto machen«, sagte die Frau.

»Ich komme gleich, Shayla«, sagte Patrick und wandte sich dann wieder an Olivia. »Ich hoffe, ich habe mich klar ausgedrückt, Miss Bennett.«

»Sehr klar«, sagte sie und sah ihm nach. Sie hatte verstanden, was er wollte, aber seine Wünsche waren nicht ihre Priorität. Es ging darum, was die Frauen wollten. Sie war hergekommen, um mit ihnen zu sprechen und ihre Geschichten so lange aufzuschreiben, bis sie von ihnen heimgeschickt wurde. Und so lange würde sie auch hierbleiben.

»Miss Bennett, da sind Sie ja«, sagte Nancy, als sie mit einem Pappkarton in der Hand auf sie zukam. »Ich bin froh, dass Sie noch hier sind. Ich habe etwas für Sie.«

Sie reichte Olivia die Kiste, die überraschend schwer war. »Was ist denn da drin?«

»Molly hat ein paar Dinge für Sie zusammengestellt, die sie Ihnen geben wollte. Ich bin nicht sicher, was darin ist, aber ich weiß, dass sie wollte, dass Sie die Dinge hier durchsehen.«

»Das werde ich.« Sie hoffte, dass in dieser Kiste irgendetwas enthalten war, was ihr ein wenig Aufschluss geben würde, warum sie hier war. »Ich bringe alles morgen zurück. Eleanor hat mich gebeten, dann zurückzukommen.«

Nancy lächelte erleichtert. »Das ist perfekt. Eleanor und die anderen kommen in der Regel gegen Mittag hier an. Sie essen zusammen und spielen dann Karten, bis sie müde sind.«

»Dann komme ich um die Mittagszeit. Ich bin im Union Street Inn untergekommen. Wenn sich etwas ändert, was die Frauen oder Molly angeht, würde ich mich freuen, wenn Sie mir Bescheid sagen. Sie haben ja meine Nummer, oder?«

»Ja, ich habe sie und ich rufe Sie gerne an.«

»Danke.« Sie hielt inne. »Eleanors Mann möchte nicht, dass ich mit ihr spreche. Ich will sie nicht in irgendeiner Weise aufregen. Ist das nur starker Beschützerinstinkt? Oder sollte ich beim Gespräch mit ihr vorsichtig sein?«

»Patrick Callaway liebt seine Frau über alles. Seit sie die Diagnose Alzheimer bekommen hat, ist er sehr beschützerisch geworden. Er isoliert sie in gewisser Weise, ich weiß nicht, ob das so gut für sie ist. Ich weiß, dass Molly sich deswegen auch Sorgen gemacht hat. Aber ich kann es ihm nicht verübeln, ich habe Eleanor an ihren ganz schlimmen Tagen erlebt. Sie ist dann verwirrt und verängstigt – das ist nicht leicht mit anzusehen. Also ja, seien Sie vorsichtig, aber behalten Sie im Hinterkopf, dass Patrick sich nur um seine Frau sorgt.«

»Selbstverständlich. Danke, dass Sie mir geholfen haben, die Situation einzuschätzen. Ich will Eleanor ganz sicher nicht aufwühlen, aber wenn sie etwas zu sagen hat, möchte ich gerne hören, was das ist.«

»Gut«, sagte Nancy. »Genau deshalb wollten die Ladys, dass Sie hierher kommen.«

»Und Sie wissen gar nicht, warum die Wahl auf mich fiel?«, fragte sie erneut.

»Nein, tut mir leid. Irgendjemand muss mitbekommen haben, dass Sie eine gute Schriftstellerin sind.«

Sie wünschte, sie wüsste, wer das wohl war.

Nancy machte sich auf den Weg zur Feier und Olivia ging schnell zur Tür. Sie hatte es eilig, die Kiste von Molly durchzusehen. Durch den Schlitz im Karton konnte sie erkennen, dass sich einige gebundene Notizbücher darin befanden. Ob Molly ihr wohl ihre Tagebücher gegeben hatte? Oder vielleicht waren es Fotoalben.

Sie war so in Gedanken über die möglichen Schätze in der Kiste, dass sie durch die Tür stürmte, ohne ihre Umgebung zu beachten. Plötzlich prallte sie gegen eine solide Männerbrust. Der Mann ächzte schwer, als er von der Wucht nach hinten gedrückt wurde. Sie stieß einen kleinen Schrei aus, als ihr die Kiste aus der Hand rutschte. Im hohen Bogen flog sie durch die Luft, prallte an der Hand des Mannes ab und knallte auf den Boden.

»Tut mir leid«, sagte sie sofort und trat zurück.

»Das sollte es auch«, murmelte er und berührte dabei mit schmerzverzogenem Gesicht die zwei einbandagierten Finger an seiner linken Hand.

Sie hatte ihn nicht wirklich schwer getroffen, aber bemerkte nun, dass die Kiste an seine Hand gestoßen und er eindeutig verletzt war. »Das tut mir wirklich leid. Ist alles in Ordnung? Kann ich irgendwas für Sie tun?«

»Ist schon gut«, grummelte er. »Ich glaube, der Kiste geht es schlechter als mir.«

»Ich hab' nicht darauf geachtet, wo ich hinlaufe.«

»Ich auch nicht«, gab er zu und bückte sich nach seinem Handy, das auf dem Boden lag. »Ich hab' eine SMS gelesen.«

Seine Aufrichtigkeit gefiel ihr und jetzt, wo sein Gesicht nicht vom Schmerz verzerrt war, sah sie auch, wie attraktiv er war. Er hatte dichte braune Locken und seine Augen waren so tiefblau wie der Ozean. Sein Gesicht hatte sehr ausgeprägte Züge mit einem markanten Kiefer und Kinn. Auch die Muskeln seines Körpers zeichneten sich klar unter dem dünnen T-Shirt, das sich über seine breite Brust spannte und den ausgebleichten Jeans ab, die eng an seinen Hüften anlagen.

Ihr Herz schlug aus ihr unerfindlichen Gründen ein wenig zu schnell. Sie hatte ihn doch angerempelt und nicht andersherum. Aber da war etwas an der Art, wie er sie ansah. Etwas an seinem sexy Mund, das sie schwindelig werden ließ.

Sie räusperte sich, als sie bemerkte, dass sie ihn anstarrte. Sie hatte schon lange keinen Mann mehr gesehen, der sie so einen bleibenden Eindruck bei ihr hinterlassen hatte. Sie zwang sich, ihren Blick abzuwenden, als ein wissendes Lächeln seine Lippen umspielte. Sie schob sich eine Haarsträhne hinter das Ohr und bückte sich, um die Dinge einzusammeln, die aus der Kiste gepurzelt waren.

Sie sah einige Tagebücher mit Blümchendruck und Jahreszahlen darauf. Die Jahreszahlen gingen bis in die fünfziger Jahre zurück. Aufregung flatterte durch ihren Bauch. Vielleicht hatte Molly ihre Geschichte in diesen

Tagebüchern festgehalten und ihr gegeben.

»Kommen Sie, ich helfe Ihnen«, sagte der Mann und beugte sich herunter, um ein Foto aufzuheben, das die Treppe heruntergeflattert war. Als er sich wieder aufrichtete, sagte er: »Moment mal, das ist meine Grandma. Was ist denn das? Ein Theaterstück?«

Sie stand auf und stellte sich neben ihn, um einen Blick auf das Foto zu werfen. Auf dem Foto in seiner Hand waren drei Frauen auf einer Bühne abgebildet. »Welche ist Ihre Großmutter?«

Er deutete auf die Blondine. »Das ist sie, Eleanor Callaway.«

»Sie sind mit Eleanor Callaway verwandt?«, fragte sie überrascht.

»Ich bin ihr Enkel Colton. Warum? Kennen Sie sie?«

»Ich habe sie gerade kennengelernt. Mein Name ist Olivia Bennett. Eine Freundin Ihrer Großmutter, Molly Harper, hat mich gebeten, herzukommen und die Geschichten der Damen hier aufzuschreiben. Ich bin Biographin.« Zum ersten Mal hatte sie sich nicht als wissenschaftliche Mitarbeiterin vorgestellt und es fühlte sich richtig an.

»Meine Schwester hat mir von einem Buch erzählt. Wird es um meine Grandma gehen?«

»Ich weiß noch nicht genau, worum es gehen wird. Ich sammle gerade noch Informationen, aber scheinbar haben sich ihre Leben in diesem Theater überschnitten.«

Er runzelte die Stirn, als er sich das Bild erneut ansah. »Ich wusste gar nicht, dass meine Grandma mal Schauspielerin war.«

»Hat sie Ihnen nie von ihrer Volkstheatergruppe in den Siebzigern erzählt?«

»Ich erinnere mich nicht, dass sie jemals etwas über diese Zeit in ihrem Leben erzählt hätte.«

»Vielleicht haben Sie nur nie richtig zugehört.«

»Meine Grandma und ich stehen uns sehr nah, also denke ich schon, dass ich ihr richtig zuhöre«, blaffte er.

Die Stimmung knisterte zwischen ihnen. In seinen tiefblauen Augen erkannte sie Wut und Verärgerung. Sein Gesichtsausdruck erinnerte sie sehr an seinen Großvater Patrick Callaway. Scheinbar gelang es ihr nicht, bei den Callaway-Männern einen guten ersten Eindruck zu hinterlassen.

»Okay.« Sie nahm ihm das Foto aus der Hand und steckte es zurück in den Karton.

»Was ist denn das alles für ein Zeug? Sind das Tagebücher?«, fragte er.

»Ich bin nicht ganz sicher. Molly Harper hat mir ein paar Sachen zusammengestellt.«

»Ich habe gehört, dass Molly einen Schlaganfall hatte.«

»Ja, das habe ich erst erfahren, als ich hier ankam. Aber ich hoffe, sie erholt sich schnell. Zwischenzeitlich werde ich mich mit ihren Freundinnen unterhalten und die Dinge durchsehen, die ich von ihr habe. Es tut mir leid, dass ich Sie angerempelt habe. Ich hoffe, ich habe Ihre Hand nicht verletzt.«

»Das war sie schon.«

»Wie haben Sie sich die Finger gebrochen?«

»Ich wurde von einer Explosion aus einem Haus geschleudert.«

Sie riss die Augen auf. »Echt jetzt? War es eine Bombe?«

»Nein, ein Brand. Ich bin Feuerwehrmann.«

»Ok, das ergibt mehr Sinn. Da haben Sie aber Glück gehabt, dass Sie sich nicht mehr als nur die Finger gebrochen haben.«

»Ja, das sagt mir jeder. Aber besser wäre gar kein

Knochenbruch gewesen. Ich werde mindestens eine Schicht verpassen.«

»Sie wollen so dringend wieder zurück an die Arbeit?«

»Es ist einfach mein Job.«

»Und von einer Explosion aus einem Gebäude geschleudert zu werden, lässt Sie Ihre Berufswahl gar nicht anzweifeln?«

»Ganz und gar nicht.«

»Wie machen Sie das nur?«, fragte sie neugierig. »Wie entscheiden Sie sich dafür, sich jeden Tag in Gefahr zu begeben, wenn Sie zur Arbeit gehen?«

Ihre Frage überraschte ihn scheinbar. »Ich denke nicht an die Gefahr. Ich denke nur an die Arbeit, die getan werden muss.«

Sie nickte. Er hatte ziemlich genau die Antwort ihres Vaters auf die gleiche Frage gegeben. Diese Antwort hatte ihr schon bei Ihrem Vater damals nicht gefallen und jetzt gefiel sie ihr auch nicht. Aber was dieser Mann mit seinem Leben anstellte, ging sie nichts an.

»Ist ja auch egal«, sagte sie und machte ein paar Schritte an ihm vorbei.

»Hey, warten Sie.«

Auf der untersten Stufe hielt sie an und sah zu ihm zurück. »Was?«

»Warum haben Sie mich das gefragt?«

»Einfach so.«

»Das glaube ich Ihnen nicht.«

»Sie können glauben, was Sie wollen«, sagte sie und drehte sich um.

Auf dem Weg zu ihrem Auto konnte sie nicht anders, als darüber nachzudenken, dass es wirklich typisch war, dass der erste Mann, der ihr Herz schneller schlagen ließ, ein Feuerwehrmann war – ein Mann, der ein riskantes

Leben lebte. Sie ging nicht mit solchen Männern aus. Sie hatte miterlebt, wie sich ihre Mom jedes Mal Sorgen gemacht hatte, wenn ihr Vater seine Polizeiuniform anzog.

Ihrem Vater war wahrscheinlich nie bewusst gewesen, wie sehr sich seine Frau um ihn sorgte – für ihn war es nur seine Arbeit, die getan werden musste. Aber Olivia hatte die Angst in den Augen ihrer Mutter gesehen, und als sie älter wurde, hatte sie dieselbe Angst verspürt.

Und ihre Angst war berechtigt gewesen – denn eines Tages war ihr Vater zur Arbeit gegangen und nie wieder zurückgekehrt.

Sie öffnete die Autotür und legte die Kiste auf den Beifahrersitz. Sie setzte sich ans Steuer. Ihr Herz schlug immer noch viel zu schnell.

Sie hatte schon lange nicht mehr an ihren Vater gedacht. Sie versuchte stets, diese schmerzhaften Erinnerungen zu verdrängen, aber die Begegnung mit Colton hatte alte Gefühle an die Oberfläche gebracht. Er hatte das so beiläufig gesagt, dass er aus einem Gebäude geschleudert worden war, als sei es etwas Alltägliches.

Vermutlich war es für ihn auch alltäglich, er brauchte die Gefahr.

Naja, es war ja auch egal. Sie würde ihn nicht wiedersehen. Vielleicht war er ja verheiratet oder verliebt, was wusste sie schon. Sie musste sich auf das konzentrieren, weswegen sie hier war: eine gute Geschichte zu bekommen. Sie hatte bereits einen Callaway, der sie argwöhnisch beobachtete, sie brauchte keinen zweiten. Sie ließ den Wagen an und fuhr zurück in ihr Hotel. Sie war gespannt auf Mollys Tagebücher und die Chance herauszufinden, warum sie in San Francisco war.

Kapitel 4

Colton ging langsam in den Aufenthaltsraum des Seniorentreffs. Seine Hand pulsierte schmerzhaft nach dem unerwarteten Zusammenstoß mit der hübschen Brünetten. Sie war wirklich umwerfend mit ihren langen, dichten, braunen Locken, die ihr fast bis zur Hüfte reichten. Und diese Augen … hellgrün, katzenartig und genau wie eine Katze fuhr sie bei der geringsten Provokation ihre Krallen aus. Scheinbar war sie verärgert darüber, dass er Feuerwehrmann war.

Das war schon komisch. Die meisten Frauen, die er kennenlernte, fanden ihn umso attraktiver, wenn sie von seinem Beruf erfuhren. Uniformen schienen eine magische Anziehungskraft auf Frauen zu haben. Das hatte er schon des Öfteren zu seinem Vorteil genutzt.

Aber Olivia Bennett hatte er damit nicht beeindrucken können. *Ist ja auch egal* … das hatte sie ja auch gesagt. Er hatte wirklich größere Probleme als eine hitzköpfige Brünette in ihrem heißen, kurzen Kleidchen. Das Kleid war echt klasse, wie es sich um ihre tollen Brüste und ihre reizenden Kurven spannte.

Ihm wurde ganz heiß, als er an diese Kurven dachte.

Neulich hatte er Adam noch erzählt, dass er eine Frau wollte, die ihn umhaute. Er hatte das zwar nicht wörtlich gemeint, aber irgendwie hatte er das Gefühl, dass das Schicksal oder das Universum aus einem bestimmten Grund dafür gesorgt hatte, dass er auf Olivia Bennett getroffen war.

»Colton! Wurde auch langsam Zeit.«

Er blickte auf und sah seine Zwillingsschwester mit ihrem Freund Reid auf ihn zukommen. Shayla trug Jeans und einen rosa Pulli anstelle ihres Arztkittels. Sie hatte ihre Haare zum Pferdeschwanz gebunden und in ihren Augen sah er ein Glitzern. Allerdings war das in der Gegenwart von Reid wirklich keine Seltenheit.

Reid war Anfang 30. Der Ex-Soldat arbeitete jetzt bei einer privaten Sicherheitsfirma. Er hatte dunkle Haare und einen durchdringenden, autoritären Gesichtsausdruck, mit dem er sich von der Masse absetzte. Seine Vergangenheit hatte einen Schatten auf seine Seele gelegt, aber wenn Shayla in der Nähe war, hatte er stets ein Lächeln auf den Lippen und wirkte jünger und glücklicher.

»Hey Shayla. Reid, wie geht's?«

»Sehr gut«, sagte Reid, »leider muss ich los. Ich wollte nur deiner Großmutter zum Geburtstag gratulieren, bevor ich starte. «

»Wohin fährst du? «

»Sorry – das unterliegt strenger Geheimhaltung.«

Colton grinste. »Weißt du, ich wünschte, ich könnte diese Ausrede verwenden, wenn Leute fragen, was ich mache.«

Reid lächelte ihn an. »Das ist schon echt praktisch.« Er wandte sich wieder an Shayla. »Ich ruf' dich an.«

»Das hoff' ich doch.«

Reid küsste Shayla liebevoll, nickte Colton zu und verließ das Gebäude.

Colton kicherte, als er sah, wie seine Schwester rot wurde. »Du siehst so glücklich aus!«

»Wahnsinn, oder? Ist schon verrückt, wie es ein Mann schaffen kann, dass ich mich so gut fühle.«

»Das freut mich.«

Shayla hatte vor ein paar Monaten einiges mitgemacht und verdiente es nun wirklich, glücklich zu sein.

»Was macht die Hand?«, fragte sie.

»Alles gut.«

»Spiel' hier nicht den Helden. Nimm was gegen die Schmerzen.«

»Brauch' ich nicht.«

»Ich weiß, dass du dich wegen der Verletzung und weil du krankgeschrieben bist, am Boden fühlst aber es ist wirklich wichtig, dass deine Knochen richtig heilen. Die Hand wirst du noch eine Weile brauchen.«

»Es ist echt nervig.«

Sie nickte verständnisvoll. »Ich weiß. Es gibt für dich nichts Schlimmeres, als sich zu entspannen. Ich bin nicht mal sicher, ob du überhaupt weißt, wie das geht.«

»Komm' schon, ich mache auch mal Urlaub.«

»Und im Urlaub fährst du dann jeden Tag stundenlang Fahrrad, besteigst Berge oder bretterst mit deinem Snowboard die steilsten, eisigsten Pisten runter.«

Er lächelte. »Das sind doch tolle Trips.«

»Ja, aber entspannend ist das nicht. Du musst mal lernen, es ruhig angehen zu lassen.«

»Sagt ja genau die Richtige. Wann warst du denn zuletzt im Urlaub?«

»Das ist was anderes.«

»Eben nicht. Auch wenn du nicht so viel Sport machst, bist du doch immer im Labor oder arbeitest an irgendeinem Projekt. Finde dich damit ab, Shayla, du und ich, wir sind einfach sehr ambitioniert – auch wenn wir unterschiedliche Sachen machen.«

»Naja, ich lerne allmählich, etwas Balance in mein Leben zu bringen.«

»Balance oder Sex?«, neckte er sie.

Sie wurde rot und knuffte seinen Arm. »Ich rede mit dir nicht über Sex.«

»Gut, das will ich nämlich auch gar nicht hören.«

»Colton«, unterbracht sein Großvater die Unterhaltung in scharfem Ton. »Ich habe dich gesucht.«

Das klang nicht gerade gut. Sein Großvater nahm ihn selten zur Seite, um mit ihm zu sprechen, aber scheinbar passierte genau das gerade.

»Ich muss mit Colton allein sprechen«, sagte Patrick zu Shayla.

»Okay.«

Shayla warf ihm einen neugierigen Blick zu und er zuckte nur mit den Schultern. Er war vom Verhalten seines Großvaters genauso überrascht.

»Wie geht es dir?«, fragte Patrick, als sie allein waren. »Ich habe gehört, du hast eine Gehirnerschütterung und ein paar gebrochene Finger.«

»Das Gehirn ist wieder in Ordnung, meine Hand braucht noch ein paar Tage, um zu heilen.«

»Also hast du die nächsten Tage frei?«

»Ja, ich kann fünf Tage nach der Diagnose nicht mal leichten Dienst schieben.«

»Das dachte ich mir. Du weißt ja, meine Schwägerin Helene ist vor kurzem von uns gegangen«, fuhr Patrick fort.

Colton hatte mit diesem Thema nun wirklich nicht gerechnet. »Mom hat es erwähnt.« Sein Großvater hatte zwei ältere Brüder, die beide schon lange tot waren. Helene lebte, seit Colton denken konnte, in Chicago. Er hatte sie seit der Grundschule nicht mehr gesehen. »Das tut mir leid.«

Sein Großvater ging auf seine Beileidsbekundung gar nicht ein. »Ich muss morgen für ein paar Tage nach Chicago. Helene hat mich als ihren Testamentsvollstrecker bestimmt und es ist pures Chaos. Verwandte streiten sich um ihre Habseligkeiten und ihr Geld. Ich will deine Großmutter nicht allein lassen, aber ich muss mich um Helenes Erbe kümmern. Ich habe ihr das vor ihrem Tod versprochen.«

»Okay«, sagte Colton langsam und versuchte zu verstehen, worauf sein Großvater hinauswollte. »Willst du, dass ich mich um Grandma kümmere?«

»Nein, du Witzbold. Ich habe zwei Krankenpflegerinnen engagiert, die sie tagsüber und nachts betreuen und deine Mom wird sich um alles andere kümmern, was Ellie braucht. Ich weiß, dass sie in guten Händen sein wird. Aber darum geht es auch gar nicht.«

Colton spürte, dass sich sein Großvater seinem tatsächlichen Anliegen näherte. »Worum geht es denn dann?«

Patrick sah sich in der Lobby um, um sicherzugehen, dass sie allein waren. »Da ist diese Schriftstellerin, die deine Grandma interviewen will. Ich will aber nicht, dass es dazu kommt.«

»Darf ich fragen warum?«

»Es wird Ellie nur in Aufruhr versetzen. Sie glaubt zwar, dass es ihr nichts ausmachen wird, aber ich weiß, dass es das tun wird. Ich weiß, was für sie das Beste ist, Colton. Ich habe sie mein ganzes Leben lang beschützt und ich werde das bis zu meinem Lebensende tun.«

»Das verstehe ich«, sagte er und wunderte sich über die dramatischen Worte seines Großvaters. Patrick Callaway war normalerweise kurz angebunden und barsch. Er sagte so gut wie nie mehr als zwei Wörter, aber die Ankunft von Olivia Bennett hatte ihn ziemlich aufgebracht und Colton fragte sich warum.

»Ich will, dass sich deine Großmutter von dieser Schriftstellerin fernhält, oder andersherum, je nachdem, was einfacher ist.«

»Äh …« Er wusste nicht, was er sagen sollte. »Wäre Mom nicht besser dafür geeignet? Sie und Grandma stehen sich doch sehr nah.«

Patrick schüttelte energisch den Kopf. »Deine Mutter hält das alles für eine tolle Idee. Sie hat Eleanor sogar dazu ermutigt, ihr Leben auf Papier zu bringen, bevor sie alles vergisst. Und dein Vater will sich nicht gegen sie beide stellen, also ist er mir keine große Hilfe. Ich brauche dich, Colton.«

Er fühlte sich zwar geschmeichelt, dass sein Großvater ihn ausgewählt hatte, wusste aber auch nicht wirklich, wie er Olivia Bennett und seine Großmutter voneinander fernhalten sollte. Sie waren scheinbar beide sehr daran interessiert, sich miteinander auszutauschen.

»Du musst das wahrscheinlich sehr subtil angehen und deinen Grips einsetzen, um einen Grund zu finden, warum die beiden nicht aufeinandertreffen sollen«, fuhr Patrick fort.

»Wie soll ich das bewerkstelligen?«

»Verbring' einfach Zeit mit deiner Großmutter. Wenn sie hier in den Seniorentreff kommen will, musst du sie überzeugen, dass es besser wäre, woanders hinzugehen. Wenn die Schriftstellerin zu uns nachhause kommen will, sag Eleanor, dass du gerne mit ihr alleine Zeit verbringen willst. Ihre Enkel zu enttäuschen, ist das Allerschlimmste für sie.«

»Na gut, versuchen kann ich es ja mal«, sagte er halbherzig.

»Versuchen wird nicht ausreichen, du musst Erfolg haben«, sagte Patrick eindringlich. »Kann ich mich auf dich verlassen, oder nicht?«

Sein Großvater bat ihn selten um Verlässlichkeit, also konnte er schlecht nein sagen. »Ja. Wann fährst du los?«

»Morgen früh gegen elf. Lynda kommt kurz vor zwölf vorbei. Sie planen, hier zum Seniorentreff zu gehen, zu Mittag zu essen und dann Karten zu spielen. Mir wäre es recht, wenn du sie überreden könntest, ihre Pläne zu ändern. Komm bitte vorbei, bevor ich das Haus verlasse.«

»Das mache ich.« Zu ihnen zu gehen war nicht wirklich schwer. Er hatte aber keine Ahnung, wie er die andere Aufgabe seines Großvaters angehen sollte.

In den Augen seines Großvaters konnte man große Erleichterung erkennen. »Nun gut, alles klar.« Patrick klopfte ihm auf die Schulter.

»Hallo zusammen«, unterbrach Emma die Unterhaltung, als sie mit einem Teller voll Brownies in der Hand durch die Eingangstür trat. »Ich weiß, ich bin spät dran. Aber ich habe Grandmas Lieblingsbrownies mitgebracht, ich hoffe also, dass sie mir verzeiht.«

»Ich bring sie rein«, sagte Patrick und nahm ihr den Teller aus der Hand.

»Danke.« Als Patrick im Aufenthaltsraum verschwand, sah sie Colton neugierig an. »Worüber habt ihr zwei gesprochen?«

»Er will, dass ich Grandma Gesellschaft leiste, während er sich in Chicago um das Erbe seiner Schwägerin kümmert.«

»Aber das macht doch Mom.«

»Ja, aber Grandpa will ganz dringend, dass ich Grandma davon abhalte, sich mit der Schriftstellerin zu unterhalten, die vorhat, ein Buch über sie zu schreiben.«

»Ich hab's dir doch gesagt: Grandma hat ein Geheimnis. Und es überrascht mich gar nicht, dass Grandpa sie davon abhalten will, es auszuplaudern. Jedes Mal, wenn sie etwas Kryptisches zu mir oder irgendwem gesagt hat, bringt er sie weg.«

»Aber du warst doch auch schon mit ihr allein, Emma. Wenn sie dir wirklich etwas sagen wollte, dann hätte sie es doch getan.«

»Nein, es ist etwas komplizierter. Ich glaube nicht, dass Grandma das Geheimnis erzählen *will*. Ich glaube, es kocht einfach in ihr hoch und nur durch ihre Krankheit läuft sie Gefahr, es auszuplaudern. Was wirst du nun tun?"

»Du, ich hab' keine Ahnung.«

Sie lächelte. »Und da dachtest du schon, du würdest dich langweilen, wo du deine Hand schonen musst.«

»Also wirklich Lust hab' ich darauf ja nicht.«

»Wenn du das Interview tatsächlich verhindern willst, dann musst du direkt an die Quelle. Vielleicht ist die Schriftstellerin ja heute hier.«

»Sie ist gerade gegangen. Ich habe sie vor ein paar Minuten getroffen. Sie hatte eine Kiste voller Tagebücher und Fotos von Molly Harper.«

»Das ist interessant. Ich glaube, diese Tagebücher werden sie nur noch mehr anstacheln.«

Er verzog das Gesicht. »Du kennst sie doch gar nicht.«

»Ich weiß, wie es ist, einen Job zu haben, bei dem es um das Zusammenfügen von Puzzleteilen geht. Sobald du einmal angefangen hast, kannst du nicht mehr aufhören, bis du damit fertig bist. Erst wenn du das Gesamtbild siehst, kannst du aufhören.«

--→►◄◄◄–

Olivia liebte Tagebücher. Sie waren für sie ein Fenster in die Vergangenheit anderer, ein Ort, ein Moment, der für ewig festgehalten worden war. Sie stellte Mollys Kiste auf ihrem Doppelbett im Hotelzimmer ab, zog eines der ledergebundenen Bücher hervor und strich mit dem Finger über den Deckel. Es war fast so, als würde sie eine Schatzkiste aufmachen. Was würden wohl für Informationen in diesen Büchern stecken? Sie konnte es kaum erwarten, es herauszufinden.

Aber zunächst einmal wollte sie es sich bequem machen. Sie ging zum Kleiderschrank, zog ihre Schuhe aus und ließ ihr Kleid von den Schultern fallen. Sie zog sich Leggings und ein langärmliges T-Shirt an und ging dann zur kleinen Küchenzeile, um sich einen Kaffee zu machen.

Sie war noch nicht ganz über ihren Jetlag von ihrer Reise nach London hinweg und brauchte ein wenig Koffein, um in die Gänge zu kommen.

Während die Kaffeemaschine lief, sah sie aus dem Fenster. Sie war im vierten Stock des Union Street Inn, einem Boutique-Hotel auf einer der beliebtesten Shoppingmeilen San Franciscos. Von ihrem Zimmerfenster hatte sie Ausblick auf ein geschäftiges Restaurant auf der anderen Straßenseite, auf eine Kunstgalerie und eine Modeboutique. Wenige Straßen weiter konnte sie die Golden Gate Bridge und die Segelboote sehen, die auf ihren Liegeplätzen in der Marina sanft schaukelten.

Wäre sie nicht so neugierig auf Mollys Tagebücher, würde sie vielleicht einen kleinen Spaziergang machen. Aber sie hatte nur wenig Zeit hier in San Francisco und wollte ihren Nachmittag nicht verschwenden. Eigentlich könnte sie durchaus ein wenig Urlaub gebrauchen. Sie hatte in den letzten paar Monaten – oder eher Jahren –

unglaublich viel gearbeitet und fühlte sich ausgelaugt. Sie hatte ihr ganzes Leben auf Eis gelegt: Familie, Freunde, Partner …

Irgendwann musste sie ein *erfülltes* Leben haben, nicht nur die Karriere.

Aber heute war nicht irgendwann.

Sie wandte sich vom Fenster ab, schnappte ihren Kaffee und machte es sich auf dem Bett bequem.

Die Bücher waren alle datiert und gegen die zeitliche Reihenfolge zu verstoßen, war noch nie ihre Art gewesen. Dazu war sie viel zu analytisch veranlagt. Sie würde am Anfang beginnen, dann müsste sie sich auch nicht fragen, ob sie etwas verpasst hatte.

Molly hatte ihren Namen in das erste Buch geschrieben. Olivia war von der kindlichen Handschrift nicht überrascht, denn scheinbar hatte Molly das Tagebuch zu ihrem neunten Geburtstag bekommen.

Olivia lehnte sich zurück und begann zu lesen. Nach nur drei Monaten musste sie gähnen. Molly schrieb hauptsächlich über ihren Alltag: Hausarbeit, Schulaufgaben und sehr viel über eine Katze namens Franco, die nachts in ihrem Bett schlief.

Eines ging Olivia jedoch nah, nämlich, dass Molly ein Einzelkind war. Molly beschwerte sich oft darüber, einsam zu sein und wünschte sich einen Bruder oder eine Schwester zum Spielen. Für Olivia war es fast, als läse sie ihr eigenes Tagebuch. Sie genoss es zwar, bei ihren Eltern im Mittelpunkt zu stehen, aber sie war auch neidisch auf ihre Freunde, die Geschwister hatten.

Als sie so über Familie nachdachte, erinnerte sie sich wieder an die Party im Seniorentreff und die Ankunft des Callaway-Klans. Der Raum war voller Liebe und Lachen und so viele Familienmitglieder waren gekommen, um Eleanors Geburtstag zu feiern. Sie konnte sich gar nicht vorstellen, wie es wohl war, ein Teil einer so großen Familie zu sein.

Ihre Gedanken schweiften von den Callaways hin zu Colton. Sie hatte sich dazu gezwungen, nicht an ihn zu denken. Er hatte sie nämlich ein wenig aus dem Lot gebracht. So stark hatte sie schon lange nicht mehr auf einen Mann reagiert. Und dann war es noch dazu ein Feuerwehrmann. Nun ja, warum eigentlich nicht? Er sah gut aus, war fit, sexy – die Art Mann, die der Gefahr ins Auge sieht, statt davonzurennen.

Sie seufzte. Sie würde sich zwar auf einen solchen Typen nicht einlassen, aber sie war dennoch eine Frau und ein solch umwerfendes Lächeln und ein so heißer Körper konnte sie einfach nicht kaltlassen. Es war ja auch gar nicht so, als hätte Colton sie groß angelächelt. Vor allem nicht, nachdem sie ihre Kiste auf seine verletzte Hand hatte fallen lassen und ihm erzählt hatte, dass sie da war, um die Geschichte seiner Großmutter zu schreiben. Die Idee hatte ihm gar nicht gefallen.

Sie runzelte die Stirn und fragte sich, worum die Callaway-Männer sich so sorgten.

Die Tatsache, dass sie nicht wollten, dass sie mit Eleanor sprach und ihre Geschichte hörte, machte sie nur noch neugieriger. So war sie schon immer gewesen. Wenn ihr jemand sagte, dass sie etwas nicht tun könnte, dann wollte sie es demjenigen beweisen. Die Callaway-Männer hatten versucht, sie von etwas abzuhalten, hatten dabei aber nicht bedacht, dass das ihr Interesse nur noch mehr anstachelte.

Sie lächelte beim Gedanken daran und rügte sich dann dafür, dass sie sich selbst so abgelenkt hatte. Sie sollte Mollys Tagebücher lesen. Aber irgendwo zwischen einer Abhandlung über Mollys Abendessen und dem Outfit ihrer Freundin für den nächsten Tag, hatte Olivia ein wenig den Faden verloren.

Sie nahm ihre Kaffeetasse in die Hand, stellte aber fest, dass sie leer war. Sie sah auf die Uhr auf ihrem Nachttisch. Es war gerade einmal vier Uhr nachmittags, zu früh, um zu Abend zu essen und viel zu früh, um ins Bett zu gehen. Wenn sie jetzt ein Nickerchen hielt, würde sie sich damit absolut keinen Gefallen tun. Sie musste nur noch ein paar Stunden aushalten, um ihren Jetlag zu überwinden und ihren Tagesrhythmus wieder zu erlangen.

Sie zwang sich dazu, sich auf Mollys Einträge zu konzentrieren. Sie überflog den Rest des ersten Tagebuchs und widmete sich Buch zwei und dann drei. Sie war ungefähr in der Mitte des dritten Buches angekommen, in dem Molly ihr Leben von der siebten bis zur neunten Klasse beschrieb, als sich ihr Leben schlagartig veränderte. Auf dem Rückweg von einer zweiten Hochzeitsreise kamen Mollys Eltern bei einem Flugzeugabsturz ums Leben.

Heute sind meine Eltern gestorben.

Olivia starrte auf Mollys Worte. Die Tinte war verschmiert, wahrscheinlich von ihren Tränen.

Sie blätterte weiter. Die nächste Seite war leer, ebenso die darauffolgende und die danach. Sie blätterte bis zum Ende weiter – dreißig leere Seiten.

Kein Wunder, Mollys Leben lag in Scherben. Ihr fehlten die Worte, um die schrecklichen Ereignisse zu beschreiben.

Olivia legte das Tagebuch beiseite. Sie wusste, dass Molly irgendwann wieder angefangen hatte zu schreiben, immerhin gab es noch zwei weitere Tagebücher. Aber sie konnte sich nicht aufraffen, weiterzulesen. Sie dachte wieder daran, wie ähnlich ihre Leben waren. Sie hatte zwar nicht beide Elternteile verloren, aber sie hatte ihren Vater ebenso plötzlich verloren.

Sie wollte nicht an den Tag zurückdenken, aber die Gedanken wollten nicht verschwinden. Das letzte Mal, als sie ihren Dad gesehen hatte, war der Tag, an dem er umgebracht wurde. Er hätte sie zur Schule fahren sollen, aber sie wollte nicht mit ihm fahren. Sie wollte mit ihren Freunden fahren und ihrem Schwarm. Also hatte sie gesagt, sie würde ihn ja später sehen.

Und das war es dann. Später kam nicht.

Tränen traten in ihre Augen und sie atmete tief durch. Es war neun Jahre her, aber es fühlte sich noch genauso an, wie damals.

Das Telefon klingelte neben ihrem Bett und erschreckte sie mit seinem unerwarteten, schrillen Ton. Die einzige Person, die wusste, dass sie in diesem Hotel übernachtete, war ihre Mutter und sie würde sie auf dem Handy anrufen.

Sie nahm den Hörer ab und stellte sich auf einen Anruf von der Rezeption oder vielleicht des Reinigungspersonals ein. »Hallo?«

»Miss Bennett?«, fragte eine männliche Stimme.

Sie setzte sich auf. »Ja?«

»Hier ist Colton Callaway. Wir haben uns im Sunset Seniorentreff kennengelernt, der Typ mit den gebrochenen Fingern. Erinnern Sie sich?«

Sie umklammerte den Hörer fester. Sie konnte nicht fassen, dass der Mann, über den sie gerade nachgedacht hatte, bei ihr anrief. »Ja, ich erinnere mich. Wie haben Sie mich ausfindig gemacht?«

»Die Leiterin des Seniorentreffs hat Ihre Kontaktdaten. Ich habe ihr gesagt, dass ich mit Ihnen sprechen muss und ich habe Ihre Nummer bekommen.«

»Worüber möchten Sie mit mir sprechen?«, fragte sie argwöhnisch.

»Über meine Großmutter.«

Sie seufzte. »Hören Sie, Ihre Großmutter ist eine erwachsene Frau. Sie kann ihre eigenen Entscheidungen treffen und darunter fällt auch, mit wem sie sprechen möchte.«

»Sie ist krank, Miss Bennett. Sie kann keine eigenen Entscheidungen mehr treffen. Kann ich nach oben kommen und mit Ihnen sprechen?«

Ihr Körper spannte sich an. »Was meinen Sie – nach oben kommen? Wo sind Sie?«

»Unten in der Lobby. Die Rezeption wollte mir Ihre Zimmernummer nicht sagen. Wenn ich nicht nach oben kommen kann, können Sie bitte herunterkommen?«

Sie zögerte und dachte eine lange Zeit über ihre Optionen nach. Colton Callaway machte auf sie nicht den Eindruck, als wäre er ein Mann, der sich von einer fehlenden Zimmernummer oder ihrem Zögern abhalten lassen würde. Wenn sie jetzt nicht mit ihm redete, dann würde er sie vermutlich die ganze Woche verfolgen.

Schlussendlich siegte ihre Neugier. Sie wollte wissen, was er zu sagen hatte. »Ich komme runter, geben Sie mir ein paar Minuten Zeit.«

»Ich warte hier.«

Kapitel 5

Nachdem sie aufgelegt hatte, fuhr Olivia ein kalter Schauer über den Rücken und sie spürte eine kitzelnde Vorfreude. Sie sprang aus dem Bett und betrachtete ihre Silhouette im Spiegel. Sie verzog beim Anblick ihrer verknoteten Haare und der Augenringe das Gesicht. Schnell trug sie etwas Rouge und Lipgloss auf, bürstete sich kurz die Haare und schlüpfte in eine enge Jean. Sie zog ihre Sandalen an, schnappte ihre Handtasche und verließ das Zimmer.

Das Hotel hatte eine Bar in der Lobby, in der eine warme, einladende Wohnzimmeratmosphäre herrschte. Colton saß an einem der Tische am Fenster und trank ein Bier. Abgesehen vom Barkeeper war sonst niemand in der Bar.

Sie durchquerte den Raum und setzte sich zu ihm. »Hallo.«

»Danke, dass Sie gekommen sind. Kann ich Sie auf einen Drink einladen?«

»Ich weiß nicht. Werde ich lang genug hierbleiben, um den Drink auch austrinken zu können?«

Ein Lächeln trat auf seine Lippen und sein gesamtes

Gesicht hellte sich auf. Es war ein Wechsel von genervt zu sexy und charmant. Ihr Gespür verriet ihr, dass es noch schwieriger sein würde, mit dieser Seite seines Charakters umzugehen.

»Ich hab' es nicht eilig. Also, was möchten Sie?«

»Ein Glas Merlot, egal was für einer.«

»Alles klar.« Er stand auf und ging hinüber zur Bar, um den Drink zu bestellen.

Sie konnte nicht anders, als ihn mit ihrem Blick zu verfolgen. Er bewegte sich selbstbewusst. Sein Gang war der eines Mannes, der wusste, was er wollte und wohin er ging. Entschlossene Männer hatten sie schon immer angezogen, aber gleichzeitig hatte sie auch ein wenig Angst vor ihnen. Sie mochte es, die Kontrolle über ihr Leben zu haben, ihren eigenen Weg zu gehen und das bedeutete in der Regel, dass sie diesen Weg allein beschritt.

Sie musste sich selbst daran erinnern, dass sie nicht auf einem Date war und fragte sich, warum sie so nervös und unruhig war. Sie lehnte sich in ihrem Stuhl zurück, als Colton zurückkam.

Er stellte ein volles Weinglas vor ihr auf den Tisch und setzte sich dann hin. »Nun ja, es ist schon etwas seltsam«, begann er.

»Ich bin froh, dass Sie das auch so sehen«, sagte sie und nippte an ihrem Wein.

»Ich mache sowas sonst nicht.«

»Was machen Sie nicht? Frauen auf einen Drink einladen?«

Er lächelte. »Das schon. Was ich sonst nicht mache, ist Leuten vorzuschreiben, wie sie ihre Arbeit machen sollen.«

»Warum fangen Sie dann mit mir an?«

»Weil mein Großvater mich bei der Feier vorhin in

die Ecke gedrängt hat und mich um einen Gefallen gebeten hat. Er bittet mich sonst nie um Gefallen.«

»Ich vermute mal, der Gefallen hat mit mir zu tun.«

»Man könnte sagen nur mit Ihnen. Mein Großvater möchte gerne, dass Sie meine Großmutter bei Ihrem Buch außen vor lassen.«

»Das hat er mir auch gesagt. Ich habe mit ihm gesprochen, kurz bevor ich mit Ihnen zusammengestoßen bin.«

»Und was haben Sie ihm gesagt?«

»Dass ich mich weigere, nicht mit Ihrer Großmutter zu sprechen. Ich denke, meine Antwort hat ihm nicht gefallen und er hat sich bei Ihnen Verstärkung geholt und Sie hierher geschickt.«

»Naja, er hat mich nicht wirklich hierher geschickt. Er hat mich gebeten, meine Großmutter von Ihnen fernzuhalten. Ich dachte mir aber, es sei einfacher, direkt mit Ihnen über die Situation zu sprechen, anstatt irgendwelche Spielchen zu spielen. Ich bevorzuge es, Dinge direkt anzusprechen.«

Seine Ehrlichkeit gefiel ihr. Sie war auch gerne direkt mit Leuten, aber zynisch, wie sie war, musste sie sich fragen, ob diese Ehrlichkeit nicht Teil seines Plans war, sie zu entwaffnen.

»Erzählen Sie mir mehr über Ihre Großmutter«, sagte sie. »Ich habe nur etwa 20 Minuten mit ihr gesprochen, aber sie hatte eine solche Energie in ihren Augen und ihrer Stimme. Sie hat den Raum aufgehellt.«

»So war sie schon immer«, sagte Colton mit einem liebevollen Ton. »Ihr Lachen wärmt einen von innen, wie ein Glas Whiskey. Aber sie lacht leider nicht mehr so viel wie früher. Und an manchen Tagen hat sie keinerlei Leben in ihren Augen. Dann sitzt sie nur im Sessel und starrt stundenlang aus dem Fenster. Sie erkennt ihren

Ehemann nicht mehr, mit dem sie 60 Jahre lang verheiratet war. Sie erkennt ihre Kinder und Enkel nicht. An diesen Tagen sind wir Fremde. Mit anzusehen, wie sie langsam davongleitet, ist eines der schlimmsten Dinge, die ich je erlebt habe.«

Sein Blick wurde düster und sie konnte seine Verzweiflung spüren. »Das tut mir leid.«

»Ich weiß, das ist nicht die Seite, die Sie heute erlebt haben - und darüber bin ich froh. Ich hoffe, dass die schlechten Tage einfach weggehen, aber ich weiß, dass das unrealistisch ist.« Colton stützte sich mit den Unterarmen auf dem Tisch auf und sah ihr tief in die Augen.

Sein Blick war so intensiv, dass sie sich nervös die Lippen leckte. Sie konnte sich nicht daran erinnern, wann jemand sie zuletzt so entschlossen angesehen hatte. Sie wünschte sich nur inständig, dass er nicht entschlossen war, sie loszuwerden.

»Mein Großvater glaubt, dass es meine Großmutter aufregen würde, über ihre Vergangenheit zu sprechen. Er hat mir gesagt, dass ihr Blutdruck durch die Aufregung steigt und dass das eine schlechte Phase hervorrufen kann.«

Sie nickte. »Ich will Ihrer Großmutter auf keinen Fall Schaden zufügen. Aber ich muss Sie etwas fragen.«

»Und was?«

»Was befürchten Sie? Was glauben Sie, dass Ihre Großmutter mir erzählen könnte?«

»Ich befürchte gar nichts. Ich bin nur im Auftrag meines Großvaters hier. Ich hab's Ihnen bereits gesagt – es geht nur um ihre Gesundheit.«

»Ich glaube, dass es *nicht nur* darum geht.«

»Natürlich geht es darum. Mein Großvater hat einen starken Beschützerinstinkt. So ein Mann ist er eben. Er ist seiner Familie und Freunden gegenüber unglaublich loyal, ganz besonders gegenüber seiner Frau. Sie ist sein ganzes Leben. Er liebt sie über alles.«

Möglicherweise stimmte das auch, aber sie hatte in den letzten vier Jahren so viele Interviews mit zögerlichen Familienmitgliedern geführt, dass sie ziemlich zielsicher unterscheiden konnte, wer seine Familie nur schützen wollte und wer etwas zu verbergen hatte. Und die Callaway-Männer – insbesondere Coltons Großvater – fielen gerade in die zweite Kategorie.

»Es wird mir sicher gelingen, mit Ihrer Großmutter zu sprechen, ohne sie in Aufruhr zu versetzen. Ich verstehe ja auch Ihre Bedenken wegen ihrer Gesundheit, aber darf ich mal ehrlich zu Ihnen sein?«

»Kann ich Sie davon abhalten?«

»Sie wollten ja direkt sein und keine Spielchen spielen«, erinnerte sie ihn.

Er sah nicht besonders glücklich aus, als sie ihm seine eigenen Worte zurückgab, nickte aber. »Schießen Sie los.«

»Ich glaube, Sie wissen nicht, warum Ihr Großvater nicht will, dass Eleanor und ich miteinander sprechen.«

»Ich weiß, was er mir gesagt hat und ich habe keinen Grund, sein Anliegen zu bezweifeln oder nach versteckten Motiven zu suchen.«

»Naja, ich denke, es gibt einen Grund, den er Ihnen nicht genannt hat.«

»Wie kommen Sie darauf?«

»Instinkt. Ich habe lange als wissenschaftliche Mitarbeiterin für den bekannten Biographen Philip Dunston gearbeitet.«

»Sagt mir nichts.«

»Nun ja, viele Leute kennen ihn. Sein letztes Buch hat es gerade auf die *New York Times*-Bestsellerliste geschafft und hat den besten ersten Absatztag aller Biographien der letzten zehn Jahre hingelegt. In seinem Buch ging es um die Lebensgeschichte von Carlton Hughes, dem ehemaligen Außenminister. Er ist nur einer von vielen Personen, über die ich in den letzten paar Jahren Recherchen angestellt habe. Ich bin ziemlich gut darin, zwischen den Zeilen zu lesen und herauszufinden, welche Motive ein Mensch hat.«

»Nun gut. Kann ja sein, dass Sie gute Instinkte haben, aber Sie haben Personen im öffentlichen Leben recherchiert. Meine Großmutter und ihre Freunde sind wunderbare Frauen, aber ich kann mir nichts vorstellen, was es rechtfertigen würde, ein Buch über sie zu schreiben.«

»Nur weil Sie es nicht wissen, heißt das nicht, dass da nichts ist. Vor ein paar Wochen hat mir Molly Harper einen Brief über sich und ihre Freunde vom Seniorentreff geschrieben. Sie sagte mir, sie hätten alle fantastische Geschichten zu erzählen und dass sie einer Generation angehörten, in der Frauen von den Männern oft den Mund verboten bekommen hatten. Sie sagte, es sei nun an der Zeit, ihre Geschichte zu erzählen. Sie hat Geheimnisse erwähnt, Gefahren und dass die Frauen etwas Fantastisches geleistet hatten, ohne erwischt zu werden.«

»Was soll das bedeuten?«, frage er mit einem verwirrten Gesichtsausdruck.

»Das weiß ich noch nicht. Molly hat mich gebeten, die Person zu sein, die ihr und ihren Freundinnen eine Stimme verleiht, bevor sie nicht mehr in der Lage dazu sind, zu sprechen. Und genau das will ich machen.«

»Meine Großmutter hatte nie Schwierigkeiten, sich Gehör zu verschaffen. Wenn sie etwas sagen wollte, dann tat sie es.«

Olivia glaubte das nicht. Sie stützte diese Meinung

nicht nur auf Mollys Brief, sondern auf die Unterhaltung, die sie mit den Damen und Tom im Seniorentreff geführt hatte. Sie hatten manchmal sehr vielsagende Blicke ausgetauscht, als seien sie sich nicht sicher gewesen, wie viel sie verraten sollten. Da war definitiv etwas im Busch.

»Haben Sie in Mollys Kiste schon etwas Interessantes gefunden?«, fragte Colton.

»Ich habe gerade erst angefangen, ihre Tagebücher zu lesen. Molly ist bei ihren Ausführungen sehr ins Detail gegangen. Bisher bin ich leider nur durch die Tagebücher aus ihrer Kindheit und Jugendzeit gekommen. Sie haben genau dann angerufen, als ich herausgefunden habe, dass ihre Eltern bei einem Flugzeugabsturz ums Leben gekommen sind.«

»Oh, das wusste ich nicht. Wie traurig.«

»Ich weiß nicht, was danach mit ihr passiert ist. Ich vermute, ich werde es heute Abend herausfinden. Wissen Sie, ob Molly irgendwelche Verwandten hat? Einen Ehemann, Kinder, Enkel?«

»Ihr Mann ist schon vor langer Zeit gestorben. Sie hat Kinder, aber ich habe sie nie kennengelernt. Sie müssten ungefähr im Alter meiner Eltern sein.«

»Vielleicht könnte ich irgendwann einmal mit Ihren Eltern sprechen?«

»Jetzt bin ich verwirrt. Geht es in Ihrem Buch um Molly oder um meine Großmutter?«

»Das weiß ich noch nicht, Colton. Ich habe noch nicht einmal entschieden, ob es überhaupt ein Buch geben wird. Es ist einfach noch zu früh.«

Er sah sie nachdenklich an. »Ich kann Sie nicht davon abbringen, mit meiner Großmutter zu sprechen, oder?«

»Nicht, wenn sie auch mit mir sprechen will.«

»Man könnte meinen, ich hätte es nun endlich

gelernt«, sagte er mit einem frustrierten Kopfschütteln.

»Was gelernt?«

»Dass ich nicht versuchen sollte, eine Frau umzustimmen, die längst eine Entscheidung getroffen hat«, sagte er mit einem trockenen Lächeln. »Ich habe drei Schwestern, eine Mutter, eine Großmutter, eine ganze Menge Schwägerinnen und viele Cousinen. Ich kenne mich also im Umgang mit Frauen recht gut aus. Aber es scheint, als hätte ich eine Vorliebe dafür, mit dem Kopf durch die Wand zu wollen.«

Sie musste lächeln. Es war ihr auch nicht entgangen, dass er in seiner Liste von Frauen keine feste Freundin aufgezählt hatte. »Sind Ihre Schwestern jünger oder älter als Sie?«, fragte sie. Sie wollte mehr über ihn und die Callaways erfahren.

»Ich habe zwei ältere Schwestern und eine Zwillingsschwester.«

»Zwillinge fand ich schon immer faszinierend. Sind Sie sich ähnlich von der Persönlichkeit her? Können Sie immer die Sätze des anderen beenden?«

»Wir sind uns gar nicht ähnlich. Zunächst einmal ist Shayla ein Genie. Sie hat in der Grundschule eine Klasse übersprungen und mich damit abgehängt. Sie ist mit sechzehn aufs College und ist jetzt Ärztin im letzten Jahr ihrer Assistenzzeit.«

»Sehr ambitioniert«, merkte Olivia an.

»Oh ja, so wie die meisten in meiner Familie. Aber Shaylas Intellekt ist unglaublich.«

»Und Sie haben keine dieser intelligenten Gene abbekommen?« Es gefiel ihr, dass er mit einer solchen Bewunderung über seine Schwester sprach.

»Ich bin eher auf einer praktischen Ebene intelligent, nicht auf einer intellektuellen. Aber ich bin nicht dumm. Wir sind aber nicht nur was den IQ angeht verschieden.

Shayla war schon immer gut organisiert, strebsam, effizient und ehrgeizig. Wenn sie sich ein Ziel gesetzt hat, kann man sie nicht mehr davon abhalten, es auch zu erreichen.« Er hielt inne. »Tatsächlich sehe ich in Ihnen einiges von ihr. Sie haben auch diese Verbissenheit.«

»Super, das ist ja mal ein tolles Kompliment.«

Er lächelte. »Ich meinte Ihre Beharrlichkeit.«

»Sie haben mich ja noch nicht einmal in Aktion erlebt.«

»Ich habe das Gefühl, dass ich das bald werde.«

»Also, wenn die Adjektive, die Sie für Shayla verwendet haben, Sie ganz und gar nicht beschreiben. Wie würden Sie sich dann beschreiben?«

»Mal sehen. Ungeduldig, impulsiv, rastlos und entschlossen.«

Sie nahm einen Schluck Wein. »Die drei ersten davon beschreiben das Gegenteil von ihrer Schwester, aber ehrgeizig und entschlossen sind mehr oder weniger das Gleiche.«

Er tippte sich an die Stirn. »Ich kann mich mit anderen messen.«

»Ich hab' so das Gefühl, dass Sie sich nicht nur mit anderen messen können, sondern den Wettstreit sogar suchen. Und vor allem möchten Sie gewinnen.«

»Ja, es ist schon was Feines, wenn man etwas besser kann, als ein anderer«, stimmte er zu. »Sie klingen aber auch so, als stünden Sie gern im Wettstreit mit anderen, Olivia. Und Sie sind entschlossen. Und ehrgeizig.«

»Ich will meine eigene Karriere aufbauen«, gab sie zu. »Und ich habe mich wirklich für andere verausgabt. Jetzt bin ich dran.«

»Sie müssen ein interessanteres Thema wählen. Sie können doch nicht vom Außenminister zu ein paar alten Dämchen übergehen, die sich vermutlich alles ausdenken, was Sie Ihnen erzählen.«

»Sie können mir das nicht ausreden, Colton.« Sie hielt inne, als der Barkeeper zu ihnen herüberkam und fragte, ob sie noch einen Drink wollten. »Ich sollte besser nichts mehr trinken«, sagte sie. »Ich hab' schon länger nichts mehr gegessen und muss noch arbeiten.«

»Nein, danke«, sagte Colton zum Barkeeper. Als der Mann weg war, fügte Colton hinzu: »Ich habe auch noch nichts gegessen. Gegenüber ist ein guter Italiener. Ein Freund meines Vaters ist dort Koch. Die haben die beste Pasta und Pizza in der ganzen Stadt.«

»Das hat der Concierge auch gesagt«, murmelte sie und sah auf die Uhr. Es war fast sechs – definitiv Abendessenszeit.

»Lassen Sie uns doch etwas essen.«

Sie sollte wirklich nein sagen. Colton war hergekommen und hatte gesagt, was er loswerden musste. Und sie hatte ihm ziemlich deutlich gesagt, dass sie ihr Projekt weiterverfolgen würde. Was gab es noch zu besprechen?

»Irgendwann müssen Sie etwas essen, Olivia. Wollen Sie wirklich alleine essen?«

»Es wäre nicht das erste Mal.« Sie hatte in Europa viele Mahlzeiten alleine zu sich genommen. Aber ein wenig Gesellschaft wäre wirklich nicht schlecht, vor allem seine Gesellschaft. Auch wenn sie offenbar ziemlich gegensätzliche Ziele verfolgten, plauderte sie gerne mit ihm.

Colton war vielleicht kein Genie wie seine Schwester, aber er war intelligent und scheinbar lag ihm seine Familie sehr am Herzen. Er war noch dazu sehr attraktiv, was die Kombination äußerst interessant machte. Aber sie durfte auf keinen Fall glauben, dass er das Abendessen nicht als Möglichkeit nutzen würde, um sie zu überreden, sich von seiner Großmutter fernzuhalten.

»Kommen Sie schon, geben Sie sich einen Ruck«, sagte Colton ungeduldig. »Es ist doch nur ein Abendessen.«

»Ja«, sagte sie. Sie dachte sich im Stillen, dass sie zur Liste an Adjektiven, die ihren Charakter beschrieben, noch impulsiv und tollkühn hinzufügen sollte.

Sie sah ihn zustimmend an. »Gut. Gehen wir.«

Kapitel 6

Alonzo's hatte eine tolle Atmosphäre, dachte Olivia, als sie das Restaurant gegenüber ihrem Hotel betrat. Im Gastraum ließ sie den dunklen Holzboden, die Nischen mit gemütlichen roten Lederbänken und die offene Küche auf sich wirken. Es duftete nach Knoblauch und ihr lief das Wasser im Mund zusammen.

Eine der Kellnerinnen – eine süße Brünette Anfang zwanzig – stieß einen Freudenschrei aus, als sie Colton sah.

»Du lebst noch«, sagte sie und umarmte ihn stürmisch. »Ich hab' mir solche Sorgen gemacht. Greg sagte, dass du bei einem Brand verletzt wurdest.«

»Hab' mir nur ein paar Finger gebrochen«, sagte Colton und wand sich aus der Umarmung. »Hast du einen Tisch für uns?«

»Für dich hab' ich immer einen Tisch«, sagte sie und sah Olivia neugierig an.

»Das ist … Olivia, eine Freundin«, sagte Colton und zögerte ein wenig beim Wort *Freundin*. »Das hier ist Theresa Alonzo, die Tochter des Besitzers und die Schwester von Greg, einem Arbeitskollegen von mir.«

»Freut mich«, sagte Olivia und dachte bei sich, dass Theresa nicht wirklich erfreut war, sie kennen zu lernen. Sie schwärmte eindeutig für Colton.

Theresa murmelte: »Hallo.« Dann führte sie sie zu einer Nische am Ende des Raumes. »Das Übliche für dich, Colton?«

»Wir werfen beide noch einen Blick in die Karte.«

»Papa hat heute eine besondere Minestrone gemacht«, sagte Theresa und reichte ihnen die Karten. »Die solltest du probieren.«

»Klingt gut«, entgegnete Colton. »Bringst du mir bitte ein Bier und für meine Freundin hier ein Glas Merlot?«

»Ich sag' der Kollegin Bescheid«, sagte Theresa. »Sie kommt gleich zu euch.«

Als Theresa gegangen war, grinste Olivia Colton an.

»Was ist?«, fragte er argwöhnisch.

»Da ist jemand verknallt in Sie.«

Er schüttelte sofort den Kopf. »Theresa ist gerade erst zwanzig geworden. Sie ist viel zu jung für mich und noch dazu die kleine Schwester von einem Freund.«

»Ich glaube kaum, dass diese zwei Aspekte für sie eine große Rolle spielen.«

»Naja, für mich schon. Ich gehe nicht mit den Verwandten von Freunden oder Kollegen aus. Das macht alles nur kompliziert.«

Sie nickte. »Wegen der Bruderschaft auf der Arbeit?«

»Wir passen aufeinander und auf die Familien auf. Bei unserer Arbeit muss man sich vertrauen können und sich voll und ganz einsetzen. Wir müssen uns in lebensgefährlichen Situationen aufeinander verlassen können, also ist es besser, wenn man kein Drama mit dem anderen hat.«

»Ich verstehe.« Sie wünschte, sie hätte ihm die Frage

nicht gestellt, denn sie wollte nicht mit ihm über seine Arbeit sprechen. Sie sah in die Karte. »Also, was können Sie mir hier empfehlen?«

»Alles.«

Sie erschrak, als er seine Hand auf ihre legte. Ihr wurde plötzlich heiß. »Was soll das?«, fragte sie mit einer etwas zu atemlosen Stimme. Sie musste sich wirklich zusammenreißen.

»Sie haben vorhin etwas über meine Arbeit gesagt. Sie haben mich gefragt, warum ich sie ausübe und ich habe so das Gefühl, dass hinter Ihrer Frage etwas steckt. Ihr Blick gerade war voller Schmerz und ich frage mich, was los ist. Haben Sie jemanden durch einen Brand verloren? Hat Sie ein Feuerwehrmann sitzengelassen? Was ist da los?«

Sie zögerte, denn eigentlich wollte sie nicht darauf eingehen. Sie hatte aber das dumpfe Gefühl, dass er ihre Hand nicht loslassen würde, wenn sie nicht antwortete.

»Mein Vater war Polizist. Er ist im Dienst gestorben«, sagte sie knapp.

»Das tut mir leid«, sagte er mit einem aufrichtigen Blick. »Damit hatte ich jetzt nicht gerechnet.«

»Ja, das ist das Problem, wenn man Fragen stellt. Man weiß nie, welche Antwort man bekommt.« Sie fuhr sich mit der Zunge über die Lippen, als er ihre Hand fester umschloss. Sie wollte ihre Hand eigentlich gleich wegnehmen, aber für einen Moment genoss sie seine Wärme und seinen festen Griff.

»Wie alt waren Sie?«

»Ich war sechzehn, in der 10. Klasse in der Highschool. Mein Vater wurde zu einem Überfall auf einen Laden gerufen. Er war der Erste vor Ort und der Typ kam aus dem Laden und schoss um sich. Mein Dad ist auf dem Weg ins Krankenhaus gestorben.« Sie holte zitternd Luft. »Ich konnte mich nicht einmal verabschieden.«

»Das ist wirklich schlimm«, sagte er mit einem mitfühlenden Blick.

»Es war so schrecklich. Und dieses schlimme Gefühl ging einfach nicht weg. Ich wollte mich nur in einem Loch verkriechen und allein sein. Aber tagelang kamen Polizisten zu uns nach Hause. Bei seiner Beerdigung waren tausende Polizisten dabei – aus dem ganzen Bundesstaat. Eigentlich sollte der Anblick all dieser Männer in Uniform Trost spenden, aber ich konnte die ganze Zeit an nichts Anderes denken als: Wo wart ihr, als mein Dad erschossen wurde?« Sie atmete schwer aus und zog ihre Hand weg. Sie lehnte sich zurück und fügte hinzu: »Das ist auch schon alles, was ich dazu sagen will.«

Er nickte. »Das verstehe ich. Aber darf ich dazu etwas sagen?«

»Ich weiß nicht, ob ich es hören will. Sie erinnern mich an meinen Dad. Er hat seine Arbeit geliebt. Er liebte es, Menschen zu helfen. Er hatte keine Ahnung, wie viele Sorgen wir uns gemacht haben. Falls doch, hat er es uns nicht gezeigt. Er hat sich nicht anders verhalten. Er hat einfach seinen Traum gelebt und hat sich nicht darum geschert, dass wir ihn dadurch verlieren könnten.«

»Sie klingen wütend.«

»Das bin ich, beziehungsweise war ich«, fügte sie hinzu. »Ich weiß nicht mehr, was ich fühle.«

»Ich hoffe, unter all dem Ärger spüren Sie auch etwas Stolz. Es klingt, als wäre Ihr Dad ein Held gewesen.«

»Er war ein Held. Das weiß ich. Und ich bin auch stolz auf ihn«, gab sie zu. »Jetzt, wo ich erwachsen bin, verstehe ich das alles besser. Aber die Traurigkeit lässt mich nie wirklich los. Ich wollte keinen Helden, ich wollte einen Dad. Jemand dem meine Mom und ich wichtiger waren, als seine Arbeit. Aber das waren wir wohl nicht.«

»Glauben Sie, dass Sie für jemanden Ihre Arbeit zurückstellen könnten?«

Sie starrte ihn überrascht an. »Was meinen Sie damit?«

»Sie machen auf mich den Eindruck, als wären Sie ziemlich entschlossen, das zu erreichen, was Sie sich in den Kopf gesetzt haben. Vielleicht ein wenig wie Ihr Dad.«

»Aber was ich will, ist nicht gefährlich – weder für mich, noch für sonst wen«, sagte sie abwehrend.

»Das wissen Sie doch gar nicht. Sie wühlen in Geheimnissen herum. Und viele Geheimnisse bergen auch Gefahren.«

Sie stimmte ihm in gewisser Weise zu, aber so hatte sie ihre Arbeit nie betrachtet. »Ich denke, dass Sie da übertreiben. Die meisten Geheimnisse, die ich aufgedeckt habe, hatten mit Leuten zu tun, die mit irgendwem geschlafen haben, mit dem sie nicht hätten schlafen sollen.«

»Ist das etwa nicht gefährlich?«

»Das ist etwas Anderes.«

»Vielleicht nicht. Es geht mir aber auch eher darum, dass Sie Ihre Arbeit mit Leidenschaft machen und sich von seiner Leidenschaft zu verabschieden, das ist schon schwer.«

»Kann sein.«

»Also, Themenwechsel?«, fragte Colton.

»Gerne!«

»Also, worauf haben Sie Lust? Ich weiß, dass Sie Pasta wollten, aber vielleicht können wir uns auch eine

Pizza teilen. Die Pizza hier ist fantastisch.«

»Dann lassen Sie uns eine Pizza teilen«, sagte sie und war froh, dass sie sich entschieden hatten.

»Gibt es etwas, was Sie nicht mögen.«

»Ich mag alles außer Anchovis und Ananas.«

Er grinste. »Geht mir genauso. Sehen Sie, wir haben doch etwas gemeinsam.«

»Etwas«, sagte sie und nippte an ihrem Wein. Colton bestellte das Essen.

Als sie wieder allein waren, sagte Colton: »Erzählen Sie mir von den Leuten, die Sie in flagranti erwischt haben.«

»Ich hab' sie nicht erwischt. Ich habe bei meiner Recherche lediglich ihre Affären aufgedeckt.«

»Sprechen wir von Carlton Hughes?«

»Ja. Er hatte eine Romanze mit einer Praktikantin. Steht auch so im Buch.«

Colton stöhnte: »Was für ein Klischee.«

»Ja, scheint so. Aber seine Frau ist an seiner Seite geblieben – keine Ahnung, warum. Wobei, vielleicht kann ich es mir doch vorstellen«, korrigierte sie sich. »Sie liebte seine Macht, sein Kaliber und sein Geld.«

»Jedes ein Aphrodisiakum. Also, was haben Sie noch für ruchlose Skandale aufgedeckt?«

»Lesen Sie einfach ein paar von Philips Büchern und finden Sie es heraus.«

»Das muss ich wohl.« Er hielt inne. »Ich weiß, ich hatte gesagt, dass wir das Thema wechseln, aber noch einmal zurück zu meiner Großmutter.«

Jetzt war sie es, die stöhnte. »Colton ...«

»Ich glaube nicht, dass sie mit irgendwem eine Affäre hatte. Aber falls doch, muss doch davon keiner erfahren. Sie ist schließlich über achtzig, verdammt nochmal.«

Olivia lächelte. »Dass Sie Ihre Großmutter beschützen wollen, finde ich nobel. Aber ich bin wirklich keine Bedrohung für sie.«

»Sie haben mir gerade gesagt, dass Sie glauben, dass sie etwas versteckt. Sie wissen ja gar nicht, ob Sie nicht doch etwas aufdecken, das sie verletzen könnte.«

Sie sah in seine sorgenvollen Augen. »Kann sein. Ich weiß es nicht.«

»Genau.«

»Sie sollten wirklich mit Ihrem Großvater sprechen, Colton. Wenn Sie mir einen guten Grund nennen können, warum ich das Projekt aufgeben soll, dann lasse ich es vielleicht auch bleiben.«

»Was für einen Grund meinen Sie?«

»Das werde ich erst wissen, wenn Sie einen gefunden haben.«

»Ich soll morgen mit meinem Großvater sprechen, bevor er sich auf den Weg nach Chicago macht. Ich schaue mal, ob ich etwas herausfinden kann. Ansonsten werde ich die nächsten Tage damit verbringen, Sie von meiner Großmutter fernzuhalten.«

Sie lächelte. »Tun Sie, was Sie nicht lassen können und ich mache das Gleiche. Ich glaube wirklich nicht, dass Sie sich Sorgen machen müssen, Colton.«

»Wissen Sie, was ich denke?«

»Ich trau' mich kaum zu fragen.«

»Ich glaube, Sie steuern uns auf einen Eisberg zu und wir werden alle untergehen.«

»Wenn es einen Eisberg zu umfahren gibt, dann weiß Ihre Großmutter sehr wahrscheinlich, wo er sich befindet.«

»Vielleicht erinnert sie sich auch nicht«, sagte er mit trübseliger Stimme.

»Dann gehe ich ohne Geschichte nach Hause.«

Er bezog sich sofort auf ihre Aussage. »Ich habe ganz vergessen, dass Sie gar nicht hier wohnen. Wo leben Sie denn?«

»New York City«, antwortete sie und dachte daran, dass sich ihre Wohnung gerade sehr weit weg anfühlte.

»Wie lange haben Sie vor, hierzubleiben?«

»So lange, bis ich weiß, ob ich eine Geschichte zu erzählen habe, aber vermutlich nicht länger als eine Woche, vielleicht zehn Tage. Ich nutze ein paar Urlaubstage für dieses Projekt.«

»Das könnte Zeitverschwendung sein, Olivia.«

»Ja, meine Zeit, die ich verschwende«, sagte sie leichthin.

Bevor er etwas entgegnen konnte, brachte der Koch eine dampfende Pizza aus der Küche und stellte sie vor ihnen auf den Tisch. Dann streckte er seine Arme nach Colton aus.

Colton stand auf und umarmte den älteren Mann.

Als sie sich voneinander lösten, sagte der Mann: »Ich bin so froh, dass du bei dem Brand in dem Lager nicht schwer verletzt wurdest.«

»Ich hatte nur eine kleine Gehirnerschütterung«, sagte Colton. »Das hier ist meine Freundin Olivia. Das ist Raphael Alonzo, der Vater von Theresa und Greg.«

Raphael hatte dunkelbraune Haare und Augen und lächelte sie herzlich an. »Es ist schön, Sie kennenzulernen. Es wurde auch Zeit, dass Colton mal eine hübsche Frau hierher bringt.«

Sie bezweifelte, dass Colton Schwierigkeiten hatte, eine hübsche Frau zu finden, mit der er zu Abend essen konnte.

»Ich teile deine Pizza eben nicht mit jedem, Raphael«, witzelte Colton.

»Ich habe eine ganz besondere Pizza für euch

gemacht«, sagte Raphael. »Und sie geht aufs Haus. Hier will keiner dein Geld sehen.«

»Ich bezahle aber immer.«

»Jeder Mann, der meinem Sohn das Leben rettet, isst hier umsonst«, sagte Raphael streng. Er sah Olivia an. »Colton hat meinen Sohn vor zwei Monaten aus einem Feuer gerettet.«

»Greg hat für mich schon mehrmals das Gleiche getan«, sagte Colton.

Raphael nickte und klopfte Colton auf die Schulter, bevor er sich wieder in die Küche aufmachte.

Als Colton wieder Platz genommen hatte, lächelte er sie beschämt an. »Raphael ist immer etwas dramatisch. Das ist seine italienische Ader.«

»Er liebt Sie genauso sehr, wie seine Tochter.«

»Er ist für mich wie Familie.«

»Sie haben scheinbar viel Familie«, murmelte sie und fragte sich, warum sie sich plötzlich so einsam fühlte. Aber sie hatte ihre Mom. Und sie hatte Freunde. Sie sah sie zwar nicht oft, aber es gab sie. Sie hatten ja auch wenig Zeit. Alle arbeiteten und sie reiste viel für ihre Arbeit. Sie hatte aber keine Kollegen. Sie verbrachte auch wirklich keine Zeit mit Philip. Philips persönliche Assistentin war vierundfünfzig. Sie war zwar sehr nett, aber sie hatten nicht viel gemeinsam.

Jeder, mit dem sie täglich zu tun hatte, war in der Regel mit einem Buch verbunden. Entweder war es derjenige, über den das Buch geschrieben wurde, oder der Verlag, Philips Agent oder seine Fans.

Bei dem Gedanken daran, wie viele Teile ihres Lebens sich um Philip drehten, verfinsterte sich ihr Blick.

»Stimmt was nicht?«, fragte Colton, während er sich zwei Stücke Pizza auf den Teller legte. »Sie essen ja gar nichts. Ist da etwas auf der Pizza, was Sie nicht mögen?«

»Nein, es sieht alles lecker aus. Ich lasse sie nur etwas kalt werden.«

»Sie sind eine schlechte Lügnerin.«

»Womit lüge ich Sie an?«, fragte sie herausfordernd.

»Sie waren gerade so tief in Ihren Gedanken verloren. Woran haben Sie gedacht?«

»Ich weiß nicht. Nichts«, sagte sie vage. Sie wollte ihm ganz sicherlich nicht auf die Nase binden, dass sie sich selbst ein wenig leidtat. »Guten Appetit.« Sie nahm sich ein Stück Pizza und biss hinein. Die Mischung aus Käse, Tomaten, Knoblauch und Gemüse war herrlich und schon bald fand sie sich mit Colton in einem Rennen um das letzte Stück wieder.

Colton gewann, aber in seinem Triumphmoment hielt er inne. Seine Hand schwebte über dem letzten Stück. »Wenn Sie wollen, können Sie es gerne haben.«

»Das ist sehr großzügig.«

»Wir könnten auch verhandeln.«

»Was wären die Bedingungen? Und sie dürfen nichts mit Ihrer Großmutter zu tun haben«, fügte sie schnell hinzu.

»Na, das macht ja keinen Spaß.«

»Spaß machen würde, wenn Sie mir das Stück Pizza geben würden, weil Sie ein netter Mensch sind, dem es eine Freude bereitet, andere Leute glücklich zu machen«, scherzte sie.

Er lächelte. »Ich dachte, Sie mögen keine Helden.«

»In diesem Fall würde ich eine Ausnahme machen, weil die Pizza so lecker ist.«

»Na gut, Sie gehört Ihnen.« Er ließ die Pizza auf Ihren Teller fallen.

»Und was muss ich dafür jetzt tun?«, fragte sie argwöhnisch. »Im Leben ist schließlich nichts umsonst, auch nicht Pizza.«

»Sie sind zynisch, Olivia.«

Sie verzog das Gesicht. »Das hat meine Mom vorhin auch zu mir gesagt und ich glaube nicht, dass es stimmt.«

»Dann beweisen Sie es mir. Sagen Sie einfach *Danke* und genießen Sie die Pizza. Ganz ohne Hintergedanken, nur weil ich ein so netter Kerl bin.«

Für ihren Geschmack gefiel ihm die Heldenrolle etwas zu gut, aber sie hatte noch Hunger, also beschloss sie, nicht die Märtyrerin zu spielen. »Danke«, äffte sie ihn nach. »Sie sind so ein netter Kerl.«

Colton lehnte sich zurück und verschränkte die Arme vor der Brust. »Ich habe noch nie jemanden wie Sie getroffen, Olivia Bennett.«

Beim Anblick des Funkelns in seinen Augen verschluckte sie sich fast an ihrer Pizza. Sie schluckte den zu großen Bissen hinunter und nahm einen Schluck Wein. »Inwiefern?«

Er sah sie forschend an. »Das kann ich noch nicht sagen, aber ich glaube, ich will es herausfinden.«

»Ach kommen Sie schon, sie versuchen doch nur, mich mit Ihrer Flirterei davon abzuhalten, Ihre Großmutter zu interviewen.«

Er schüttelte den Kopf. »Und schon sind Sie wieder zynisch.«

»Und Sie etwa nicht? Bei dem, was Sie beruflich machen, müssen Sie doch ein wenig Dunkelheit in sich haben, oder etwa nicht?«

Das Lächeln verschwand aus seinem Gesicht. Scheinbar hatte er keine Antwort auf diese Frage parat. Dann sagte er: »Ich versuche mich auf das Positive zu konzentrieren. Aber das klappt nicht immer. Neulich – an dem Tag, an dem ich mich verletzt habe – habe ich jemanden verloren. Er war noch am Leben, als ich in den Raum kam, aber er war eingeklemmt. Bevor ich ihn herausholen konnte, wurde das Feuer schlimmer.«

Sie fühlte sich schrecklich. »Es tut mir leid, Colton. Ich hätte nicht ...«

»Nein«, unterbrach er sie. »Entschuldigen Sie sich nicht. Sie haben Recht. Es ist nicht einfach, das zu tun, was ich tue und dann das Schlechte nicht an mich heranzulassen. Ich muss mich davon abgrenzen. Ich muss mich darauf konzentrieren, was ich Gutes tun kann. Natürlich sind Verluste schmerzhaft, aber ich muss nach vorne blicken. Und ...« Er hielt inne. »Ich habe immer wieder eine neue Herausforderung gefunden, die mich wieder in die richtige Richtung bringt. Ich gehe wandern oder klettern oder laufe einen Marathon. Ich setze mir ein Ziel und tue alles, um das Ziel zu erreichen. Ich brauche etwas, das ich vollständig kontrollieren kann. So lässt sich die dunkle Seite vertreiben.«

Sie nickte und dachte sich, dass er für einen Typen, der nicht mehr als fünf Jahre Berufserfahrung hatte, ziemlich philosophisch und pragmatisch mit allem umging. »Laufen Sie wirklich Marathons?«, fragte sie, um die Spannung zu lockern, die sich zwischen ihnen aufgebaut hatte.

»Okay, vielleicht habe ich da etwas übertrieben. Ich bin bisher nur einen Halbmarathon gelaufen. Ich finde Laufen recht langweilig. Aber im nächsten Frühjahr will ich eine neue Herausforderung angehen.«

»Und was für eine?«

»Ich will nach Alcatraz schwimmen.«

»Sie wollen ins eiskalte Wasser der San Francisco Bay springen und zu einer verlassenen Gefängnisinsel schwimmen?«

Er grinste. »Können Sie sich etwas Besseres vorstellen?«

»Ich kann mir einige Sachen vorstellen, die mehr

Spaß machen, als das.«

»Oh ja. Dann legen Sie mal los. Ich könnte mich nämlich zu etwas anderem überreden lassen … wenn mich die richtige Frau dazu auffordert.«

»Sie sind vielleicht ein Charmeur.« Sie gab dem Kellner ein Zeichen und er kam sofort zu ihnen. »Wir möchten gerne zahlen«, sagte sie.

»Das Essen geht aufs Haus«, antwortete der Kellner. »Kann ich Ihnen noch etwas bringen? Kaffee, Dessert?«

»Nein, danke.« Sie wandte sich wieder an Colton. »Ich sollte wieder zurück zu Mollys Tagebüchern.«

»Ich könnte Ihnen dabei helfen, sie durchzusehen.«

»Das ist eher eine Aufgabe für eine Person.« Sie wusste, dass es eine ziemlich schlechte Idee war, Colton in ihr Hotelzimmer einzuladen. Noch schlechter als die Idee, mit ihm zu Abend zu essen. Er hatte eine Art an sich, die sie dazu brachte, viel von sich preiszugeben, ihre Ziele zu hinterfragen. Sie konnte nicht zulassen, dass er sie von ihren Plänen abhielt. »Aber danke für das Essen«, sagte sie, als sie aufstand.

»Das war Raphaels Großzügigkeit, nicht meine.«

»Nun ja, es scheint an Ihren Heldentaten zu liegen, dass andere so großzügig sind.«

Sie gingen durch das Restaurant zum Ausgang. Auf dem Gehweg hielt sie inne. »Werde ich Sie morgen sehen?«

»Wenn Sie zu meiner Großmutter kommen, dann ja.«

»Dann sage ich mal Gute Nacht und nicht Lebewohl.«

»Ganz genau. Übrigens …«

»Was?«, fragte sie argwöhnisch, als er einen Schritt näher kam. *Er würde sie ja wohl jetzt nicht küssen, oder?* Bei dem Gedanken schlug ihr Herz ein wenig schneller.

Er lächelte sie an. »Hat Spaß gemacht, heute Abend.«

»Ja«, stimmte sie zu und leckte sich die Lippen.

Dadurch wurde sein Blick auf ihren Mund gelenkt. Sein Blick wurde inniger.

Diesen Blick kannte sie gut. Und sie hatte bereits zu viel Vergnügen mit ihrer Arbeit vermischt. Sie trat einen Schritt zurück.

»Ja, hat Spaß gemacht«, sagte sie. »Aber jetzt muss ich zurück an die Arbeit«. Sie war vielleicht keine Feuerwehrfrau, aber genau wie er konnte sie Dinge verdrängen. Und es war wirklich an der Zeit dies zu tun. Sie konnte es nicht zulassen, dass dieser sexy Typ sie von ihrer Geschichte abhielt. Männer hatten die Tendenz, einfach zu verschwinden. Ihre Geschichte und ihre Karriere, darauf konnte sie sich wirklich verlassen.

Kapitel 7

Olivia verbrachte den restlichen Sonntagabend damit, Mollys Tagebücher zu lesen. Es fiel ihr etwas schwer, sich wieder auf die Bücher einzulassen. Der Wein und die Pizza hatten sie schläfrig gemacht und die Gedanken an Colton wollten sie auch nicht recht loslassen. Aber je weiter sie in den Büchern kam, desto spannender wurde Mollys Geschichte.

Nach dem Tod von Mollys Eltern, lebte Molly bei ihrer Tante in Bakersfield, Kalifornien. Molly beschrieb ihre Tante als kalte, verbitterte Frau, die sich nicht viel um Molly scherte, aber sie zu sich geholt hatte, weil sie sich verantwortlich fühlte. Molly konnte es kaum erwarten, alt genug zu sein, um auszuziehen. Sie hasste ihr neues Leben und wünschte sich stets die gute alte Zeit zurück – Olivia konnte sich nur zu gut in sie hineinversetzen. Aber wie auch Olivia, musste Molly akzeptieren, dass die Vergangenheit eben vergangen war und dass sie nach vorne blicken musste.

Molly hatte kein Geld, also konnte sie nicht aufs College gehen. Sie absolvierte ein paar Kurse in Maschinenschreiben und Stenographie. Sie fand Arbeit als Sekretärin bei einer Versicherungsgesellschaft. Nach einem Jahr, konnte sie bei ihrer Tante ausziehen und zog von Bakersfield nach San Francisco, wo sie eine neue Stelle annahm.

Molly liebte das Großstadtleben. Es fühlte sich wie ein Neuanfang an. Allerdings hatte sie Schwierigkeiten, Freunde zu finden. Sie lebte zwar unter vielen Menschen, fühlte sich aber oft einsam. Sie war von Natur aus eher schüchtern und Kontakt zu Fremden aufzunehmen, fiel ihr schwer. Sie verbrachte ihre Zeit mit Lesen und Tagträumen von einem Leben voller Abenteuer, das sie wohl nie leben würde.

Aber schließlich lernte Molly jemanden kennen. Einen schneidigen, attraktiven Mann namens Stanley Harper. Er sagte ihr, er würde sie umsorgen und sie dachte, sie würde endlich glücklich werden.

Einige Jahre lang hatte Molly kein Tagebuch geschrieben. Aber in der Nacht, in der ihr Sohn geboren wurde, machte sie einen Eintrag.

Peter kam um zehn Minuten nach acht auf die Welt. Stan hatte gehofft, er könne bei der Geburt an meiner Seite sein, musste aber lange arbeiten und kam erst zu mir, als Peter bereits zwei Stunden alt war. Aber wenn ich Peter ansehe, ist alles andere egal. Ich spüre nichts als Liebe. Endlich eine Mama zu sein, genau das war meine Bestimmung. Ich habe jetzt einen wunderschönen Sohn. Ich habe endlich wieder eine Familie. Ich hoffe nur, dass ich es nicht vermassele.

Dann folgte ein weiterer großer Sprung in die Zukunft – fast fünf Jahre später folgte erst der nächste Eintrag.

Es wird für mich immer schwerer, Tagebuch zu führen. Ich bin einfach so eingespannt in meinem Leben. Ich habe jetzt eine kleine Tochter. Ihr Name ist Francine.

Man merkt jetzt schon, dass es mit ihr nicht leicht werden wird. Sie schreit wegen jeder Kleinigkeit. Ihr Schreien treibt Stan in den Wahnsinn. Aber sie ist nun mal ein Baby mit einer starken Lunge, was kann ich da schon tun? Ich finde es gut, dass sie ein bisschen frischen Wind in mein Leben bringt. Auf eine merkwürdige Weise ist es, als würde Francine mich stärker machen. Ich glaube, sie wird mich zurück ins Licht bringen.

Olivia blätterte weiter. Die nächste Seite war leer. Sie blätterte rasch durch das restliche Buch – nichts.

Sie wühlte sich durch die Kiste und fragte sich, ob sie wohl ein Buch übersehen hatte. Molly würde sie doch sicher nicht so hängen lassen.

Sie fand ein Fotoalbum und ein paar Kleinigkeiten in der Kiste, mit der sie nichts anfangen konnte, aber Tagebücher waren keine mehr darin.

Sie lehnte sich wieder zurück und dachte über den Inhalt von Mollys Kiste nach. Molly hatte nicht vorgehabt, krank zu werden. Vielleicht war sie gerade erst dabei, die Dinge zusammenzustellen. Denn warum würde Molly ihr sonst eine Reihe Tagebücher geben, die nicht wirklich aussagekräftig waren? Es war natürlich schön gewesen, Molly etwas näher kennen zu lernen, oder zumindest Molly, als sie noch jung war. Aber es gab keine Erwähnung von Eleanor Callaway oder der Theatergruppe, oder von irgendwem vom Seniorentreff.

Da musste es noch mehr geben. Die letzten beiden Einträge hatten etwas angedeutet – allerdings konnte sie nicht ausmachen, was genau es war. Aber sie hatte einen Unterton vernommen. Es war beinahe, als erwartete Molly, dass etwas Schlimmes passierte.

Vielleicht kam dieses Unsicherheitsgefühl daher, dass sie so plötzlich eine Waise geworden war. Vielleicht rief ihre Mutterschaft die Sorge hervor, dass sie wieder alles verlieren würde.

Olivia konnte das verstehen. Liebe konnte so schmerzhaft sein, wenn man verlor.

Sie war dennoch frustriert darüber, dass es zu einem so abrupten Ende gekommen war. Sie streckte sich und gähnte. Es war beinahe 23 Uhr. Da konnte sie auch ins Bett gehen. Aber trotz ihrer Erschöpfung war sie doch nicht müde. Sie musste wohl oder übel bis morgen warten, bis sie mehr Informationen über Molly und ihre Freunde bekommen würde. Aber genau jetzt wanderten ihre Gedanken in eine andere Richtung ...

Sie schnappte sich ihren Laptop. In eine Suchmaschine gab sie den Namen Colton Callaway ein. Er hatte sie neugierig gemacht und vielleicht verhielt sie sich ein wenig wie ein Stalker, aber sie wollte einfach mehr über ihn und seine Familie erfahren.

Er hatte scheinbar keine Profile in den sozialen Medien, aber sie fand ein paar Artikel, in denen sein Name auftauchte. Sie klickte auf den ersten Artikel aus einer Wochenzeitung aus San Francisco. Die Überschrift war: *Ein weiterer Callaway wird Mitglied des San Francisco Fire Department.* Hinter Colton standen im Bild neun starke, attraktive Männer, die meisten von ihnen trugen eine Feuerwehruniform. Und es war eine einzelne blonde Frau zu sehen.

Sie las sich die Liste der Namen durch: Patrick Callaway, Branddirektor A. D.; Jack Callaway, aktueller stellvertretender Branddirektor; Tim Callaway, pensionierter Feuerwehrmann; Burke Callaway, Bataillonskommandeur; Aidan Callaway, ausgeschiedener Feuerspringer; Dylan und Brody Callaway, Feuerwehrmänner und Emma Callaway, Brandermittlerin. Sie ging davon aus, dass Emma Coltons Schwester war und die anderen seine Brüder oder Cousins. Aber ganz gleich, in welcher Beziehung siezueinanderstanden, es war eine eindrucksvolle Gruppe.

Alle standen aufrecht und stolz und hießen Colton in ihrer Gemeinschaft willkommen. Er hatte wirklich große Fußstapfen auszufüllen, dachte sie sich. Er stand sicher unter großem Druck. Aber sein Gesichtsausdruck war stark mit einem leidenschaftlichen Blick in seinen blauen Augen – er schien seiner Aufgabe gewachsen zu sein.

Sie bemerkte, dass sie ihn nun noch lieber mochte.

Sie klappte den Laptop zu und beschloss, ins Bett zu gehen. Aber auch wenn sie ihren Computer und das Licht ausgeschaltet hatte, ihr Gehirn konnte sie so leicht nicht abschalten.

Als sie dann eingeschlafen war, träumte sie von Colton und davon wie sie allerlei heiße und gewagte Dinge taten ...

—➤➤◀◀—

Colton fand gar keinen Schlaf. Seine Finger taten ihm weh, wenn er sich falsch umdrehte. Er konnte einfach keine bequeme Position finden, egal, in welche Richtung er sich drehte. Und er konnte nicht aufhören, über die Forderung seines Großvaters, die Geheimnisse seiner Großmutter und Olivias hübsche grüne Augen nachzudenken.

Er stand gegen sieben auf und absolvierte seine übliche Laufstrecke am Embarcadero entlang. Aber anstatt wie sonst vier Meilen zu laufen, hörte er nach zwei Meilen auf und holte sich einen Kaffee und ein süßes Stückchen. Dann ging er zurück zu seiner Wohnung. Er wohnte in einer Zweizimmerwohnung im vierten Stock eines achtstöckigen Wohnhauses auf einem der steilsten Hügel von North Beach. Die Gegend gefiel ihm sehr.

Durch die Lage auf dem Hügel hatte er einen tollen Blick auf die Bucht, vor allem von der Dachterrasse aus. In der Umgebung seiner Wohnung gab es coole Restaurants, Bars und Comedy Clubs und auch eines seiner Lieblings-Fitnessstudios.

Die Einwohner des Viertels waren bunt gemischt. Es gab viele junge Singles und es war immer etwas los. Am besten gefiel ihm, dass er allein wohnte. Die letzten drei Monate war er im siebten Himmel gewesen. Er war im chaotischen Callaway-Haushalt aufgewachsen und danach hatte er mit drei Jungs in einer Party-WG gelebt. Und wenn er nicht zuhause war, war er in der Wache, wo es sich auch oft nach Chaos und Party anfühlte. Er war also ausgezogen und hatte eine kleine Zweizimmerwohnung angemietet, die für ihn perfekt war. Er musste nur noch Zeit finden, ein paar mehr Möbel zu kaufen und sie etwas zu dekorieren.

Als er wieder in seiner Wohnung war, duschte er, zog sich an und machte sich auf den Weg zum Haus seiner Großeltern auf der anderen Seite der Stadt. Er kam dort kurz vor 11 Uhr an und sah, wie sein Großvater gerade seinen Koffer in ein Taxi lud.

»Gut, dass du hier bist«, sagte Patrick kurz angebunden. »Ich verlass' mich auf dich, Colton. Lass' mich nicht hängen.«

»Ich versuch' mein Bestes.«

»Ich hab' dir schon einmal gesagt, ich will keine Versuche, ich will Erfolg. Vergiss das nicht.«

Das konnte er beim besten Willen nicht vergessen. Das war einer der Lieblingssprüche seines Großvaters, nicht versuchen, Erfolg haben. Ihm hatte diese Philosophie immer gefallen, bis jetzt. Denn jetzt hatte er das Gefühl, dass ein Versuch wohl das beste Ergebnis sein würde, das er hinkriegen konnte. Aber er wollte sich jetzt nicht mit seinem Großvater über Bemühungen in die Wolle kriegen. Er wollte ihn allerdings noch etwas fragen. »Gibt es eigentlich einen bestimmten Grund, dass du nicht willst, dass Grandma mit der Schriftstellerin spricht? Ich meine, mal abgesehen von Grandmas Gesundheit?«

»Ihre Gesundheit ist das Allerwichtigste«, sagte Patrick ausdruckslos. »Gibt es denn noch etwas anderes Wichtiges in ihrem Leben?«

Er konnte diese Frage nicht beantworten. Und selbst wenn Patrick noch einen anderen Grund hatte, würde er ihn ihm sicherlich nicht mitteilen.

»Ich seh' dich dann in ein paar Tagen«, sagte Patrick.

Colton nickte und steckte die Hände in die Taschen seiner Jeans. Er sah seinem Großvater noch zu, wie er ins Taxi stieg und ging dann zur Eingangstür und klingelte. Eine Krankenschwester öffnete ihm wenig später und winkte ihn in die Küche.

Seine Großmutter saß am kleinen Küchentisch aus Eiche. Sie war mit einem Kreuzworträtsel befasst – eine ihrer Lieblingsbeschäftigungen.

Sie schenkte ihm ein warmes Lächeln. »Colton, was für eine schöne Überraschung.«

Er beugte sich hinunter und gab ihr einen Kuss auf die Wange. Er setzte sich ihr gegenüber hin und sah ihr halb ausgefülltes Rätsel an. »Sieht aus, als würdest du gute Fortschritte machen.«

»Naja, ich komme gerade nicht voran. Ich sitze schon seit gestern daran und bin allmählich frustriert. Ich bin froh, dass du da bist, denn ich will auf keinen Fall schummeln und die Lösung ansehen.«

Ihre Aufrichtigkeit ließ ihn schmunzeln. »Du hattest schon immer eine solche Willensstärke bei diesen Rätseln.«

»Nun ja, sie sollen ja gut für meinen Kopf sein. Also

arbeite ich weiter daran, auch wenn ich anfange, mich etwas dumm zu fühlen.«

»Mal abgesehen davon, dass du dich etwas dumm fühlst, wie geht es dir heute?«, fragte er leichthin.

»Mir geht es gut«, sagte sie und sah ihn forschend an. »Was machst du hier?«

»Kann ich nicht einfach meine Grandma besuchen, ohne Hintergedanken zu haben?«

»Natürlich kannst du das, aber du machst es so gut wie nie und das ist auch okay. Du bist beschäftigt und hast dein eigenes Leben. Aber verzeih' mir, wenn ich denke, dass du vielleicht einen anderen Grund hast.«

»Naja, diese Woche bin ich nicht beschäftigt«, sagte er und hielt seine Hand hoch. Er hatte nach dem Duschen das Tape erneuert. Er hatte gehofft, eine deutlichere Verbesserung zu sehen, aber die Schwellung um die Gelenke machte ihm einen Strich durch die Rechnung.

»Tut es sehr weh?«

»Es geht. Aber ich bin diese Woche krankgeschrieben.«

»Sie haben dir keine Schreibtischarbeit verpasst, oder auf Schulbesuch geschickt? Oder auf Feueralarmüberprüfung? Dein Großvater hasste leichten Dienst. Ich habe ihm gesagt, er soll es genießen, aber das konnte er nicht. Er hat es gehasst, wenn die Sirene ging und er nicht seine Arbeit verrichten konnte.«

Zumindest etwas hatte er mit seinem Großvater gemeinsam. »Ich bin mir sicher, dass ich bald leichten Dienst schieben werde. Aber ich hatte eine Gehirnerschütterung und muss deswegen eine ganze Woche von der Diagnose an daheimbleiben, bis ich wieder irgendetwas machen darf. Es ist erst der dritte Tag und ich bin schon jetzt unruhig.«

»Möchtest du einen Tee oder etwas zu essen? Ich

könnte Donna bitten, dir etwas zu kochen. Sie ist sehr talentiert in der Küche.«

»Nein, danke. Ich dachte mir, dass wir vielleicht zusammen einen kleinen Ausflug machen könnten, wo ich doch jetzt frei habe. Wir könnten an den Strand fahren oder später zum Mittagessen gehen. Was auch immer du möchtest.«

»Das ist ein liebes und großzügiges Angebot, Colton. Aber ich gehe später zum Seniorentreff. Deine Mutter wird mich gleich hinfahren.«

»Willst du das heute nicht mal ausfallen lassen? Es wäre doch ganz nett, mal eine kleine Abwechslung zu haben. Du gehst doch immer dort hin.«

»Ich möchte meine Freunde sehen«, sagte Eleanor mit Nachdruck. »Freunde sind wichtig, Colton. Wenn man jung ist, ist man immer beschäftigt und das Leben kommt einem dazwischen. Aber später freut man sich dann über diese Freundschaften.«

Er konnte sehen, dass seine Großmutter entschlossen war. Er saß ganz schön in der Patsche. Wie konnte er denn bitte den Wunsch seines Großvaters erfüllen?

Vielleicht wäre es besser, direkt zu sein, wie er es gestern zu Olivia gewesen war. Er faltete seine Hände auf dem Tisch. »Grandma, ich muss mit dir reden.«

»Über den wahren Grund, warum du hier bist?«, fragte sie trocken.

»Ich konnte dich noch nie hinters Licht führen.«

»Warum versuchst du es dann?«

»Grandpa hat mich gebeten, mich um dich zu kümmern, während er weg ist. Er macht sich Sorgen, dass du müde oder traurig wirst, wenn du so lange mit dieser Schriftstellerin redest, die Molly eingeladen hat.«

Das Funkeln in ihren Augen wich ein wenig. »Patrick hat schon mit mir darüber gesprochen. Und ich sage dir, was ich ihm gesagt habe. Nämlich, dass ich sehr wohl in der Lage bin, über die Vergangenheit zu sprechen, ohne mich dabei irgendwie aufzuregen. Es gibt wirklich keinen Grund dafür, dass du mich hier betreust. Und wenn ich ehrlich bin, Colton, bin ich ein wenig überrascht, dass du deinen Großvater bei der Sache unterstützt. Ich bin über 80 Jahre alt. Habe ich es mir nicht verdient, mit jedem zu sprechen, mit dem ich will?«

»Ja«, sagte er. »Natürlich. Ich denke, Grandpa geht es um deine Gesundheit.«

»Heute geht es mir gut. Wer weiß schon, wie es mir morgen gehen wird. Mit meiner Krankheit kann ich nun mal nur in der Gegenwart leben.«

Er nickte, als es an der Tür klingelte. Die Krankenschwester öffnete. Kurze Zeit später kam Lynda in die Küche. Sie war ebenfalls überrascht, ihn anzutreffen.

»Colton?«

»Mom.«

»Ist was nicht in Ordnung?«, fragte Lynda und sah zwischen Eleanor und ihrem Sohn hin und her.

»Ich wollte nur nach Grandma sehen«, sagte er. »Ich habe heute Langeweile.«

»Nichtstun ist dir schon immer schwergefallen«, sagte Lynda mit einem wissenden Lächeln. »Aber manchmal muss man sich einfach entspannen.«

»Colton wird heute mit uns kommen«, sagte Eleanor mit einem lebhaften Ton.

»Zum Seniorentreff?«, fragte Lynda mit hochgezogener Braue. »Wirklich?«

»Ja«, sagte er und beschloss, dass er sich ihnen ebenso gut anschließen konnte, als gegen sie zu anzukämpfen.

Ihr Blick verengte sich forschend. »Geht es um das

Buch?«

»Grandpa …«

»Hat dich gebeten, die Wünsche deiner Großmutter zu ignorieren«, beendete Lynda seinen Satz. Sie drehte sich zu Eleanor um und schüttelte verärgert den Kopf. »Du weißt, ich habe Patrick sehr gern, aber manchmal geht er zu weit mit seinem Beschützerinstinkt.«

»Ja, das stimmt«, pflichtete Eleanor ihr bei. »Aber da ich weiß, dass Colton Patrick nicht enttäuschen will, ist die einzige Lösung, dass Colton mitkommt.« Sie sah ihn streng an. »Dann wirst du sehen, dass es mir wirklich gut geht.«

»Super«, murmelte er. Er hatte geahnt, dass er recht behalten sollte. Es gab keine Möglichkeit, sie davon abzubringen. Er konnte lediglich dabei sein. »Kann ich dich etwas fragen?«

»Was denn?«, gab Eleanor zurück.

»Wessen Idee war das hier alles? Mit dem Buch meine ich. Deine oder Mollys?«

»Es war Mollys Idee, aber ich bin da ihrer Meinung. Ich will auch ihren Wunsch in Ehren halten. Sie ist seit langer, langer Zeit eine sehr gute Freundin.«

»Wollt ihr der Schriftstellerin Mollys Geschichte erzählen, oder die von euch allen?«

»Das kommt darauf an, was Olivia für wichtig hält.« Eleanor hielt inne. »Hast du sie gestern kennen gelernt, Colton?«

»Ja. Sie war gerade dabei zu gehen, als ich zum Seniorentreff kam.« Er beschloss, das Abendessen nicht zu erwähnen.

»Sie ist eine hübsche junge Frau mit schönen grünen Augen und langen, braunen Locken, nicht wahr?«

»Ist mir nicht aufgefallen«, murmelte er.

Seine Großmutter lächelte. »Du konntest mich noch

nie anlügen, Colton. Warum versuchst du es jetzt?«

»Na gut, sie ist umwerfend. Und jetzt? Sie ist nur ein paar Tage hier.«

»Du weißt nie, was in ein paar Tagen alles passieren kann«, sagte Eleanor weise. »Wenn ich in meinem Leben eines gelernt habe, dann das.«

Kapitel 8

Als Olivia sich am späten Montagmorgen auf den Weg zum Seniorentreff machte, beschloss sie auf dem Weg dorthin im Krankenhaus vorbeizuschauen, um zu sehen, ob Mollys Zustand sich verbessert hatte. Als sie ankam, teilte ihr eine Krankenschwester mit, dass sich nichts verändert hatte, aber dass sie sich gerne in Mollys Zimmer zu ihr setzen könne. Olivia machte sich auf den Weg in das Krankenzimmer der Frau, deren Brief sie so sehr angezogen hatte, dass sie nach San Francisco gekommen war und ihre Urlaubstage für die Recherche einer Geschichte aufwendete, die sie nach wie vor nicht verstand.

Einige Schritte vor dem Bett hielt Olivia inne. Molly Harper hatte kurzes braunes Haar mit einem grauen Ansatz, der mindestens zwei Zentimeter herausgewachsen war. Ihr Gesicht war blass und ihre Haut war so dünn, dass sie fast durchsichtig erschien. Ihre Wangen hatten keinerlei Farbe und sie wirkte leblos. Die einzigen Geräusche im Zimmer kamen von den Maschinen, die Molly scheinbar am Leben hielten.

Sie trat einen Schritt näher an das Bett und legte

spontan ihre Hand auf Mollys Handgelenk. Ihre Haut war kühl, ein weiteres Zeichen, dass ihr Leben nur noch ein Hauch war.

»Ich weiß nicht, ob Sie mich hören können«, sagte sie ruhig. »Ich bin es, Olivia Bennett. Ich bin nach San Francisco gekommen, um Sie und Ihre Freunde zu treffen, so wie ich es versprochen habe.« Sie hielt inne und dachte bei sich, dass sie wohl ein Selbstgespräch führte, aber die Worte flossen aus ihrem Mund. »Ich wünschte, Sie würden aufwachen, Molly. Ich habe viele Fragen und ich befürchte, dass Sie die Einzige sind, die sie mir beantworten kann. Sie haben mir gesagt, dass Sie wollen, dass ich Ihre Geschichte erzähle. Ich brauche dafür Ihre Hilfe. Wenn Sie aufwachen, werde ich Ihnen zuhören.«

»Wer zum Teufel sind Sie?«, fragte eine männliche Stimme.

Sie drehte sich überrascht um und sah, wie ein Mann das Zimmer betrat. Er trug einen schwarzen Anzug mit einer weinroten Krawatte. Nach den grauen Strähnen in seinem Haar und den Falten um seine Augen zu urteilen, war er um die fünfzig oder sechzig.

»Ich bin Olivia Bennet«, sagte sie und trat einen Schritt vom Bett weg. Sie war froh, dass sie heute ein Kleid und Heels angezogen hatte. Dank der Kleidung fühlte sie sich professioneller und die paar zusätzlichen Zentimeter machten sie selbstbewusster, da sie ja gerade einmal 1,60 Meter groß war.

»Kennen Sie meine Mutter?«

»Ihre Mutter?«, gab sie zurück. »Sie sind Mollys Sohn?«

Er nickte und sah sie ernst an. »Ja, ich bin Peter Harper. Ich glaube nicht, dass meine Mutter mir gegenüber jemals Ihren Namen erwähnt hat.«

»Ich habe sie tatsächlich noch nie persönlich

getroffen. Ihre Mutter hat mir vor ein paar Wochen einen Brief geschrieben und mich gebeten, herzukommen. Ich bin gestern angekommen und habe dann von ihrem Schlaganfall erfahren.«

»Sie sind die Schriftstellerin, meine Mutter hat sie erwähnt.«

»Ja, Ihre Mutter dachte, ich sei vielleicht daran interessiert, einigen der Frauen vom Sunset Seniorentreff dabei zu helfen, ihre Memoiren aufzuschreiben.«

»Warum sollten Sie sich für so etwas interessieren?«

»Ich bin Biographin. Ich schreibe Bücher über das Leben von anderen.« Sie machte sich nicht die Mühe, ihr Karriereziel von ihrer tatsächlichen Tätigkeit als wissenschaftliche Mitarbeiterin zu unterscheiden.

»Nun ja, wie Sie sehen können, wird meine Mutter Ihnen ihre Geschichte wohl nicht erzählen.«

»Das tut mir wirklich sehr leid«, sagte sie leise. Vielleicht stammte das schroffe Verhalten des Mannes von der Trauer um den Gesundheitszustand seiner Mutter. »Gibt es denn eine Chance, dass sie aufwacht?«

»Die Ärzte wissen es nicht.« Sein Blick schweifte zu seiner Mutter. »Sie bezweifeln es. Sie ist jetzt schon zum dritten Mal hier und jedes Mal verschlechtert sich ihr Zustand.«

»Ich lasse Sie nun besser allein.«

Sie war schon fast an der Tür, als er sagte: »Warten Sie.«

Sie drehte sich um. »Ja?«

»Lassen Sie meine Mutter bei dieser Geschichte am Seniorentreff außen vor, okay? Was auch immer diese Frauen zu sagen haben, es sind nur ihre Meinungen. Wenn sie nicht selbst für sich sprechen kann, möchte ich nicht, dass jemand anderes es für sie tut.«

»Ich verstehe«, sagte sie, aber als sie das Zimmer

verließ, wurde ihr bewusst, dass sie es gar nicht verstand. Peter Harper hatte die gleiche Reaktion gezeigt, wie Patrick Callaway. Warum? Weswegen waren diese Männer so besorgt?

Mollys Brief ging ihr wieder durch den Kopf ...

Ich bin in einer Generation aufgewachsen, in der Frauen ihren Mund hielten und die Männer für sie sprachen.

Nun ja, mag sein, dass Molly in so einer Zeit aufgewachsen war, aber Olivia war es nicht. Und nun war sie noch neugieriger als zuvor, mit den Damen im Seniorentreff zu sprechen.

Der Seniorentreff bot ein Mittagessen mit Sandwiches, Obst, Gemüse und Keksen für fünf Dollar an. Colton schnappte sich ein Sandwich und setzte sich mit seiner Mutter an einen Tisch. Eleanor gesellte sich zu ihren Freunden zum gemeinsamen Mittagessen. Danach wollten sie Bridge spielen.

Olivia war noch nicht da. Vielleicht hatte sie Mollys Tagebücher gelesen und beschlossen, dass es keine interessante Geschichte zu verfolgen gab. Dieser Gedanke hätte ihn eigentlich fröhlich stimmen sollen, aber wann immer er an Olivia dachte, fühlte er sich seltsam rastlos. Er wusste nicht so recht, ob er wollte, dass sie blieb oder heimfuhr. Beide Optionen erschienen ihm problematisch. Insbesondere diejenige, in der er sie nicht wiedersah – und keine Chance hatte, sie zu küssen.

Gestern Abend hatte es eine Situation gegeben, in der er daran gedacht hatte, sie zu küssen. Aber er hatte gezögert und sie war gegangen. Zu dem Zeitpunkt hatte er sich gedacht, dass es wohl keine so gute Idee war, sie zu küssen und die Dinge noch mehr zu komplizieren. Aber jetzt fühlte sich diese Entscheidung als seine bis jetzt dämlichste an.

Er schüttelte den Kopf, schob sich den Rest seines Truthahn-Sandwiches in den Mund und spülte das Ganze mit einem Schluck Cola herunter.

Seine Mutter las ihre E-Mails auf ihrem Smartphone und aß dabei einen Teller Rohkost. »Und, gibt's was Interessantes?«, wollte er wissen und fragte sich, was genau sie so gepackt hatte.

Sie sah ihn lächelnd an. »Nicole hat mir den letzten Bericht von Brandons neuer Therapeutin geschickt.«

»Ich wusste gar nicht, dass er eine neue Therapeutin hat.«

»Dr. Rita Bentley. Sie hat einen sehr guten Ruf. Sie hat einige innovative Ansätze zur Therapie von Autismus und arbeitet mit Kyle und Brandon zusammen, aber auch mit Brandon alleine. Zum Glück ist Kyle bereit, sich jeder Aktivität seines Bruders anzuschließen. Er ist so ein toller Junge. Er scheint irgendwie zu verstehen, dass Brandon ihn in seiner Nähe braucht, um für ihn zu sprechen. Eine faszinierende Zwillingsverbindung.« Ihr standen die Tränen in den Augen.

»Hey, weine nicht«, sagte er schnell. »Das sind doch gute Nachrichten, oder?«

Sie nickte und nahm ein Taschentuch aus ihrer Tasche, um sich die Tränen wegzutupfen. »Ja, es sind gute Nachrichten. Ich weiß nur, wie lange Nicole schon auf einen Durchbruch wartet und jetzt scheint es, als würde es allmählich klappen. Brandon sieht anderen nun in die Augen und in seiner letzten Therapiesitzung mit Dr. Bentley konnte er sogar Anweisungen befolgen und nach Anleitung auf bestimmte Objekte zeigen. Er nimmt langsam wieder eine Verbindung zu seiner Außenwelt auf.«

Colton war begeistert von diesen Neuigkeiten. Er konnte sich noch daran erinnern, als Brandon ein ganz normaler Junge war – bis er zwei Jahre alt war. Und dann änderte sich plötzlich alles. »Ich freue mich, dass es ihm besser geht.«

»Kyle hat wirklich alles verändert. Aber du verstehst diese intensive Verbindung zwischen Zwillingen besser als jeder andere. Du und Shayla hattet eine ähnliche Bindung, als ihr klein wart. Ich weiß nicht, ob das jetzt noch so ist, aber ich erinnere mich noch gut daran, dass jeder von euch wusste, was der andere sagen will, bevor er es ausgesprochen hatte. Das war ein wenig unheimlich.«

»Ja, es war seltsam. Wir stehen uns jetzt nicht mehr so nah, aber wir werden immer eine engere Verbindung zueinander haben, als mit allen anderen. Zumindest geht es mir so.« Als er seinen Satz beendet hatte, sah er sich in dem Raum um. Sie waren schon seit einer Dreiviertelstunde im Seniorentreff. Wo steckte Olivia? Hatte sie beschlossen, dass es die Geschichte doch nicht wert war, aufgeschrieben zu werden?

»Was ist denn los mit dir?«, fragte Lynda.

»Nichts«, sagte er und trommelte ungeduldig mit den Fingern auf den Tisch.

Sie sah ihn genau an. »Klingt aber nicht so, als wäre nichts.«

»Ich hab' mir nur nicht ausgemalt, heute das hier zu machen. Mehr nicht.«

»Du hattest die freie Wahl, mitzukommen oder nicht.«

»Nicht wirklich. Hat Grandpa eigentlich einen Grund, warum er sich wegen des Interviews solche Sorgen macht?«

»Wenn ich wüsste, dass er einen hat, würde ich seine Bemühungen vielleicht unterstützen. Aber er konnte mir einfach keinen Grund nennen, warum Eleanor ihre Memoiren nicht aufschreiben sollte. Und ich denke, es könnte sogar sehr schön für sie sein. Sie soll doch ihr Gehirn auf Trab halten. Ich weiß, dass Patrick sie abgöttisch liebt und ich will ihn ja auch nicht übergehen, aber sie will das hier machen. Und wer weiß, wie lange sie noch für sich selbst sprechen kann. Und solange sie noch sprechen kann, werde ich sie unterstützen.«

Das ergab Sinn. »Du hast Recht, aber ich werde trotzdem hierbleiben. So kann ich Grandpa, wenn er zurückkommt, wenigstens in die Augen sehen und sagen, dass ich mein Möglichstes getan habe.«

»Das stimmt«, sagte sie und schob ihr Handy wieder zurück in ihre Handtasche. »Wenn du schon so darauf aus bist, den Beschützer zu spielen, kann ich das ja auch für meine Zwecke nutzen und ein paar Erledigungen machen. Eleanor wird sicher noch mindestens eine Stunde lang Karten spielen. Du kannst mich dann anrufen, ich bin nicht weit weg.«

»Geh' ruhig. Grandma scheint heute einen guten Tag zu haben«, sagte er und beobachtete seine Großmutter, als sie über etwas lachte, das Ginnie gesagt hatte.

»Sie liebt es einfach, hier zu sein, bei ihren Freunden. Wenn sie mit ihnen zusammen ist, fühlt sie sich wieder jung. Das kann ich verstehen. Wenn ich mit den Frauen Zeit verbringe, mit denen ich aufgewachsen bin, dann herrscht da immer ein Gefühl von echter Verbundenheit und tiefer Freundschaft.«

Er nickte. »Ja, das kann ich nachvollziehen.«

Gerade als er sein letztes Wort gesprochen hatte, sah er, wie Olivia in den Raum kam. Sein Herz machte einen Satz. Sie hatte ihn mehr oder weniger sofort entdeckt und

ihm gefiel das Funkeln in ihren Augen, als sich ihre
Blicke trafen.

Sie war hier, um sich das zu holen, was sie wollte.
Und er war hier, um genau das zu verhindern. Er fühlte
sich seltsam aufgeregt bei dem Gedanken an eine
Auseinandersetzung mit ihr.

»Ist sie das?«, fragte Lynda. »Die Schriftstellerin?«

Er richtete sich in seinem Stuhl auf. »Ja, das ist
Olivia Bennett.«

»Sie ist wirklich so hübsch, wie deine Grandma
gesagt hat. Ich hab' sie gestern nur ganz kurz gesehen.
Bei dem ganzen Tohuwabohu der Party ist mir nicht
einmal in den Sinn gekommen, dass sie die
Schriftstellerin war, mit der Eleanor so dringend sprechen
wollte.«

Er stand auf, als Olivia sich seinem Tisch näherte.

»Hallo«, sagte sie zögerlich.

»Hey«, sagte er und fühlte sich überraschend
glücklich, sie nur zu sehen.

Seine Mutter stand auf. »Willst du uns nicht einander
vorstellen?«, stupste sie ihn an.

»Entschuldigung. Das ist meine Mutter, Lynda
Callaway. Das hier ist Olivia Bennett.«

Olivia schüttelte die Hand seiner Mutter. »Freut
mich, Sie kennenzulernen.«

»Ebenfalls. Ich habe schon viel über Sie gehört.«

»Ich hoffe, dass auch etwas Gutes dabei war«, sagte
Olivia scherzend.

»Nun ja, ich verurteile niemanden, bis ich denjenigen
nicht persönlich getroffen habe.«

»Ich auch nicht«, sagte Olivia. »Ich bleibe da lieber
offen.«

Lynda nahm ihre Tasche vom Tisch. »Ich bin in etwa
einer Stunde zurück, Colton. Ich hoffe, Sie werden mit

den Damen Spaß haben, Miss Bennett. Es ist eine faszinierende Gruppe.«

»Das habe ich schon gehört«, sagte Olivia.

Als seine Mom sich entfernte, sagte er: »Setzen Sie sich doch.«

»Ich bin nicht hergekommen, um mit Ihnen zu sprechen, Colton.«

»Wollen Sie wirklich ihr Spiel unterbrechen?« Er nickte hinüber zu den Damen, die ihr Mittagessen beendet hatten und nun Karten spielten. »Sie haben so viel Spaß.«

Wie abgesprochen, winkte seine Großmutter und rief: »Wir sind gleich fertig, Olivia.«

»Lassen Sie sich Zeit«, sagte Olivia und setzte sich auf den Stuhl, auf dem gerade noch seine Mutter gesessen hatte. »Ihre Mutter scheint nett zu sein und scheinbar auch erfreut, mich zu sehen. Weiß sie nichts von den Sorgen Ihres Großvaters?«

»Doch, sie weiß Bescheid. Aber es ist ihr egal, was mein Großvater oder ich denken.«

»Interessant.«

Er neigte den Kopf zur Seite und sah sie nachdenklich an. »Reden wir doch zur Abwechslung mal über Ihre Familie. Ich weiß, dass Ihr Vater gestorben ist. Was ist mit Ihrer Mom? Lebt sie noch? Haben Sie Kontakt zueinander?«

»Ja, sie lebt und es geht ihr gut. Wir telefonieren mindestens einmal pro Woche. Sie lebt in San Diego, wo ich aufgewachsen bin. Wir sehen uns nicht so oft, aber stehen uns trotzdem nah.«

»Das ist schön. Sie sind also ein südkalifornisches Mädel«, sinnierte er.

»Wohl wahr.«

»San Diego hat tolle Wellen.«

»Ich weiß, als Teenager habe ich gesurft.«

»Wirklich?« Er musste zugeben, dass ihn das überraschte. Sie wirkte nicht wie jemand, der solche Risiken einging. »Ich meine nicht Surfen mit dem Boogieboard, sondern eine Meile rausschwimmen und dann eine Welle bis zum Strand zu reiten.«

Sie sah ihn direkt an. »Zu meinem dreizehnten Geburtstag habe ich mein erstes eigenes Surfboard bekommen. Danach bin ich jedes Wochenende Surfen gegangen. Mein Dad war ein Surfer, er hat mir beigebracht, auf dem Board zu stehen, da war ich so um die fünf. Ich hab' es genauso geliebt wie er.« Ihr Blick wurde düster. »Seit seinem Tod bin ich nie wieder gesurft.«

»Er würde vermutlich wollen, dass Sie sich wieder in die Wellen stürzen.«

»Wahrscheinlich. Vielleicht mache ich es auch irgendwann wieder.«

»Surft Ihre Mom?«

»Nein.« Sie lächelte ihn an. »Meine Mom sitzt nur am Strand und das in der Regel unter einem Sonnenschirm. Sie hat sehr helle Haut und bekommt schnell einen Sonnenbrand. Surfen Sie?«

»Früher mal, aber nicht so lange. Das Wasser hier ist um einiges kälter.«

»Ich hätte nicht gedacht, dass Sie sich von ein bisschen kaltem Wasser abhalten lassen.«

»Vielleicht sollten wir mal zusammen an den Strand gehen, bevor Sie nach New York zurückkehren.«

»Eher nicht. Ich bin zum Arbeiten hier.«

»Sehen Sie sich die Ladies doch einmal an. Glauben Sie wirklich, dass Sie bei ihnen eine skandalöse Geschichte finden?«

»Wie ich schon zu Ihrer Mom gesagt habe, ich bleibe gerne offen.«

»Sind Sie mir gegenüber denn auch offen?«, forderte er sie heraus.

»Was meinen Sie damit?«

»Sie haben ein vorschnelles Urteil gefällt, als Sie gehört haben, dass ich Feuerwehrmann bin.«

»Es ist mir egal, dass Sie Feuerwehrmann sind. Mir ist es ganz gleich, wie Sie beschließen, Ihr Leben zu leben.«

»Vielleicht ist es Ihnen nicht mehr ganz so egal, wenn Sie mich anfangen, ein bisschen zu mögen.«

Sie lächelte ihn ein wenig nervös an. »Selbst wenn ich Sie ein bisschen mögen würde, bin ich trotzdem nur für ein paar Tage hier und ich muss mich auf Ihre Großmutter konzentrieren. Und da ich weiß, dass Sie versuchen wollen, mich davon abzuhalten, mit Ihrer Großmutter zu sprechen, muss ich mich doch fragen, ob Ihr Interesse an mir wirklich so unschuldig ist.«

»Oh, es ist wirklich gar nicht unschuldig. Ich hatte schon ein paar schmutzige Gedanken.« Als sie rot wurde, lachte er. »Sie etwa auch?«

»Hören Sie auf, Colton«, sagte sie etwas atemlos. »Wir werden das hier jetzt nicht weiter vertiefen.«

»Dann vertiefen wir es eben woanders.«

»Sie sind unmöglich. Diese Unterhaltung ist beendet.«

»Ich glaube, sie fängt gerade erst an.«

»Ich weiß, was Sie vorhaben. Sie versuchen, mich abzulenken. Und das wird Ihnen nicht gelingen.« Sie sah auf ihre Uhr. »Ich muss eine andere Unterhaltung anfangen.« Sie stand auf und ging hinüber zum Spieltisch. Sie wartete ab. »Meine Damen, sind Sie bereit, mit mir zu sprechen?«

»Selbstverständlich sind wir das«, sagte Eleanor. »Es tut mir leid, dass Sie warten mussten, aber ich war endlich

am Gewinnen und wollte nicht aufhören. Und es sah auch
so aus, als würden Sie und Colton sehr gut miteinander
auskommen.«

Colton lächelte, als er sah, dass Olivia vom listigen
Blick seiner Großmutter und deren scharfsichtigem
Kommentar rot wurde.

»Das ist schon in Ordnung«, sagte Olivia und
räusperte sich. »Aber ich würde jetzt gerne anfangen,
wenn Ihnen das Recht ist.«

»Setzen wir uns auf die Sofas«, sagte Ginnie und
übernahm die Führung.

Die Damen bewegten sich vom Tisch zu den Sofas
und Colton folgte ihnen. Er nahm neben seiner
Großmutter Platz. Dadurch hatte er das Gefühl, dass er sie
beschützte, auch wenn er damit nur einen warnenden
Blick an Olivia sandte. Es war nicht so, als würde dieser
Blick sie auch nur irgendwie einschüchtern. In ihren
grünen Augen blitzte Entschlossenheit. Sie war für eine
Geschichte hergekommen und würde eine Geschichte
bekommen.

Er hatte ein mulmiges Gefühl in der Magengrube, als
er diesen entschlossenen Blick in ihren Augen sah. Er
hoffte wirklich, dass es keine Geschichte zu erzählen gab.
Oder zumindest keine, die seine Großmutter belasten
würde.

Er tat den Gedanken als lächerlich ab. Seine
Großmutter war heute bei völlig klarem Verstand. Wenn
sie ein Geheimnis hatte, würde sie es ja wohl jetzt nicht
erzählen – oder etwa doch?

Kapitel 9

Olivia nahm ihr kleines Notizbuch und einen Stift in die Hand, bevor sie sich in der Runde umsah und jeder der Frauen ein ermunterndes Lächeln schenkte. Ginnie Culpepper, die extrovertierte Rothaarige, saß neben der ruhigeren Brünetten Constance Baker. Eleanor stellte Olivia die Vierte in der Runde als Lucy Hodges vor. Sie war eine weitere Schauspielerin aus der Center Stage Theatergruppe. Lucy war eine attraktive blonde Frau, die mindestens sieben oder acht Jahre jünger zu sein schien als die anderen Frauen.

»Wir haben gestern ja schon kurz über die Theatergruppe gesprochen«, sagte Olivia. »Ich würde gerne mehr darüber erfahren.«

»Wir waren sehr gut«, sagte Eleanor mit einem stolzen Lächeln auf den Lippen. »Bis wir Lucy an Bord geholt haben, waren wir aber Amateure. Lucy ist eine richtige Schauspielerin und mit ihr haben wir unser erstes Stück auf die Beine gestellt: Endstation Sehnsucht. Lucy hat Blanche gespielt und ich war Stella. Es war eine solch düstere Geschichte voller Liebe, Sex, Verlangen und Untreue. Es war wirklich schockierend, aber gleichzeitig äußerst aufregend.«

Olivia konnte die Leidenschaft in Eleanors Augen aufblitzen sehen, als sie über das Theater sprach.

»Ich liebte es, auf der Bühne zu stehen«, fuhr Eleanor fort. »Das erinnerte mich immer an meine Kindheit in Irland. Bis zu meinem zehnten Lebensjahr war ich eine Kinderschauspielerin. Meine Mutter war ebenfalls Schauspielerin. Sie hat mich einmal mit zum Vorsprechen genommen. Sie hat die Rolle nicht bekommen, aber ich schon. Ich glaube, das hat sie immer gestört.« Eleanor sah Colton an. »Habe ich dir das je erzählt?«

»Nein, hast du nicht«, sagte er und sah sie überrascht an. »Ich wusste gar nicht, dass du gerne auf der Bühne gestanden hast.«

»Es war eine tolle Zeit«, sagte Eleanor. »Ich habe so viele interessante Charaktere gespielt. Wenn ich auf die Bühne trat, ließ ich mein echtes Leben hinter mir.«

»Es war großartig«, stimmte Ginnie zu. »Und es war eine echte Abwechslung von unserem normalen langweiligen Leben, das aus Kinder Herumkutschieren, Backen und dem Besuch von Junior-Fußballspielen bestand.«

»War es denn je schwer für Sie, zum echten Leben zurückzukehren?«, fragte Olivia.

Eleanor schüttelte prompt den Kopf. »Ich war Mutter von fünf Kindern. Es machte mir großen Spaß, jemand anderen auf der Bühne zu spielen, aber ich wusste immer, wer ich war, wenn der Vorhang fiel. Manchmal brauchte ich ein paar Minuten, um mich zu sammeln, aber sobald ich zuhause ankam, war ich wieder *Mom*.«

»Wir haben auch nur im Sommer Aufführungen gehabt«, fügte Constance hinzu. »Das war die einzige Zeit, in der wir ohne ein schlechtes Gewissen die ehrenamtliche Arbeit für die Schule sausen lassen konnten. Wir waren ja alle Hausfrauen und Mütter und unsere Ehemänner verdienten den Lebensunterhalt. Wir sollten zuhause die Kinder hüten.«

Olivia nickte und dachte an ihre Mutter und wie sie es immer als selbstverständlich angesehen hatte, dass ihre Mom zuhause war, wenn sie von der Schule kam. Sie fragte sich, ob ihre Mom jemals aus ihrer Rolle ausbrechen wollte, wenn auch nur für wenige Augenblicke. Vielleicht sollte sie sie fragen.

Sie räusperte sich und konzentrierte sich wieder auf die Gruppe. »Und was ist mit Molly? Haben ihr die Stücke Spaß gemacht, auch wenn sie nicht auf der Bühne stand?«

»Oh, sie liebte es, die Kostüme zu schneidern«, sagte Eleanor. »Sie hat auch für ihre Kinder Kleidungsstücke genäht, aber die mussten immer auf eine bestimmte Weise aussehen. Bei den Kostümen konnte sie sich so richtig austoben mit Mustern und Formen – sie sahen fantastisch aus.«

»Warum haben Sie keinen anderen Ort für Ihre Stücke gesucht, nachdem das Theater abgebrannt ist?«, fragte sie.

»Diese Zeit war einfach vorbei«, sagte Eleanor.

»Unsere Ehemänner und Familien haben sich auch darüber beschwert, dass wir so viel Zeit im Theater verbrachten«, warf Ginnie ein. »Es wäre wirklich schwer gewesen, ihre Unterstützung zu bekommen, woanders noch einmal neu zu beginnen. Wir hätten ja von null anfangen müssen.«

»Manchmal müssen die Dinge enden«, sagte Constance.

»Es war aber schon traurig«, murmelte Lucy.

Olivia sah sich in der Runde um und war etwas verwirrt darüber, wie schnell aus der Unterhaltung die

Luft herausgegangen war. Sie waren alle so begeistert davon gewesen, ihre Geschichten zu erzählen und nun schienen sie sprachlos zu sein. »Aber was ist mit der Wohltätigkeitsorganisation? Ihre Familien und Freunde hätten Sie in diesen Bemühungen doch sicher unterstützt, oder nicht?«

»Nicht wirklich«, murmelte Ginnie.

»Ginnie«, sagte Constance scharf.

Ginnie zuckte mit den Schultern. »So war es doch.«

Olivia wandte sich an Eleanor. Sie hatte das Gefühl, die Frauen würden ihr nichts mehr erzählen, wenn Eleanor nicht die Führung übernahm. »Eleanor? Wie ging es Ihnen dabei, als alles aufhörte?«

Eleanor rutschte unruhig auf dem Sofa hin und her. »Es hat mich traurig gemacht, dass es vorbei war«, sagte sie vorsichtig. »Ich wusste, dass es mehr Menschen gab, denen wir hätten helfen sollen, aber wir konnten es einfach nicht und mussten das akzeptieren.«

Olivia seufzte. Sie versuchte, geduldig zu sein. Sie wusste ja, dass es manchmal ein wenig dauerte, bis sie einen Anhaltspunkt fand, von dem aus sich die Dinge entfalteten – aber sie hatte auch nur noch wenige Tage in San Francisco.

»Okay, meine Damen. Hier ist mein Vorschlag«, sagte sie. »Molly hat mich gebeten von New York hierherzukommen, um Ihre Geschichten zu hören. Sie sagte mir, ich würde von fantastischen, mutigen Frauen hören und dass Ihre Geschichten erzählenswert wären. Bisher habe ich noch nichts gehört, das Mollys Aussage bestätigen würde. Sie sind sicher eine Gruppe interessanter Frauen, aber Sie halten da noch etwas zurück. Sie können nun also entweder mit mir sprechen, oder ich gehe zurück an meine Arbeit. Das überlasse ich Ihnen.«

Die Frauen tauschten vielsagende Blicke aus. Es schien, als gäbe es eine stille Unterhaltung zwischen ihnen.

Endlich sagte Eleanor: »Sie haben Recht, Olivia. Molly wollte, dass wir über etwas sprechen, das wir alle gemeinsam getan haben. Etwas Wichtiges. Aber es ist schon so lange her, dass wir darüber gesprochen haben.«

»Wir haben nie darüber gesprochen«, unterbrach Ginnie sie unter zustimmendem Nicken von Lucy und Constance.

»Um was geht es denn?«, fragte Olivia und hatte dabei endlich das Gefühl, dass sie vorankam.

Bevor eine der Damen antworten konnte, setzte sich Colton plötzlich auf. »Keine von Ihnen muss irgendetwas sagen«, sagte er entschlossen. »Wenn Sie nicht mit Olivia sprechen wollen, müssen sie das nicht. Molly war diejenige, die Olivia eingeladen hat. Vielleicht hat sie den Entschluss getroffen, zu sprechen, aber das heißt nicht, dass Sie das auch tun müssen.«

Olivia war bewusst, dass er nur seine Großmutter beschützen wollte, aber die Art, mit der er all ihren Fortschritt zu einem abrupten Halt gebracht hatte, machte sie wahnsinnig.

Eleanor tätschelte Coltons Bein. »Danke, dass du uns daran erinnert hast, Colton. Aber was du gerade gesagt hast, sorgt nur dafür, dass ich noch dringender mit Olivia sprechen möchte.«

Colton runzelte die Stirn und murmelte: »Warum?«

»Weil Molly nicht sprechen kann, aber ich kann es noch.« Eleanor holte tief Luft und fuhr fort. »Sie haben Fragen über unseren wohltätigen Zweck gestellt, Olivia. Ich werde Ihnen die Wahrheit sagen. Wir haben das Theater genutzt, um Geld für Frauen zu sammeln, die von ihren Ehemännern oder Partnern Gewalt erfahren haben.

Vor vierzig Jahren sprach man noch nicht in der Art und Weise über häusliche Gewalt wie heute. Und auch wenn es häusliche Gewalt immer noch gibt und es immer noch Frauen in Not gibt, so gibt es auch gleichzeitig mehr Möglichkeiten für sie. Damals gab es nur sehr wenige Optionen.«

Olivia rutschte an die Sofakante, ihre Nerven waren angespannt. »Wie genau haben Sie ihnen geholfen?«

»Wir haben versucht, ihnen das zu geben, was sie brauchten«, entgegnete Eleanor. »Jede Situation war anders. Aber wenn sie beispielsweise ihrem Zuhause entkommen mussten, dann haben wir dafür gesorgt, dass sie es konnten.«

»Sie haben Frauen geholfen, vor ihren gewalttätigen Männern zu fliehen? Wie haben Sie das gemacht?«

»Wir haben ihnen Geld gegeben und ihnen bei ihrer Fluchtplanung geholfen«, sagte Eleanor.

»So wie das Netzwerk Underground Railroad damals den Sklaven geholfen hatte?«, fragte sie erstaunt.

Eleanor nickte: »Ja, genau so.«

Colton blickte ebenso perplex drein, wie sie sich fühlte. Sie hätte nie gedacht, dass diese vier alten Damen etwas so Gewagtes geleistet hatten.

»Ist das dein Ernst, Grandma?«, fragte er.

»Mein voller Ernst, mein Lieber.«

»Es fing alles mit einer Person an, die in Schwierigkeiten steckte«, warf Ginnie ein. »Es war eine Freundin von uns. Sie brauchte Geld, um zu ihrer Schwester zu gelangen. Ihr Ehemann hatte die Kontrolle über das Konto. Sie konnte ohne seine Zustimmung nicht an das Geld.«

Olivia konnte sich gar nicht vorstellen, sich in einer solchen Position zu befinden. Sie gehörte einfach einer anderen Generation an.

»Die meisten von uns hatten nur beschränktes Haushaltsgeld, das von unseren Ehemännern kontrolliert wurde«, sagte Constance. »Wir konnten nicht einfach Geld nehmen und ihnen verschweigen, wofür wir es ausgaben.«

»Wir haben auch versucht, es unseren Männern zu sagen, aber das funktionierte nicht«, sagte Lucy. »Ich habe meinem Mann einmal gesagt, dass ich mir ein paar Hundert Dollar leihen wollte, um einer Freundin auszuhelfen. Er sagte, meine Freundin solle sich an die Polizei wenden.«

»Es wurde uns also klar, dass wir das Geld auf eine andere Weise aufbringen mussten«, ergänzte Ginnie.

»Ich hatte die Idee, Stücke aufzuführen«, sagte Eleanor. »Molly und ich hatten gerade ehrenamtlich bei einer Schulaufführung ausgeholfen und wussten, was man alles tun musste. Constances Bruder fand das Theater für uns. Alles kam recht schnell zusammen.«

»Das erscheint dir jetzt nur so«, sagte Lucy. »Ich weiß noch, dass es viel Arbeit war.«

»Ja, das mag sein«, sagte Eleanor. »Aber es war für einen guten Zweck. Wir haben im ersten Jahr zwei Frauen helfen können. Im darauffolgenden Jahr waren es vier und in unserem fünften Jahr hatten wir schon über einem Dutzend Frauen geholfen.«

»Nicht jede von ihnen brauchte viel«, sagte Constance. »Manche brauchten nur Hilfe, Arbeit zu finden oder Geld für den Bus zu ihren Verwandten.«

»Manch andere erforderten drastischere Maßnahmen«, sagte Ginnie mit einem dramatischen Unterton.

»Was denn zum Beispiel?«, fragte Olivia.

»Wir mussten den Tod einer Frau vortäuschen«, sagte Eleanor. »Das war wirklich die gravierendste Sache, die wir getan haben. Aber wenn sie nicht *gestorben* wäre, hätte ihr Ehemann sie bis zu seinem letzten Atemzug gejagt.«

»Ich frage mich, was die Männer gedacht haben, wenn die Frauen einfach verschwanden«, sagte Olivia.

»Ich bin mir sicher, dass manche der Männer nach ihnen gesucht haben. Aber manchen Frauen hatten wir eine neue Identität verschafft«, sagte Eleanor. »Ginnie hatte einen Freund, der wirklich gut darin war Führerscheine und Pässe zu fälschen.«

»Also haben diese Frauen ein neues Leben begonnen.« Olivia stieß einen kleinen Pfiff aus. »Ich muss zugeben, ich bin beeindruckt und fasziniert.«

»Ich auch«, sagte Colton. »Aber ich verstehe nicht, warum das alles so geheimnisvoll ablaufen musste. Warum wurde die Polizei nicht eingeschaltet?«

»Die Polizei war in den meisten Fällen nicht daran interessiert, zu helfen. Oder die Frauen konnten keine Beweise vorbringen. Und wenn sie sich bei der Polizei meldeten und die Männer es mitbekamen, litten sie danach noch stärker. Die Frauen, denen wir geholfen haben, saßen tief in der Patsche«, sagte Eleanor. »Für sie waren wir die letzte Hoffnung. Und ich sollte nichts beschönigen. Manchmal war es wirklich gefährlich, was wir getan haben.«

»Was meinst du damit?«, fragte Colton. »Was ist passiert?«

»Eines nachts fuhr ich eine Frau zu einem Busbahnhof«, sagte Eleanor. »Es war fast Mitternacht. Ihr Mann hätte eigentlich auf der Arbeit sein sollen. Aber er tauchte dort auf. Da waren nur seine Frau und ich auf dem menschenleeren Bussteig. Er hielt mir ein Messer an die Kehle. Er befahl ihr, in sein Auto zu steigen, ansonsten würde er mir den Hals abschneiden. Sie begann hysterisch zu weinen und ich hatte schreckliche Angst. Ich kann das kalte Metall immer noch an meiner Kehle spüren.« Eleanor fasste sich an den Hals. »Zum Glück kam genau in dem Moment der Bus angefahren. Die Scheinwerfer haben ihn scheinbar kurz abgelenkt, denn er lockerte seinen Griff. Also habe ich ihn dahin getreten, wo es ganz besonders weh tut. Ich griff nach ihrem Arm und wir rannten wie die Verrückten. Bei diesem Mal sind wir dann zur Polizei.«

»Oh mein Gott«, murmelte Olivia.

»Ich kann nicht glauben, dass du das gemacht hast, Grandma«, sagte Colton. »Kam der Kerl ins Gefängnis?«

»Ja«, sagte sie. »Im Bus gab es Zeugen, die willens waren, auszusagen. Dieses Mal hatten wir Glück.«

»Das nennst du Glück?«, fragte Colton ungläubig.

Eleanor lächelte ihn an. »Ja, weil sie überlebt hat. Nicht jede Frau hat überlebt. Allerdings wurden nach diesem Vorfall einige Frauen in unserer Gruppe nervös. Sie hatten Angst, dass sie in ähnlichen Situationen landen würden und dass es nicht so glimpflich ausgehen würde. Wir hatten danach immer weniger freiwillige Helfer.«

»Und unsere Ehemänner wollten, dass wir aufhörten«, fügte Ginnie hinzu. »Zumindest die Ehemänner, die Bescheid wussten.«

»Wusste Grandpa Bescheid?«, unterbrach Colton.

Eleanor holte tief Luft. »Irgendwann schon. Nicht ganz am Anfang. Ich wusste, es würde ihm nicht gefallen.«

»Hast du ihm erzählt, was am Busbahnhof passiert war?«, fragte Colton.

»Zu einem späteren Zeitpunkt, ja«, gab sie zu. »Es gefiel ihm gar nicht. Er wollte nicht, dass ich mein Leben aufs Spiel setzte. Er hatte auch Angst, dass die Kinder in Gefahr geraten würden. Ich glaube nicht, dass das wirklich realistisch war. Aber eines Tages, da war Jack um die achtzehn, wurde er von ein paar älteren Jungs überfallen. Sie haben ihn verprügelt und ihm seinen Geldbeutel gestohlen. Wir dachten, es sei ein Überfall gewesen, aber als Jack mir den Namen des einen Jungen sagte, habe ich mich gefragt, ob es vielleicht eine Verbindung gab. Ich hatte der Mutter dabei geholfen, die Stadt zu verlassen. Sie hatte ihren Sohn nicht mitgenommen, weil er siebzehn war und nicht mitgehen wollte.« Sie hielt inne. »Jack sagte mir damals, der Junge hätte etwas über Rache gesagt, aber er wusste nicht, was er damit gemeint hatte. Ich wusste es aber leider. Mir wurde bewusst, dass ich das Wohl meiner Familie nicht weiter gefährden konnte, ganz egal, was für gute Taten wir vollbrachten. Ich wollte aufhören, aber eine Woche später brannte das Theater ab und so war die Entscheidung für uns gefallen.«

Olivia dachte über Eleanors Worte nach und eine Frage kam ihr in den Sinn: »War es Brandstiftung?«

Eleanor zuckte mit den Schultern. »Sie sagten, es sei wegen einer Zigarette im Hinterzimmer ausgebrochen. Es war spät am Abend. Viele Leute haben da hinten geraucht. Ich hab' mich allerdings immer gefragt ...«

»Ob jemand Sie aufhalten wollte«, sagte Olivia.

»Ja, das habe ich mich gefragt. Ich habe mich auch gefragt, ob das die Rache war, von der der Junge gesprochen hatte.«

»Wenn es Rache war, dann hatte jemand herausbekommen, was du und deine Freundinnen taten«, sagte Colton.

»Das kann sein«, stimmte Eleanor zu. »Aber es waren einfach zu viele, um uns alle auszuschalten.«

»Also haben sie das Theater ausgeschaltet«, sagte Olivia.

»Auf gewisse Weise haben wir uns gefühlt, als hätten wir aufgegeben«, sagte Ginnie. »Zumindest ging es mir so. Ich hatte Schuldgefühle, alles hinter mit zu lassen. Aber wir wussten nicht, was wir hätten tun sollen.«

»Wir haben das alles vierzig Jahre lang geheim gehalten«, sagte Eleanor. »Nicht nur, weil wir unsere Familien nicht in Gefahr bringen wollten. Wir mussten auch die Frauen schützen, die sich versteckt hielten. Wenn unsere Taten ans Licht gekommen wären, hätte man sie vielleicht finden können.«

»Aber Molly war nun der Ansicht, es sei an der Zeit, die Geschichte zu erzählen«, sagte Constance.

»Aber wir können keine Namen nennen«, sagte Eleanor. »Wir können nicht einmal unsere eigenen Namen verwenden, denn sonst gäbe es eine Verbindung zwischen uns und den Frauen, die wir gerettet haben.«

»Gibt es eine Frau, der Sie geholfen haben, die bereit wäre, zu sprechen? Vielleicht eine, deren Ehemann mittlerweile gestorben ist?«, fragte Olivia.

»Wir dachten, wir hätten eine Frau gefunden, als Molly Ihnen den Brief schrieb«, sagte Eleanor. »Aber das hat sich in der Zwischenzeit geändert. Wir erzählen Ihnen gerne alles, was wir wissen. Aber wir können keine Namen nennen.«

Und so würde es wirklich schwer werden, einen Verleger für ihr Buch zu finden. Sie dachte einen Moment nach. Die Damen hatten ihr ein großes Hindernis in den Weg gelegt, aber es musste einfach einen Weg darum herum geben. Denn sie war wirklich von der Idee begeistert, eine geheime Untergrundhilfsorganisation zu offenbaren, die durch eine Volkstheatergruppe voller Hausfrauen geführt wurde. Die Idee war wirklich ein klasse Konzept. Allein mit der Buchbeschreibung würde sie vermutlich schon einen Vertrag mit einem Verlag bekommen. Aber das Buch würde viel mehr Details liefern müssen und sie konnte nichts versprechen, das sie nicht liefern konnte.

Vielleicht konnte sie ja etwas liefern. Vielleicht könnte sie selber Nachforschungen anstellen, jemanden finden, die nichts mehr zu verlieren hatte und sie davon zu überzeugen, ihr mit dem Buch zu helfen.

»Haben Sie noch Kontakt zu den Frauen?«, fragte Olivia.

»Oh, nein«, sagte Eleanor. »Das wäre viel zu gefährlich gewesen.«

»Also wissen Sie auch nicht wirklich, ob es jemanden gibt, die mit mir sprechen würde?«

»Nein, aber um das herauszufinden, müssten wir Ihnen ihre Namen geben und das können wir nicht tun.«

»Scheint als wären Sie in einer Sackgasse gelandet«, gab Colton von sich.

Sie verzog das Gesicht. »So leicht gebe ich nicht auf. Ich muss über all das nachdenken.«

»Es ist wirklich schwerer Tobak«, gab Eleanor zu. »Und wir wissen es sehr zu schätzen, dass Sie uns mit unseren Geschichten helfen. Für viele von uns geht die Sonne ja allmählich unter …«

»Sonnenuntergang?«, unterbrach Ginnie prustend. »Für manche von uns ist es schon nach Mitternacht.«

»Wie gesagt«, fuhr Eleanor fort und sah ihre Freundin spitz an. »Wir haben schon lange darüber gesprochen, seit Molly damit angefangen hat. Wir hatten nie daran gedacht, an die Öffentlichkeit zu gehen. Aber jetzt, wo wir uns dem Ende nähern, haben wir uns gedacht, dass unsere Geschichte vielleicht anderen Frauen helfen könnte, etwas zu unternehmen, jemandem zu helfen. Und vielleicht gibt es die Möglichkeit, die Geschichte zu erzählen, ohne dass irgendwer zu Schaden kommt.«

»Ich sehe da schwarz«, sagte Colton und zog mit seiner tiefen, männlichen Stimme die Aufmerksamkeit aller auf sich. »Wie du schon gesagt hast, geht es ja nicht nur um die Frauen, die du schützen musst. Es geht auch um euch. Sonnenuntergang oder Mitternacht oder was auch immer, ihr seid alle immer noch am Leben und habt Familien, die sich um euch sorgen. Keiner will, dass ihr euch in Gefahr begebt oder ins Rampenlicht gestellt werdet. Ihr habt eine weise Entscheidung getroffen, das Geheimnis so lange zu bewahren. Warum solltet ihr das jetzt ändern?«

Olivia war bewusst, dass er nicht ganz unrecht hatte, aber er vertrat den Standpunkt eines Enkels und sie den einer Schriftstellerin, die die Wahrheit enthüllen wollte. »Es ist nicht Ihre Entscheidung«, sagte sie ihm. »Verstehen Sie denn nicht, dass diesen Frauen die letzten vierzig Jahre lang von Männern der Mund verboten wurde? Wenn sie jetzt etwas sagen wollen, dann sollten sie das auch können.«

»Ich will sie ja gar nicht davon abhalten. Ich stelle lediglich die Tatsachen dar.«

»Die Tatsachen, wie Sie sie sehen«, sagte sie wutentbrannt. »Das hier ist nicht Ihre Angelegenheit, Colton.«

»Meine Großmutter ist meine Angelegenheit und meine Familie auch. Ich werde sie beschützen, so wie sie alle anderen beschützen.«

Sie schnaubte frustriert. Es war schwer, mit jemandem zu diskutieren, der einen so hohen moralischen Standpunkt einnahm. Aber sie bemerkte schnell, dass sie seine Argumentation umdrehen konnte. »Sie laufen in brennende Gebäude, um andere Leute zu retten«, erinnerte sie ihn. »Dabei setzten Sie Ihr Leben aufs Spiel.

Sie könnten beim Versuch, jemanden zu beschützen, Ihr eigenes Leben verlieren. Und sollten Sie sterben, dann wird Ihre Familie um sie trauern. Oder etwa nicht?« Ihre Worte wurden stärker, als der Schmerz der letzten zehn Jahre sie durchflutete. »Würde Sie das davon abhalten, das zu tun, was Sie für das Wohl aller tun? Warum wäre das, was die Damen hier machen, so anders?«

Sie hatte ihn herausgefordert – die Luft um sie herum stand unter Starkstrom.

Sie konnte spüren, wie die Damen sie beobachteten, aber ihr Blick war starr auf Colton gerichtet. Seine dunkelblauen Augen flackerten voller Wut. Sie sah ihm an, dass er nach etwas suchte, um ihre Argumentation zu entkräften, aber es kam nichts.

»Ich glaube, sie hat dich am Wickel, Colton«, sagte Eleanor mit einem amüsierten Blick.

Er runzelte die Stirn. »Eben nicht. Was ich als Feuerwehrmann mache, ist eine ganz andere Situation als das hier.«

»Ihr habt beide gute Argumente vorgebracht«, sagte Eleanor. »Vielleicht sollten wir alle noch etwas darüber nachdenken.«

Olivia wusste nicht, ob weiteres Nachdenken die Entscheidung zu ihren Gunsten oder zu Coltons Gunsten ausgehen lassen würde. Sie hoffte aber, dass diese Frauen, die vor vierzig Jahren so viel riskiert hatten, nun noch ein weiteres Risiko eingehen würden.

»Ich hoffe, Sie denken weiter darüber nach«, sagte sie. »Ich will Sie nicht drängen. Aber ich habe nur noch wenige Tage Urlaub, die ich dafür verwenden kann und ich weiß, wie wichtig es Molly ist.« Sie musste die Molly-Karte spielen, denn Molly war schließlich diejenige gewesen, die sie überzeugt hatte, dass sie Olivia schreiben sollten. Zu dem Zeitpunkt waren die Damen auf ihrer

Seite gewesen. Sie hatten nur kalte Füße bekommen.

»Es lag Molly wirklich am Herzen«, sagte Eleanor und seufzte. »Ich hoffe, es geht ihr bald besser, damit sie mit Ihnen sprechen kann, Olivia.«

»Das hoffe ich auch«, sagte sie. »Ich habe ihre Tagebücher durchgelesen, die sie mir zur Verfügung gestellt hat, aber sie endeten abrupt nach der Geburt ihrer Tochter. Ich weiß nicht, ob mir ein Buch fehlt, oder ob sie aufgehört hat, Tagebuch zu schreiben. Aber ich weiß, dass sie mir die Bücher nicht grundlos gegeben hat. Wissen Sie vielleicht, ob sie noch mehr Tagebücher bei sich daheim hat?«

Eleanor sah sie an. »Ich bin mir nicht sicher. Ich weiß, dass sie ein paar Sachen für Sie zusammengestellt hat, also kann es schon sein. Aber es kann auch sein, dass sie einfach zu beschäftigt war, um weiterzuschreiben.«

Olivia hatte das Gefühl, dass das nicht der Fall war. »Ich weiß, das ist eine Antwort, die logisch erscheint, aber ich recherchiere schon lange die Leben von anderen. Ich habe viele Interviews geführt. Was ich wirklich sicher weiß, ist, dass die wahre Geschichte dann anfängt, wenn die Leute aufhören zu reden. Und Molly hat in ihren Tagebüchern aufgehört zu reden und ich möchte wissen, warum.«

»Vielleicht wurde es ihr nur zu müßig, Dinge aufzuschreiben«, warf Colton ein. »Sie suchen auch unter jedem Steinchen ein Geheimnis.«

»Und Sie sind nicht besonders hilfreich.«

»Gut, denn das wollte ich auch gar nicht sein«, konterte er.

Eleanor lächelte ihnen zu. »Ihr zwei müsst nicht auf unterschiedlichen Seiten sein.«

Von Olivias Perspektive aus, mussten sie das aber. Colton murmelte leise etwas und verschränkte die Arme vor der Brust.

»Ich weiß, was Sie brauchen, Olivia«, sagte Eleanor nach einer Weile. »Colton, sei so lieb und hol' mir meine Handtasche. Sie liegt unter dem Spieltisch.«

Colton stand auf und holte Eleanors Tasche, dabei sah er Olivia scharf an.

Sie ignorierte ihn. Sie war da, um mit seiner Großmutter zu sprechen, nicht mit ihm.

Eleanor holte einen Schlüssel aus ihrer Tasche. »Das ist der Schlüssel zu Mollys Haus. Gehen Sie dorthin und schauen Sie, was Sie über sie herausfinden können.«

Ginnie räusperte sich. »Bist du sicher, dass das so eine gute Idee ist, Eleanor?«

»Molly würde das vielleicht nicht wollen«, stimmte Lucy zu.

»Ich denke, das ist genau das, was sie wollen würde«, widersprach Constance. Sie und Eleanor sahen sich eine lange Weile an. »Sie wollte, dass Olivia die Geschichte hört.«

»Ja«, sagte Eleanor. »Ich denke, Sie sollten zu Molly nachhause gehen und schauen, ob Sie noch weitere Tagebücher oder sonstiges finden können.«

Olivia stand auf und ging hinüber zum Sofa, um den Schlüssel von Eleanor an sich zu nehmen. »Danke. Ich verspreche, dass ich nichts in Unordnung bringe«.

»Natürlich nicht«, sagte Eleanor. »Daran habe ich keinen Zweifel.«

»Ich hab' da schon meine Zweifel«, warf Colton ein und stand auf. »Ich komme mit Ihnen, Olivia.«

»Das ist nicht nötig.«

»Ich denke schon.«

Sie wusste, dass sie nicht besonders weit kommen würde, wenn sie mit ihm stritt. »Wie lautet die Adresse?«, fragte sie Eleanor.

»147 Halliwell Avenue.«

»Ich fahre jetzt dorthin und dann möchte ich gerne noch einmal mit Ihnen allen sprechen.«

»Wir sind morgen Nachmittag wieder hier, von zwölf bis zwei«, sagte Eleanor. »Und wir werden darüber nachdenken, was wir machen wollen.«

»Das würde mich freuen. Ich weiß, Sie haben alle etwas zu verlieren und ich nicht. Aber ich glaube, Ihre Geschichte würde andere inspirieren. Nicht nur diejenigen, die sich gefangen fühlen in ihrem Leben, sondern auch jene, die gerne helfen wollen, aber sich nicht trauen.«

»Wir haben uns damals jung und unsterblich gefühlt«, sagte Ginnie mit einem Anklang von Traurigkeit. »Über die Jahre geht dieses Gefühl verloren.«

»Aber nur, wenn wir es zulassen«, sagte Eleanor mit erhobenem Haupt. »Wir werden darüber nachdenken, Olivia.«

»Danke.«

»Mom wird gleich zurück sein und dich nach Hause fahren«, sagte Colton. »Macht es dir etwas aus, wenn ich mit Olivia mitgehe, Grandma?«

Eleanor lächelte. »Ich denke, ihr beide werdet ein gutes Team ...«

»Und ich glaube, ihr solltet euch alle einmal am Kopf untersuchen lassen, dass ihr hier so ein Fass aufmacht. Ich finde es aber toll, was ihr gemacht habt. Ich möchte meinen Beitrag dazu leisten und sicherstellen, dass eure Geheimnisse nur auf die richtige Weise verbreitet werden.«

»Ich vertraue dir, Colton«, sagte Eleanor. »Ich sehe euch beide dann morgen.«

»Mich sehen Sie auf jeden Fall«, sagte Olivia und hoffte, dass es ihr gelingen würde, Colton zwischenzeitlich loszuwerden. Aber sie hatte das Gefühl, er würde ihr von jetzt an auf den Fersen bleiben.

Als sie nach draußen gingen, hielt Colton auf der Stufe an und holte tief Luft. »Verdammte Axt«, sagte er. »Das war vielleicht verrückt. Meine Großmutter hat eine geheime Untergrundorganisation zur Rettung von Opfern häuslicher Gewalt betrieben? Sie hat ihnen bei der Flucht geholfen, Todesfälle vorgetäuscht ... was zum Teufel, Olivia?«

In ihrem Kopf fuhren Ihre Gedanken auch gerade wie wild umher und sie war noch nicht einmal mit der Frau verwandt. Sie konnte verstehen, warum es Colton so naheging. »Wenn Sie hierbleiben und mit ihr sprechen möchten, dann ist das für mich in Ordnung.«

»Nein, ich komme mit. So leicht werden Sie mich nicht los.«

»Dann mal los.«

Sie gingen zum Parkplatz. Colton sagte: »Sie müssen fahren. Ich bin mit meiner Mom und Großmutter gekommen.«

»Ich wäre sowieso gefahren. Das hier ist meine Angelegenheit und nicht Ihre.«

»Ich mache es zu meiner Angelegenheit. Ich muss die Interessen meiner Großmutter wahren.«

Sie kommentierte das Gesagte nicht, schloss den Wagen auf und setzte sich ans Steuer.

Colton nahm auf dem Beifahrersitz Platz und schnallte sich an. »Schönes Auto.«

»Ist ein Mietwagen.«

»Was für ein Auto fahren Sie sonst?«

»Ich fahre kein Auto. Ich lebe in New York City. Ich laufe und nehme die U-Bahn.”

»Und Sie haben kein Problem damit, so gar keine Kontrolle zu haben?«

»Es ist tatsächlich die einzige Sache, die ich wirklich vermisse: zum Laden zu fahren und so viele Lebensmittel einzukaufen, wie ich will, weil ich sie nicht heimtragen muss. Aber in der Stadt zu leben hat so viele andere Vorteile, das gleicht sich aus.«

»Ich war noch nie in New York. Wie ist es dort so?«

»Sehr energiegeladen«, sagte sie. »Jeder hat es eilig. Nach New York kommen Leute, die ihre Träume verwirklichen wollen. Man kann die Ungeduld förmlich spüren.«

»Das ist eine schöne Beschreibung. Sie sind bestimmt Schriftstellerin.«

»Das versuche ich. Wenn ich doch nur diesen hartnäckigen Feuerwehrmann loswerden könnte …«

»Vielleicht sollten Sie mich lieber als Ihren Partner ansehen und nicht als Ihren Gegenspieler. Meine Großmutter findet, dass wir ein gutes Team abgeben.«

»Ja, nun ja. Sie mag Sie wahrscheinlich auch gerne.«

»Geben Sie mir eine Chance. Vielleicht fangen Sie auch bald an mich gern zu haben.«

Sie wandte sich von seinem sexy Grinsen ab. Sie war schon dabei, ihn gernzuhaben und diese Komplikation konnte sie nun wirklich nicht gebrauchen.

Kapitel 10

Colton musste lächeln, als Olivia die Straße entlangdüste. »Ich mag Frauen, die keine Angst vor ein bisschen Geschwindigkeit haben«, sagte er anerkennend.

»Das glaub ich Ihnen«. Sie sah ihn kurz an. »Was denken Sie über all das, was wir gerade erfahren haben?«

Das war keine leichte Frage. »Ich bin noch dabei, es zu verarbeiten. Ich habe Schwierigkeiten, mir vorzustellen, dass meine liebe Grandma, die mir jeden Tag nach der Schule Kekse gebacken hat, eine Art Geheimagentin einer Untergrundgruppe war.«

»Da zeigt sich wieder einmal, dass man die Menschen um einen herum nie so gut kennt, wie man denkt.«

»Ich hätte nie gedacht, dass sie so etwas Gewagtes, Mutiges in ihrem Leben gemacht hat. Und was ich noch weniger verstehen kann, ist, dass mein Großvater das zugelassen hat. Solange ich ihn kenne, hat er schon immer einen starken Beschützerinstinkt gegenüber meiner Grandma gehabt. Sie hat wirklich selten etwas ohne ihn gemacht.«

»Oder Sie haben es nur einfach nicht bemerkt.«

»Oder ich hab' es nur einfach nicht bemerkt«, stimmte er zu.

»Sie waren ein Kind. Kinder sind bemerkenswert egozentrisch. Aber was die Kenntnis Ihres Großvaters bezüglich der Geheimorganisation angeht ... die Damen wollten das Thema, wann ihre Männer davon wussten, ja eher nicht anschneiden. Vielleicht hat Ihr Großvater es eine ganze Weile lang nicht gewusst. Vielleicht hat er ja nur gedacht, dass sie ihre Träume von der Schauspielerei auslebt, obwohl sie eigentlich etwas recht Gefährliches machte.«

»Meinen Sie?«, fragte er trocken. Der Gedanke daran, dass ein Verrückter seiner Großmutter ein Messer an die Kehle gehalten hatte, ließ ihn immer noch erschaudern. »Sie hätte an diesem Busbahnhof sterben können.«

»Ja, das hätte sie, aber es ist nicht passiert. Sie hat ein langes und glückliches Leben geführt, und wie mir scheint, hat sie das für die anderen Frauen auch geschafft.«

»Sie haben Recht.«

»Wow, das hätte ich ja auch nie gedacht, dass ich sowas von Ihnen hören würde«, sagte sie trocken.

»Gewöhnen Sie sich lieber nicht dran.«

»Ihre Großmutter wirkte auch nicht aufgeregt oder durcheinander, als wir gesprochen haben. Sie hat ihre Geschichte gern erzählt, und zwar nicht nur mir, sondern auch Ihnen, Colton. Es hat ihr gefallen, dass Sie da waren. Sie wollte, dass Sie einen Eindruck davon bekommen, was für eine Frau sie war, als sie jünger war.«

»Das war ein ganz schön interessanter Einblick. Aber ich kann mir immer noch nicht recht vorstellen, dass die Frauen das nicht doch etwas ausschmücken. Das ist schon so lange her. Vielleicht haben sie ein paar Frauen dabei geholfen, sich zu verstecken und haben das dann aufgebauscht.«

»Den Tod von jemandem vorzutäuschen, klingt aber nicht gerade aufgebauscht.«

»Das stimmt. Aber die Gruppe ist immer gerne etwas überdramatisch.«

»Ich glaube nicht, dass sie überdramatisch waren. Eigentlich fand ich eher, dass sie das, was sie getan hatten, heruntergespielt haben. Haben Sie nicht bemerkt, wie oft sie einander ansahen, als wären sie sich nicht sicher, wie viel sie sagen sollten? Ich glaube nicht, dass wir bereits die ganze Geschichte kennen.«

An ihrem Ton merkte er, wie aufgeregt sie war. »Sie haben sich schon völlig in die Sache verstrickt.«

»Natürlich habe ich das und Sie doch auch. Sie sind doch genauso neugierig wie ich und wollen mehr über ihre Abenteuer erfahren. Ich hoffe nur, dass wir in Mollys Haus ein paar Antworten finden. Sie war diejenige, die mich mit aller Kraft hierherholen wollte, damit ich die Geschichten zu Papier bringe. Ich hoffe, sie hat ein paar Unterlagen zuhause vorbereitet, mit denen ich arbeiten kann.«

»Das wäre sehr gut«, sagte er. Er war aber nicht überzeugt davon, dass dies eine leichte Aufgabe sein würde. »Biegen Sie bei der nächsten Ampel rechts ab und dann sofort wieder links. Hier gibt es nicht so viele Parkmöglichkeiten, aber vielleicht haben wir Glück.« Als er das Wort *Glück* aussprach, musste er lächeln. Er hatte in der letzten Zeit wirklich kein Glück gehabt.

»Wie heißt dieses Viertel?«, fragte Olivia, als sie langsam durch eine überfüllte Straße voller kleiner Läden und Cafés fuhr.

»Das hier ist Haight. Gleich kommen wir zur Kreuzung von Haight und Ashbury. In den Sechzigern war hier das Hippieviertel mit Blumenkindern und der Friedensbewegung. Das Viertel hat sich zwar verändert, aber es gibt immer noch eine Menge Tattoo-Läden und Kiffershops zwischen den Kleidungsgeschäften und Bars.«

»Es ist schön hier«, sagte Olivia und lächelte ihn an. »Ich liebe bunt gemischte Viertel.«

»Ich auch«, gab er zu. »Das ist ein Grund, warum ich diese Stadt so liebe.«

»Und Sie würden niemals woanders leben wollen?«

»Ich sage niemals nie, aber ich bin hier glücklich. Ich mag es, dass ich die Möglichkeit habe, einige dieser coolen alten Gebäude zu schützen.«

»Ist Ihre Feuerwache hier in der Nähe?«

»Nein, ich arbeite eher in der Innenstadt und den Industriegebieten.«

»Brände in Wolkenkratzern, das muss beängstigend sein.«

»Es ist wirklich eine Herausforderung. Aber die schlimmeren Brände entstehen in Lagern. Dort sind häufig viele brennbare Stoffe gelagert.«

»Dabei sind Sie doch auch verletzt worden«, sagte sie und sah ihn an.

»Ja.« Er wollte gerne das Thema wechseln und sagte: »Apropos coole Gebäude, sehen Sie das Backsteingebäude da drüben?« Er deutete nach rechts.

Sie nickte. »Ashbury Studios. Ist das berühmt?«

»Ich denke, dass es das eines Tages sein wird. Es gehört meinem Bruder Sean. Er ist Musiker, Produzent und Unternehmer. Seine Freundin betreibt ein Tanzstudio in der oberen Etage.«

»Wirklich? Er ist Musiker? Ich dachte, ihr Callaways seid alle Feuerwehrleute.«

»Sean hat sich nie für die Feuerwehr interessiert. Ihm

ging es schon immer nur um Musik. Ich glaube, dass er sich deshalb immer ein wenig von der Familie ausgeschlossen gefühlt hat, aber das hat sich in der letzten Zeit geändert. Mein Dad ist auch nicht mehr so streng mit ihm. Er hat nun endlich verstanden, dass er einen Sohn hat, der nicht in seine Fußstapfen treten wird.«

»Hat Ihr Vater Sie gedrängt, zur Feuerwehr zu gehen?«

»Es wurde auf jeden Fall erwartet, dass ich der Feuerwehr eine Chance gebe. Das war auch okay für mich. Ich war schon, seit ich ein Kind war, fasziniert von der Arbeit meines Vaters. Ich habe die Sirene geliebt und fand es toll, ihm zuzusehen, wie er auf den Löschzug sprang. Mir haben auch die Picknicks mit den anderen Feuerwehrleuten gefallen und die Art, wie alle füreinander einstehen. Feuerwehrleute haben ihre eigene Familie und ihre Feuerwehrfamilie.«

»Das klingt alles gut und schön, aber den Teil mit der Gefahr haben Sie ausgelassen«, sagte sie trocken.

Er neigte den Kopf. »Ich gebe zu, dass ich die körperlichen, psychischen und emotionalen Anforderungen des Jobs unterschätzt hatte. Dafür kann man nicht wirklich trainieren. Man muss das einfach leben. Aber auch wenn ich mich gerne als den heldenhaften Feuerwehrmann darstelle, muss ich auch ehrlich sein. Der Job ist nicht nur spannend. An manchen Tagen ist es wirklich langweilig.«

»Wirklich? Sogar in einer großen Stadt wie San Francisco?«

»Sogar hier.« Er sah einen Parkplatz in der Nähe. »Lassen Sie uns hier parken. Mollys Haus ist eine Straße weiter. Ich bin mir nicht sicher, ob wir näher dran einen Platz finden.«

»Das ist okay. Ein kleiner Spaziergang durch das

Viertel würde mir später sogar gut gefallen. Aber jetzt will ich erstmal in Mollys Haus und sehen, ob wir noch etwas finden können.«

Er lächelte, als er sah, wie entschlossen Sie den Mietwagen in den für San Francisco typisch kleinen Parkplatz manövrierte. Olivia war sogar noch hübscher, wenn sie konzentriert und entschlossen war. Er fragte sich, ob der Ausflug zu Mollys Haus wohl etwas bringen würde. Und ob er sich deshalb Sorgen machen musste.

Wenn es bei Molly nichts zu entdecken gab, wäre das Ganze vielleicht vorbei. Sein Großvater könnte sich entspannen. Seine Großmutter könnte wieder mit ihren Freundinnen Bridge spielen und die Vergangenheit vergangen sein lassen und er hätte sich beiden gegenüber korrekt verhalten.

Andererseits, wenn sie nichts fanden, bedeutete das auch, dass Olivia zurück nach New York gehen würde und er war noch nicht bereit, sich von ihr zu verabschieden.

Kurz vor vier betraten sie Mollys Haus. Es war ein zweistöckiges Haus mit zwei Schlafzimmern, das zwischen zwei großen Wohngebäuden eingezwängt war. Die nachmittäglichen Schatten hatten sich auf das Haus gelegt und nun wirkte alles düster. Als Colton in den Flur trat, fiel ihm sofort der Geruch des Hauses auf, den er mit alten Leuten in Verbindung brachte. Eine Mischung aus Lavendel, Vanille und etwas Undefinierbarem hing in der Luft. Schwere Vorhänge verdeckten die Fenster, was die deprimierende Atmosphäre noch verstärkte. Es war fast, als hätte das Haus die Hoffnung aufgegeben, dass seine Bewohnerin zurückkehren würde.

Vielleicht würde Molly nicht zurückkehren. Dieser Gedanke machte ihn traurig.

»Wir brauchen mehr Licht«, sagte Olivia und schaltete das Licht im Flur ein.

Wie viele Häuser in San Francisco, war auch dieses Haus sehr schmal und hatte einen langen Flur, der von der Eingangstür an Wohn- und Esszimmer vorbei an das hintere Ende des Hauses führte.

Colton ging zuerst ins Wohnzimmer und zog die Vorhänge auf, um Tageslicht hineinzulassen. »Besser.«

»Ja«, stimmte Olivia zu und folgte ihm in den Raum. »Obwohl ich jetzt natürlich auch besser sehen kann, wie viel Zeug es hier gibt.«

Olivias Aussage war keine Übertreibung. Das Wohnzimmer war über und über vollgestellt mit Antiquitäten – ein Sofa aus einer vergangenen Ära, ein verzierter Couchtisch mit Glasplatte, Bücherregale und Beistelltische aus Mahagoni. Es war kein durchdachtes Design auszumachen. Molly hatte einfach das zusammengetragen, was ihr gefiel.

Olivia hob ein Kissen mit einem Katzengesicht auf. »Ich kann ein thematisches Motiv erkennen. Katzenkissen, Katzenfiguren, Katzenbilder an der Wand … gibt es vielleicht auch eine echte Katze?!«

»Ich rieche nichts und gesehen hab' ich auch keine. Aber wir haben ja noch nicht alles im Haus gesehen. Es würde mich ziemlich überraschen, wenn es keine gäbe, in Anbetracht ihrer Vorliebe für die Viecher.«

»Ich konnte mich nie für Katzen erwärmen. Ich mag Hunde lieber.«

»Ich auch. Haben Sie einen Hund?«

»Nein, ich wohne in einem sehr kleinen Studioapartment in Manhattan. Ich passe kaum selbst hinein. Und ich reise auch viel für Philip, für Recherche und auf Buchtourneen. Da hätte ich ein schlechtes Gewissen gegenüber meinem Haustier. Vielleicht irgendwann einmal. Und Sie?«

»Ja, das ist bei mir auch so. Es ist nicht der richtige Zeitpunkt. Meine Wohnung ist vielleicht ein kleines bisschen größer als Ihre, aber meine Schichten sind lang und ich bin oft auch für mehrere Tage am Stück unterwegs.« Er hielt inne und sah sich ein Bücherregal an. »Molly scheint ein Fan von Detektiv- und Spionageromanen zu sein. Es sieht sogar so aus, als hätte sie vorgehabt, ihre eigenen Bücher zu schreiben.«

Olivia nickte, als er ein Buch über kreatives Schreiben hervorholte. »Sie hat die Geschichte vermutlich schon seit langer Zeit im Kopf und hatte einfach nur keine Ahnung, wie sie sie zu Papier bringen sollte.« Sie sah sich im Raum um und seufzte. »Ich weiß nicht, wo wir anfangen sollen. Es gibt einfach so viel in diesem Zimmer. Ich habe eine Vorahnung, wie das restliche Haus aussieht.«

»Es ist vollgestopft, aber es scheint ordentlich zu sein. Molly ist kein Messie. Sie sollten mal ein paar der Wohnungen sehen, in denen ich schon war. Es ist unglaublich, in was für Zuständen manche Menschen leben, besonders ältere Menschen. Viele brauchen eindeutig Hilfe, aber sie bekommen keine.« Er hielt inne. »Ich wundere mich aber schon, dass Sie nicht wissen, wo Sie anfangen sollen. Ist das nicht Ihr Metier? Sollten Sie nicht daran gewöhnt sein, den Müll und die Schmutzwäsche anderer Leute zu durchwühlen?«

Sie verzog das Gesicht. »Sie lassen meinen Job schäbiger klingen, als er ist, Colton. Ich bin kein Reporter für die Regenbogenpresse.«

»Sie haben also noch nie den Mülleimer von irgendwem durchsucht?«

Ihre Lippen wurden schmal. »Ich wünschte, ich könnte sagen, dass ich das noch nie gemacht habe ... aber doch, ab und zu. Allerdings fühlt sich das hier ein wenig anders an.«

»Vielleicht, weil Molly keine Prominente oder eine Politikerin oder sonst wie berühmt ist. Es ist ihr privater Haushalt, ihr Privatleben.«

»Das stimmt. Ich bin eher daran gewöhnt, mit Menschen im öffentlichen Leben zusammenzuarbeiten und Ruhm hat eben auch eine Kehrseite. Wenn Philip eine neue Person für eine Biographie aussucht, dann wissen diejenigen, dass sie durch die Geschichte noch berühmter werden. In diesen Fällen macht es mir auch nicht so viel aus, sie mehr zu bedrängen.«

»Aber bei Molly ist das was Anderes.« Es gefiel ihm, dass Olivia mit sich haderte. Das verriet ihm, dass sie einen respektablen moralischen Kompass hatte.

»Ja, bei Molly ist das was Anderes. Sie wollte, dass ich nach San Francisco komme und ihre Geschichte für sie erzähle. Also denke ich, dass sie es in Ordnung finden würde, wenn ich mich in ihrem Haus umsehe. Ich glaube, dass Eleanor mir den Schlüssel auch nicht gegeben hätte, wenn sie Zweifel an meinem Motiv hätte. Nun gut, jetzt muss ich herausfinden, was wichtig ist.« Sie hielt vor einer Wand voller gerahmter Fotografien inne und deutete auf ein Bild. »Diesen Typen habe ich heute früh kennen gelernt.«

Er kam zu ihr hinüber, um sich das Bild genauer anzusehen.

Molly hatte ihren Arm um einen jungen Mann in einer Marineuniform gelegt. Nach Mollys Aussehen zu urteilen, war das Bild mindestens zwanzig Jahre alt, wenn nicht älter. »Wer ist der Typ?«

»Peter Harper, Mollys Sohn. Ich hab' ihn im

Krankenhaus getroffen, als ich Molly besucht habe. Er sieht jetzt deutlich älter aus.«

»Ich wusste gar nicht, dass Sie Molly besucht haben. Hat sich ihr Zustand verändert?«

»Nein. Sie schlief oder war bewusstlos, wie auch immer man es bezeichnen will. Sie sah ganz zerbrechlich aus, alt, blass und ihre Haut war ganz kalt.« Sie hielt inne. »Ihr Brief war so lebensfroh, so voller Hoffnung und Verlangen. Es ist wirklich seltsam, wenn man sich überlegt, dass sie den Brief erst vor wenigen Wochen geschrieben hat. Wie schnell sich alles verändert hat.«

»Und was hat ihr Sohn gesagt?«

»Er war nicht so froh, mich in Mollys Krankenzimmer anzutreffen.«

»Warum nicht?«

»Nun, es scheint, als sei Ihr Großvater nicht der Einzige, der ein Buch über Mollys Vergangenheit für eine schlechte Idee hält.«

»Ihr Sohn scheint auch einen starken Beschützerinstinkt zu haben.«

»Kann sein. Ich habe das Gefühl, dass mir Informationen fehlen, Colton. Das, was fehlt, liegt direkt vor mir, aber ich kann es einfach nicht sehen.«

Diese Worte weckten in ihm ein unbehagliches Gefühl. »Vielleicht ist es gar nicht hier. Und Sie können einfach nicht akzeptieren, dass es nicht mehr zu finden gibt.«

»Netter Versuch«, sagte sie und schnitt eine Grimasse. »Zu dem Ergebnis kann ich erst kommen, wenn ich den Rest des Hauses untersucht habe.«

Sie gingen gemeinsam durchs Esszimmer, wo sich keine persönlichen Gegenstände befanden. Die Küche lag im hinteren Teil des Hauses. Ein kleiner aber ordentlicher Raum. Das einzig Interessante in der Küche war ein

Küchenschrank voller Teesorten aus aller Welt. Scheinbar mochte Molly exotische Heißgetränke.

Anschließend gingen sie nach oben, wo sich zwei Schlafzimmer befanden. Im kleineren Zimmer fand sich eine Kombination aus Gäste- und Arbeitszimmer. Das Doppelbett darin war über und über mit Zeitungen, Zeitschriften und Katalogen übersät. Neben dem Bett stand ein Schreibtisch mit bergeweise Ordnern und Rechnungen. Scheinbar trennte sich Molly nicht gerne von Dingen.

»Vielleicht findet sich hier etwas«, sagte er.

»Warum fangen Sie nicht hier an und ich schaue mir Mollys Schlafzimmer an«, schlug Olivia vor. »Wenn wir uns aufteilen, können wir schneller mehr erreichen.«

Es war ein guter Plan, aber trotzdem widerstrebte es Colton, Olivia alleine zu lassen – auch wenn er nicht ausmachen konnte, warum.

Noch bevor er vorschlagen konnte, dass sie gemeinsam weitersuchten, war Olivia schon verschwunden. Er fand sich damit ab, dass Olivia die Suche anführte, und ging hinüber zum Schreibtisch, wo er damit begann, die Ordner zu durchzugehen.

Nach einer Viertelstunde war er bereit, aufzugeben. Er hatte nichts gesehen, das persönlicher war als Rechnungen, Kassenbons und Sonderangebote. Molly hatte Rabattgutscheine aufgehoben, die schon vor drei Jahren abgelaufen waren. Es war ganz deutlich zu erkennen, dass sie diese Papierstapel schon lange nicht mehr durchgesehen hatte.

In der letzten Schreibtischschublade fand er endlich etwas, das vielversprechend aussah. Es gab einen Stapel privater Briefe, insgesamt etwa sechs, die von einem Gummiband zusammengehalten wurden. Ungewöhnlich war, dass die Briefe allesamt keinen Absender aufwiesen, und die Poststempel stammten aus allen möglichen Landesteilen. Er fragte sich, ob es wohl Briefe von einigen der Frauen waren, denen die Damen bei der Flucht geholfen hatten.

Als er an die Geschichte seiner Großmutter dachte, beschleunigte sich sein Puls. Er hatte versucht, sich einzureden, dass die Geschichte nicht wahr oder übertrieben gewesen war, aber jetzt bekam er Zweifel. Er hatte die Briefe noch nicht gelesen, aber die sehr weibliche Handschrift und die Art und Weise, wie Molly sie aufbewahrt hatte, machten deutlich, dass es sich um wichtige Briefe handelte.

Er nahm den obersten Briefumschlag aus dem Stapel und öffnete ihn. Bereits die ersten Worte bestätigten seinen Verdacht.

Ich weiß, Sie haben mir gesagt, ich solle niemals schreiben. Aber nun sind vier Jahre vergangen und ich glaube, es ist in Ordnung so. Ich wollte nur, dass Sie wissen, dass ich in Sicherheit bin. Ich bin glücklich und habe sogar einen neuen Mann kennengelernt. Gestern habe ich ihm von meiner Vergangenheit erzählt, natürlich ohne Namen zu nennen und auch ohne Sie und die anderen wunderbaren Frauen zu erwähnen. Ich hatte Angst, dass er mich ablehnen oder verlangen würde, dass ich ihm einen Namen nannte. Aber wissen Sie, was er gemacht hat? Er hat mich in seine Arme genommen und mir gesagt, er würde mich für immer beschützen. Ganz einfach. Ohne Fragen. Ohne Sorgen, dass er sich etwas Kompliziertes aufhalste. Keine Kommentare, dass ich selbst schuld gewesen sei.

Sie hatten Recht, Molly. Alles ist gut geworden. Besser als gut sogar und das habe ich nur Ihnen und Eleanor zu verdanken.

Ich schicke Ihnen diesen Brief aus dem Urlaub, von

einem Ort an dem ich noch nie war und an dem ich nie
wieder sein werde. Ich bin scheinbar immer noch ein
wenig paranoid.
Alles Liebe,
B.T.

Colton hatte ein dumpfes Gefühl in der Magengrube,
als er das Papier wieder zusammengefaltet in den
Umschlag schob. In seinen Händen hielt er die Beweise,
nach denen Olivia suchte. Für einen kurzen Moment
überlegte er, ihr die Briefe nicht zu zeigen. Aber das
konnte er nicht tun. Er würde damit nicht nur Olivias
Vertrauen missbrauchen, er würde auch seine Grandma
hintergehen. Sie hatte Olivia den Schlüssel zum Haus
anvertraut.

Aber würde er seine Großmutter so nicht auch
beschützen? Vielleicht war sie nicht ganz bei sich. Und er
hatte seinem Großvater etwas versprochen.

Dennoch war das ein schwaches Argument. Seine
Großmutter war beim Erzählen der Geschichte völlig klar
gewesen. Und wenn er die Briefe tatsächlich versteckte,
was hätte er denn davon? Es könnten sich noch mehr
Briefe finden. Da könnten noch unzählige Beweise im
Haus versteckt sein.

Mit den Briefen in der Hand ging er in Richtung
Mollys Schlafzimmer. Das Zimmer war leer, aber im
großen begehbaren Kleiderschrank brannte Licht. Als er
hineinging, sah er Olivia auf einem Hocker stehend. Sie
streckte sich, um eine Kiste auf dem höchsten Regal zu
erwischen.

»Brauchen Sie Hilfe?«, fragte er.

Kaum hatte er die Worte ausgesprochen, rutschte die
Kiste vom Regal und krachte auf Olivias Kopf. Von der
Wucht stürzte sie vom Hocker.

Er fing sie mit einem beherzten Griff um die Hüfte,

sodass sie nicht auf dem Boden landete.

»Verdammter Mist«, fluchte sie und hustete. Eine Staubwolke umgab sie.

»Ein Dankeschön wäre wirklich angebrachter.«

»Danke.« Sie wand sich aus seinen Armen und kniete sich hin, um den Inhalt aus der Kiste zu begutachten.

»Mehr Fotos«, sagte sie. »Ich frage mich, warum sie diese so versteckt hat.«

»Vielleicht hatte sie zu viele, um sie alle zu rahmen.«

Er hockte sich neben sie, griff in die Kiste und fischte ein Namensarmband aus der Kiste. Es stammte aus einem Krankenhaus, er las die Aufschrift laut vor *»Tochter Harper, 1988«.* Er dachte einen Moment lang darüber nach. »Das kann doch nicht von Mollys Tochter sein. Sie ist eher in dem Alter von meinem Dad und nicht in meinem Alter.«

»Ja. Ich bin 1988 geboren. Diese Person ist also so alt wie ich. Vielleicht ist es Mollys Enkelin, Peters Tochter.«

»Ja, das kann sein.« Er warf das Armband zurück in die Kiste und sah Olivia dabei zu, wie sie die Fotos betrachtete. »Und, ist irgendwas Interessantes dabei?«

»Das hier sieht aus wie Molly mit ihren Kindern. Peter ist vielleicht acht und Francine etwa drei.«

»Keiner sieht wirklich glücklich aus«, sagte Colton, nachdem sie ihm das Bild gereicht hatte. »Das kommt mir bekannt vor. Als Kind habe ich Familienfotos gehasst. Es hat immer ewig gedauert, acht Kinder dazu zu bringen, aufzuhören zu weinen und sicherzustellen, dass alle gleichzeitig gut aussahen.«

»Das kann ich mir gar nicht vorstellen. Ich bin Einzelkind, also waren es immer nur meine Eltern und ich.«

»Das klingt deutlich zivilisierter.« Er gab ihr das Foto

zurück und erkannte ein Fünkchen Schmerz in ihren
Augen. Das Familienbild hatte sie vermutlich an den
Verlust ihres Vaters erinnert. Und er hatte sich allen
Ernstes darüber beklagt, dass er mit seiner Großfamilie
Fotos über sich ergehen lassen musste, wo sie ein Drittel
ihrer Familie verloren hatte. Er kam sich mächtig dumm
vor. »Geht es Ihnen gut?«

»Ja, alles gut. Es geht hier nicht um mich. Ich muss
mich einfach konzentrieren.«

Er fragte sich, ob sie sich jemals erlaubte über ihren
Vater nachzudenken. Es schien, als hätte sie all diese
Erinnerungen tief verdrängt. Vielleicht machte es das für
sie einfacher. Er konnte ja auch gar nicht beurteilen, wie
es war, um einen Elternteil zu trauern.

Olivia reichte ihm einen Stapel Fotos zum
Durchsehen. »Hier, nehmen Sie diesen Stapel, ich nehm'
den anderen.«

»Okay«, sagte er und sah die Bilder durch. Es waren
weitere Familienaufnahmen.

»Wissen Sie, was mit Mollys Mann passiert ist?«,
fragte Olivia nach einer Weile.

»Nein.«

Olivia sah das nächste Bild und hielt inne. »Er war
Polizist«, sagte sie überrascht. »Schauen Sie, hier ist er in
Uniform abgebildet.«

Colton nickte, als sie ihm das Foto zeigte. »Mein
Großvater kannte ihn vermutlich damals. Polizei und
Feuerwehr standen sich in dieser Stadt schon immer nah.
Auch wenn es auch mal zu Rangeleien kommt.«

Olivia sah ihn fragend an.

»Was?«, fragte er.

»Wenn Molly mit einem Polizisten verheiratet war,
warum hat sie ihn nicht um Hilfe gebeten, was die Frauen
anging? Warum die Polizei vermeiden, wo sie doch ihren

eigenen Schutzmann im Haus hatte?«

Er dachte eine Weile darüber nach. »Vielleicht konnte er nichts machen. Oder war er vielleicht bereits gestorben? Wir sollten seinen Todestag mit der Zeit der Untergrundorganisation abgleichen.«

»Gute Idee.« Sie lächelte ihn anerkennend an. »Sie helfen mir ja wirklich. Ich dachte nicht, dass das Ihre Absicht war, als Sie sich freiwillig gemeldet haben, mich zu begleiten.«

»Sie wissen doch, man muss seine Feinde im Auge behalten.«

Ihre Augen funkelten. »Also sind wir Feinde?«

»Ich weiß nicht, was wir sind«, sagte er geradeheraus.

Ihre Zunge zuckte hervor und sie befeuchtete sich nervös die Lippen. »Es ist auch egal, was wir füreinander sind. Ich bin in einer Woche wieder weg.«

»Ja, das sage ich mir auch immer wieder.«

Sie sah ihm einen langen Augenblick in die Augen und atmete schließlich hörbar aus. »Wir sollten mit den Fotos weitermachen.«

»Haben Sie einen Freund, Olivia?«

»Im Moment nicht. Warum?«

»Reine Neugierde.«

»Ich bin einfach zu beschäftigt, um auszugehen. Wie ist das bei Ihnen? Haben Sie eine Freundin?«

»Nein, auch zu beschäftigt. Wir sind uns sehr ähnlich.«

»Vielleicht sind wir nur zwei Leute, die nicht so beziehungsfähig sind«, schlug sie vor.

»Oder wir haben noch nicht die Person getroffen, mit der sich eine Beziehung lohnen würde«, gab er zurück.

»Na gut, zurück an die Arbeit«, sagte sie und wechselte damit das Thema.

»In diesem Stapel ist nichts.«

»Ich hab' auch nichts Interessantes.« Sie wühlte in der Kiste, um zu sehen, ob sich darin etwas anderes als nur Bilder befand. Sie zog ein Papier mit Gelbstich hervor. »Schauen Sie mal ... eine Geburtsurkunde.«

»Für wen?«

»Es steht Tochter Harper, 7. Juni 1988, darauf.« Sie holte tief Luft. »Das ist komisch.«

»Warum ist das komisch? Das passt zu dem Namensarmband, das ich vorhin gefunden habe.«

Sie sah ihn an. »Es ist komisch, weil das mein Geburtsdatum ist.«

Er sah sie überrascht an. »Wirklich? Das ist ein seltsamer Zufall.«

»Genau, ein Zufall.« Sie blickte wieder auf die Geburtsurkunde und schluckte schwer. »Hier steht, dass die Mutter Francine Harper ist. Der Vater ist unbekannt. Das war also nicht Peters Tochter, sondern Francines.«

Er sah, wie sie schwer atmete. Ihre grünen Augen waren plötzlich sehr hell, so hell, dass sie ihn an jemand anderes erinnerte – an Molly.

Sein Puls begann zu rasen. Ein verrückter Gedanke kam ihm in den Sinn. Und so wie Olivia aussah, hatte sie den gleichen Gedanken. Wie konnte das sein? Olivia hatte ihm doch von ihren Eltern, ihrer Familie erzählt. Sie hatte nie erwähnt ...

Olivia schüttelte plötzlich den Kopf. »Nein«, sagte sie laut und deutlich. »Nein.«

»Olivia?«, fragte er. »Woran denken Sie?«

»An etwas Lächerliches. Etwas Unmögliches.«

»Warum sagen Sie es mir nicht einfach und lassen mich beurteilen, wie lächerlich es ist?«

Sie schwieg eine ganze Weile und an ihrem Gesicht konnte er alle denkbaren Emotionen ablesen, alles von

Angst über Wut bis hin zu Schock. »Olivia?«, forderte er. »Sagen Sie was.«

»Ich wurde adoptiert, Colton. Ich wurde adoptiert, als ich zwei Tage alt war. Und ich habe keine Ahnung, wer meine biologischen Eltern sind.« Sie atmete laut aus. »Vielleicht habe ich es gerade herausgefunden.«

Kapitel 11

»Okay, Moment mal«, sagte Colton. »Nur, weil Sie adoptiert sind ...«

»Und ich den gleichen Geburtstag habe ...«

»Das bedeutet immer noch nicht, dass Sie die Tochter von Francine sind.« Aber er musste schon zugeben, dass es ein riesiger Zufall war.

Er konnte sehen, wie die Mühlen in Olivias Kopf mahlten, als sie über die Bedeutung der Geburtsurkunde grübelte.

»Das würde schon Sinn ergeben«, sagte sie. »Das könnte der Grund sein, warum Molly mich ausgesucht hat, um ihre Geschichte zu schreiben, warum sie mich hierher gebeten hat. Ich habe mich das schon die ganze Zeit gefragt.«

»Sie machen da schon recht große Sprünge. Machen Sie doch erstmal langsam und denken Sie nach. Sie sind nicht die Einzige, die an diesem Tag geboren wurde.«

»Ich weiß, Sie versuchen das logisch zu sehen, Colton. Aber mein Bauchgefühl sagt mir, dass es zwischen Molly und mir eine Verbindung gibt.«

»Warum haben Sie mir nicht erzählt, dass Sie

adoptiert sind?«

»Weil ich gar nicht daran gedacht habe. Ich war noch ein Baby, als es passiert ist. Ich kenne kein anderes Leben, keine andere Familie als die, in der ich aufgewachsen bin.«

»Wann haben Sie herausgefunden, dass Sie adoptiert sind?«

»Ich kann mich nicht daran erinnern, dass ich es irgendwann nicht wusste. Also haben meine Eltern es mir sicher gesagt, als ich noch sehr jung war. Meine Eltern haben zwölf Jahre lang versucht, ein Baby zu bekommen und dann kam ich. Ich war ihr großer Segen. Ich hatte eine tolle Kindheit voller Liebe.«

»Und Ihre Mom hat Ihnen nie gesagt, wer Ihre leiblichen Eltern sind?«

»Es war eine Inkognito-Adoption. Sie hatte keine Daten.«

»Und Sie hatten nie das Bedürfnis, Ihre leibliche Mutter zu finden?«

»Natürlich habe ich drüber nachgedacht. Ich habe meine Eltern zwar über alles geliebt, aber ab und zu habe ich mich schon gefragt, wer meine leibliche Mutter ist. Je älter ich wurde, desto stärker wurde das Gefühl. Insbesondere wenn ich mit meinen Eltern Streit hatte oder sauer auf sie war.« In ihre Augen trat ein schmerzerfüllter Blick. »Als mein Vater dann starb, hatte ich diese verrückten Gedanken, dass ich irgendwie für den Tod meines Vaters verantwortlich war, weil ich an meine leiblichen Eltern gedacht hab'.« Sie hob die Hand, als er ansetzte, etwas zu sagen. »Ich weiß, dass meine Gedanken ihn nicht umgebracht haben. Aber es fühlte sich an, als hätte ich ihn irgendwie betrogen. Und danach konnte ich meine Mutter ja schlecht verlassen und nach meiner leiblichen Mutter suchen. Sie war am Boden zerstört. Sie hatte ihren Mann verloren. Sie konnte mich nicht auch noch verlieren.«

»Das verstehe ich«, sagte er und bewunderte, dass sie ihrer Adoptivmutter gegenüber so loyal war.

»Wenn Molly meine Großmutter ist, dann verstehe ich aber nicht, warum sie das nicht einfach sagen würde? Warum sollte sie versuchen, mich mit einer Geschichte hierher zu locken?«

»Sie war sich vielleicht nicht sicher, ob Sie kommen würden. Vielleicht wollte sie Sie einfach neugierig machen, ohne all ihre Trümpfe auszuspielen.«

»Warum sollte ich denn nicht kommen?«

»Ich weiß nicht. Wenn Sie tatsächlich dieses Kind sind – und das ist wirklich immer noch ein großes Fragezeichen –wissen wir nicht, unter welchen Umständen es zu dieser Adoption kam. Was war los mit Ihrer Mutter? Warum hat sie Sie aufgegeben? Warum war es eine Inkognito-Adoption? Wenn wir Antworten auf diese Fragen finden, wird sicher alles ganz klar.«

Olivia sah ihn düster an. »Glauben Sie, Eleanor weiß, dass ich Mollys Enkelin bin? Ist das der Grund, warum sie mir den Schlüssel gegeben hat?«

Er hatte sich das auch gefragt. »Wir könnten sie sicherlich fragen, aber ich glaube, Sie hätten bessere Chancen, wenn Sie mit jemandem aus der Familie Harper sprechen würden. Peter weiß bestimmt mehr über die Schwangerschaft seiner Schwester.«

»Als ich mich Peter vorgestellt und ihm gesagt habe, dass ich die Schriftstellerin bin, der seine Mutter geschrieben hat, hat er mich ganz hasserfüllt angesehen. Was, wenn ich wirklich seine Nichte bin?« Sie hielt inne. »Mir geht es gerade wirklich nicht so gut.«

»Das ist der Schock. Sie müssen tief ein- und ausatmen.«

»Ich kann hier nicht frei atmen. Es ist so stickig hier drin.«

»Wir nehmen die Kiste und die Briefe mit in Ihr Hotelzimmer«, sagte er und stand auf.

»Moment, welche Briefe?«

»Oh stimmt ja.« Er lehnte sich vor und griff nach dem Stapel Briefe, die er an der Tür hatte liegen lassen, als er sie aufgefangen hatte. »Diese Briefe. Ich hab' sie in dem anderen Zimmer gefunden. Scheinbar sind sie von ein paar der Frauen, die Molly und die anderen gerettet haben.«

Ihre Augen funkelten. »Wirklich? Das ist fantastisch. Ich hätte nicht gedacht, dass wir hier irgendetwas finden würden.«

»Ich habe nur einen gelesen. Sie können die restlichen Briefe später lesen.«

Sie stand auf. »Gute Idee.«

Gerade als sie diese Worte ausgesprochen hatte, schwankte sie ein wenig und Colton legte ihr instinktiv die Hände auf die Schulter, um sie zu stützen. »Langsam, ist alles klar bei Ihnen?«

»Ich fühle mich ein wenig zittrig.«

»Verständlicherweise. Aber denken Sie daran, wir wissen noch nichts definitiv. Alles, was wir bisher gefunden haben, ist eine Geburtsurkunde ohne Namen und Ihrem Geburtsdatum. Das war's. Sprechen Sie später mit Peter, so bekommen Sie mehr Informationen. Ein Schritt nach dem anderen.«

Sie nickte und atmete hörbar aus. Dann machte sie ein paar Schritte. »Sie haben Recht. Danke, dass Sie mich auf den Boden der Tatsachen zurückgeholt haben.«

»Kein Thema. Lassen Sie uns zurück zu Ihrem Hotel fahren.«

»Okay.«

Sie schalteten überall das Licht aus und gingen nach unten. Als sie das Haus verlassen hatten, schlossen sie die Haustür sorgfältig ab.

Colton holte mehrmals tief Luft und beobachtete Olivia dabei, wie sie dasselbe tat. Er war zwar nicht persönlich von dem betroffen, was sie gerade in Mollys Haus entdeckt hatten, aber er musste zugeben, dass ihn alles ziemlich aufgewühlt hatte. Er war immer noch nicht darüber hinweg, dass Eleanor bei dem Versuch einer misshandelten Frau zu helfen, in solche Gefahr geraten war. Und jetzt hatte die Geburtsurkunde noch einen absurden Aspekt in die ganze Geschichte gebracht.

»Ich komme mir vor, als würde ich träumen«, sagte Olivia, als sie die Straße entlanggingen und an einer Fußgängerampel anhielten. »Ich wache bestimmt gleich auf.«

Ein lauter Laster brauste über die Kreuzung und hinterließ eine dicke Abgaswolke.

Olivia verzog das Gesicht und hustete, als der Rauch sie erreichte.

»Und das war jetzt gerade das Wachkneifen im übertragenen Sinne«, sagte er grinsend.

»Ich wünschte, es sei ein weniger stinkendes Kneifen gewesen«, sagte sie und rümpfte die Nase.

Als sie die Straße überquerten, hielt Colton seine Hand auf und sagte. »Geben Sie mir den Schlüssel.«

»Sie sind nicht als Fahrer des Mietwagens eingetragen.«

»Niemand wird davon erfahren.«

»Es sei denn, wir bauen einen Unfall.«

»Es wird keinen Unfall geben. Sie brechen nicht so gerne Regeln, oder?«

»Nein, wirklich nicht. Und Ihre Finger sind gebrochen.«

»An der linken Hand. Ich kann immer noch fahren.«

»Ich weiß nicht.«

»Olivia, ich lasse Sie nicht ans Steuer. Sie sind aufgewühlt und haben das Gefühl, sie würden träumen. Müssen wir wirklich weiter herumdiskutieren?«

Zögerlich reichte sie ihm den Schlüssel. »Achten Sie darauf, dass uns die Polizei nicht anhält.«

»Machen Sie sich keine Sorgen, alles wird gut.«

»Sie machen sich offensichtlich nicht groß Sorgen, sonst wüssten Sie, dass diese Beschwichtigung bei mir gar nicht wirkt. Mein Leben lang sagen mir Menschen schon, ich solle mir keine Sorgen machen. Das hat mir noch nie weitergeholfen.«

»Nun ja, ich lebe nun mal gerne im Hier und Jetzt. Und in den nächsten ein-zwei Stunden sollten Sie versuchen, dasselbe zu tun.«

»Ich weiß aber nicht, wie.«

»Ich bringe es Ihnen bei.«

Sie sah ihn zweifelnd an. »Sie wollen mir beibringen, wie man im Hier und Jetzt lebt?«

»Ganz genau. Und wir sollten jetzt anfangen. Wir brauchen eine Pause von Molly, meiner Grandma und der Vergangenheit, finden Sie nicht?«

»Ja, eine kleine Pause würde mir gut tun«, stimmte sie zu.

»Gut. Also statt direkt zum Hotel zurückzufahren, lassen Sie uns doch etwas trinken gehen.« Er sah auf seine Uhr und wusste sofort, wohin er gehen sollte. »Es ist nach fünf, Zeit für Happy Hour.«

»Ich kann kaum glauben, dass es schon so spät ist. Wie der Tag nur verflogen ist.«

Er zuckte mit den Schultern. »Wir haben den Tag in der Vergangenheit verbracht. Jetzt müssen wir zurück in die Gegenwart. Und ich weiß genau, wo wir jetzt hingehen. Mein Kumpel Adam macht heute eine Geburtstags-Happy-Hour. Ich hab' ihm versprochen, vorbeizukommen. Warum kommen Sie nicht einfach mit?«

Sie zögerte und sah ihn zweifelnd an. »Ich weiß nicht. Ich bin nicht wirklich in der richtigen Stimmung für eine Party mit einer Horde Jungs.«

»Da werden auch Frauen sein. Und es ist keine Party, wir trinken was zusammen in 'ner Bar. Sie werden sich dort sammeln können, bevor Sie Ihre nächsten Schritte angehen.«

»Und der nächste Schritt wird wahrscheinlich sein, noch einmal mit Peter zu sprechen. Ich wette, er wird begeistert sein.«

»Sie können das morgen machen. Dann können Sie sich noch eine Strategie überlegen, wie Sie ihn ansprechen wollen.«

»Ich sollte mir wirklich die beste Weise dafür überlegen«, gab sie zu.

»Klingt also, als sei Happy Hour eine gute Idee.«

»Scheint fast so«, murmelte sie, als er ihr die Tür öffnete. »Sind Sie sicher, dass Sie mich mitnehmen wollen? Sie könnten mich auch einfach beim Hotel absetzen und sich dann mit Ihren Freunden treffen. Ich will nicht stören.«

»Vertrauen Sie mir. Bei meinen Kumpels lautet das Motto: mehr Leute, mehr Spaß. Besonders wenn es um hübsche Frauen geht.«

Sein Kommentar ließ sie ein wenig erröten. »Sie können ja wirklich sehr charmant sein, wenn Sie wollen.«

»Ich hatte nicht vor, charmant zu wirken, ich zähle nur Tatsachen auf. Geben Sie mir die Kiste. Ich lege sie nach hinten.«

»Perfekt, danke«, sagte sie und schien die

Informationen, die ihr Leben gerade mächtig in Aufruhr versetzt hatten, nur allzu gerne loswerden zu wollen. »Ich will mich mal eine Weile nicht damit befassen.«

»Das müssen Sie auch nicht.«

Olivia fand, dass Colton ein wenig zu schnell fuhr, als er eine scharfe Kurve nahm. Aber sie fühlte sich überhaupt nicht nervös. Er war selbstbewusst, kompetent und hatte alles unter Kontrolle, im Gegensatz zu ihr. Sie musste sich zusammenreißen und die schwindelerregenden Wellen der Unsicherheit unterdrücken, die sie zu überrollen drohten, wann immer sie an die Geburtsurkunde dachte.

Sie wollte sich ablenken und fragte: »Wo ist die Happy Hour denn?«

»Brady's Two – also zwei wie die Zahl. Brady's Bar and Grill ist letztes Jahr abgebrannt. Der Inhaber war früher Feuerwehrmann. Die Feuerwehr sammelte dann so viel Geld für ihn, dass er die Bar wieder aufbauen konnte. Es ist eine unserer Stammkneipen.«

»Es ist wirklich nett, dass alle ihm wieder auf die Beine geholfen haben. Ist es nicht ein wenig ironisch, dass die Bar eines Feuerwehrmannes abgebrannt ist?«

Er nickte mit ernstem Gesichtsausdruck. »Naja, nicht wirklich ironisch, eher mit Absicht. Das ist eine lange Geschichte und meine Schwester Emma war auch daran beteiligt.«

»Inwiefern?«

»Sie war die Brandermittlerin bei diesem Fall. Am Schluss hat sie herausgefunden, dass der Brand – und auch noch andere Brände in der Stadt – gelegt worden waren, um ihre Aufmerksamkeit zu erlangen.«

»Oh mein Gott, das klingt gruselig«

»Es war eine schlimme Zeit, aber jetzt geht es ihr gut.«

»Das ist schön.« Sie hielt einen Moment inne und sagte dann: »Ist es für Ihre Schwester schwierig, als Frau in einer Männerdomäne zu arbeiten?«

»Ja. Da kann ich nichts beschönigen. Es ist für Frauen wirklich schwer. Aber Emma ist alle Herausforderungen sofort angegangen. Je öfter man ihr sagt, dass sie etwas nicht kann, desto mehr will sie beweisen, dass das nicht stimmt.«

Olivia lächelte. »Das sagen manche auch über mich.«

»Da geh' ich jede Wette ein.«

»Sie stehen Ihrer Familie nah, nicht wahr?«

»Könnte man so sagen. Es gibt so viele von uns, dass ich das Gefühl habe, dass ich kaum mit anderen Leuten rede. Shayla und ich stehen uns am nächsten, wir sind Zwillinge. Wir sind auch die Jüngsten und haben deswegen auch viel Zeit miteinander verbracht.«

»Und was ist mit Ihrem Bruder, der auch bei der Feuerwehr ist? Oder Moment, gibt es da mehr als nur einen?« Sie versuchte sich an alle Leute in dem Bild zu erinnern, dass sie im Internet gefunden hatte.

»Im Moment ist nur Burke im Dienst, abgesehen von meinem Dad natürlich. Aiden hat das Feuerspringen aufgegeben und ist, seit er verheiratet ist und ein Kind hat, auf dem Bau tätig.«

»Das finde ich interessant«, sagte sie und dachte bei sich, dass es schön war, dass Aiden seinen gefährlichen Job für seine Frau und sein Kind aufgegeben hatte.

»Er hat für sich selber aufgehört«, sagte er ruhig und las damit ihre Gedanken. »Nicht für seine Familie. Sara hat ihn nicht gebeten, aufzuhören. Sie wollte, dass er sich selbst verwirklicht.«

»Es klingt, als wäre sie seine Selbstverwirklichung.«

»Ja, das kann sein. Aber Feuerspringen verlangt einem auch wirklich etwas ab. Man ist in der Waldbrandzeit wochenlang unterwegs. Aiden wollte so ein Leben nicht mehr. Und bei seinem letzten Sprung hat er sich ziemlich verletzt.«

Sie kommentierte das nicht, da sie wusste, dass sie keine neutrale Meinung zu diesem Thema hatte.

»Da sind wir«, sagte Colton, als er auf den Parkplatz der Bar einbog. »Ich muss Sie warnen, Olivia, hier wird viel über Brände gesprochen.«

»Ich weiß. Ich erinnere mich noch gut an die Zeiten, wenn mein Vater Zeit mit seinen Kollegen von der Polizei verbracht hatte. Sie konnten den Job nie so ganz loslassen. Aber ich mach' mir nichts draus.«

»Wirklich?«, fragte er mit einem zweifelnden Gesichtsausdruck. »Es kam mir bisher die ganze Zeit so vor, als würden Ihnen Feuerwehrleute und Polizisten ziemlich viel ausmachen.«

»Ich weiß, ich komme bei diesem Thema wirklich hart rüber, aber heute Abend möchte ich mich einfach nur ablenken und ein-zwei Drinks trinken.«

»Gut und wer weiß, vielleicht haben Sie sogar ein bisschen Spaß.«

»Immer ruhig mit den jungen Pferden«, sagte sie trocken.

Er schenkte ihr ein sexy Grinsen, das sie in der Magengrube kitzelte. Sie hatte sich so in ihre neuen Erkenntnisse aus Mollys Haus verstrickt, dass sie die andere gefährliche Seite der Geschichte beinahe vergessen hatte – Colton. Es war seltsam, wie schnell sie Freunde geworden waren … oder wie auch immer man das nannte. Sie hatte in den letzten zwei Tagen mehr Zeit mit ihm verbracht, als mit irgendeinem anderen Mann im letzten Jahr.

»Kommen Sie«, sagte er und öffnete die Tür.

»Bin direkt hinter Ihnen.«

Das Restaurant hatte Wände aus Ziegelsteinen mit einem offenen Grill auf der einen Seite und einem langen Tresen am hinteren Ende des Raumes. Es gab ein paar Sitznischen an den Wänden und der restliche Raum war mit Tischen und Stühlen gefüllt. In jeder Ecke hing ein großer Flachbildfernseher und auf jedem wurde eine andere Sportart gezeigt.

Die Atmosphäre war klasse, warm und freundlich – es war eine Kneipe, in der jeder jeden zu kennen schien. Selbst wenn Colton ihr nicht erzählt hätte, dass Brady's ein Lokal war, das bei Feuerwehrleuten beliebt war, hätte sie das innerhalb der ersten Sekunde nach Betreten des Raumes erraten können. Überall standen Männer. Und nicht die Art Männer, die sie aus New Yorker Bars kannte. Diese Männer hier trugen zum Großteil Jeans und T-Shirts – manche mit dem Abzeichen des San Francisco Fire Department. Die Männer hatten eine starke körperliche Ausstrahlung, wirkten ruppig und ziemlich laut.

In der einen Ecke stand mindestens ein halbes Dutzend Männer vor dem Flachbildschirm, auf dem ein Baseball-Spiel lief. In der Mitte saß eine Gruppe an vier zusammengeschobenen Tischen. Die Männer machten sich über große Servierplatten voller Spare-Ribs, Chicken Wings und Nachos her.

Es saßen auch vier Frauen mit am Tisch. Olivia wusste nicht, ob es sich um Freundinnen, Ehefrauen oder Feuerwehrfrauen handelte – aber sie passten alle perfekt ins Bild. Sie fühlte sich ein wenig fremd. Dieses nervöse Gefühl verstärkte sich, als sie sich den Tischen näherten und ihnen einige Leute neugierige Blicke schenkten.

»Colton«, sagte einer der Männer und stand auf. »Da bist du ja. Wie geht es der Hand?«

»Besser«, sagte Colton. »Alles Gute, Adam.«

»Danke. Das hier ist Dana«, sagte er und stupste die hübsche Rothaarige neben sich an der Schulter an.

»Schön, dich endlich kennen zu lernen«, sagte Colton.

»Gleichfalls«, gab Dana zurück.

»Und wen hast du da mitgebracht?«, fragte Adam.

Adam lächelte sie neugierig an und sie fragte sich, ob es wohl ein Einstellungskriterium der Feuerwehr von San Francisco war, dass alle Männer unheimlich heiß sein mussten. Adam war echt attraktiv mit seinem blonden Surferlook.

»Olivia Bennett«, sagte Colton und legte ihr kumpelhaft den Arm um die Schulter. »Das ist Adam Powell, das Geburtstagskind.«

Sie schüttelte seine Hand. »Alles Gute zum Geburtstag.«

Er nickte in Richtung Tisch. »Danke. Setzen Sie sich doch.« Adam holte zwei weitere Stühle vom Nachbartisch und die Gruppe rutschte ein wenig, um ihnen Platz zu machen.

»Das ist Olivia«, sagte Colton, als sie sich setzten. »Und das hier sind die anderen«, ergänzte er mit einer ausladenden Handbewegung in die Runde.

»Hallo zusammen«, sagte sie leichthin.

»Hank war gerade dabei von seinem Date zu erzählen. Mit der Frau, die er letzte Woche aus einem Autowrack gezogen hat«, sagte Adam und nickte zu einem Mann auf der anderen Seite des Tischs.

»Hank, du lernst auch nie dazu, oder?«, sagte Colton kopfschüttelnd.

Hank war etwa zehn Jahre älter als Colton mit

braunen Haaren und einem eckigen Gesicht. »Was soll ich sagen?«, antwortete Hank. »Sie wollte mir ein Abendessen spendieren, um sich zu bedanken, dass ich sie aus ihrem Wrack gerettet habe. Dazu sagt man nicht nein. Und sie hat mir nicht nur das Abendessen spendiert ... es gab auch noch Frühstück«, ergänzte er mit einem schelmischen Blick.

Die Gruppe reagierte mit einer Mischung aus Stöhnen und Gelächter. Olivia wandte sich an Colton: »Kommt das oft vor?«

»Dass Frauen mit uns ins Bett wollen, nachdem wir ihnen das Leben gerettet haben?«, fragte er trocken. »Ich würde nicht sagen oft, aber ab und zu passiert es schon. Das ist dieses Heldending. Die meisten von uns gehen aber nicht darauf ein.«

»Warum nicht?«

Er zuckte mit den Schultern. »Es ist schwierig, dem Bild zu entsprechen, das sie in ihren Köpfen haben. Wenn wir nicht gerade heldenhaft Leben retten, sind wir einfach nur normale Kerle.« Er hielt inne, als ein anderer Mann laut rülpste. »Manchmal ziemlich eklige Kerle.«

»Manchmal?«, fragte die Frau, die neben Olivia saß, und verdrehte die Augen. »Ich bin Robin Kendall«, fügte sie lächelnd hinzu. »Ich bin Rettungssanitäterin. Ich war diejenige, die Colton neulich zwingen musste, ins Krankenhaus zu gehen.«

»Mit ein paar gebrochenen Fingern muss man ja wohl nicht im Krankenwagen fahren«, merkte Colton an.

»Aber mit 'ner Gehirnerschütterung schon«, parierte Robin.

»So schlimm war es echt nicht. Ich hab' einen ziemlichen Holzkopf.« Colton hielt inne, als die Kellnerin mit einem Tablett voller Kurzer ankam. »Jetzt geht's los. Wollen Sie einen, Olivia? Oder möchten Sie lieber einen

Wein?«

Nach dem Tag, den sie gerade hinter sich hatte? »Ich nehm' einen Kurzen.

Er lächelte. »Ein Kurzer, bitteschön.«

Die Gruppe stieß auf Adams Geburtstag an. Olivia stürzte den Jack Daniels herunter und schüttelte sich ein bisschen, als der Whiskey feurig ihren Rachen hinabglitt. Sie trank nicht viel und wenn, dann nur Wein oder Bier. Aber nachdem Sie heute herausgefunden hatte, dass sie vielleicht Mollys Enkelin war, war sie doch ziemlich durcheinander.

Es war ja nicht so, als hätte sie nicht gewusst, dass sie adoptiert wurde. Wie sie Colton schon gesagt hatte, war diese Tatsache seit sie denken konnte ein Teil ihres Lebens. Aber sie hatte seit Jahren nicht mehr an ihre leiblichen Eltern gedacht. Und wenn sie an sie gedacht hatte, dann hatte sie sich alle möglichen Kennlernszenarien vorgestellt und sich nie träumen lassen, dass sie ihre Geburtsurkunde in einer verstaubten Kiste in Molly Harpers Kleiderschrank finden würde. Beinahe hätte sie auf den Brief von dieser Frau nicht einmal reagiert. Es war reines Glück gewesen, dass sie ihn geöffnet hatte.

»Sie denken an vorhin«, sagt Colton mit einem warnenden Ton.

»Schuldig im Sinne der Anklage.«

»Hier und Jetzt ... wissen Sie noch?«

»Stimmt ja.«

»Noch 'nen Kurzen?«

»Vielleicht sollte ich lieber auf Bier umsteigen«, sagte sie und fühlte sich jetzt schon etwas angesäuselt. »Und einen Cheeseburger, der sieht gut aus.« Sie nickte in Richtung eines Mannes auf der anderen Tischseite, der gerade einen großen Bissen aus einem dicken, saftigen

Burger nahm.

»Eine Frau nach meinem Geschmack«, sagte Colton leichthin.

Als er die Kellnerin rief, um eine Bestellung aufzugeben, fragte sich Olivia, was für eine Frau wohl Coltons Herz erobern würde. Ganz bestimmt nicht sie selbst, rief sie sich in Erinnerung. Immerhin würde sie bald wieder abreisen. Sie hatte ihr Leben auf der anderen Seite des Landes, ein gutes Leben. Oder zumindest ein Leben, das für sie Sinn ergab. Seit sie in San Francisco angekommen war, hatte sie eine Überraschung nach der anderen erlebt.

»Also, woher kennen Sie Colton?«, fragte Robin neugierig.

»Wir haben uns über seine Großmutter kennen gelernt.«

Robin war eine hübsche Brünette, mit funkelnden braunen Augen und ein paar Sommersprossen auf der Nase. Sie trug Jeans und ein fließendes Top mit Blumenmotiv. Olivia schätzte sie auf Mitte zwanzig. Sie lächelte Olivia an und sagte: »Sowas hab' ich noch nie gehört.«

Sie lächelte zurück. »Das war für mich auch das erste Mal. Ich lebe normalerweise in New York City. Ich bin nur für ein paar Tage hier.«

»Und, wie gefällt Ihnen San Francisco?«

»Es ist superschön hier. Egal wo ich hingehe, von überall habe ich einen tollen Blick aufs Wasser. Und das Wetter ist fantastisch.«

»Im Herbst ist das Wetter immer super.«

»Und, wie ist das so, mit all diesen Kerlen zusammenzuarbeiten?«, fragte Olivia. »Arbeiten Sie auch auf der Wache?«

»Ja, und ich liebe es.«

»Wirklich? Gibt es denn keine Probleme mit Machogehabe?«

»Oh, sehr oft sogar«, sagte Robin lachend. »Aber das kann ich vertragen. Ganz klar, Männer können wirklich unfassbar nerven. Aber das hier sind alles gute Männer, jeder Einzelne von ihnen. Ich habe miterlebt, was sie machen. Sie sind mehr als nur mutig. Sie gehen dahin, wo die meisten Leute nicht hingehen würden. Und sie zögern dabei keine Sekunde, sie rennen direkt hinein. Retten ist ihr Tagwerk.«

Robins Worte liefen Olivia kalt den Rücken hinunter. Sie konnte sich Colton in Aktion vorstellen mit entschlossenem Blick und ohne Angst.

Wenn sie in Not wäre, würde sie nicht auch so einen Mann wollen?

Aber wenn sie nicht in Not wäre, dann wäre es anders.

»Ich weiß, es ist schwer sich vorzustellen, dass diese Bande Rabauken hier so fantastisch ist. Aber sie arbeiten hart und feiern genauso«, fügte Robin hinzu.

»Kennen Sie Colton gut?«

»Ziemlich gut. Wir arbeiten seit sechs Monaten in der gleichen Wache. Ich habe auch schon mit seinem Bruder Burke und seinem Cousin Brody zusammengearbeitet. Die Callaways sind gut vertreten bei der Feuerwehr.«

»Das hab' ich schon gehört«. Sie überlegte hin und her, ob ihre nächste Frage weise wäre, aber sie nahm sich ein Herz. »Feiert Colton auch so schwer? Ich meine, nimmt er viele Frauen mit nach Hause?«

Robin lächelte sie wissend an. »Sie mögen ihn, stimmt's?«

»Nicht so, wie Sie jetzt denken.« Robins ungläubiger Gesichtsausdruck brachte sie dazu, zu ergänzen: »Nun ja … vielleicht doch so. Zumindest ein bisschen. Aber für mich geht es bald nach Hause zurück ...«

»Dann ändern Sie doch Ihre Pläne«, schlug Robin vor.

»Aber ich arbeite in New York.«

»Arbeit gibt es auch hier.«

»Aber ich würde nicht für einen Mann von einer Seite des Landes auf die andere ziehen. Das wäre doch dumm.«

»Normalerweise würde ich Ihnen da zustimmen. Für einen beliebigen Kerl würde ich nicht umziehen, aber wenn ich verliebt wäre ...«

»Ich kenne Colton gerade mal zwei Tage, also machen wir lieber mal halblang.«

»Liebe kann blitzartig einschlagen.«

»Ich glaube, Sie liegen da falsch, Robin.« Ihr Blick verengte sich. »Warum sind Sie so daran interessiert? Sind Sie vielleicht diejenige, die Colton will?«

»Nein, Beziehungen am Arbeitsplatz sind für mich tabu. Colton und ich sind Freunde. Tatsächlich habe ich einen sexy Buchhalter, den ich erobern will. Und ich weiß, was Sie gleich sagen werden – sexy und Buchhalter passen nicht zusammen – aber er hat diesen intellektuellen, Schuljungencharme, wissen Sie?«

Olivia lächelte. »Diese Art Charme kenne ich gut.«

»Naja, ich muss abwarten. Zurzeit sind wir nur Freunde«. Robin nahm einen Schluck von ihrem Bier. »Aber um Ihre Frage zu beantworten, ob Colton viele Frauen mit nach Hause nimmt. Nein, würde ich nicht sagen. Es ist jetzt nicht so, als würden ihn die Frauen nicht umschwärmen, wenn wir unterwegs sind, aber er bringt wirklich selten jemanden mit, außer heute.«

»Wir haben vorhin etwas für seine Großmutter erledigt«, sagte sie, obwohl sie wusste, dass sie sich vor Robin nicht rechtfertigen musste, aber sie tat es trotzdem.

»Wie geht es seiner Großmutter? Ich habe gehört, sie hat Alzheimer.«

»Scheinbar. Aber seit ich sie kennengelernt habe, hab' ich davon noch nichts bemerkt.«

»Das klingt gut. Ihr Mann, Patrick Callaway, ist eine Koryphäe der Feuerwehr. Er hat alle möglichen heldenhaften Rekorde aufgestellt. Und sein Sohn Jack ist in seine Fußstapfen getreten.«

»Die jüngeren Callaways haben ja ganz schön ein Erbe, das sie antreten müssen«, murmelte sie.

»Dieser Herausforderung sind sie aber gewachsen.« Robin wurde von einem Typen abgelenkt, der ihr gegenüber saß. Er wollte irgendeine Wette einlösen.

Olivia lehnte sich zurück, als die Kellnerin ihr Bier und ihren Cheeseburger brachte. Die nächsten Minuten lang konzentrierte sie sich nur aufs Essen und darauf, die Gruppe zu beobachten. Es gab viel Zankerei und es wurden einige peinliche Geschichten ausgepackt, aber es war ganz klar, dass die Gruppe sich untereinander respektierte und mochte.

Sie waren eine Familie, dachte sie. Vermutlich der Gemeinschaft ihres Vaters auf der Arbeit nicht unähnlich. Sie hatte das alles weitestgehend verdrängt, aber nun kamen kleine Erinnerungsfetzen von Geburtstagsfeiern hervor. Ihr Dad hatte seine Arbeit und seine Kollegen geliebt, genau wie Colton. Und sie war ein wenig wehmütig, weil sie eine solche Art der Kameradschaft bei der Arbeit nicht hatte. Es gab nur sie, Philip und Philips Assistentin. Philip hatte zwar ein Büro, aber er war selten dort und seine persönliche Assistentin arbeitete oft von zuhause. Also verbrachte Olivia viel Zeit alleine in dem kleinen Büro im achtzehnten Stock eines Hochhauses in Manhattan.

Colton stupste sie und sie wandte sich ihm zu und sah

ihn an.

»Haben Sie Spaß?«, fragte er. »Sie sind so ruhig.«

Sie nickte. »Ich beobachte nur.«

»Das tun Sie oft.«

»Kann sein.«

»Und was haben Sie beobachtet?«, fragte er.

»Dass Sie eine tolle Gruppe von Freunden haben. Ich bin ein bisschen neidisch. Ich arbeite die meiste Zeit alleine. Ich bin glaube ich kein Teil eines Teams mehr gewesen, seit ich in meinem ersten Jahr an der Highschool Softball gespielt habe.«

»Softballspielerin und Surferin? Ich erfahre heute aber sehr viel über sie. Auf welcher Position haben Sie gespielt?«

»Im Außenfeld. Ich mag hohe Bälle lieber als Bodenbälle. Haben Sie früher Baseball gespielt?«

»Third Base.«

»Ah, die heiße Ecke«, sagte sie lachend. »Das überrascht mich nicht.«

»Ich liebe Herausforderungen.«

»Ich auch. Aber scheinbar brauche ich ein wenig mehr Zeit, um Erfolg zu haben. Die Bälle brauchen eine Weile, bis sie ins Außenfeld kommen.«

Sie sah wie vier ältere Männer das Lokal betraten. Sie hatte das Gefühl, einen der Männer gestern im Seniorentreff gesehen zu haben. »Hey, ist das Ihr Vater?«

Colton drehte sich um. »Ja, das ist er.«

»Mit wem ist er hier?«

»Mit meinem Onkel Rob. Er ist pensionierter Feuerwehrmann. Die anderen beiden sind glaube ich Polizisten.«

»Ich dachte, das hier sei eine Feuerwehrkneipe.«

»Manchmal vermischen sich die Gruppen. Mein Vater macht das gern, er denkt, dass es die

Zusammenarbeit verbessert.«

»Ist Ihr Vater auch so schroff wie Ihr Großvater?«

»Er ist bestimmend, selbstbewusst, und wenn er es sein muss auch knallhart. Aber er erzählt auch gerne Geschichten und amüsiert sich.«

»Klingt als sei er eine gelungene Mischung aus Patrick und Eleanor.«

»So hab' ich das noch nie betrachtet, aber Sie haben Recht.«

Colton hatte kaum zu Ende gesprochen, als Adam sagte: »Nehmt Haltung an, Männer. Die Chefetage ist hier.«

Colton schnitt in Reaktion auf Adams Spruch eine Grimasse und Olivia fragte sich, ob es Colton wohl störte, wenn sein Dad dazukam.

Die Männer setzten sich an einen Tisch auf der anderen Seite des Raumes, aber als Jack Colton entdeckte, winkte er ihn zu sich herüber.

»Sie kommen mit«, beschloss Colton.

»Nein, gehen Sie ruhig alleine. Bisher habe ich mit den Männern in Ihrer Familie nicht so viel Erfolg gehabt.«

»Nun ja, Pech gehabt. Heute Abend sind Sie mein Date.«

»Ich denke nicht, dass das ein Date ist.«

»Aber fast. Und ich könnte einen Blitzableiter gebrauchen.«

»Warum?«

»Wenn mein Großvater meinem Vater irgendetwas über Sie und dieses Buch erzählt hat, bekomme ich jetzt gleich Ärger, weil ich mit Ihnen hier bin. Also können Sie zumindest aus Anstand mitkommen.«

»Nun ja, wenn Sie es mir so gut verkaufen ...«, sagte sie trocken. »Dann unterhalten wir uns mit Ihrem Dad.«

Kapitel 12

Sie durchquerten Hand in Hand den Raum und Olivia konnte nicht nur die Hitze von Coltons Hand spüren, sondern auch seine Anspannung. Sie wusste nicht, ob es ihm Soren bereitete, mit ihr gesehen zu werden, oder ob es sich um etwas Tiefergreifenderes handelte. Colton war, seit sein Vater die Bar betreten hatte, angespannt. Vielleicht hatte es auch damit zu tun, dass Jack Callaway tatsächlich sein Chef war.

Als sie am Tisch ankamen, konnte Olivia sofort die Ähnlichkeit zwischen Coltons Vater und seinem Onkel erkennen. Jack war zwar etwas stämmiger gebaut und hatte einen rötlicheren Teint, als sein Bruder Rob, aber beide hatten dunkle Haare und blaue Augen − eine gefährlich attraktive Mischung, die auch an Colton vererbt worden war.

Die beiden anderen Männer am Tisch sahen ganz anders aus. Einer war klein und untersetzt mit einem quadratischen Gesicht und Geheimratsecken. Er wurde ihr als Donald Rand vorgestellt. Der andere hatte ein langes, schmales Gesicht und in seinem dunkelbraunen Haar und seinem Schnurrbart zeigten sich graue Strähnen. Er hieß

Keith Fletcher. Beide Männer waren Kommissare bei der Polizei und nach Jacks Angaben waren beide im Rennen um die Position des Polizeichefs.

»Setzt euch«, sagte Jack.

»Wir wollen euch nicht stören«, antwortete Colton.

»Ihr stört nicht.« Jack sah Olivia mit einem fragenden Lächeln an. »Ich habe schon viel über Sie gehört, Miss Bennett. Sie scheinen der Zankapfel zwischen meinen Eltern und meiner Frau zu sein. Und scheinbar ist Colton nun auch noch verwickelt.« Als Jack seinen spitzen Kommentar beendet hatte, sah er in die Runde. »Miss Bennett ist nach San Francisco gekommen, um ein Buch über meine Mutter und ihre Freunde zu schreiben. Mein Vater ist nicht glücklich darüber.«

»Das habe ich gehört«, sagte Rob Callaway. »Ich habe Dad gesagt, dass er sich entspannen und Mom ihren Spaß gönnen soll.«

»So einfach ist das nun auch nicht«, sagte Jack.

»Worum geht es in diesem Buch?«, fragte Donald neugierig. »Ich weiß ja, dass Eleanor eine hübsche Dame ist, aber was ist ihre Geschichte?«

»Ich bin immer noch dabei, das herauszufinden«, gab Olivia zurück. »In dem Buch geht es nicht nur um Eleanor. Ich wurde von Molly Harper hierher eingeladen. Sie sagte, dass eine Gruppe Damen im Seniorentreff gerne ihre Geschichten mit mir teilen wollen.«

»Was für Geschichten denn?«, fragte Keith.

»Nun ja, sie waren alle Teil einer Volkstheatergruppe«, sagte sie und war sich nicht sicher, wie viel sie diesen Männern erzählen wollte.

Jack lächelte. »Meine Mom hatte schon immer einen Hang zum Dramatischen. Sie hatte auch eine Menge Freunde. Sie war damals die Königin der Nachbarschaft.«

»Ich erinnere mich an die Theatertage«, sagte Rob

mit einem seltsamen Gesichtsausdruck. »Ich erinnere mich auch daran, dass Mom und Dad sich wegen des Theaters oft gestritten hatten. Ich weiß nicht genau, warum. Ich glaube, er wollte nicht, dass sie so viel Zeit dort und so wenig Zeit mit der Familie verbrachte.«

Oder vielleicht wollte Patrick auch nicht, dass Eleanor sich in Gefahr begab, überlegte Olivia.

»Dad konnte es nicht leiden, wenn er sie mit anderen teilen musste«, sagte Jack. »Aber meine Mutter konnte sehr entschlossen sein, wenn sie sich einmal etwas in den Kopf gesetzt hatte. Und diese Stücke lagen ihr am Herzen.«

»Molly war auch oft da«, sagte Rob. »Sie hat immer ihre Kinder vorbeigebracht. Francine was süß, aber ihr Bruder war ein Störenfried. Ich weiß gar nicht, wie Michael es geschafft hat, mit ihm befreundet zu sein.«

»Michael war schon mit zwölf ein Heiliger«, sagte Jack lachend. »Es war eine gute Übung für ihn für das Priesteramt.«

»Sie sagten, Molly Harper hätte ihnen geschrieben?«, fragte Donald.

»Ja. Leider hatte Molly kurz vor meiner Ankunft einen Schlaganfall. Ich habe bisher noch nicht mit ihr sprechen können. Ich hoffe, ihr Zustand wird sich verbessern.«

»Das ist ja furchtbar«, sagte Keith. »Ich hoffe, es geht ihr bald besser. Werden Sie ohne ihre Hilfe das Buch schreiben können?«

»Vielleicht. Sie hat mir ein paar Tagebücher zu Lesen gegeben und ein paar andere Dinge, zu denen ich bisher noch nicht gekommen bin. Ich stehe wirklich noch ganz am Anfang.« Sie hielt inne und erinnerte sich an das Bild von Mollys Mann in Uniform. »Moment mal, erinnern Sie sich vielleicht an Stan Harper, Mollys Ehemann? Soweit ich weiß, war er Polizist.«

Donald und Keith sahen sich kurz an und Donald antwortete schließlich: »Ja, ich kannte Stan. Er war etwa fünfzehn Jahre älter als wir. Wir haben nicht viel Zeit miteinander verbracht.«

»Bei mir ist es das Gleiche«, sagte Keith. »Ich war ganz neu, als Stan gestorben ist. Es war das erste Polizeibegräbnis, zu dem ich je gegangen bin. Ich werde es nie vergessen.«

»Wenn Sie zu seiner Beerdigung gegangen sind, dann wissen Sie doch bestimmt auch, wie er ums Leben kam«, sagte Olivia und war gespannt, ob sie etwas mehr über die Harpers herausfinden konnte. »Starb er im Dienst?«

»Nein, er kam bei einem Hausbrand ums Leben«, sagte Donald.

»Ein Brand?«, wiederholte sie ein wenig überrascht. »Was ist passiert?«

»Ich erinnere mich nicht an die Einzelheiten«, gab Donald zurück. »Es ist schon lange her. Erinnerst du dich an das Feuer, Jack?«

»Ich erinnere mich an die Nacht«, sagte Jack nickend. »Ich war damals am College. Ich bin fürs Wochenende nach Hause gekommen und war einen Tag früher da als sonst. Die Harper-Kids waren in meinem Zimmer. Mom nahm mich beiseite und sagte mir, dass es ein schreckliches Feuer gegeben hatte und dass Stan gestorben war. Es war ein großer Schock.«

»Kommt das in Ihr Buch?«, fragte Rob.

»Nun ja, ich weiß es nicht. Ich sammle zurzeit nur Informationen.« Sie hielt inne und dachte darüber nach, wie surreal es war, dass sie gerade möglicherweise über ihre leiblichen Großeltern sprach – und so kam sie zu Francine. »Weiß einer von Ihnen, was mit Mollys Tochter

Francine passiert ist?«, fragte sie und merkte dabei
plötzlich, dass sie gar nicht wusste, ob Francine noch am
Leben war oder nicht, ob sie verheiratet war, ob sie
weitere Kinder hatte …

»Francine ist gestorben, als sie Mitte zwanzig war«,
sagte Jack in einem düsteren Ton. »Es war sehr tragisch.«

»Oh«, sagte sie bestürzt von den schrecklichen
Neuigkeiten. Wenn sie tatsächlich Francines Tochter war,
dann hatte sie gar keine Möglichkeit, sie kennen zu
lernen. »Wie ist sie gestorben?«

»An einer Überdosis. Molly hat wirklich schon viel
Tragisches in ihrem Leben erlebt«, fügte Jack hinzu.

»Das ist wirklich traurig«, murmelte sie und dachte
daran, wie schwer es für Molly gewesen sein musste,
ihren Mann und ihre Tochter zu verlieren. Vielleicht war
Peter deshalb so beschützerisch, was seine Mutter anging.
Seine Mutter war die Einzige, die er noch hatte.

»Wir lassen euch mal in Ruhe weitertrinken«, sagte
Colton.

»Und was für eine Rolle spielst du bei dem Ganzen
hier, Colton?«, fragte Jack.

»Grandpa hat mich gebeten, Grandma im Auge zu
behalten, während er diese Woche in Chicago ist«,
antwortete Colton.

Jack grinste. »Scheint als hättest du deine Augen aber
auf jemand anderen gerichtet, Sohn.«

Colton nickte zustimmend. »Olivia kennt niemanden
hier, also dachte ich, ich könnte ihr zumindest ein-zwei
Getränke spendieren. Wir sollten zurück zu unserem
Tisch.«

»Das sollten wir«, stimmte sie zu und stand auf.
»Wenn ich mehr Fragen habe, wäre es in Ordnung, wenn
ich noch einmal mit Ihnen spreche?«

»Meinetwegen gern«, sagte Jack. »Aber mehr als das,

was ich Ihnen bereits gesagt habe, weiß ich auch nicht und ich glaube Rob weiß sogar noch weniger.«

»Jack hat Recht. Ich weiß nicht mehr als er«, sagte Rob.

»Vielleicht können Sie zwei mir helfen, mehr über Mollys Mann Stan zu erfahren«, schlug sie vor.

Weder Donald noch Keith sahen begeistert aus, aber sie nickten und antworteten höflich.

»Danke«, sagte sie.

Als sie vom Tisch weggingen, wurden sie von einer großen Gruppe aufgehalten. Mehrere Leute schienen Colton zu kennen, sie schlugen ihm auf die Schulter und begrüßten ihn auf ihrem Weg zu Adams Tisch.

»Scheint, als würde die Party größer«, kommentierte Olivia.

»Etwas zu groß für meinen Geschmack«, sagte er. Sein Gesichtsausdruck verfinsterte sich, als ein älterer Mann die Bar betrat.

»Wer ist das?«, fragte sie neugierig.

»Mein neuer Chef, Mitchell Warren. Er mag mich nicht.«

»Warum nicht?« Bisher hatte sie noch niemanden kennen gelernt, der Colton nicht mochte. Er war ein freundlicher, offener Typ, der seinen Job, seine Freunde und seine Familie liebte.

»Ich weiß nicht genau«, antwortete Colton. »Ich glaube, es hat was mit meinem Nachnamen zu tun. Er hat mich schon in den ersten fünf Minuten nach unserem Zusammentreffen zusammengefaltet.«

Mitchell hatte keine andere Wahl, als an ihnen vorbei zu gehen, um zu Adams Tisch zu gelangen. Er sah Colton und nickte ihm steif zu.

»Callaway.« Seine Mundwinkel zuckten beinahe angeekelt, als er Coltons Nachnamen aussprach.

»Captain«, sagte Colton knapp.

»Was macht die Hand?«

»Besser. Ich denke, dass ich nur noch eine Schicht aussetzen muss.«

»Wir werden es sehen.« Mitchell sah sich in der Bar um. »Ist dein Bruder hier?«

»Wenn Sie Burke meinen, dann nein. Ich habe ihn nicht gesehen.«

»Gut.« Und mit diesem seltsamen Kommentar ging Mitchell weiter, um Adam zu gratulieren.

»Sehen Sie, was ich meine?«, fragte Colton und sah sie frustriert an.

»Ja, er war wirklich eiskalt zu Ihnen. Klingt auch nicht so, als hätte er viel für Ihren Bruder übrig.«

»Ich habe Burke über Mitchell ausgefragt. Er hat ein paar Probleme mit ihm erwähnt, aber ist nicht zu sehr ins Detail gegangen.«

»Vielleicht sollten Sie noch einmal mit ihm sprechen.«

»Ich glaube kaum, dass das was bringt. Burke sagt mir immer gerne, dass ich meine Probleme selber lösen soll.«

»Das klingt nicht so großzügig.«

»Er ist ein super Typ. Aber er ist eher verschlossen«, sagte Colton. »Und das ist nicht allein seine Schuld.«

»Was meinen Sie damit?«

»Ach, ist egal. Wollen Sie gehen?«

»Okay.«

»Ich werde nur eben bezahlen und mich verabschieden.«

Es dauerte noch eine Viertelstunde, bis sie gezahlt und sich von allen verabschiedet hatten, aber schließlich waren sie wieder auf dem Parkplatz.

»Ich kann jetzt fahren«, sagte sie.

»Lassen Sie mich doch. Ich bin lieber Fahrer als Beifahrer.«

»Und vielleicht bin ich das auch.«

Er lächelte und sie freute sich, dass die Anspannung aus seinem Blick gewichen war. »Aber ich habe tatsächlich gerade die Schlüssel in der Hand«, sagte er. »Was man hat, hat man.«

»Wenn Sie meinen, dann ist es wohl so.«

»So ist es.«

»Okay, dann fahren Sie.« Als sie ins Auto stiegen sagte sie: »Also, Francine ist tot. Das sind schockierende Neuigkeiten.«

Er sah sie kurz an. »Wir wissen immer noch nicht, ob Sie Francines Tochter sind, Olivia. Nur weil Sie das gleiche Geburtsdatum haben ...«

»Ja, ich weiß, ich bin voreilig. Aber ich kann nicht anders. Wenn ich tatsächlich ihre Tochter bin, dann werde ich sie nie kennenlernen.«

Er verzog das Gesicht. »Ich weiß nicht, was ich von all dem halten sollen. Aber wir hatten beide einen langen Tag. Warum lassen wir Molly und die Harpers und meine Großmutter nicht mal einfach bis morgen in Ruhe? Wir sollten uns doch davon erholen, wissen Sie noch?«

»Ich weiß schon, aber Sie hätten mich besser in eine Bar mitgenommen, wo wir nicht Ihre Familie angetroffen hätten.«

»Das ist in dieser Stadt schwierig«, sagte er lächelnd. »Wo wir gerade über diese schöne Stadt sprechen, soll ich Sie ein wenig herumführen?«

»Ich habe irgendwie Schuldgefühle, dass ich nicht mit meiner Recherche weitermache.«

»Die Recherche wartet auch noch ein Weilchen auf Sie.«

»Ja, Sie haben Recht. Zeigen Sie mir Ihre Stadt.«

»Alles klar. Lehnen Sie sich zurück und genießen Sie die Aussicht.«

Kapitel 13

Colton ließ den Wagen an und war sich bewusst, dass er sich auf dünnes Eis begab. Er verbrachte ein bisschen zu viel Zeit mit Olivia. Ursprünglich hatte er vielleicht einfach herausfinden wollen, was sie vorhatte und beabsichtigt, seine Großmutter zu schützen. Aber jetzt war sein Motiv ein ganz anderes.

Er mochte Olivia mehr, als er es für möglich gehalten hatte. Er hatte sie erlebt, wie sie sich mit seiner Großmutter und ihren Freundinnen unterhielt. Er war dabei gewesen, als sie die schockierende Entdeckung machte, dass sie das gleiche Geburtsdatum eines unbekannten Kindes aus der Familie Harper hatte. Und schließlich hatte er gesehen, wie sie ihre Probleme verdrängen konnte, um mit seinen Freunden und seiner Familie zu plaudern. Und in diesem Moment merkte er, dass er ihr einiges mehr als nur die Stadt zeigen wollte.

Aber er konnte sich nicht auf diesen gefährlichen Weg begeben. Olivia würde in ein paar Tagen abreisen und war auch immer noch mit seinem Großvater verfeindet. Auch wenn sie bisher noch nichts erfahren hatten, was seine Großmutter wirklich verletzen könnte.

Allerdings konnte er auch nicht einschätzen, welche Entdeckungen noch auf sie warteten, bis die ganze G

eschichte vorbei war. Wenn er schlussendlich zwischen seiner Familie und Olivia wählen müsste, würde die Wahl ganz sicher auf seine Familie fallen.

Er hielt an einer Ampel an und sah zu Olivia hinüber. Ihre Wangen waren rosig und ihre grünen Augen funkelten ihn an. Er wusste nicht, ob es der Alkohol war, den sie getrunken hatte, die Vorfreude auf die Erkundung von San Francisco, oder ob sie seine Gegenwart genoss. Was auch immer es war, ihr Gesichtsausdruck gefiel ihm. Tatsächlich hatte er das dringende Bedürfnis, alles in seiner Macht Stehende zu tun, um das Lächeln auf ihrem Gesicht zu erhalten.

»Was sehen Sie denn so an?«, fragte sie.

»Sie. Sie sind wunderschön, Olivia.«

Sie öffnete überrascht den Mund. »Äh, danke. Das ist nett, dass Sie das sagen.«

»Das ist nicht nur so daher gesagt. Es stimmt.« Ihre leicht unbehagliche Reaktion auf seine Worte gefiel ihm, es machte sie noch attraktiver. »Ich bin mir sicher, dass Ihnen das schon andere Männer mal gesagt haben.«

»Nun ja, vielleicht, aber normalerweise in eher anderen Situationen.«

»Vor dem Sex?«

»Ist scheinbar ein guter Anmachspruch«, gab sie zu.

»Aber so klischeehaft.« Er trat aufs Gas, als die Ampel grün wurde.

»Sie haben den Spruch also noch nie verwendet, um jemanden rumzukriegen?«

»Nicht absichtlich.« Er hielt inne und lächelte sie an. »Funktioniert es denn?«

Sie verschränkte die Arme vor der Brust. »Ich will ja nicht sagen, dass es nicht jedes Mal schmeichelhaft ist, aber es gibt einfach Momente, in denen es so eindeutig unehrlich ist.«

»Nicht, wenn ich es sage.«

Sie sah ihn an. »Ich glaube, ich nehme Ihnen das sogar ab.«

»Das *sollten* Sie auch. Ich lüge nie.«

»Nie? Fast jeder lügt doch mal.«

Er dachte einen Moment darüber nach. »Also nie stimmt nicht ganz, aber es kommt wirklich selten vor. Ich hab' dafür keine Zeit. Lügen sind aufwendig.«

»Sie sind also nur aus Faulheit ehrlich?«, neckte sie ihn.

»Zum Teil vielleicht. Aber abgesehen von der Faulheit, stehe ich gerne für das ein, woran ich glaube. Und wenn ich etwas falsch gemacht habe, dann gebe ich es zu. Es ist leichter so.«

»Es kann schon leichter sein. Aber die meisten Leute haben ein instinktives Bedürfnis, sich selbst zu schützen und wenn sie in Schwierigkeiten sind, lügen sie. In meinen Rechercheinterviews habe ich das oft erlebt.«

»Wen haben Sie denn sonst noch recherchiert abgesehen von Carlton Hughes?«

»Die wahrscheinlich interessanteste Person war Stefano Violetti. Er ist der begehrteste Junggeselle Italiens und Milliardär.«

»Und wie war er so drauf?«

»Umwerfend, charmant und wirklich gut darin, Geheimnisse für sich zu behalten.«

»Das klingt interessant.«

Sie nickte. »So steht es in der Buchbeschreibung und es war wohl interessant genug, um eine Million Bücher zu verkaufen.«

»Was für Geheimnisse hat er denn für sich behalten?«

»Nun ja, er war kein wirklicher Junggeselle. Er hatte mit achtzehn eine junge Frau geheiratet. Die Heiratsurkunde habe ich während meiner Recherchearbeiten gefunden.«

»Wie alt ist er jetzt?«

»Vierunddreißig. Die Hochzeit war also schon sechzehn Jahre her, als ich die Urkunde fand.«

»Erzählen Sie mir seine Geschichte«, ermutigte er sie, als sie erneut an einer Ampel standen.

»Stefano heiratete Yvette St. Moray standesamtlich in einer französischen Kleinstadt. Das war in dem Sommer vor seinem ersten Semester in Harvard. Er machte eine Rundreise durch Europa. Sie haben sich unsterblich verliebt und heimlich geheiratet, kurz bevor er im September an die Uni ging.«

»Warum haben sie es geheim gehalten?«

»Weil seine Familie sehr wohlhabend ist und sie wollten, dass er studiert. Sie wollten nicht, dass er eine hübsche, arme Frau heiratete, die sich mit Kellnern über Wasser hielt und vorhatte, Köchin zu werden. Zwei Jahre lang sind Stefano und Yvette zwischen den USA und Frankreich hin und hergereist. Stefano ließ sie, wann immer er konnte, einfliegen. Aber schließlich wurde die Distanz zwischen ihnen zu groß und sie haben sich getrennt.«

»Und es gab keine Scheidung?« Das ergab doch keinen Sinn.

»Nein. Als ich Stefano mit den gefundenen Informationen konfrontierte, hat er zugegeben, dass ein Teil von ihm Yvette immer noch liebte. Aber er hatte sie seit über zwölf Jahren nicht gesehen.«

»Er hat sie doch sicher irgendwie hintergangen.«

»Wie kommen Sie darauf?«, fragte Olivia neugierig.

»Weil er reich war und bald einen Abschluss von

Harvard haben würde. Ich denke Yvette hätte sich bis zu seinem Abschluss mit ihm zusammen bleiben können, es sei denn sie hatte einen Grund, ihn loszuwerden. Also denke ich, dass er sie hintergangen hat.«

Olivia nickte. »Sie haben Recht. Stefano hat sie betrogen und sie hat es herausgefunden. Diese Information habe ich von Yvette bekommen, die übrigens immer noch Single ist und immer noch wunderschön. Sie ist jetzt Köchin in einem kleinen Restaurant in Südfrankreich. Sie ist ein sehr freigeistiger Mensch, aber nicht frei genug, um ihm seinen Seitensprung zu verzeihen. Allerdings habe ich etwas in ihrem Gesichtsausdruck erkennen können, als ich ihr gegenüber zum ersten Mal seinen Namen erwähnte. Vielleicht war es Liebe, oder ein leichtes Bedauern.«

»Sie sind wirklich gut, Olivia.«

Sie sah ihn überrascht an. »Gut worin? Skandale aufzudecken?«

»Das ... und auch beim Geschichtenerzählen. Ich bin ganz gefesselt von der Romanze von Stefano und Yvette und normalerweise bin ich nicht der Typ für gefühlsduselige Filme. Ich bin eher einer für Actionfilme. Aber irgendwie haben Sie die Geschichte auf eine Art und Weise erzählt, dass ich einfach wissen muss, ob sie wieder zusammenkommen.«

Sie musste lachen. »Danke für das Kompliment, aber die Geschichte von Stefano und Yvette ist nicht fiktiv, sie ist real. Und ich kann ohne die beiden kein Ende schreiben.«

»Aber ich glaube schon, dass Sie ihrem echten Leben einen Schubs gegeben haben. Ich kann mir nicht vorstellen, dass Sie sie zurückgelassen haben, ohne zu versuchen, etwas einzufädeln.«

»Ich scheine ein offenes Buch für Sie zu sein, Colton.

Ja, ich habe ihnen einen mächtigen Schubs gegeben. Ich habe sie zusammen in einen Raum gebracht.«

»Und? Lassen Sie mich bloß nicht hängen.«

»Sie haben einander angesehen, als sei keinerlei Zeit vergangen. Da waren Liebe, Wut, einfach alle vorstellbaren Gefühle. Und dann habe ich sie alleine gelassen.«

»Sie sind gegangen?«, fragte er ungläubig.

»Ich musste mit Philips nächstem Projekt weitermachen«, sagte sie abwehrend. »Seine Geschichte über Stephano war beendet, also war auch meine Arbeit beendet.«

»Wie lange ist das her?«

»Schon fast zwei Jahre.«

»Und Sie haben sich nie wieder nach Stefano und Yvette erkundigt?«

»Doch, ich habe mich erkundigt«, gab sie zu. »Yvette hat mir erzählt, dass sie wieder Zeit miteinander verbringen und sie glaubt, dass sie vielleicht doch ein Happy End haben werden.«

Er nickte. »Gut, ich hab' schon gedacht …«

»Was gedacht? Sie haben doch grade gesagt, dass Sie keine Romanzen mögen.«

»Naja, wenn ich mir schon eine antun muss, dann will ich, dass am Schluss keiner stirbt. Das erscheint mir dann immer wie Zeitverschwendung.«

»Ja, geht mir auch so. Also, wohin fahren wir, Colton? Bisher hab' ich nur dichten Verkehr gesehen.«

»Ich hab' mir da schon was überlegt. Der Verkehr löst sich sicher ein paar Straßen weiter auf.«

»Das ist schon okay. So habe ich die Möglichkeit, mich ein wenig umzusehen in der Stadt. Die Wolkenkratzer sind schon beeindruckend. Es sind nicht so viele, wie in New York, aber einige haben wirklich einen einzigartigen Charme, wie dieser, der wie eine Pyramide aussieht, zum Beispiel.«

»Das Transamerica-Gebäude. Ja, das fällt in der Skyline wirklich auf.«

Zehn Minuten später hatte sich der stockende Verkehr aufgelöst. Sie näherten sich Chinatown und Colton fand einen Parkplatz in der Nähe seines geplanten Zielorts. Er schaltete den Motor ab und sagte: »Wir müssen ein Stückchen laufen.«

»Werden Sie mir sagen, wo wir hingehen?«

»Nein.«

»Gemein«, sagte sie, als sie beide auf dem Gehweg standen.

»So wird es interessanter.«

»Sie haben Glück, ich mag Abenteuer.«

»Das dachte ich mir. Und Sie sind neugierig, also habe ich mir etwas Besonderes für Sie ausgedacht. Ein echter Gassenhauer ... Achtung, Wortspiel«

»Wortspiel?«

»Werden Sie schon sehen.« Zwei Minuten später bogen Sie in eine schmale, dunkle Gasse ein. »Das hier ist die Jack Kerouac Alley. Ich gehe davon aus, dass Sie ihn kennen.«

»Natürlich. Einer der Beatniks, der das Buch *Unterwegs* geschrieben hat und das in angeblich drei Wochen unter dem Einfluss von Alkohol und Drogen. Zumindest heißt es das.«

»Das wusste ich nicht. Tatsächlich weiß ich gar nicht so viel über ihn. Aber meine Mom liebt ihn. Sie liest sehr gerne und hat mir diese Gasse gezeigt, als wir zum City Lights Buchladen gegangen sind. Da sind wir gerade vorbeigekommen. Scheinbar hat Kerouac sich hier öfter herumgetrieben.«

»Interessant.«

»Aber das coolste an der Gasse sind die Bodentafeln.« Glücklicherweise war es durch die angrenzenden Gebäude hell genug in der Gasse, um die Tafeln lesen zu können. Aber um auf Nummer sicher zu gehen, holte er sein Handy heraus und aktivierte die Taschenlampenfunktion, als sie sich der ersten Tafel näherten. »Können Sie es lesen?«, fragte er.

»Ja, da steht ›*Poesie ist der Schatten, den unsere Vorstellungskraft wirft*‹«, las Olivia und nannte den Namen des Autors: »Lawrence Ferlinghetti.« Sie hielt inne. »Ich hab' noch nie von ihm gehört, aber das Zitat gefällt mir. «

Sie gingen ein paar Schritte weiter. »Wie wäre es hiermit?« Er hielt vor einer großen runden Tafel an, die beinahe die gesamte Breite der Gasse einnahm, und las vor: »›*Die Luft war sanft, die Sterne so zart, die Versuchung jeder gepflasterten Gasse so groß* ...‹ Von Kerouac.« Er sah Olivia an. »Ob er davor schon ein paar gepichelt hatte?«

»Wer weiß ... viele Genies erfreuten sich an der flüssigen Inspiration. Ich mag dieses Zitat hier. ›*Liebe entfacht mehr Feuer, als der Hass zu löschen vermag*‹, Ella Wheeler Wilcox.«

Er lachte. »Allzu viele Feuer, die von Liebe entfacht worden sind, habe ich aber noch nicht gesehen. Benzin und Streichhölzer ... das ist eine ganz andere Sache.«

»Manche Liebesgeschichten warten mit Benzin und Streichhölzern im übertragenen Sinne auf. Einer ist der Funken, der andere der Brennstoff und zusammen brennen sie lichterloh.«

Ihre Worte waren genauso faszinierend wie ihre Augen und ihre Lippen, ihr wirklich, wirklich einladender Mund ...

Sie legte ihre Hand auf seinen Arm und Colton

bemerkte, dass er sein gesamtes Gefühl für Zeit und Raum verloren hatte. Hatte er sie eine Minute lang angesehen oder fünf? Er hatte wirklich keine Ahnung und das Gefühl war äußerst verwirrend für ihn.

Im schattenhaften Licht funkelten Olivias Augen. In weniger Entfernung konnte er den Verkehr hören und aus einer Wohnung im zweiten Stock über einem der Läden drang Gelächter, aber die restliche Welt schien sehr weit weg zu sein.

»Colton?«, murmelte sie mit fragendem Blick.

Wie konnte er diese Frage nur beantworten, außer mit einem Kuss? Er spürte die Anziehungskraft zwischen ihnen. Sein Kopf sagte ihm, er solle sich zurückhalten, doch sein Körper drängte ihn, zu handeln.

Bevor er sich bewegen konnte, nahm Olivia ihre Hand von seinem Arm. Sie tat einen Schritt zurück. Zwischen ihnen konnte er eine kühle Brise spüren.

Er hatte das seltsame Gefühl, dass er gerade seine Chance verpasst hatte und das gefiel ihm gar nicht.

»Danke, dass Sie mich hierhergebracht haben«, sagte sie. »Wohin gehen wir als Nächstes?«

Er dachte an seine Wohnung, oder vielleicht ihr Hotelzimmer. Irgendwo, wo es ein Bett gab. Irgendwo, wo sie allein sein konnten.

Als er nicht antwortete, sagte sie: »Wir sollten an einen Ort gehen, der Ihnen etwas bedeutet. Diese Gasse war für mich. Sie wussten, dass mir das als Schriftstellerin gefallen würde. Also, wohin gehen Feuerwehrleute … Außer natürlich in die Kneipe?«

Er räusperte sich und versuchte sich wieder zu fangen. »Coit Tower ist ein besonderer Ort. Es ist ein Denkmal, das wie ein Feuerwehrschlauch aussieht. Es wurde zu Ehren der Feuerwehrleute errichtet, die nach dem Erdbeben von 1906 versucht haben, die Stadt zu retten. Leider ist der Turm nachts geschlossen. Das ist wirklich schade, denn von dort hat man einen tollen Blick über die Stadt.«

»Vielleicht können wir ein andermal dorthin gehen.«

»Wenn Sie dann noch nicht abgereist sind«, sagte er und erinnerte sich damit daran, dass sie bald die Stadt verlassen würde. In wenigen Tagen könnte sie ganz aus seinem Leben verschwunden sein.

»Wenn ich dann noch nicht abgereist bin«, wiederholte sie sanft. »Also, kein Turm. Aber es muss doch noch andere Orte in dieser Stadt voller Hügel geben, von denen aus man einen tollen Blick hat.«

»Mein Wohnhaus hat eine Dachterrasse. Das war der Grund, warum ich die Wohnung angemietet habe. Meistens ist dort oben keiner, deswegen gehe ich häufig dorthin, um nachzudenken, oder um einfach ein Bier zu trinken und mich zu entspannen.«

Sie sah ihn an. In ihren Augen konnte er sehen, dass sie sich unsicher war. Dann sagte sie: »Diese Aussicht würde ich gerne sehen.«

Beinahe hätte er sie gefragt, ob sie sich sicher war. Aber dann beschloss er, dass er ihr keine Chance geben wollte, sich doch noch dagegen zu entscheiden. Also sagte er: »Na dann los.«

Sie würden sich nur die Aussicht über die Stadt anschauen, sagte er sich, als sie die Gasse entlanggingen. In seiner Wohnung müsste wirklich nichts Anderes passieren. Nichts würde passieren. Er könnte sich unter Kontrolle halten … Wenn sie es konnte.

Kapitel 14

Auf dem Weg zu Coltons Wohnung kamen Olivia nicht nur einmal Zweifel. Die Funken zwischen ihnen hatten sich den gesamten Abend über immer weiter aufgeheizt. Und nun war sie auf dem Weg zu seiner Wohnung, allein, unter dem Vorwand, die Aussicht zu sehen. Aber sie hatte das Gefühl, dass sie beide weniger an dem Blick auf die Golden Gate Bridge interessiert waren, als daran, einander nackt zu sehen.

Bei diesem Gedanken lief ihr einen Schauer über den Rücken. Sie rutschte unruhig in ihrem Sitz hin und her und verschränkte die Arme vor der Brust. Leider half das gar nicht, denn die Bewegung rief ein Kitzeln in ihren Brüsten hervor. Alle ihre Sinne waren völlig überspannt und darüber musste sie hinwegkommen.

Dann fühlte sie sich eben von Colton angezogen. Warum auch nicht? Er sah gut aus, war gut in Form, unglaublich sexy, charmant und aufgeschlossen gegenüber anderen – sowohl Männern als auch Frauen gegenüber.

Sie musste aufhören, über all seine guten Eigenschaften nachzudenken und sich auf seine negativen

Seiten konzentrieren. Er war ein Feuerwehrmann. Das sprach gegen ihn. Sie wollte keine Beziehung mit einem Mann, der genauso war, wie ihr Vater.

Und ganz abgesehen davon wollte Colton nicht, dass sie ihrer Arbeit nachging. Tatsächlich war er ja nur bei ihr, um sie von ihrer Arbeit abzuhalten, von der Geschichte, die den Durchbruch in ihrer Karriere als Biographin bedeuten könnte.

Na gut, das war nicht ganz fair von ihr. Sie hatte in dem Moment ihre Untersuchung abgebrochen, als sie die Geburtsurkunde gefunden hatte.

Der Gedanke an dieses Stück Papier gab ihr einen weiteren Grund, sich nicht auf Colton einzulassen. Sie wusste nicht mehr, wer sie war. Und sie konnte nicht mit ihm zusammen sein, wenn sie nicht wusste, wer sie war, oder vielleicht doch?

Sie ließ ihren Kopf hin und her kreisen, während ihre Gedanken von einer Frage zur nächsten sprangen. Das war ihr Problem. Sie dachte einfach zu viel nach. Sie übertrieb es damit, alles zu analysieren. Sie versuchte immer, alle möglichen Konsequenzen vorherzusehen, um sich vor schmerzhaften oder peinlichen Momenten zu schützen. Das führte oft dazu, dass sie gar nicht handelte. Sie unterschied sich sehr von Colton, der abenteuerlich und mutig war. Sie war ein verkopfter Feigling, besonders wenn es um Männer ging.

Sie wünschte sich Liebe. Sie wollte verliebt sein. Aber sie wusste nicht, wie sie es bewerkstelligen sollte. Sie wusste nicht, wie sie ihr Herz aufs Spiel setzen sollte. Nach dem Tod ihres Vaters hatte sie sich einfach zurückgezogen.

Nachdem sie den wichtigsten Mann in ihrem Leben verloren hatte, hatte sie ihr Herz tief vergraben und sich geschworen, niemanden mehr nah an es heranzulassen.

Bis heute Abend, war das auch niemandem gelungen. Colton war dabei, ihre Mauer einzureißen.

Vielleicht wollte er keine Liebe. Tatsächlich war sie sich ziemlich sicher, dass er nur Sex wollte. Aber sie war nicht gerade gut darin, Sex und Liebe voneinander zu trennen.

Sie wollte alle Bedenken über Bord werfen. Das hatte sie schon den ganzen Abend versucht, aber wie weit könnte sie wirklich gehen, bevor ihr übervorsichtiges Gehirn sie bremste?

Sie sollte es bald herausfinden.

Colton bog in eine Tiefgarage ein, von wo aus sie den Aufzug in den vierten Stock seines Gebäudes nahmen.

»Wir können kurz in meiner Wohnung vorbeischauen und eine Flasche Wein holen«, sagte er. »Auf der Dachterrasse gibt es einen Tisch und Stühle, da können wir uns hinsetzen.«

»Klingt gut.« Sie zwang sich, nicht darüber nachzudenken, ob er nicht einen anderen Grund hatte, warum er in seiner Wohnung vorbeischauen wollte. »Ich bin ganz schön gespannt, zu sehen, wo Sie wohnen«, fügte sie hinzu.

»Es ist nicht wirklich beeindruckend«, sagte er mit einem Lächeln. Er schloss die Tür auf und winkte sie hinein.

Er hatte Recht. Seine Wohnung war wirklich überhaupt nicht beeindruckend. Im Wohnzimmer stand ein brauner Liegesessel, der fehl am Platz wirkte. Hinter einem runden Couchtisch aus Eiche, der aussah wie ein Wagenrad, stand ein schwarzes Ledersofa. Die einzige Wanddekoration war ein riesiger Flachbildfernseher. Es gab keine gerahmten Bilder, keine Familienfotos, keinerlei persönliche Gegenstände.

»Also«, murmelte sie und stützte ihre Hände in die

Hüften. »Sind Sie gerade erst eingezogen?«

»Vor ein paar Monaten.«

Sie hob eine Augenbraue an. »Zu beschäftigt, um Bilder aufzuhängen?«

»Zu beschäftigt, um überhaupt welche zu kaufen. Ich hatte nicht wirklich Zeit, die Wohnung richtig einzurichten. Ich schlafe eigentlich hauptsächlich hier.«

»Und Sie sehen fern.«

»Ich schaue gerne Sport auf dem großen Fernseher.«

»Sie haben doch Schwestern in ihrer großen Familie, die Ihnen sicher dabei helfen würden, die Wohnung zu dekorieren?«

»Das bezweifle ich nicht, aber ich versuche, meine Schwestern möglichst aus meinem Leben herauszuhalten. Wenn ich Sie um Hilfe bitte, bekomme ich meistens auch unnötige Ratschläge. Ich hole mal ein Flasche Wein aus der Küche. Schauen Sie sich ruhig um, auch wenn es nicht viel zu sehen gibt.«

Was sie sehen konnte, waren die Anzeichen eines Mannes, der sich nicht viel um materielle Dinge scherte und dem seine Wohnung nicht peinlich war. Sie wusste nicht, ob sie dies als Selbstvertrauen oder als Faulheit verbuchen sollte. Die Wohnung war nicht unordentlich. Tatsächlich war sie sogar ziemlich ordentlich, aber eben spärlich eingerichtet.

Eigentlich sollte sie ihn wirklich nicht kritisieren. Sie dekorierte auch nicht für ihr Leben gerne. Allerdings hatte sie sich wenigstens die Zeit genommen, ein paar Kunstwerke an die Wände zu hängen und zueinander passende Möbel zu kaufen.

Während Colton den Wein holte, ging sie durch den kurzen Flur und steckte ihren Kopf in das kleine Badezimmer, das auch ordentlich und einigermaßen sauber war. Alle Handtücher waren aufgehängt und das

Waschbecken sah aus, als sei es gerade geputzt worden.

Ihr nächster Halt war Coltons Schlafzimmer. Wie auch im Wohnzimmer war hier die Möblierung eher minimal, nur ein Doppelbett und ein Nachttisch mit Lampe. Allerdings stand an einer Wand ein Rennrad, in einer anderen Ecke standen Golfschläger und ein paar 5kg-Hanteln lagen neben einem Springseil auf dem Boden.

»Und, haben Sie etwas Interessantes gefunden?«, fragte er, als er mit der Flasche Wein in der einen und zwei Gläsern in der anderen Hand im Türrahmen erschien.

»Ich finde es interessant, dass Sie Ihr Bett gemacht haben.«

»Ich bin in einer Großfamilie aufgewachsen. Da habe ich schon in jungen Jahren gelernt, dass ich meinen Beitrag leisten muss.«

»Ich bin ein verwöhntes Einzelkind und mache mein Bett immer noch nicht gerne. Ich sehe einfach den Sinn darin nicht, ich lege mich ja sowieso nur wieder hinein.«

»Jetzt haben Sie mich aber überrascht.« Er legte den Kopf zur Seite und sah sie nachdenklich an. »Ich hätte jetzt gedacht, dass sie gut organisiert und ordentlich sind.«

»In meinem beruflichen Leben bin ich das auch. Und in der Küche eigentlich auch, aber im Schlafzimmer bin ich schon auch mal unordentlich.«

»Das finde ich gut«, sagte er mit einem anerkennenden Nicken. »Perfekte Menschen sind langweilig.«

»Ich bin wirklich nicht perfekt.«

»Ich auch nicht.«

Und langweilig fand sie ihn auch nicht. Tatsächlich ließ ihre Anwesenheit in seinem Schlafzimmer die Hitze zwischen ihnen ansteigen. Ihr war mehr als nur bewusst, wie nah sie an seinem Bett stand und wie sehr sie diese ordentlichen Laken und Decken aufmischen wollte.

Coltons Lächeln verschwand aus seinem Gesicht, als er sie anstarrte. Sie bekam plötzlich das verrückte Gefühl, dass er ihre Gedanken lesen konnte. Vielleicht dachte er aber auch einfach an das Gleiche.

Sie räusperte sich. »Wir sollten auf die Dachterrasse gehen und uns diese Aussicht ansehen, mit der sie so angegeben haben.«

»Ja, auf geht's.« Er drehte sich um und verließ das Schlafzimmer schnellen Schrittes.

Sie war etwas verwirrt, dass er sogleich zugestimmt hatte. Vielleicht hatte er gar nicht daran gedacht, mit ihr ins Bett zu gehen. Vielleicht lag die Anziehung ja nur auf ihrer Seite.

Nein, das war nicht möglich. So dumm war sie nun wirklich nicht. Sie wusste, wenn ein Mann an ihr interessiert war. Aber aus welchem Grund auch immer hatte er beschlossen, nicht zu handeln. Und genau das sollte sie auch tun.

Sie folgte ihm aus der Wohnung und die Treppe hoch auf das Dach. Colton schaltete das Licht an.

Es überraschte sie, dass die Aussicht tatsächlich so toll war, wie er gesagt hatte. Sie ging hinüber zur hohen Brüstung, die um das Flachdach herum reichte, und sah auf die Lichter der Stadt und die Golden Gate Bridge. Coltons Apartment lag auf einem Hügel und in welche Richtung sie sich auch drehte, konnte sie unterschiedliche Teile der Stadt sehen.

Colton stellte die Flasche und die Gläser auf den Tisch, und während er den Wein öffnete, fragte er: »Und, hab' ich zu viel versprochen?«

»Nein überhaupt nicht.«

»Ich habe Ihnen ja gesagt, dass es sich lohnt.« Er schenkte ihr ein Glas Wein ein und reichte es ihr. Dann schenkte er sich selbst Wein ein. »Ich weiß ja, das ist kein New Yorker Ausblick, aber wirklich nicht schlecht, oder?«

»Es ist wunderschön. Ich habe das Gefühl, dass all meine Probleme da unten geblieben sind.«

»Genauso fühle ich mich, wenn ich hier hochkomme.« Er hob sein Glas. »Ich denke wir sollten anstoßen.«

»Gut. Worauf sollten wir anstoßen?

Er dachte einen Moment lang nach und sagte dann: »Lassen Sie uns auf Molly anstoßen.«

Sie zögerte. Seine Worte hatten ihre Probleme mit einem Schlag auf die Dachterrasse gebracht. »Wirklich?«

»Sie ist der Grund, warum Sie hier sind. Und ich bin froh, dass Sie hier sind, Olivia.«

»Heute Morgen waren Sie aber noch ganz anderer Meinung.«

»Seitdem hat sich auch viel geändert.«

Das konnte er wohl laut sagen. »Es ist irgendwie komisch. Ich habe das Gefühl, als würde ich Sie schon jahrelang kennen, Colton. Dabei habe ich Sie gerade erst gestern kennengelernt.«

Sein Blick begegnete ihrem. »Manchmal hat man mit jemandem einfach eine Verbindung.«

Der rauchige Ton seiner Stimme, das Verlangen in seinen dunkelblauen Augen, der Bartschatten auf seinem Kinn jagten ihr einen Schauer über den Rücken. »Ja, ich weiß was sie meinen«, murmelte sie.

»Ich hab's mir anders überlegt«, sagte er. »Ich möchte nicht auf Molly anstoßen. Ich möchte auf Sie anstoßen.« Er stieß sein Glas gegen ihres. »Zum Wohl.«

»Zum Wohl.« Sie führte ihr Glas an die Lippen und

nahm einen Schluck. »Hmm, gut.«

Er nickte. »Ein Freund von meinem Bruder Aiden ist Winzer im Napa Valley. Er macht guten Merlot.«

»Ja, das macht er.« Sie drehte sich von Colton weg, weil ihr Puls ein wenig zu schnell raste. Sie ging zurück zur Brüstung und setzte ihr Glas darauf ab.

Colton kam zu ihr und tat es ihr gleich. Dann drehte er sich zu ihr und legte seine Hände auf ihre Hüften.

Ihr Herz machte einen Satz, als sie den entschlossenen Blick in seinen Augen sah. »Was … was haben Sie vor?«

»Ich kann einfach nicht anders«, sagte er und senkte seinen Mund auf ihren.

Er bat nicht um Erlaubnis und gab ihr auch keine Möglichkeit zu antworten, oder sich wegzudrehen. Er war im Begriff sie zu küssen und sie konnte es kaum erwarten. Sie öffnete die Lippen, als sich sein Mund auf ihren legte.

Bei der ersten zarten Berührung, durchfloss sie Hitze und diese verstärkte sich, als er mit seinen Lippen auf ihren verweilte und seine Zunge in ihren Mund schlüpfen ließ. Der Kuss war köstlich. Sie schmeckte den Wein auf seiner Zunge, die Kirschen und schwarzen Johannisbeeren. Der herrliche Geschmack löste ihr ein schwindelerregendes Verlangen aus.

Sie umschlang ihn mit ihren Armen und kam näher, sie wollte nicht nur nehmen, sie wollte auch geben. Einen so unglaublich perfekten Kuss hatte sie noch nie erlebt und sie wollte, dass er so lange wie möglich anhielt.

Doch irgendwann mussten sie Atem holen.

Colton hob den Kopf, seine Hände ließen ihre Taille los und er trat einen Schritt zurück. Die Hitze ihrer Atemzüge vermischt mit der kühlen Nachtluft und umspielte sie mit nachklingender Leidenschaft. Eine lange Weile sah er sie an und auch sie konnte ihre Augen nicht von ihm abwenden. Sie konnte den Hunger in seinen Augen sehen, aber die anderen Gefühle konnte sie nicht erahnen, auch wenn es viele davon zu geben schien.

»Das war ... schön«, sagte er.

Sie nickte und dachte bei sich, dass *schön* als Beschreibung dieses recht spektakulären Kusses mächtig untertrieben war, zumindest ihrer Erfahrung nach.

»Das wollte ich schon machen, seit ich dich zum ersten Mal gesehen habe, Olivia.«

»Das glaube ich dir nicht. Als ich dich am Seniorentreff angerempelt habe, habe ich deine Hand verletzt.«

»Na gut, dann ungefähr fünf Minuten danach.«

»Nein, du wolltest, dass ich weggehe. Du kannst die Geschichte nicht einfach umschreiben, Colton.«

»Ich wollte, dass du weggehst, weil ich instinktiv wusste, dass du gefährlich bist.«

»Für deine Großmutter?«

»Für mich.«

Sie holte tief Luft und schüttelte den Kopf. »Ich verstehe nicht ganz, worauf du hinaus willst mit all dem.«

»Ich will auf gar nichts hinaus. Wir leben im Hier und Jetzt, weißt du noch?«

»Ja, ich weiß noch«, sagte sie und wünschte sich, dass der letzte Moment doch noch nicht vorbei war. Aber jetzt, wo sie ein wenig voneinander entfernt standen, war die Vernunft wieder eingekehrt. Sie wollte mit Colton nichts anfangen, was sie nicht beenden konnte – schließlich würde sie San Francisco in wenigen Tagen verlassen. Und sie war wirklich nicht daran interessiert, mit einem gebrochenen Herzen nach New York zurückzukehren. Und auch wenn ein Kuss ihr kaum das Herz brechen würde, so hatte sie doch das Gefühl, dass alles, was noch passieren könnte, dazu in der Lage war.

Sie mochte Colton einfach schon viel zu gerne.

Sie nahm einen Schluck Wein und bewegte sich dann von der Brüstung weg, um sich an den Tisch zu setzen.

Colton folgte ihr wenig später und setzte sich ihr gegenüber hin.

»Besser so?«, fragte er mit einem neckenden Lächeln. »So ein schöner großer Tisch zwischen uns.«

Sie lächelte ihn an. »Ich würde nicht unbedingt sagen, dass es besser ist, aber sicherer ist es auf jeden Fall. Ich kann nichts mit dir anfangen, Colton. Das wäre dumm.«

»Wir haben schon längst etwas angefangen, Olivia.«

»Dann lass uns das Thema wechseln.«

»Was auch immer du willst.«

Sie dachte über diese offene Einladung nach und bemerkte, dass sie keine Ahnung hatte, worüber sie überhaupt reden wollte. Aber ganz sicher nicht über Molly, die Harpers oder seine Großmutter. Diesen Themen würde sie sich morgen wieder widmen. »Erzähl mir mehr über deine Geschwister. Fang am Anfang an und arbeite dich bis zum Ende durch.«

»Wirklich? Damit schläfere ich dich doch nur ein.«

»Das bezweifle ich. Wenn sie auch nur ein bisschen so sind wie du, dann haben sie bestimmt alle interessante Leben.«

»Na gut, wenn du drauf bestehst. Von Burke habe ich dir schon erzählt. Er ist Feuerwehrmann. Er war schon als kleines Kind ein Streber. Er war immer der Klassenbeste, der Redner bei der Abschlussfeier, ein erstklassiger Sportler und Klassensprecher. Damit hat er die Latte ziemlich hoch gehängt.«

»Er hat bestimmt auch schlechte Seiten.«

»Manchmal ist er launisch und voreingenommen, aber ich glaube, das liegt daran, dass er die gleichen hohen Ansprüche, die er an sich selbst stellt, an alle anderen hat.« Colton hielt inne. »Er ist auch wirklich verschlossen. Ich weiß gar nicht, ob irgendjemand in unserer Familie, ihn noch gut kennt. Aiden und er standen sich, als sie noch jünger waren, recht nah. Allerdings gab es zwischen ihnen auch häufig Konflikte und sie standen im Wettbewerb miteinander. Burke hat sich stark verändert, seit seine Verlobte gestorben ist.«

»Wann ist das passiert?«

»Vor einigen Jahren. Sie ist bei einem Autounfall ums Leben gekommen. Ein betrunkener Fahrer ist in ihren Wagen gerast.« Er presste die Lippen aufeinander. »Burke hatte an diesem Abend Dienst. Der Unfall ist in der Nähe der Wache passiert.«

»Oh, nein«, sagte sie mit einem Grimmen im Magen. »Er war doch nicht etwa …«

»Doch, er war als Erster am Einsatzort.«

»Oh Gott! War sie da schon …«

»Ich bin nicht ganz sicher, ob sie in seinen Armen gestorben ist oder auf dem Weg ins Krankenhaus. Ich habe mich nie getraut, zu fragen. Aber es war wirklich schlimm. Es ging ihm eine Weile lang richtig schlecht. Er ist ein Typ, der von niemandem Hilfe annimmt. Die Familie hat natürlich versucht, ihn zu unterstützen, aber er hat alle von sich gestoßen. Er hat sich uns in der Zwischenzeit wieder angenähert, aber es scheint immer, als würde er einen Teil von sich zurückhalten.«

»Und er ist immer noch single?«

»Ja. Ich weiß nicht, ob er jemals wieder in der Lage sein wird, jemand anderen zu lieben.«

»Ich hoffe, dass ihm das doch gelingt. Sonst wäre das wirklich traurig.« Sie hielt inne. »Gut, wer ist als Nächstes dran?«

»Aiden, der ehemalige Feuerspringer. Er ist mit Sara

verheiratet, die unsere Nachbarin war, als wir aufwuchsen, sie war die Freundin meiner Schwester Emma. Zusammen haben sie ein kleines Mädchen, Chloe, die Aiden ganz schön um ihren Finger gewickelt hat. Sie ist ein supersüßes Kind. Meinen Bruder, der früher immer ein Rebell war, hat sie völlig gezähmt.«

Sie lächelte. »Klingt, als wären sie eine glückliche Familie.«

»Ja, schon fast ekelhaft glücklich. Als Nächstes kommt Nicole. Sie ist Lehrerin und ist mit ihrer Jugendliebe verheiratet. Sein Name ist Ryan, er ist Pilot. Sie haben einen sieben Jahre alten Sohn namens Brandon. Er ist autistisch, was ihre Beziehung schon manchmal ziemlich belastet hat. Sie haben Brandon adoptiert und erst vor kurzem herausgefunden, dass er einen Zwillingsbruder hat, der nicht autistisch ist. Die Brüder sind nun wiedervereint worden und Brandon hat durch seinen Bruder eine neue Verbindung zur Welt gefunden.«

»Das ist ja cool. Lebt Brandons Bruder auch in San Francisco?«

»Jetzt schon. Seine Adoptivmutter Jessica ist mit meinem Bruder Sean liiert.«

»Der Musiker und die Tänzerin«, sagte sie. »Das sind die beiden, die sich das Studio teilen, oder?«

»Ja richtig. Du hast ja aufgepasst.«

»Ich liebe Großfamilien. Ich bin ein Einzelkind und habe mich immer nach einer Familie wie deiner gesehnt. Ich habe mir oft Geschichten ausgedacht. Darin hatte ich immer Brüder und Schwestern, das hat viel Spaß gemacht.«

»Wahrscheinlich mehr Spaß, als tatsächlich in einer Großfamilie aufzuwachsen.«

Trotz seiner zynischen Worte glaubte sie, dass er sie nicht wirklich ernst meinte. »Du liebst es doch. «

»Ich kenne es gar nicht anders. Aber ich liebe meine Familie wirklich, zumindest meistens.«

»Gut, erzähl weiter«, sagte sie und nippte an ihrem Wein.

»Als Nächstes haben wir Drew. Er war früher Pilot bei der Navy und jetzt ist er bei der Küstenwache. Er ist Helikopterpilot. Vor ein paar Monaten hat er Ria geheiratet, die Segelstunden gibt und Bootstouren in der Bay durchführt. Sie haben das Sorgerecht für Rias achtzehn Jahre alte Nichte Megan. Sie geht jetzt aufs College. Nach Drew kommt Emma, die Brandermittlerin. Sie ist mit Max verheiratet, er ist bei der Mordkommission. Über Sean und Jessica weißt du ja Bescheid, und dann gibt es noch meine Zwillingsschwester Shayla.«

»Und deine Zwillingsschwester ist Ärztin.«

»Sie ist im letzten Jahr ihrer Assistenzarztzeit. Jetzt bist du dran. Erzähl mir etwas über deine Mom.«

»Ihr Name ist Elaine. Sie war fünfundzwanzig Jahre lang Hausfrau und Mutter und ist dann ein paar Jahre, nachdem mein Vater gestorben ist und ich aufs College gegangen bin, zurück an die Uni. Sie hatte ursprünglich Kunst studiert und war eine gute Illustratorin. Sie hat aber nie in ihrem Beruf gearbeitet, außer wenn sie Flyer für meine Schule oder so gemacht hat. Aber jetzt kennt sie sich gut mit Technik aus und gestaltet Grafiken für einen Webdesigner.«

»Das klingt gut.«

»Sie ist jetzt mit meinem alten Mathelehrer zusammen, das ist etwas komisch für mich. Aber ich will, dass sie glücklich ist und ich weiß, dass sie einsam war, weil ich so weit weg bin.«

»Wenigstens ist sie nicht einsam. Das sollte dir ein besseres Gefühl geben.«

»Ja, ich fühle mich ein bisschen weniger schuldig, dass ich 4000 km von ihr entfernt lebe.«

»Glaubst du, dass du jemals wieder zurück nach Kalifornien kommen wirst?«

»Das weiß ich nicht. Das ist aber auch keine Frage für eine Person, die versucht im Hier und Jetzt zu leben.«

»Da hast du Recht. Erzähl mir mehr.«

»Das ist im Prinzip schon meine ganze Familie.«

»Denn erzähl mir etwas über deine Freunde.«

»Warum bist du so neugierig?«, fragte sie herausfordernd.

Er grinste. »Ich versuche, mich davon abzuhalten, auf die andere Seite dieses Tisches zu kommen.«

»Vielleicht sollte ich zurück zu meinem Hotel gehen.«

»Nein, lass uns doch weiter reden.«

»Na gut«, stimmte sie zu. Sie wollte wirklich noch nicht gehen.

Während sie redeten, wanderte der Mond über den Himmel und die Luft wurde kühl. Kurz vor Mitternacht beschlossen sie, ihre Unterhaltungen in Coltons Wohnung weiterzuführen. Er gab ihr eine Decke und sie machte es sich auf dem Sofa gemütlich, während er Popcorn machte.

Und dann redeten sie weiter.

Irgendwann erwähnte sie, dass sie vielleicht zurück ins Hotel gehen sollte, aber Coltons Auto stand bei seiner Großmutter und das müsste er dann holen und sie müsste sich quer durch die ganze Stadt zurechtfinden. Schließlich streckte sie sich auf dem Sofa aus. Es war ein langer Tag gewesen und das spürte sie jetzt. Sie schlief ein.

Colton sah, wie sich Olivias Augen schlossen. Er

lächelte, als er merkte, dass sie mitten im Satz eingeschlafen war. Sie war sehr erschöpft. Er war auch müde, aber irgendwie auch aufgekratzt. Sie waren stundenlang zusammen gewesen, aber er wollte einfach nicht, dass sie ging. Er wollte einfach nicht, dass sie aufhörte zu reden. Er konnte sich nicht daran erinnern, wann er das letzte Mal so lange – er sah auf seine Uhr – bis zwei Uhr morgens wach gewesen war, weil er sich mit einer Frau unterhalten hatte.

Er stand auf und deckte sie zu. Sie bewegte sich nicht. Ihr Mund war leicht geöffnet, ihre Wangen rosig und ihre Wimpern lang und schwarz. Ihr Haar fiel ihr in wunderschönen Locken über die Schultern. Er musste sich beherrschen, nicht mit seinen Händen durch ihre Haare zu streichen, um sie zu wecken und sie noch einmal zu küssen.

Er hatte immer noch den Geschmack ihres Mundes auf seinen Lippen und er wollte mehr. Er mochte sie, sehr sogar. Aber in ein paar Tagen würde sie die Stadt verlassen und das gefiel ihm gar nicht. Er hatte Sex immer als etwas Einfaches angesehen, aber mit Olivia zusammen zu sein, fühlte sich kompliziert an.

Er redete sich ein, dass der morgige Tag die Situation aufklären würde. Allerdings hatte er auch so das Gefühl, dass die Komplikationen nur zunehmen würden, sobald sie sich wieder an ihr Buchprojekt machten. Und er musste auch die Interessen seiner Großmutter schützen.

Er stand auf und ging den Flur entlang zu seinem Schlafzimmer. Er hoffte, dass es nicht dazu kommen würde, dass er sich entscheiden musste zwischen Olivia und seiner Großmutter. Hoffentlich würden sie alle auf der gleichen Seite bleiben.

Kapitel 15

—⟫⟪—

Olivia wachte mit einem steifen Nacken auf. Sie streckte sich und gähnte. Es dauerte eine kurze Zeit, bis ihr klarwurde, dass sie auf dem Sofa in Coltons Wohnung war. Die Sonne schien sehr hell durch die Fenster, und als sie auf ihre Uhr sah, war es fast neun.

Schlagartig setzte sie sich auf. So lange hatte sie schon ewig nicht mehr geschlafen. Normalerweise stand sie um sieben auf. Die lange Nacht der Unterhaltung forderte ihr Tribut. Sie warf einen Blick durch den Flur und sah, dass die Tür zu Coltons Schlafzimmer offen stand, konnte aber nichts hören. Schlief er auch noch?

Sie stand auf und ging ins Bad. Dort spritzte sie sich kaltes Wasser ins Gesicht und fuhr sich mit einer Bürste durchs Haar. Dann ging sie zurück ins Wohnzimmer. Im gleichen Moment kam Colton durch die Eingangstür.

Er hatte eine kurze Laufhose und ein eng anliegendes T-Shirt an, das seine Brust- und Bauchmuskeln betonte. Sein Gesicht war verschwitzt und seine Haare vom Laufen feucht und gelockt. Sie hatte Schmetterlinge im Bauch. Konnte es sein, dass er tatsächlich nach seinem Training noch attraktiver aussah als in der Nacht zuvor?

Sie schluckte schwer.

»Hey«, sagte er mit einem warmen Lächeln. »Du bist ja wach.«

»Ich habe länger ausgeschlafen, als sonst.«

»Wir waren auch ziemlich lange wach.«

»Nicht lang genug für dich, wie es scheint. Wie weit bist du gelaufen?«

»Nicht weit, drei Meilen.«

Sie lächelte. »Was ist denn für dich weit?«

»Zehn oder mehr.«

»Ernsthaft?«

»Ich muss fit bleiben, damit ich meinen Job machen kann. Auch wenn ich diese Woche nicht im Dienst sein kann, wegen meiner Hand, kann ich doch immer noch laufen. Du wolltest doch nicht etwa gehen, oder?«

»Ich muss zurück an die Arbeit. Soll ich dich zu deinem Auto fahren?«

»Das wäre super. Kannst du noch so lange warten, dass ich kurz duschen kann?«

»Na klar. Hast du Kaffee? Oder soll ich irgendwo welchen kaufen?«

»Die Kaffeemaschine ist in der Küche. Im Schrank gibt es genug Kaffee. Bediene dich einfach.«

»Danke.« Sie drehte sich in Richtung Küche um und hielt dann inne. »Letzte Nacht hat wirklich Spaß gemacht, Colton.«

Ihre Worte ließen ein Funkeln in seine Augen treten. »Finde ich auch.«

Sie sahen einander einen langen Augenblick an, bis sie sich dazu zwang, wegzusehen.

Kaffee, sagte sie sich. Kaffee, dann Arbeit. Keine Sperenzchen mehr mit Colton.

Auf dem Weg zur Küche kam ihr jedoch der Gedanke, dass ihr eine Chance durch die Finger geglitten war. Sie hätte viel mehr mit Colton machen können, als nur zu reden. Aber wie das bei ihr immer so war, hatte sie sich nicht gehen lassen können.

Nun gut, was auch immer passiert war, zumindest würde sie nicht mit einem gebrochenen Herzen zurück nach New York gehen – zumindest hoffte sie das.

—◆▶◀◆—

Eine halbe Stunde später saß Olivia am Steuer ihres Autos und folgte Coltons Wegbeschreibung zum Haus seiner Großmutter. »Glaubst du, ich könnte heute Morgen mit deiner Großmutter sprechen? Ich weiß, ich soll sie und die anderen Frauen mittags beim Seniorentreff sehen, aber ich möchte gerne vorher mit ihr sprechen.« Als Colton nicht sofort antwortete, sah sie zu ihm hinüber und erkannte in seinem Gesichtsausdruck, dass er sich nicht sicher war. »Du denkst doch nicht etwa gerade darüber nach, mich davon abzuhalten, mit deiner Großmutter zu sprechen oder?«

»Ich soll euch beide voneinander fernhalten«, seufzte er.

»Ich dachte, darüber sind wir hinweg, Colton.«

»Ja, sind wir auch.«

»Gut, ich möchte Eleanor fragen, ob sie etwas über die Geburtsurkunde weiß, die wir gefunden haben. Ich möchte auch noch herausfinden, was sie über Francines Baby weiß.« Sie hielt inne. »Ich weiß, ich befasse mich gerade mehr mit meiner persönlichen Verbindung zu den Harpers, aber ich muss das zuerst klären, damit ich mich auf den Rest der Geschichte konzentrieren kann.«

»Die misshandelten Frauen und die Untergrundorganisation.«

Sie nickte. »Ja.«

»Ich denke, ich sollte mich darüber freuen, dass du dich jetzt gerade auf die Harpers konzentrierst.«

Sie lächelte. »Können wir also mit deiner Großmutter sprechen, bevor sie zum Seniorentreff geht? Denn ich würde gerne jegliche Unterhaltungen über Francine und ihre Tochter abseits von der Gruppe führen.«

Er nickte verständnisvoll. »Gut, wir werden sehen, ob Grandma schon wach ist, und reden möchte.«

»Großartig.«

»Kann ich dich etwas fragen, Olivia?«

»Was denn?«

»Welche Antwort wünschst du dir? Möchtest du, dass Molly deine Großmutter ist?«

Das war eine komplizierte Frage. »Die Wahrheit ist ... Ich weiß es nicht. Ich denke, ein Teil von mir möchte gerne wissen, wo ich herkomme. Und das hier ist wirklich die erste Fährte, was meine leiblichen Eltern angeht. Ein anderer Teil von mir ist nicht wirklich bereit, sich da hineinzustürzen.«

»Wovor hast du Angst?«

»Ich bin nicht sicher. Aber wenn ich so überlege, wie Molly mich kontaktiert hat, bin ich einfach ein wenig misstrauisch. Mein Bauch sagt mir, dass ein Minenfeld vor mir liegt und dass ich vorsichtig sein sollte, wo ich hintrete.« Sie hielt inne und sah ihn kurz an. »Du denkst wahrscheinlich, dass ich ein bisschen übertreibe.«

»Nein, wirklich nicht. Ich hoffe, dass meine Großmutter dir dabei helfen kann, einen sicheren Weg durch ein paar dieser Minenfelder zu finden. An der nächsten Ecke musst du links abbiegen.«

Sie fuhr langsam durch eine Straße, die von Bäumen gesäumt war. Zwischen viktorianischen Mehrfamilienhäusern lagen vereinzelte Einfamilienhäuser. Sie sagte: »Leben deine Großeltern schon lange hier?«

»Schon mindestens fünfzehn Jahre. Früher hatten sie ein großes dreistöckiges Haus im Stadtteil Marina, aber sie haben sich vor einer Weile verkleinert. Es sieht so aus, als gäbe es heute genug Parkplätze. Du hast Glück.«

»Ich hoffe, dass mein Glück sich fortsetzt«, sagte sie, als sie das Auto parkte.

Wenige Minuten später klingelten sie an Eleanors Tür. Eine Frau mittleren Alters in Krankenschwesterntracht öffnete ihnen die Tür.

»Hallo Donna«, sagte Colton. »Ist meine Großmutter wach und bereit, mich zu sehen?«

»Sie frühstückt gerade, aber ich bin mir sicher, dass sie sich freuen wird, Sie zu sehen«, sagte die Krankenschwester mit einem Lächeln. »In der letzten Zeit hatte sie viele gute Tage. Kommen Sie ruhig rein.«

Olivia folgte Colton ins Haus. Das Haus seiner Großeltern war wunderschön und geschmackvoll in warmen, satten, lebhaften Farben eingerichtet. »Du solltest deine Großmutter fragen, ob sie dir beim Dekorieren hilft«, murmelte sie.

»Sie war noch nie in meiner Wohnung. Ich glaube, sie wäre wirklich entsetzt. Antiquitäten und Kunst waren schon immer eine ihrer Vorlieben.«

»Das kann ich sehen. Sie hat einen ausgezeichneten Geschmack.«

»Mein Großvater auch. Eigentlich überraschend. Vielleicht ist es aber auch einfach nur der Einfluss meiner Großmutter über die letzten sechzig Jahre hinweg.«

Olivia konnte sich nicht vorstellen, so lange mit jemandem verheiratet zu sein. Ihre Beziehung zeigte wirklich, wie sehr sie einander liebten.

Colton öffnete die Küchentür. Eleanor saß an einem kleinen runden Tisch. Sie hatte ihren leeren Teller zur

Seite geschoben und blätterte durch eine Zeitschrift, während sie hin und wieder an ihrem Tee nippte. Sie sah auf und lächelte sie beide fröhlich an.

»Oh, wie schön, das ist eine tolle Überraschung«, sagte sie.

Colton küsste seine Großmutter auf die Wange, was Olivia bezaubernd fand. Es schien, als zeigte ihr Colton mit jedem Moment, den sie miteinander verbrachten, eine neue Seite an sich. Und jede Seite, die sie entdeckte, machte ihn attraktiver.

»Ich hoffe, es stört Sie nicht, dass wir Ihr Frühstück unterbrechen«, sagte Olivia. »Ich wollte Sie etwas fragen, bevor wir uns später mit dem Rest der Gruppe treffen.«

»Selbstverständlich, setzen Sie sich doch. Sie unterbrechen mich wirklich nicht. Ich freue mich immer über Gesellschaft.«

Olivia nahm gegenüber von Eleanor am Tisch Platz, während Colton sich neben seine Großmutter setzte. Sie erkannte, dass Colton ihr den Vortritt ließ, konnte damit aber nichts anfangen. Nach einem unentschlossenen Moment entschied sie, direkt ans Eingemachte zu gehen. »Colton und ich sind gestern zu Mollys Haus gegangen und haben dort einige interessante Dinge gefunden.«

»Ach wirklich?«, fragte Eleanor mit einem neugierigen Blick in ihren blauen Augen. »Was haben Sie gefunden?«

»Eine Geburtsurkunde für ein kleines Mädchen, das am 7. Juni 1988 zur Welt kam. Es stand nur ein Name darauf, der Name der Mutter, Francine Harper.«

»Das ist Mollys Tochter«, sagte Eleanor nickend. »Francine hatte immer viele Probleme. Als Francine schwanger wurde, war Molly außer sich. Francine hatte keine Mittel, um ein Kind groß zu ziehen. Und selbst wenn Geld nicht das Problem gewesen wäre, hatte

Francine viele emotionale Probleme. Schlussendlich beschloss sie, das Kind zur Adoption freizugeben. Das war wirklich traurig damals.«

Olivia hatte ein schrecklich dumpfes Gefühl in der Magengrube. »Wissen Sie, was mit dem Kind passiert ist?«

»Nein. Es war eine Inkognito-Adoption. Ich glaube, so nennt man das.« Eleanor hielt inne. »Nachdem sie ihr Baby aufgegeben hatte, ging es Francine immer schlechter. Ein Jahr danach starb sie an einer Überdosis. Es war also gut, dass das Baby an eine liebevolle Familie gegeben wurde.« Eleanor sah Olivia mit einem fragenden Blick an. »Habe ich etwas Falsches gesagt, Olivia? Sie sehen so bestürzt aus.«

»Ich habe am 7. Juni 1988 Geburtstag, Eleanor. Und ich bin adoptiert worden. Ich frage mich, ob die Chance besteht, dass ich das kleine Mädchen bin – ob ich die Tochter von Francine und die Enkelin von Molly bin.«

Eleanors Augen weiteten sich. »Ach du meine Güte. Ist das wirklich Ihr Geburtsdatum?«

»Ja das ist es. Und ich frage mich, ob Molly mir geschrieben hat, weil sie wusste, dass ich ihre Enkelin bin.«

»Zu mir hat sie nie etwas darüber gesagt. Kein Sterbenswörtchen. Tatsächlich haben wir in den letzten zwanzig Jahren kein einziges Mal über Francines Tochter gesprochen.«

Der Blick in Eleanors Augen war zutiefst aufrichtig. Olivia musste akzeptieren, dass Eleanor ihr die Wahrheit sagte. »Nun gut«, sagte sie und wusste nicht, was sie nun tun sollte.

Eleanor runzelte die Stirn. »Sie scheinen ganz aufgelöst zu sein.«

»Nein, ich bin nur verwirrt. Ich versuche

herauszufinden, ob es zwischen mir und Molly eine Verbindung gibt, oder ob es ein Zufall ist, dass mein Geburtsdatum das Gleiche ist, wie von Mollys Enkelin.«

»Ja, ich kann verstehen, dass Sie das bestürzt. Es ist schon etwas seltsam. Und ...«

»Und was?«, bohrte sie nach.

»Ihre Augen sehen schon ein wenig aus, wie die von Molly«, grübelte Eleanor und sah sie dabei lang an. »Ich schätze, es ist nicht unmöglich, dass Molly ihre ganz eigenen Gründe hatte, Sie zu kontaktieren. Haben Sie irgendwelche Informationen über ihre leiblichen Eltern?«

»Nein. Glauben Sie, dass Peter Harper etwas darüber weiß?«

Zum ersten Mal seit ihrer Ankunft, verzog Eleanor das Gesicht. »Ich denke, dass Peter nicht mit Ihnen sprechen will. Er war ein übellauniges Kind und nun ist er ein wütender, verbitterter Mann. Er ist mit seiner Mutter schrecklich umgegangen und mir gegenüber war er gerade noch höflich und das, obwohl ich ihn kenne, seit er ein Kleinkind war.«

Eleanors Worte bestätigten, was Olivia in ihrem kurzen Zusammentreffen mit Peter erlebt hatte.

Eleanor fuhr fort: »Es kann aber sein, dass Peter etwas darüber weiß, wo das Baby untergebracht wurde.«

»Wie kann es sein, dass Molly so verkorkste Kinder hatte?«, fragte Colton. »War das, weil ihr Vater gestorben ist?«

Eleanor presst ihre Lippen fest aufeinander. »Ihr Vater war kein guter Mensch.«

»Was können Sie mir über Stan erzählen, über seinen Tod?«, fragte Olivia und sah, dass ein dunkler Schatten Eleanors Augen trübte. »Wann ist er gestorben? War das, bevor Sie die Theatergruppe gegründet hatten, oder danach? Ich gehe davon aus, dass es passiert ist, bevor

Francine schwanger wurde.«

»Und wie kam es zu diesem Feuer?«, fragte Colton. »Wo war Molly zu diesem Zeitpunkt?«

»Ich ... Ich kann. Ich kann nicht. Ich ...«, Eleanors Gesicht wurde ganz blass und sie sah sich wie wild im Zimmer um.

Olivia wusste nicht, ob sie sie mit der Batterie an Fragen verwirrt hatten, oder was los war. Eleanor erschien plötzlich sehr aufgeregt zu sein.

»Patrick? Wo ist Patrick?« fragte Eleanor und rutschte nervös in ihrem Stuhl umher. »Patrick sagt, ich soll nichts sagen. Es ist schlecht, etwas zu sagen.«

Olivia setzte sich in ihrem Stuhl gerade hin. Sie war erschrocken davon, wie Eleanor nur noch vor sich hinstammelte und wie kryptisch ihre Worte waren.

»Das Geheimnis. Muss das Geheimnis bewahren.« Eleanor bewegte ihren Kopf immer wieder hoch und runter, während ihr Blick unruhig durch den Raum huschte.

»Was für ein Geheimnis?«, fragte Olivia.

»Ich darf's nicht sagen. Ich darf's nicht sagen. Ich darf's nicht sagen.«

»Grandma«, unterbrach Colton sie. »Es ist in Ordnung, du musst nichts sagen.«

»Wer ... Wir sind Sie?«, fragte sie alarmiert und zog sich von Colton zurück, als er versuchte, ihr seine Hand auf die Schulter zu legen.

»Olivia, hol' die Krankenschwester«, sagte Colton scharf.

Sie nickte und stand auf. Jetzt hatte sie zum ersten Mal die Auswirkungen von Eleanors Krankheit gesehen und war geschockt davon, wie schnell es dazu gekommen war. Die fröhliche, muntere Frau, die ihnen zuvor Tee angeboten hatte, war vollständig verschwunden.

Olivia traf im Wohnzimmer auf die Krankenschwester, die dort strickte. »Mrs. Callaway braucht sie.«

»Oh weh«, antwortete Donna, als sie aufstand. »Es ging ihr in letzter Zeit so gut, ich habe gehofft, es würde so weitergehen.«

Olivia folgte Donna in die Küche. Sie blieb einfach im Zimmer stehen, während Donna sich um Eleanor kümmerte. Sie redete langsam und ruhig auf sie ein, versuchte sie dazu zu bringen, sich auf sie zu konzentrieren. Eleanor beruhigte sich scheinbar, ihr Blick jedoch wirkte leer. Es schien, als hätte ihre Seele ihren Körper verlassen.

»Sie sollten jetzt besser gehen«, sagte ihnen die Krankenschwester.

Colton zögerte zunächst, nickte dann aber. Sie verließen die Küche, gingen durch den Flur und hielten nicht an, bis sie wieder draußen waren.

Vor dem Haus blieben sie stehen. Olivia spürte, wie sich Wut und Frustration in Colton ausbreiteten.

»Es tut mir leid« sagte sie.

»Ich hätte nicht zulassen dürfen, dass du da reingehst. Ich hätte das tun sollen, was mein Großvater von mir verlangt hat – euch beide voneinander fernzuhalten. Aber ich habe nicht auf ihn gehört. Und ich hab' ja auch nicht nur dagesessen. Ich habe sie auch befragt. Sie auch durcheinandergebracht. Verdammt.« Er fuchtelte mit der Hand durch die Luft. »Was habe ich mir nur dabei gedacht?«

Sie wusste nicht, was sie darauf sagen sollte. Sie war froh, dass er nicht nur sie dafür verantwortlich machte. Andererseits tat er ihr leid. Er machte sich selbst solche Vorwürfe, wo doch das, was passiert war, wirklich mehr ihre Schuld war, als seine. »Ich hab' dich überredet«, sagte sie. »Du hast nur versucht, mir zu helfen.«

»Ich hoffe nur, dass sie sich bald wieder erholt.«

»Erholt sie sich normalerweise schnell? Oder braucht das immer eine Weile?«

»Das kommt drauf an. Ich weiß es nicht.« Er atmete schwer aus. »Meine Mom kommt heute Vormittag her. Ich bleibe so lange hier, bis sie da ist. Du kannst gehen.«

»Na gut.« Sie wollte eigentlich nicht gehen, aber sie wusste auch, dass ihre Anwesenheit nicht wirklich hilfreich wäre. »Ich hoffe, deiner Großmutter geht es bald wieder gut. Rufst du mich später an und sagst mir Bescheid?«

»Sicher doch.«

Sie tauschten Telefonnummern aus. Dann ging sie zurück zu ihrem Auto.

Als sie sich ans Steuer setzte, kamen alle möglichen Emotionen gleichzeitig hoch. Sie fühlte sich schuldig, weil sie zu Eleanors Aufregung beigetragen hatte. Sie sie war aber auch unglaublich neugierig, was das Geheimnis anging, das Eleanor erwähnt hatte und immer noch unsicher, ob sie nun Mollys Enkelin war, oder nicht. Eleanor war nicht in der Lage gewesen, ihre Beziehung zu bestätigen. Sie musste sich also an jemand anderen wenden und die einzige Person, die noch übrig war, war Peter Harper.

Kapitel 16

Nachdem sie wieder in ihrem Hotel angekommen war, schnappte sich Olivia ihren Computer und suchte nach Informationen über Peter Harper. Es war nicht schwierig, etwas zu finden, da Peter der stellvertretende Vorstandsvorsitzende der Cormellon Financial Group war, einer scheinbar äußerst profitablen Gruppe von Risikokapitalgebern, die dabei war ein neues Hotel in der Innenstadt von San Francisco zu bauen.

Sie fand ein Bild von Peter und dem Bürgermeister, die Bauarbeiterhelme tragend auf der Baustelle standen. Über dem Bild stand die Überschrift: *Winthrop Building wird wiederbelebt.*

Sie las den Artikel durch und fand heraus, dass Peters Investment-Firma die Überreste eines schwer zerstörten Gebäudes abreißen ließen, um dort ein neues Hotel zu bauen. Das Gebäude war seit über zehn Jahren baufällig, nachdem es von einem schrecklichen Brand zerstört worden war, bei dem zwei Feuerwehrleute ums Leben gekommen waren. Scheinbar hatte der Bau des Gebäudes gegen verschiedene Auflagen verstoßen und das zuständige Unternehmen musste aufgrund der folgenden

Gerichtsverfahren Insolvenz anmelden. Das Gebäude lag brach, bis die Cormellon Group sich dafür interessierte. Die Stadt San Francisco war begeistert, dass der Schandfleck in ihrer Skyline nun endlich entfernt werden würde.

Peter Harper sah auf dem Foto glücklich aus. Und warum auch nicht? Er erreichte etwas Tolles für die Stadt.

Vielleicht war er doch ein guter Mensch. Eleanor hatte ihn nicht so dargestellt und ihr eigener erster Eindruck war auch nicht gut gewesen, vielleicht hatte sie ihn vorschnell verurteilt. Peters Mutter lag im Sterben. Da war es doch normal, dass er wütend und aufgebracht war. Sie nahm ihr Handy und wählte die Telefonnummer, die sie gefunden hatte, bevor sie es sich noch anders überlegte.

Eine Frau ging ans Telefon: »Cormellon Group«

»Kann ich bitte Peter Harper sprechen?«

»Tut mir leid, er ist gerade nicht im Büro. Möchten Sie ihm eine Nachricht hinterlassen?«

»Nein, danke, ich rufe später noch einmal an.« Nach dem Anruf fragte sie sich, ob Peter Harper wohl gerade im Krankenhaus Molly besuchte. Vielleicht würde es sich lohnen, noch einmal dorthin zu gehen. Wahrscheinlich würde sie größere Fortschritte machen, wenn sie ihn persönlich traf, als mit ihm übers Telefon zu sprechen.

Sie sprang aus dem Bett, ging ins Bad und unter die Dusche. Sie musste sich munter machen, etwas Frisches anziehen und dann den Tag angehen.

❖

Es war kurz vor Mittag am Dienstag, als Olivia das Krankenhaus betrat. Sie hatte sich eine dunkle Jeans, ein Trägerhemd und einen hellrosa Pullover angezogen. Ihr

Haar trug sie in einem dicken Zopf. Sie war bereit, sich ihrer nächsten Aufgabe zu stellen.

Peter Harper saß in einem Stuhl neben dem Bett seiner Mutter. Olivia war gleichzeitig erleichtert und nervös. Peter war gerade dabei, etwas auf seinem Handy zu lesen und Molly schien im gleichen Zustand zu sein, in dem sie am Vortag gewesen war.

Olivia stand zögernd im Türrahmen. Sie war sich sicher, dass er sie nicht wärmstens willkommen heißen würde. Aber hier war sie nun einmal und der Mann, mit dem sie sprechen wollte, war auch da. Also ging sie hinein.

Wenn es um Recherche und das Stellen von unangenehmen Fragen ging, war sie noch nie ein Feigling gewesen. Aber da sie sich nun höchstwahrscheinlich mitten in der Geschichte befand, war alles anders.

Peter sah hoch und erkannte sie. Damit nahm er ihr die Entscheidung ab. Er stand auf und ging hinüber zu ihr, als sie den Raum betrat.

»Ich dachte, ich hätte mich deutlich ausgedrückt, dass meine Mutter in ihrem Zustand nicht in der Lage ist, Besucher zu empfangen. Ganz besonders keine Personen, die sie bisher noch nie getroffen hat.«

»Mr. Harper, ihre Mutter wollte mich kennenlernen. Sie hat mich gebeten, hierher zu kommen.«

»Nun ja, das war, bevor sie ihren Schlaganfall hatte.«

»Ich weiß und ich wünschte, ich hätte früher kommen können. Ihre Mutter hat mir ihre Tagebücher gegeben und …«

»Was?«, unterbrach er sie mit wutentbranntem Blick. »Was haben Sie gerade gesagt?«

»Ihre Mutter wollte, dass ich ihre Lebensgeschichte aufschreibe. Sie hat mir ihre Tagebücher überlassen, ein paar Fotos und ein paar andere Artikel.« Sie beschloss, ihm nicht zu sagen, dass sie manche dieser Artikel aus Mollys Haus mitgenommen hatte.

»Geben Sie sie sofort zurück«, sagte Peter. Er war ganz offensichtlich darüber aufgebracht, dass sie etwas besaß, was seiner Mutter gehörte. »Diese Gegenstände gehören der Familie.«

»Natürlich werde ich sie zurückgeben. Aber ich möchte Ihnen ein paar Fragen stellen.«

»Ich bin an Ihren Fragen nicht interessiert. Das Leben meiner Mutter war schon immer Privatsache, und das soll auch so bleiben. Bitte gehen Sie jetzt.«

Sie starrte ihn an und sah die Entschlossenheit in seinen Augen. Sie konnte nicht ganz verstehen, woher sie kam. Versuchte er, seine Mutter vor ihr zu beschützen? Oder versuchte er, etwas Anderes zu schützen?

Das müsste sie allerdings später herausfinden, denn ihr lief die Zeit davon. Sie bezweifelte nicht, dass Peter Harper kurz davor stand, den Sicherheitsdienst zu rufen, um sie hinauswerfen zu lassen.

»Miss ...«

»Ich glaube, ich bin vielleicht Francines Tochter«, stieß sie hervor.

Ihm blieb der Mund offen stehen, seine Augen waren vor Schock weit geöffnet. »Was ... Was haben Sie gesagt?«

»Ich habe eine Geburtsurkunde für ein kleines Mädchen gefunden, das am 7. Juni 1988 als Tochter von Francine Harper geboren wurde. Ich bin am gleichen Tag geboren worden. Ich wurde adoptiert, als ich zwei Tage alt war. Es war eine Inkognito-Adoption. Ich hatte nie irgendwelche Informationen über meine leiblichen Eltern, bis jetzt – zumindest glaube ich das.«

An einer Ader an seinem Hals konnte sie sehen, wie sein Puls raste, als er die Informationen verarbeitete. Er musterte sie mit neu gefundenem Interesse, als wollte er nach Ähnlichkeiten zwischen ihr und seiner Schwester oder einem anderen Familienmitglied suchen.

»Wissen Sie, was mit Francines Kind passiert ist? Wissen Sie, wer sie adoptiert hat?«

»Ich hab' keine Ahnung.«

»Und Ihre Mutter hat Ihnen gegenüber nie angedeutet, dass sie mit mir aus einem anderen Grund in Kontakt getreten ist, als nur aus dem Wunsch heraus, dass ich ihre Lebensgeschichte aufschreibe?«

»Sie hat mir gar nichts von Ihnen erzählt bis zu dem Tag, als sie ihren Schlaganfall hatte«, antwortete Peter.

»Was hat sie dann gesagt?«

»Nicht viel. Sie war aufgeregt darüber, dass Sie kommen. Ich habe nicht ganz verstanden, über was Sie überhaupt etwas schreiben sollten. Ich habe angefangen, ihr Fragen zu stellen, aber bevor sie antworten konnte, ist sie zusammengebrochen.«

»Sie hat nie angedeutet, dass ich vielleicht ihre Enkelin bin?«

»Nein.« Seine Lippen wurden schmal. »Wissen Sie, ich weiß nicht was Sie vorhaben, aber meine Mutter hat nicht viel Geld. Wenn Sie also denken, dass Sie hier bald ein Erbe antreten können, können Sie das vergessen. Mein Geld ist nicht mit dem meiner Mutter verbunden. Sie lebt schon lange mit einem festen Einkommen.«

»Ich will kein Geld.« In Anbetracht dieser üblen Unterstellung versteifte sie sich. »Ich habe auch nichts Komisches vor. Ich bin hergekommen, weil Molly mich darum gebeten hat und ich versuche nur, mein Versprechen ihr gegenüber einzuhalten.«

»Was für ein Versprechen?«

»Dass ich ihre Geschichte für sie erzählen würde. Hat Ihre Mutter Ihnen jemals etwas über die

Untergrundorganisation für Opfer häuslicher Gewalt erzählt, an der sie beteiligt war? Es gab eine Verbindung zu einer Volkstheatergruppe, deren Mitglied sie in den Siebzigern war.«

»Ich weiß, dass sie die Kostüme für das Theater genäht hat. Aber meine Mutter und ihre Freundinnen haben sich schon immer gerne Geschichten ausgedacht. Die meisten haben nicht gestimmt.«

»Die Freunde ihrer Mutter klangen ziemlich überzeugend.«

»Nun ja, sie sind gute Schauspielerinnen. Sie müssen dieses Buchprojekt abbrechen.«

»Warum?«

»Weil Sie nicht wissen, worauf Sie sich hier einlassen.«

»Dann klären Sie mich doch mal auf«, forderte sie ihn heraus. »Denn bisher hat mir noch niemand gesagt, warum ich damit aufhören soll.«

»Meine Mutter liegt im Sterben. Sie kann Ihnen ihre Geschichte nicht erzählen. Das war's.«

»Einige der anderen Frauen sind noch am Leben, zum Beispiel Eleanor Callaway.«

Wut blitzte in seinen Augen auf. »Eleanor Callaway ist nun wirklich niemand, mit dem Sie sprechen sollten. Sie tut so, als wäre sie die Freundin meiner Mutter gewesen, aber das war sie nicht. Sie hat das Leben meiner Mutter auf den Kopf gestellt.«

Seine intensive Abneigung gegenüber Eleanor überraschte sie. Schließlich hatte sie bisher noch niemanden getroffen, der die Frau nicht gern hatte. »Wie hat Eleanor das Leben Ihrer Mutter auf den Kopf gestellt?«

»Ist doch egal. Ich möchte über diese Frau nicht sprechen.«

»Dann sagen Sie mir etwas über Francine. Hat sie Ihnen gesagt, wer der Vater ihres Kindes war? Wissen Sie, warum sie ihre Tochter zur Adoption freigegeben hat?«

»Nein. Sie hat mir gar nichts erzählt. Meine Schwester war ein Wrack. Sie litt unter Depressionen und Angstzuständen und behandelte sich selbst mit Drogen und Alkohol. Ich habe keine Ahnung, wer der Vater ihres Kindes war. Und was den Grund anbelangt, warum sie ihr Kind abgegeben hat, kann ich nur sagen, dass das wahrscheinlich die intelligenteste Entscheidung war, die sie je in ihrem Leben getroffen hat. Zumindest für ihre Tochter. Für sie selbst war das eine andere Sache. Sie konnte über den Verlust ihres Kindes nicht hinwegkommen. Nach einem Jahr war sie dann tot. Ist das die Art Mutter, nach der Sie suchen?«, fragte er.

»Ich suche ja gar keine Mutter, ich habe eine gute Mutter. Die Frau, die mich großgezogen hat, hat mir alles gegeben, was ich brauchte. Sie war wunderbar und mein Vater war auch toll. Leider starb er, als ich in der Highschool war. Aber die Zeit, die wir miteinander verbringen konnten, hätte besser nicht sein können.«

»Dann hatten Sie wesentlich mehr Glück als Francine«, sagte er knapp. »Es gibt für Sie nichts zu holen, Miss Bennett. Wenn Sie kein Geld wollen, was wollen Sie dann? Wenn Sie tatsächlich durch einen absurden Zufall das Kind meiner Schwester sind, was macht es für einen Unterschied? Francine ist tot. Meine Mutter ist auch auf dem Weg dorthin. Ich bin nicht daran interessiert, weitere Familienmitglieder dazuzugewinnen Ich hatte mehr als genug Familienprobleme in meinem Leben. Ich brauche wirklich nicht noch mehr. Also gehen Sie nach Hause. Zurück zu den Leuten, die Sie großgezogen haben, und freuen Sie sich darüber, dass meine Schwester Sie weggegeben hat.«

Sie wusste nicht, was sie sagen sollte, aber selbst wenn sie es gewusst hätte, hatte sie gar keine Möglichkeit dazu. Ein Arzt und eine Krankenschwester betraten das Zimmer und Peter begann sofort, sich mit ihnen über den Gesundheitszustand seiner Mutter zu unterhalten und stellte Fragen, um zu erfahren, welche Tests sie durchführen wollten.

Als Peter Harper und die Mediziner sich um Mollys Bett herumscharten, fühlte sie sich sehr außen vor. Sie wusste nicht einmal, ob sie Mollys Enkelin war oder nicht und dennoch stand sie hier wie ein Eindringling in die möglicherweise letzten Lebensmomente einer Frau.

Sie schüttelte den Kopf, drehte sich um und ging aus dem Zimmer – und stieß direkt mit einer soliden Männerbrust zusammen.

Colton!

Er fing sie auf, indem er sie an der Hüfte packte.

»Wir müssen aufhören, uns so zu treffen«, sagte er.

»Was machst du hier?«

»Ich hab' dich gesucht. Ich dachte mir, dass du ja mit Peter sprechen wolltest und dass er wahrscheinlich hier sein würde.«

»Du hast Recht. Ich habe gerade mit ihm gesprochen.« Sie nickte in Richtung von Mollys Zimmer. »Ich habe ihm von der Geburtsurkunde erzählt und dass ich glaube, dass ich vielleicht seine Nichte bin. Die Idee hat ihm nicht so gefallen. Tatsächlich war er sogar ziemlich unfreundlich zu mir. Er hat mir vorgeworfen, dass ich hinter dem Geld seiner Mutter her wäre. Ich habe ihm dann gesagt, dass das nicht der Fall ist. Daraufhin sagte er mir, ich könne froh sein, dass ich adoptiert worden bin, dass Francine drogenabhängig war und es mir ohne sie besser ergangen sei.«

Coltons Blick verengte sich. »Was du wirklich machen musst, ist herauszufinden, ob du eine Harper bist. Du musst einen DNA-Test machen.«

»Ich bin mir sicher, dass Molly dem zustimmen müsste. Und das kann sie nicht. Ich glaube kaum, dass Peter groß daran interessiert ist, es möglich zu machen.«

Colton dachte einen Moment lang nach. »Vielleicht können wir auf eine andere Art und Weise an einen Test kommen. Wir haben immer noch den Schlüssel zu Mollys Haus. Vielleicht können wir ihre DNA von einer Haarbürste oder von einem Glas, das sie vor kurzem benutzt hat, bekommen.«

Ihr lief es eiskalt den Rücken hinunter. »Das ist sicherlich keine schlechte Idee.«

»Warum gehen wir nicht einfach jetzt gleich dorthin? Peter ist ja immer noch bei Molly, also wird er nicht im Haus sein.«

»Gut.« Als sie den Flur entlanggingen, fügte sie hinzu: »Ich habe Peter gesagt, dass ich die Tagebücher seiner Mutter habe. Er ist ausgeflippt und hat gefordert, dass ich sie sofort zurückgeben soll.«

»Was für eine interessante Überreaktion.«

»Finde ich auch.«

Sie fuhren mit dem Aufzug zurück in das Foyer und gingen zum Parkplatz.

»Willst du mir hinterherfahren zu Mollys Haus?«, fragte Colton. »Mein Auto steht hier.«

»Klingt gut.« Er machte sich gerade auf den Weg, als sie ihn zurückrief.

»Colton? Warum hast du mich gesucht? Ich dachte, du bist sauer auf mich, nachdem was mit Eleanor passiert ist.«

»Ich habe meinem Großvater gesagt, dass ich dich im Auge behalten werde.«

»Ist das wirklich der einzige Grund?«

Sein Gesichtsausdruck wurde ernster. »Nein.« Sie wartete auf eine Erklärung, aber er sagte nichts mehr. Er sah sie nur lange an und ging dann zu seinem Auto.

Kapitel 17

Auf dem Weg zu Mollys Haus, dachte Olivia über Colton nach. Sie war froh, dass er im Krankenhaus aufgetaucht war und erleichtert, dass er sie nicht dafür verantwortlich machte, dass es seiner Großmutter schlechter ging. Seit sie sich kennengelernt hatten, waren sie praktisch unzertrennlich gewesen. Und in den paar Stunden, die sie nicht zusammen verbracht hatten, hatte sie bemerkt, dass sie ihn ein wenig vermisste. Das war so eigenartig. Sie war daran gewöhnt, alleine zu arbeiten und hatte auch geglaubt, sie wäre dabei lieber alleine. Aber diese Woche war das anders.

Vielleicht lag es daran, dass Mollys Geschichte für sie auf einmal persönlich geworden war. Es ging nicht mehr nur darum, ein Buch zu schreiben. Es ging darum, herauszufinden, wer sie war und welche Geschichte sie für Molly schreiben sollte.

Vielleicht wollte Molly nicht, dass sie die Geschichte *erzählte*, sondern eher, dass sie sie *hörte*, um zu erfahren, woher sie stammte.

Vielleicht verrannte sie sich auch einfach und war gar nicht mit Molly verwandt. Das musste sie wirklich herausfinden.

Wenige Minuten später schloss sie die Tür zu Mollys Haus auf. Jetzt wo sie wieder in ihrem Zuhause war, erinnerte sich Olivia an all die Dinge, die sie noch durchsehen musste – den Stapel Briefe, den Colton gefunden hatte, und den Rest der Kiste, die sie im Kleiderschrank gefunden hatte. Normalerweise ließ sie sich nicht so viel Zeit, mögliche Hinweise zu verfolgen, oder hörte einfach mitten in der Arbeit auf. Aber genau das hatte sie gestern Abend getan, als sie zugestimmt hatte, auf Coltons Vorschlag einzugehen, im Hier und Jetzt zu leben und die Vergangenheit ruhen zu lassen. Jetzt war dieser Moment vorbei und sie musste zurück an die Arbeit.

»Ich hole ein paar Plastiktüten aus der Küche«, sagte Colton zu ihr. »Wir brauchen etwas, worin wir Mollys Haarbürste aufbewahren können.«

»Irgendwie komme ich mir gerade so hinterhältig vor«, sagte sie, als sie ihm durch den Flur folgte. »Machen wir das Richtige?«

»Wir tun ja niemandem weh.«

»Aber selbst, wenn wir eine Probe haben, wie bekomme ich denn einen DNA-Test? Wird es denn nicht schwierig sein, ein Labor zu finden, das ihn für uns durchführen wird?«

»Nein, weil meine Schwester Ärztin ist. Ich werde Shayla überreden, uns zu helfen.«

»Wird sie das tun?«

»Ich bin mir zu neunundneunzig Prozent sicher.« Er öffnete die Küchenschränke, fand eine Schachtel mit Plastiktüten und ging dann durch den Flur zurück und die Treppe nach oben.

Colton war wirklich voll im Einsatz, dachte sie. Und es gefiel ihr, dass sie ihm die Führung überlassen konnte.

Während Colton damit beschäftigt war, Proben aus Mollys Badezimmer zu besorgen, ging Olivia zurück in den begehbaren Kleiderschrank.

Gestern war sie von ihrem Fund so schockiert gewesen, dass sie nicht einmal weitergesucht hatte. Vielleicht gab's ja noch mehr zu entdecken.

In Mollys Kleiderschrank gab es sehr viele Kleidungsstücke, darunter viele, die aussahen wie Kostüme – wahrscheinlich aus der Zeit am Theater. Als Olivia die Kleider und Mäntel durchsah, dachte sie daran, dass sie nicht einmal wusste, wie man näht. Ihre Mutter nähte nicht, also hatte es niemanden gegeben, der diese Tradition hätte weitergeben können. Hätte sie unterschiedliche Fähigkeiten gelernt, wenn sie mit ihrer leiblichen Familie aufgewachsen wäre?

Als sie das Ende der Kleiderstange erreichte, bemerkte sie eine weitere Kiste auf dem Boden, die hinter den Kostümen stand. Sie zog sie hervor und öffnete den Deckel. Die Kiste war voller dicker gelber Umschläge, deren Inhalt scheinbar Rechnungen und Steuererklärungen war. Das Interessanteste an diesen Dokumenten waren die Daten. Sie hatte erwartet, dass diese Dokumente vielleicht aus den letzten paar Jahren stammten, aber sie gingen zurück auf Mitte der Siebziger, der Zeit, in der Molly mit der Theatergruppe zusammengearbeitet hatte.

»Hast du etwas gefunden?«, fragte Colton und erschreckte sie.

Sie stand auf und deutete mit der Hand auf die Umschläge. »Ich bin mir nicht sicher. Diese Papiere sehen aus, als wären das Rechnungen und Steuererklärungen. Sie sind alle über vierzig Jahre alt. Es ist komisch, dass sie sie nicht weggeworfen hat.«

»Manche Leute behalten einfach alles.«

»In ihrem Kleiderschrank? Und wo sind denn ihre derzeitigen Dokumente?«

Ein verwirrter Blick trat in seine Augen. »Nun ja, jetzt machst du mich aber neugierig. Komm, wir nehmen die Kiste mit.«

»Echt?«

»Wir können nicht hierbleiben, Olivia. Wir wissen nicht, wie lange Peter Harper noch im Krankenhaus sein wird. Und wenn es hier irgendetwas gibt, das dich mit seiner Mutter in Verbindung bringt und er es verstecken möchte, dann ist das Haus hier seine erste Anlaufstelle.«

»Warum würde er etwas verstecken wollen? Molly liegt leider im Sterben und Francine ist schon lange tot. Was für eine Rolle spielt es, wenn ich seine Nichte bin? Warum würde ihn das interessieren?«

»Du stellst viele gute Fragen. Vielleicht sind manche Antworten in dieser Kiste.« Er ging zu ihr hinüber und reichte ihr zwei Plastiktüten, in welche er eine Haarbürste und eine Zahnbürste gesteckt hatte. Dann hob er die schwere Kiste hoch. »Gibt es noch etwas, das wir mitnehmen sollten?«

Sie seufzte und hatte ein schlechtes Gewissen, dass sie überhaupt etwas mitnahmen. Aber sie hatte ja versucht, den direkten Weg zu gehen, indem sie mit Peter redete. Und das hatte nicht funktioniert, also musste sie sich die Ergebnisse wohl oder übel erschleichen. »Das ist alles, was ich hier drin gefunden habe. Peter wird mich wahrscheinlich vor Gericht zerren dafür, dass sich diese Sachen stehle. Ich hoffe, du hast genug Geld zusammen, um eine Kaution zu bezahlen.«

»Ich werde wahrscheinlich in der Nachbarzelle sitzen. Aber mal ganz ehrlich, Peter wird wahrscheinlich nicht einmal merken, dass etwas weg ist. Es ist ja nicht so, als würden wir teuren Schmuck, Bargeld oder

Elektrogeräte mitnehmen – nur ein paar alte Unterlagen.«
»Du hast recht. Lass uns alles mit in mein Hotel
nehmen. Dort können wir die Dokumente durchsehen.«
»Klingt gut.«

—•➤➤◄◄•—

"Wo sollen wir anfangen?", fragte Olivia, als Colton
die Kiste zwanzig Minuten später auf den kleinen runden
Tisch in ihrem Hotelzimmer absetzte.

»Fang du doch mit den Briefen an Molly an«, schlug
Colton vor. »Und ich schau diese Papiere hier durch.
Aber bevor wir anfangen, wie sieht's aus, sollen wir zu
Mittag essen?«

Tatsächlich knurrte ihr der Magen. Sie sollte wirklich
etwas essen. Seit sie heute Morgen Coltons Wohnung
verlassen hatte, hatte sie nichts gegessen. »Ja, ich habe
Hunger.«

»Hier in der Nähe gibt es einen Deli. Ich hole uns ein
paar Sandwiches. Willst du irgendetwas Bestimmtes?«

»Am liebsten Putenbrust. Ich bin nicht wählerisch,
was den restlichen Belag angeht, entscheide du.«

»Alles klar. Ich hole uns auch ein paar Snacks für
später. Ich habe so ein Gefühl, dass wir eine Weile
beschäftigt sein werden.«

Nachdem Colton gegangen war, setzte sich Olivia auf
das Bett und nahm sich die Briefe vor. Sie nahm den
obersten vom Stapel und zog zwei Seiten Papier aus
einem rosa Umschlag. Sie begann zu lesen:

Liebe Molly,
ich weiß, dass ich mich nicht bei Ihnen melden soll.
Aber es sind beinahe zwei Jahre vergangen und ich wollte
mich melden, und Ihnen sagen, dass es mir jetzt so viel

besser geht. Ich habe hier in Houston ein paar Freunde gefunden und die Kinder haben sich gut in der Schule eingelebt. Joey Jr. hat jetzt seit etwa zwei Monaten endlich keine Albträume mehr und ich bin mir sicher, dass das auch so bleiben wird. Seine Persönlichkeit hat sich vollständig verändert, jetzt wo er nicht mehr täglich Gewalt angedroht bekommt. Wir sind alle wie neugeboren, Molly. Es ist wirklich fantastisch.

Ich kann Ihnen und Eleanor nicht genug danken für die Hilfe, die Sie mir gegeben haben, um mein Leben zu verändern. Wären Sie nicht mit solch verständnisvollen Blicken zu mir gekommen und auch mit solcher Entschlossenheit, bin ich mir sehr sicher, dass ich heute nicht mehr am Leben wäre. Aber ich bin am Leben, es geht mir gut und ich bin glücklich. Es war sehr schwierig für mich, keinen Kontakt zu meiner Familie zu haben, aber ich weiß, dass es absolut notwendig war, mich von ihnen zu trennen. Ich hoffe, dass ich sie eines Tages wiedersehen kann, aber meine Kinder haben für mich die höchste Priorität. Ich werde alles tun, was in meiner Macht steht, um sie zu beschützen und in Sicherheit zu bleiben, damit ich Ihnen eine gute Mutter sein kann.

In Liebe
Gracie (ich fühle mich jetzt auch wirklich wie eine Gracie. Sie hätten für mich keinen besseren Namen auswählen können.)

Olivia fragte sich, wann der Brief wohl geschrieben worden war. Er war nicht datiert, aber die Seiten waren vergilbt. Und wenn Gracie eine der Frauen war, der Mollys Gruppe geholfen hatte, war ihre Flucht bestimmt gute vierzig Jahre her. Der kleine Joey war jetzt sicher um die fünfzig, und seine Mutter Gracie musste um die siebzig sein oder in Mollys Alter. Sie fragte sich, ob ihr Glück und ihre Zufriedenheit nach diesem Brief angehalten hatten. Sie hoffte es wirklich.

Sie nahm sich den nächsten Brief vor.

Liebe Molly,
Sie hatten Recht. Der erste Schritt ist immer der schwerste. Sie haben mir gesagt, dass ich etwas Besseres verdient habe und tatsächlich musste ich beinahe sterben, bis auch ich das verstanden hatte. Ich hoffe es geht Ihnen gut. Ich denke oft an Sie und Ellie. Ich bete für Sie und sende Ihnen liebevolle Gedanken. Sie sind zwei der stärksten Frauen, die ich je kennengelernt habe. Sie haben beide Ihr Leben für mich aufs Spiel gesetzt. Niemand hätte mir ein größeres Geschenk machen können. Und obwohl ich weiß, dass wir uns wahrscheinlich nie wiedersehen werden, möchte ich Ihnen sagen, dass Sie auf ewig einen Platz in meinem Herzen haben werden.

Herzliche Grüße
Kelly

Molly und Eleanor hatten tatsächlich das Leben vieler Frauen verändert, dachte Olivia, nachdem sie einige weitere Briefe gelesen hatte, deren Inhalt sich ähnelte. Mit jedem Brief, den sie las, wuchs ihr Stolz auf das, was Molly und Eleanor und ihre Freunde erreicht hatten. Sie waren für die Frauen da, als andere ihnen vermutlich den Rücken zugekehrt hatten. Und selbst, wenn sie es nur wenige Jahre hatten durchführen können, so hatten sie doch die Leben vieler Frauen und deren Kinder stark beeinflusst.

Es klopfte an der Tür und sie stand auf, um Colton

hineinzulassen. Er hatte zwei große Tüten in der Hand und sie vermutete, dass er es beim Deli etwas zu gut mit ihnen gemeint hatte.

»Sie hatten so viel gutes Essen«, sagte er und antwortete so auf die nicht ausgesprochene Frage. »Ich habe wahrscheinlich zu viel gekauft, aber so werden wir zumindest nicht hungrig bleiben.«

»Das sieht alles sehr gut aus.« Sie nahm die Kiste vom Tisch und half Colton dabei, das Essen aus den Tüten zu holen. »Ich habe hier einen kleinen Kühlschrank, darin können wir die Reste aufbewahren.«

»Wenn überhaupt irgendetwas übrigbleibt. Ich bin am Verhungern.« Als sie sich zum Essen hinsetzten, fragte Colton: »Hast du schon angefangen, die Briefe zu lesen?«

Sie nickte und biss in ihr Putenbrust-Sandwich. Als sie runtergeschluckt hatte, sagte sie: »Diejenigen, die ich gelesen habe, waren alles Dankesbriefe an Molly, dafür, dass sie sie aus schrecklichen Lebenssituationen befreit hatte. Eine der Frauen berichtete, dass sie ihren Namen geändert hatte und seit fast zwei Jahren keinen Kontakt mehr zu ihrer Familie hatte. Sie erwähnte aber, dass es ihren Kindern viel besserging, seit sie nicht mehr ständiger Gewalt ausgesetzt waren.«

Colton schüttelte den Kopf mit einem grimmigen Blick. »Ich kann einfach nicht verstehen, wie ein Mann seine Frau und seine Kinder verletzen kann.«

»Ich auch nicht.« Sie hielt inne. »Hast du eine solche Form von Gewalt schon einmal gesehen?«

»Ja, einmal. Wir wurden zu einem Brand in einem Wohnhaus gerufen, wo ein Mann seine Frau im Schlafzimmer eingesperrt und die Wohnung angezündet hatte.«

»Ach du meine Güte.« Sie legte ihr Sandwich ab, es

hatte ihr den Appetit verschlagen. »Das ist ja schrecklich. Was ist passiert? Konntet ihr sie retten?«

»Ja, wir haben sie gerettet. Und er ist in den Knast gewandert.«

»Wenigstens gibt es noch ein bisschen Gerechtigkeit in der Welt. Ich weiß, dass das nicht immer der Fall ist, besonders bei häuslicher Gewalt.« Sie hielt einen Moment inne und öffnete eine Dose Cola. »Ich frage mich, wie es deiner Großmutter und ihren Freundinnen gelungen ist, überhaupt aufzuhören. Sie haben so viel Gutes getan, wie haben sie es geschafft, dem allem den Rücken zu kehren?«

»Wahrscheinlich wurde es ihnen einfach zu gefährlich. Ihr Geheimnis war gelüftet worden. Was sie vorher im Geheimen machen konnten, war dann nicht mehr möglich.«

»Ja, das stimmt.«

»Sie mussten auf sich selbst aufpassen und auf ihre Familien. Eigentlich interessiert mich sogar mehr, wie sie damit angefangen haben, als wie es aufgehört hat.«

»Wahrscheinlich haben sie gesehen, dass es Bedarf dafür gibt. Eine der Frauen, die einen dieser Briefe geschrieben hat, war vielleicht der Auslöser.«

»Ich finde, das macht auch diese Kiste voller Papiere interessant«, sagt Colton und nickte in Richtung der Briefumschläge, die sie aus Mollys Haus mitgenommen hatten. »Ich frage mich, ob wir darin vielleicht die Details der Rettungsaktionen finden.«

»Ich hoffe es sehr. Das ist wirklich eine viel zu langer Zeit, um solche Papiere aufzuheben, es sei denn sie sind aus irgendeinem Grund wichtig.«

»Ja, das stimmt. Übrigens, als ich auf die Sandwiches gewartet habe, habe ich meine Schwester Shayla angerufen. Sie hat einen Freund in einem Labor und der kann den DNA-Test für uns durchführen.«

»Wirklich?«, fragte sie. Ihr Herz machte einen Satz bei dem Gedanken.

»Sie brauchen auch eine Probe von dir, um sie mit der Probe von Mollys Artikeln vergleichen zu können. Natürlich wäre es auch hilfreich, eine Probe von Peter zukommen.«

»Naja, ich glaube nicht, dass er uns damit helfen wird.«

»Da hast du sicher recht. Also müssen wir mit dem anfangen, was wir bereits haben.«

Eine Weile lang aßen sie schweigend, dann sagt Olivia: »Ist es komisch, dass ich nicht sicher bin, ob ich es herausfinden will?«

Er sah sie nachdenklich an. »Nein. Ich weiß nicht, wie ich reagieren würde, wenn ich an deiner Stelle wäre. Aber ich denke langfristig gesehen, ist es immer besser, die Antwort zu kennen, egal, worum es geht. Es ist immer schlimmer, es nicht zu wissen.« Er knüllte das Butterbrotpapier seines Sandwiches zusammen und steckt es zurück in die Tüte. »Auf geht's, zurück an die Arbeit.«

Sie aß den Rest ihres Sandwiches, während er die Kiste hinüber zum Bett mitnahm. »Ich stelle den Rest in den Kühlschrank, falls wir später noch einmal Hunger bekommen.«

»Gute Idee.«

Er öffnete den ersten dicken Umschlag und schüttete den Inhalt auf das Bett. »Das hier sieht nach Krankenhausrechnungen aus.«

»Ja, das liegt nahe. Einige der Frauen wurden ja wirklich verletzt, bevor sie weggelaufen sind. Vielleicht hat Molly ihnen dabei geholfen, sich ärztlich behandeln zu lassen.«

»Kann sein.«

Nachdem sie das Essen im Kühlschrank verstaut hatte, wischte sie mit der Hand die Krümel vom Tisch und warf die Verpackungen in den Müll. Als sie zu Colton hinübersah, schien er gerade eine Schwarz-Weiß-Fotografie anzusehen. Von da, wo sie stand, konnte sie nicht genau erkennen, aber es sah wie ein Frauenbein aus.

»Was siehst du dir an?«, fragte sie neugierig.

»Ein paar wirklich schlimme Blutergüsse«, murmelte er. »Jemand hatte fotografische Beweise ihrer Misshandlungen gesammelt.«

Sie ging hinüber zum Bett, um sich das Foto anzusehen, das er in der Hand hatte. Er reichte ihr das erste Bild, auf dem eine Frau in der Seitenansicht von der Hüfte nach unten abgebildet war. Sie schien ein Bikiniunterteil anzuhaben und auf ihrem Oberschenkel konnte man große lila Blutergüsse sehen.

»Verdammt«, sagte Colton, als er zwei weitere Bilder durchblätterte.

»Was denn?«

Er sah sie an. »Ich glaube, ich weiß, warum Molly und Eleanor angefangen haben, Frauen aus Situationen häuslicher Gewalt zu retten.«

Als sie den Blick in seinen Augen sah, wurde ihr ganz mulmig. »Wovon sprichst du, Colton?«

Er reichte ihr ein Foto. Abgebildet darauf war das Gesicht einer Frau. Ein Auge war komplett zugeschwollen, das andere grün und blau. Ihre Nase war schief und in ihrer geschwollenen Lippe war ein blutiger Spalt zu sehen.

»Das ist Molly«, sagte Colton.

»Nein«, sagte sie ungläubig.

»Doch, ich bin mir ganz sicher.«

Sie wollte es nicht wahrhaben, aber je länger sie das Bild ansah, desto mehr konnte sie die Ähnlichkeiten zwischen der Frau auf dem Foto und der Frau, die sie vorhin im Krankenhaus besucht hatte, sehen.

Als sie das Foto umdrehte, sah sie die ordentliche Beschriftung: Molly Harper, November 1973. Ihr Herz setzte einen Schlag aus.

Molly war misshandelt worden. Aber von wem? Von ihrem Ehemann? Von dem Mann, der wahrscheinlich Olivias leiblicher Großvater war?

Ihr wurde übel. »Colton, du hast doch nicht recht. Manchmal ist es besser, die Wahrheit *nicht* zu kennen.«

Kapitel 18

Olivia fühlte sich plötzlich ganz schwach. Sie setzte sich auf die Bettkante. Es war ihr unmöglich, ihren Blick von diesem eindeutigen Beweis der Misshandlung abzuwenden.

»Geht's dir gut?«, fragte Colton.

Sie schüttelte den Kopf. »Nein. Wer kann sich sowas anschauen und danach noch gut drauf sein?« Sie hielt inne. »Molly war der Auslöser für die Wohltätigkeitsgruppe. Sie war diejenige gewesen, die verletzt worden war. Sie mussten sich zusammengeschlossen haben, um ihr zu helfen.« Sie sah hinüber zu Colton, der einen nachdenklichen Ausdruck auf seinem Gesicht hatte. »Was denkst du gerade?«

»Ich verarbeitet das Ganze noch.«

»Es ist alles so einleuchtend – in Mollys Brief hatte sie mir geschrieben, dass sie zum Schweigen gebracht wurde und dass sie selbst nie den Mut hatte, ihre Geschichte zu erzählen. Sie hoffte aber, dass ich mutig genug sein würde, um es zu tun. Sie wollte nicht nur, dass ich über die Untergrundorganisation schreibe, sie wollte, dass ich über sie schreibe.«

»Oder sie wollte zumindest, dass du über sie Bescheid weißt«, sagte Colton. »Wenn du ihre Enkelin bist, ergibt es sogar noch mehr Sinn.«

»Ja, das stimmt.« Sie sah wieder das Foto an. Auf dem Bild konnte Molly nicht älter als Ende dreißig gewesen sein. Das war eine ganz schön lange Zeit, solch eindeutige Beweise aufzubewahren, insbesondere, weil Mollys Ehemann tot war. »Der Brand«, sagte sie abrupt. »Mollys Ehemann Stan ist bei einem Brand ums Leben gekommen.« Sie atmete tief ein. »Glaubst du, dass Mollys Freunde das Feuer gelegt haben? Oder vielleicht Molly selber?«

»Vielleicht war es aber auch ein Unfall«, sagte Colton.

»Kannst du mir mehr Informationen über diesen Brand besorgen?«

»Ich könnte Emma fragen. Sie hat Zugriff auf solche Informationen. Obwohl das schon ziemlich lange her ist.«

»Ich denke, es lohnt sich trotzdem, es zu versuchen. Kannst du sie jetzt fragen?«

»Ja.«

»Gut. Und während du mit Emma telefonierst, werde ich im Internet schauen, ob ich dort irgendwelche Informationen finde.«

»Ich könnte Emma auch bitten, mit Max zu sprechen«, fügte Colton hinzu. »Weil Stan Harper Polizist war, hat es sicherlich eine polizeiliche Untersuchung gegeben.«

Seine Worte hallten in ihrem Kopf wider. »Er war Polizist«, wiederholte sie. »Das ist der Grund, warum die Frauen sich nicht an die Polizei wenden konnten. Deine Großmutter hat uns gesagt, dass die Polizei nicht helfen konnte oder wollte. Jetzt wissen wir auch, warum.«

Sie nahm sich ihren Laptop und startete ihre Suche,

während Colton sein Handy herausholte.

»Ich stelle es auf Lautsprecher«, sagte er und legte das Handy zwischen sie auf das Bett.

Kurze Zeit später antwortete eine Frauenstimme.

»Hey Colton, was gibt's?«

»Ich muss dich um einen Gefallen bitten.«

»Das dachte ich mir schon. Was brauchst du?«

»Ich brauche Informationen über einen Hausbrand, der Mitte-Ende der Siebziger stattgefunden hatte.«

»Das ist schon ziemlich lange her.«

»Es gab einen Todesfall. Stan Harper, der Ehemann von Molly Harper.«

»Molly Harper? Hat das mit diesem Buch zu tun, von dem alle ständig reden?«

»Kann schon sein. Meinst du, du kannst die Akte zu diesem Brand finden?«

»Das kann eine Weile dauern. Wir haben eine Menge alter Akten im Lager, aber ich werde mein Bestes geben.«

»Super. Es wäre toll, wenn das schnell klappen würde.«

»Ich weiß, du brauchst es gestern. Ich melde mich und dann sagst du mir, warum du die Akte brauchst.«

»Alles klar.« Colton legte auf. »Wenn es irgendetwas zu finden gibt, wird Emma es finden.«

»Sie klingt nett.«

»Sie nervt manchmal ganz schön, aber sie ist auch nett.«

Olivia lächelte. »Ich finde es schön, dass du deiner Familie so nahestehst. Das ist richtig süß.«

Er stöhnte. »Süß ... genau das, was jedermann gerne hören will.«

Sie hätte ihm einige andere seiner positiven Eigenschaften aufzählen können, aber damit wären sie sicher völlig vom Kurs abgekommen. Jetzt musste sie sich auf etwas Anderes konzentrieren.

Sie wandte sich wieder ihrer Internetsuche zu. Stanley Harper war leider ein sehr häufiger Name. Sie durchkämmte seitenweise Stan Harpers, die eindeutig nicht der richtige Stan waren.

Während sie am Computer saß, begann Colton, den Rest der Unterlagen in der Kiste durchzugehen. Beinahe zwanzig Minuten lang arbeiteten sie schweigend. Mit jeder Minute, die verging, stieg ihr Frust. Sie konnte überhaupt nichts über Stan Harper und den Brand, in dem er gestorben war, finden.

»Das ist interessant«, sagte Colton und durchbrach damit die Stille.

»Zum Glück. Ich finde hier gar nichts.«

Er hielt ein Stück Papier hoch, auf dem ein Name und eine Telefonnummer standen. »Ich weiß nicht, ob das Mollys Handschrift ist, aber hier steht der Name Keith Fletcher und die Vorwahl ist die von San Francisco. Keith und Donald haben beide gesagt, dass sie Stan kannten, dass sie aber nicht mit ihm befreundet waren. Ich frage mich, warum Keiths Nummer hier in dieser Kiste landen würde. Kann es sein, dass Molly sich Hilfe suchend an die Polizei gewandt hat?«

»Wenn sie das getan hat, scheint es nicht so, als hätte sie Hilfe bekommen. Sie könnte diese Nummer aber auch aus allen möglichen anderen Gründen haben, Colton.«

»Richtig.«

»Wir müssen wirklich mit noch einmal mit deiner Großmutter sprechen.«

»Nicht heute. Als wir Stan und den Brand erwähnt haben, ist sie ausgeflippt.«

»Ich weiß, du hast Recht. Aber es ist schon frustrierend, dass wir nicht mit der Person sprechen können, die aller Wahrscheinlichkeit nach alle

Informationen hat, die wir brauchen.«

»Lass uns eine Pause machen, Olivia.«

»Und was genau willst du damit bezwecken? Wenn ich immer weiter Pausen mache, werde ich nie die Antworten bekommen, die ich brauche.«

»Das hier wird sozusagen eine Arbeitspause. Wir müssen Mollys Haarbürste und Zahnbürste zu Shayla bringen. Dort kannst du dann auch eine DNA-Probe abgeben.«

»Na gut.« Eine kleine Pause zum Nachdenken kam ihr wirklich gerade recht. Ihr war bewusst, dass sie voranpreschte, vorschnell Annahmen traf, die nicht auf Fakten basierten. Sie musste sich sammeln. Und wie Colton schon gesagt hatte, würden sie immer noch an der Geschichte arbeiten – nur eben aus einem anderen Blickwinkel.

Coltons Zwillingsschwester Shayla trug ihr langes blondes Haar in einem lockeren Dutt. In ihrem weißen Ärztekittel und ihrem blauen Etuikleid wirkte sie zwar sehr professionell, dennoch sah Shayla ein wenig zu jung aus, um Ärztin zu sein. Dann erinnerte Olivia sich aber, dass Colton ihr erzählt hatte, dass Shayla ein Genie war, die mehrere Schulklassen übersprungen hatte.

»Ich weiß das wirklich zu schätzen, Shay«, sagte Colton zu seiner Schwester, die sie im Flur vor dem Labor im dritten Stock getroffen hatten. »Das ist Olivia Bennett.«

»Freut mich, Sie kennen zu lernen«, sagte Shayla und lächelte sie freundlich an. »Sie denken also, dass Sie vielleicht mit Molly Harper verwandt sind?«

»Genau das versuche ich herauszufinden.«

»Ich habe vorhin nach Molly gesehen. Sie ist immer
noch bewusstlos. Grandma hat mich gebeten, hin und
wieder nach ihr zu sehen«, sagte Shayla mit
schwindendem Lächeln. »Ihre Prognose sieht nicht gut
aus. Aber solange sie noch lebt, gibt es noch Hoffnung.«

Olivia fragte sich, ob Shayla das wirklich glaubte,
oder ob ihre Worte einstudiert waren, eine Phrase, die sie
gegenüber schmerzerfüllten Angehörigen schon oft
verwendet hatte.

»Was hast du mir mitgebracht?«, fragte Shayla.

Colton hielt ihr die Plastiktüten entgegen. » Ich hab'
das hier mitgebracht und dachte, dass wir davon die Probe
nehmen können. Aber dann habe ich mir gedacht, dass
Molly ja hier im Krankenhaus liegt und ...«

»Das kannst du dir gleich aus dem Kopf schlagen«,
beendete Shayla seinen Satz. »Mollys Sohn hat die
Verfügungsgewalt über ihre medizinische Versorgung
und ich kann keine DNA-Probe von ihr ohne seine
Zustimmung entnehmen. Wenn du ihn aber gerne um
Erlaubnis fragen möchtest ...«

»Ich glaube nicht, dass er uns seine Erlaubnis geben
würde«, sagte Olivia. »Ich habe vorhin mit ihm
gesprochen. Er hat mir gesagt, dass, selbst wenn ich seine
Nichte wäre, ich einfach nur froh sein sollte, dass ich weit
weg von der Familie Harper aufgewachsen bin. Er hatte
kein Interesse daran, zu bestätigen, ob ich mit ihm
verwandt bin oder nicht – zumindest nicht im Moment.«
Sie konnte nicht anders, als sich ein bisschen verbittert
und wütend über Peters Reaktion zu fühlen. Er kannte sie
nicht und er wollte sie nicht kennen lernen, und obwohl
sie auch ihn nicht kannte, fühlte sie sich abgelehnt und
das tat weh.

Es war nicht wirklich überraschend, dass Ablehnung,
ihr mehr ausmachte als anderen. Ihre leibliche Mutter

hatte sie weggegeben und ganz egal, welche guten Gründe es dafür gegeben hatte, so hatte sie Olivia doch weggegeben. Und mit dieser Tatsache lebte sie schon ihr ganzes Leben.

»Na gut, wir werden sehen, was wir von diesen Gegenständen nehmen können«, sagte Shayla und nahm ihrem Bruder die Tüten ab. »Ich hab' ein Untersuchungszimmer für uns.« Sie ging ein paar Schritte den Gang entlang und öffnete eine Tür. »Ich entnehme von Ihnen eine DNA-Probe, und dann können wir loslegen.«

»Super«, sagt Olivia und folgte Shayla in das kleine Zimmer. Die Entnahme der DNA-Probe dauerte nur wenige Sekunden. Olivia dachte bei sich, wie komisch es doch war, dass solch ein einfacher Test möglicherweise ihr ganzes Leben verändern könnte.

»Wie lang dauert es, bis wir die Ergebnisse bekommen?«, fragte Colton. »Wir haben es ein bisschen eilig.«

»Du? Hast es eilig?«, neckte ihn Shayla. »Warum überrascht mich das nicht?«

»Es liegt dieses Mal an Olivias Zeitplan«, antwortete Colton. »Sie hat vor, nächste Woche zurück nach New York zu gehen.«

»Ich wüsste wirklich gerne vorher, ob ich mit Molly verwandt bin«, fügte Olivia hinzu.

»Ich habe einen Freund, der mir einen Gefallen schuldet«, sagt Shayla »ich hoffe, ich habe morgen eine Antwort für euch. Aber ich muss euch vorher warnen, dass die Antwort vielleicht nicht ganz eindeutig sein wird. Das kommt auf die Probe an. Es ist auch nicht ganz so leicht, eine familiäre Beziehung nachzuweisen, wenn es sich nicht um den Vater oder die Mutter handelt.«

»Ich verstehe«, sagte Olivia. »Es würde mir schon

helfen, es ausschließen zu können.«

»Ich versuche mein Bestes, um euch zu helfen.«
Shayla hielt inne. »Könnte meine Großmutter Ihnen nicht
sagen, ob sie Mollys Enkelin sind? Ich habe viel Zeit mit
Grandma und Molly verbracht über die letzten Jahre und
ich weiß, dass sie sich sehr nahestehen. Ich habe das
Gefühl, dass es nichts gibt, das sie nicht voneinander
wissen.«

»Wirklich?«, unterbrach Colton sie. »Ich erinnere
mich gar nicht daran, dass ich viel Zeit mit Molly
verbracht habe. Wie kommt es, dass du mit ihr Zeit
verbracht hast?«

»Du bist ja immer mit deinem Fahrrad wegfahren
und erst zum Abendessen zurückgekommen«, sagte
Shayla. »Ich habe Grandmas Geschichten einfach immer
gerne gehört und bin mit ihr mitgekommen, wenn sie ihre
Freundin besuchte. Ich mochte Molly auch sehr gerne. Sie
war sehr lieb und ihre Erdnussbutterkekse waren
ausgezeichnet. Sie hat sich immer sehr gefreut, uns zu
sehen. Ich glaube, sie war oft einsam.«

Als Olivia Shayla zuhörte, wie sie über Molly sprach,
wurde sie traurig, weil sie möglicherweise nie mit ihrer
Großmutter sprechen würde. Es war wirklich frustrierend,
dass sie so weit gekommen und ihr so nah war und doch
keine Verbindung mit ihr herstellen konnte.

»Ich muss zurück an die Arbeit«, sagte Shayla. »Ich
sage euch so schnell wie möglich Bescheid, wenn ich von
meinem Freund gehört habe.«

»Danke noch einmal«, sagte Olivia.

Nachdem Shayla gegangen war, ging sie den Gang
entlang und warteten auf den Aufzug.

»Es ist schon sonderbar, wenn ich mir vorstelle, dass
Molly gerade hier zwei Stockwerke über uns in einem
Bett liegt«, sagte sie.

»Möchtest du sie noch mal besuchen?«, fragte Colton.

Sie zögerte. »Ich glaube, ich kann es nicht riskieren, noch mal mit Peter zusammenzutreffen. Zumindest so lange nicht, bis ich mehr weiß. Er war mir gegenüber ziemlich aggressiv heute Morgen. Ich habe ein wenig über ihn nachgelesen, er scheint ein mächtiger Mann in San Francisco zu sein. Er arbeitet für eine Investmentgruppe, die scheinbar sehr große Projekte finanziert. Ich habe ein Bild von ihm und dem Bürgermeister gefunden. Auf dem Bild trugen sie Bauarbeiterhelme. Ich vermute, es war die Grundsteinlegung für ein neues Hotel.« Sie hielt inne. »Ich glaube, das Gebäude heißt Winthrop und vor etwa zwanzig Jahren gab es dort einen schrecklichen Brand.«

Colton blickte grimmig drein. »Ja, bei diesem Brand sind einige Feuerwehrleute ums Leben gekommen. An der Feuerwehrakademie ist dieser Brand das Paradebeispiel, wie man eben *keinen* Brand bekämpft. Ich erinnere mich daran, dass mein Vater mich einmal dorthin mitgenommen hat, als ich noch klein war. Das Gebäude lag eine ganz lange Weile brach. Ich war froh, als sie es endlich abgerissen haben.«

»Es ist gut, dass sie dort etwas Neues bauen«, murmelte sie.

»Und Peter Harper trägt dazu bei«, sinnierte er. »Interessant. Ich wusste nicht, dass er ein reicher Investor ist. Mollys Haus sieht wirklich nicht so aus, als wäre sie mit jemandem verwandt, der Geld hat.«

»Vielleicht teilt Peter seinen Reichtum nicht mit seiner Mutter«, sagte sie, als sie in den Aufzug traten. »Das würde mich nicht überraschen.«

»Ich würde diesen Typen wirklich gerne kennenlernen.«

»Oh, glaub mir, das wäre kein Vergnügen. Ich weiß wirklich nicht, auf was ich bei diesem DNA-Test hoffen soll, Colton. Möchte ich Mollys Enkelin sein? Sie liegt im Sterben und ihr einziger Sohn hasst mich. Vielleicht wäre es besser, wenn ich nicht mit ihnen verwandt wäre.«

»Es ist sinnlos, zu spekulieren«, sagte Colton als sie den Aufzug verließen und zu seinem Auto gingen.

»Ich kann einfach nicht anders. Ein Teil von mir ist wütend, dass Molly mich in dies alles reingezogen hat. Was, wenn sie wirklich meine Großmutter ist? Was, wenn ich das alles herausfinde, kurz bevor sie stirbt oder direkt danach? Dann muss ich um eine Frau trauern, die ich gar nicht kannte. Ich dürfte wahrscheinlich nicht mal zu ihrer Beerdigung gehen. Was würde dann passieren? Soll ich einfach mit meinem Leben weitermachen, als hätte sich nichts verändert, wo sich doch alles verändert hat?«

Er lächelte. »Du drehst dich im Kreis, Olivia.«

»Ich weiß. Mir wird schon ganz schwindelig.«

»Mir auch. Ich würde vorschlagen, dass wir eine Runde laufen gehen, aber dafür bist du nicht richtig angezogen. Allerdings habe ich eine Idee, wie du ein bisschen von dem überschüssigen Adrenalin in deinem Körper abbauen könntest.«

Sie sah ihn argwöhnisch an, als er die Autotür öffnete. »Hat das etwas mit dem Bett in meinem Hotelzimmer zu tun?«

»Verdammt, dir kann ich wirklich nichts vormachen«, sagt er grinsend. »Nein, das meinte ich nicht. Meine Idee ist wirklich unschuldig. Wenn du willst, können wir aber auch deinen Plan auswählen.«

»Sag doch einfach, was dein Plan ist.«

»Wieso zeige ich ihn dir nicht einfach? Vertraust du mir, Olivia?«

Sie sah in seine blauen Augen und nickte.

»Überraschenderweise, ja. Lass mich nicht hängen.«
»Werde ich nicht.«

Kapitel 19

—➤➤◄◄◄—

»Du bist gerne mysteriös, oder?«, kommentierte Olivia, als Colton aus dem Parkplatz des Krankenhauses fuhr.

»Es ist mir lieber, wenn du rumrätselst, wohin wir fahren und nicht darüber brütest, wer deine mögliche leibliche Familie ist.«

»Du willst es also interessant machen, wie großzügig von dir.«

Er grinste. »Man tut, was man kann.«

»Und du tust das natürlich gerne, weil sich die Geschichte nun von deiner Großmutter wegbewegt«, sagte sie spitz.

»Das stimmt. Aber ich fühle schon mit dir, Olivia.«

»Auch, wenn die Chancen dafür gutstehen, dass meine Vorstellungskraft die Geschichte in eine unnötig falsche Richtung gelenkt hat?«

Er schenkte ihr ein mitfühlendes Lächeln. »Ich glaube, du hast gute Instinkte. Du hast zwar keine konkreten Beweise, aber einige Indizien, die darauf hindeuten, dass es zwischen dir Molly eine Verbindung gibt.«

»Ja, das glaube ich auch.«

»Wenn du das glaubst, bedeutet das, dass sich deine Welt gerade auf den Kopf gestellt hat.«

»Genauso fühlt es sich an. Ich weiß nicht mehr, wo unten und wo oben ist. Ich wünschte, Peter hätte eine positivere Reaktion gehabt, als ich angedeutet habe, dass ich vielleicht mit ihm verwandt bin. Aber wenn ich mich mal in seine Lage versetzte, kann ich irgendwie nachvollziehen, warum er mich für verrückt hält.«

»Ich habe über Peter nachgedacht. Darüber, wie es gewesen sein muss, in einem Haushalt aufzuwachsen, in dem sein Vater seine Mutter schlug. Ich kann mir gar nicht vorstellen, wie schrecklich das sein muss. Meine Eltern werden einander gegenüber nicht einmal laut. Und ich weiß, dass meine Mutter es niemals akzeptiert hätte, wenn mein Vater sie geschlagen hätte.«

»Meine Mutter, hätte das auch nicht durchgehen lassen. Ich würde mich aus dem Staub machen, wenn mich jemand auch nur schubsen würde. Aber jeder ist da anders. Und ich möchte Molly auch keine Vorwürfe machen, dass sie Stan nicht verlassen hat. Das waren andere Zeiten. Und wenn ich mir diese schrecklichen Blutergüsse ins Gedächtnis rufe, dann können wir uns sicher sein, dass sie es wirklich schwer hatte.« Sie verstummte und dachte einen Moment lang über Peter nach. »Vielleicht ist Peter ein so kalter und unfreundlicher Mensch geworden, weil er in einem solchen Umfeld aufgewachsen ist. Vielleicht musste er einen Weg finden, sich abzustumpfen.«

»Die Gewalt könnte auch erklären, warum seine Schwester von Drogen und Alkohol abhängig wurde«, sagte Colton. »Die beiden waren wahrscheinlich zwei verkorkste Kinder.«

Sie drehte sich in ihrem Sitz um, um ihn anzulächeln.

»Das war eine ziemlich gute Psychoanalyse für einen Feuerwehrmann.«

Er nickte. »Ja, manchmal hab' ich's wirklich drauf.«

»Nun ja, hoffentlich bringt der DNA-Test zumindest ein bisschen Licht ins Dunkle, ob ich mit den Harpers verwandt bin, oder nicht. Bis dahin ist alles nur Spekulation. Es ist wirklich gut, dass du so viele Geschwister hast. Ich habe das Gefühl, deine halbe Familie hilft uns mit diesem Rätsel.«

Er lächelte sie an. »Manchmal sind Großfamilien doch für etwas gut.«

»Von dem, was ich bisher gesehen habe, sind sie für einiges gut. Ich finde es nur schwierig, mir vorzustellen, dass eine Frau acht Kinder bekommt.«

»Oh. Naja, Lynda hat keine acht Kinder bekommen.« Er sah sie kurz an. »Habe ich dir nicht erzählt, dass meine Eltern beide vorher schon einmal verheiratet waren?«

»Nein, das hast du nicht.«

»Die erste Frau von meinem Dad ist gestorben. Als er Lynda kennen lernte, war er ein alleinerziehender Vater von vier kleinen Jungs. Lynda war geschieden und hatte zwei kleine Töchter.«

»Emma und Nicole.«

Er nickte. »Zusammen hatten Jack und Lynda dann Zwillinge – Shayla und mich.«

»Da kommt mir doch glatt ein Titelsong ins Gedächtnis«, neckte sie ihn.

Er lachte. »Ja, ich weiß. Du bist nicht die Erste, die dieses Lied anspricht. Ich denke, wir sind schon ein bisschen wie *die Brady-Familie,* aber wir hatten keine Haushaltshilfe, und als wir noch klein waren, waren wir nicht annähernd so nett zueinander. Meine vier älteren Brüder haben mich regelmäßig herumgeschubst.«

»Sie haben dich härter gemacht.«

»Ja, das haben sie. Wahrscheinlich ist es mir deshalb leichter gefallen, mit den Jungs in der Feuerwache umzugehen. Ich habe schon in jungen Jahren gelernt, für mich einzustehen.«

»Und ich denke mal, obwohl sie dich gequält haben, haben sie auch auf dich aufgepasst.«

»Ja. Bei mir haben sich immer viele eingemischt, weil ich der Jüngste war.«

Und wieder dachte sie, wie schön das alles klang. Sie konnte sich zwar über ihre Kindheit nicht beschweren, aber Coltons klang nach deutlich mehr Spaß.

Als Colton abbog, erhaschte sie einen Blick auf den blauen Ozean, der vor ihnen lag, und es wurde ihr plötzlich klar, wohin sie unterwegs waren. »Ah, es geht zum Strand. Gute Wahl für eine Ablenkung.«

»Nun, ich weiß ja, dass du in deinem Herzen ein südkalifornisches Surfer-Mädel bist. Leider habe ich kein Surfboard dabei.«

»Das ist schon okay. Ich bin mir sicher, dass das Wasser hier eiskalt ist und keiner von uns hat Schwimmsachen dabei.«

»Hast du noch nie von Nacktschwimmen gehört?«, neckte er sie.

»Doch, natürlich. Aber ich hab' das noch nie gemacht.«

»Noch nie?«, fragte er überrascht. »Echt jetzt? Nicht mal, als du ein Teenager warst?«

»Nö. Wie soll ich sagen, ich bin einfach ein bisschen langweilig.«

»Naja, du könntest es ja irgendwann einmal ausprobieren.«

»Vielleicht probiere ich es irgendwann einmal aus«, sagte sie. »Wenn ich den richtigen Anreiz habe.«

Er grinste sie an. »Na, das klingt doch mal nach einer

Herausforderung.«

Sie erwiderte sein Lächeln. »Für dich ist irgendwie alles eine Herausforderung.«

»Es ist gut, ab und zu auch mal seine Grenzen zu überschreiten, Olivia.«

Damit hatte er recht. Allerdings war sie nie gut darin gewesen. Oder vielleicht war sie es gewesen, früher. Aber nach dem Tod ihres Vaters, hatte sie sich vom Leben ein bisschen zurückgezogen. Sie hatte aufgehört, wagemutig zu sein. Sie wollte nichts mehr fühlen. Sie wollte nichts mehr mit Herzblut angehen. Sie wollte niemanden mehr so sehr lieben oder etwas zu sehr wollen.

Sie verzog das Gesicht, als sie bemerkte, wie sehr ihre Angst ihr Leben ausgebremst hatte. Sie hatte auch zu viel Zeit im Schatten von Philip verbracht. Nach nur einem Jahr war sie über den Job hinausgewachsen, hatte ihn aber weitere vier Jahre ausgeübt. Sie war immer noch dort.

Vielleicht bald nicht mehr.

Selbst, wenn sie aus dieser Reise nach San Francisco kein Buch machen konnte, selbst wenn sich herausstellte, dass sie nicht Mollys Enkelin war, selbst wenn sich diese gesamte Woche als Schuss in den Ofen entpuppte, hatte sie sich doch verändert. Und sie wollte sich nicht wieder zurück verändern. Sie würde einen Weg finden, aus den Schatten ihres eigenen Lebens herauszutreten.

Sie sah Colton verstohlen aus dem Augenwinkel an und dachte bei sich, dass sie in ihm den richtigen Komplizen zum Pferdestehlen gefunden hatte.

Colton bog in den Parkplatz am Great Highway ein. Sie befanden sich ungefähr zwei Kilometer nördlich von dem Strand, der gegenüber dem des Seniorentreffs lag. Sie dachte sich, dass das vermutlich Absicht war. Colton wollte, dass sie den Strand genoss und nicht über seine

Großmutter und die Geschichten aus der Vergangenheit nachdachte.

Sie stieg aus dem Auto und ging hinunter zum Sand. Die frische, nachmittägliche Brise fühlte sich gut an, auch wenn sie sie ein wenig frösteln ließ. Aber es war ein gutes Frösteln. Sie fühlte sich jetzt schon erfrischt. Der Strand war menschenleer und die Sonne stand jetzt um kurz vor fünf schon recht tief am Himmel. Die Tage wurden eindeutig kürzer, aber glücklicherweise war das Wetter immer noch gut.

Sie konnte gar nicht glauben, wie viel in den letzten paar Tagen passiert war. Mit jeder neuen Stunde schienen neue Veränderungen einzutreten. Es war ja kein Wunder, dass sie sich schwindelig fühlte. Aber der Strand holte sie auf den Boden der Tatsachen zurück. Wenn sie an einem Rechercheprojekt arbeitete, passierte es ihr oft, dass sie einen Tunnelblick bekam. Aber wo sie jetzt über den Horizont hinausblicken konnte, spürte sie, wie sich ihre Welt wieder öffnete.

Sie drehte sich um, und sah, wie Colton etwas aus seinem Kofferraum holte. Als er näherkam, konnte sie erkennen, dass er in seiner Hand eine orangefarbene Frisbeescheibe hielt.

»Ich habe dir ja ein wenig körperliche Ertüchtigung versprochen«, sagte er.

»Ich dachte, wir könnten einfach nur am Strand spazieren gehen und uns den Sonnenuntergang ansehen. Sie sollte innerhalb der nächsten Stunde untergehen.«

»Dann haben wir ja noch sechzig Minuten Zeit, um Spaß zu haben.«

Wie konnte sie dann nein sagen, zumal er sie so unwiderstehlich anlächelte. »Ich kann die Dinger nicht so gut werfen. Es kann also sein, dass sie im Wasser landet.«

»Ich werde dir ein paar Tipps geben.« Er wartete, bis

sie neben ihm stand. »Der erste Tipp ist, dass wir unsere Schuhe auszuziehen.« Er zog seine Turnschuhe und Socken aus.

Diesen Tipp befolgte sie gerne, denn sie wollte nicht wirklich mit ihren Stiefeletten durch den Sand laufen. Sie krempelte ihre Jeans bis zu den Knien hoch und folgte Colton barfuß durch den Sand. Er machte große Schritte und sie musste sich beeilen, um mit ihm Schritt zu halten.

Wenige Meter vor den Wellen hielt er an und ließ seine Schuhe in den Sand fallen. Sie machte es ihm nach.

»Also, es gibt einen Trick, wie man die Frisbeescheibe korrekt wirft.«

»Wirklich? Es gibt einen Trick?«

»Das Geheimnis liegt im Handgelenk.«

»Na, dann kann ich ja froh sein, dass du dir nicht die Finger an der rechten Hand gebrochen hast.«

»Ich könnte sie auch mit gebrochenen Fingern werfen, aber ich bin einfach Rechtshänder.«

»Und ein Angeber bist du auch.«

»Ich weiß eben, was ich kann und was nicht.«

Sie lachte und verdrehte die Augen. »Das glaube ich dir.«

»Willst du, dass ich es dir zeige, oder nicht?«

»Doch, bitte.«

»Dann müssen wir uns ein bisschen näher aneinanderstellen«, sagte er mit einem verschmitzten Blick.

»Warum überrascht mich das nicht?«

»So geht es leichter.«

Er stellte sich hinter sie und legte ihr eine Hand auf die Hüfte, während er ihr den richtigen Griff zeigte, und wie sie die Frisbeescheibe beim Werfen andrehen musste. Seine Worte umspülten sie in einer köstlichen verschwommenen Welle aus Wärme. Sie konzentrierte sich weniger auf die Wurftechnik, als auf seine Hand auf ihrer Hüfte, seine Brust so stark an ihrem Rücken, seine Hände auf ihren, als sie die Scheibe hielt. Tatsächlich würde es ihr gar nichts ausmachen, eine Weile so zu verbleiben.

Oder sie könnte sich auch einfach umdrehen, die Scheibe fallen lassen und Colton küssen.

Bei diesem Gedanken schlug ihr Herz schneller und sie war so versucht, es wirklich durchzuziehen. Doch dann ließ Colton sie los und ging ein paar Schritte von ihr weg.

»Bist du bereit, es auszuprobieren?«, fragte er.

Sie verzog das Gesicht vor Enttäuschung, dass die Anleitung schon vorbei war, und war genervt, dass sie sich schon wieder nicht getraut hatte. Es durfte doch nicht immer nur darum gehen, was der Mann wollte. Es sollte doch auch mal darum gehen, was sie wollte, oder etwa nicht?

»Was ist denn los?«, fragte Colton und zog verwirrt die Brauen zusammen.

»Nichts. Auf geht's, gib mir das Ding.«

»Du scheinst ein bisschen angepisst.«

»Ich bin nur bereit, anzufangen.«

»Super. Lass uns spielen.« Er reichte ihr die Scheibe. » Du wirfst als erstes.« Colton rannte etwa zehn Meter den Strand entlang. »Lass uns aus dieser Distanz anfangen.«

»Du bist aber nicht wirklich weit weg.«

»Dann wirf doch weiter und beweise mir, dass du es besser kannst.«

Sie veränderte ihre Handhaltung um die Scheibe herum und warf sie dann so fest, wie sie nur konnte. Die Drehung ihres Handgelenks war komplett falsch und die Scheibe landete ein gutes Stück vor Colton.

»Das war schon mal ein guter Anfang«, ermutigte er sie. Er machte ein paar Schritte nach vorne, hob das Frisbee auf und reichte es ihr wieder.

»Das war ein schrecklicher Anfang. Du brauchst dich nicht einzuschleimen.«

»Gut, dann stell dich nicht so an, wirf einfach fester und denke daran, den ganzen Arm zu verwenden, nicht nur die Hand. Du musst wie ein Mann werfen, und nicht wie ein Mädchen.«

Sie verzog das Gesicht. »Jetzt bist du einfach nur gemein.«

Er lachte. »Ich kann mit dir nichts richtig machen. Wirf einfach noch mal und wir werden sehen, wie du dich machst.«

Bei ihrem nächsten Wurf versuchte sie die Tipps von Colton anzuwenden. Es überraschte sie, wie sehr sie sich dadurch verbesserte.

Beim nächsten Wurf flog die Scheibe sogar über Coltons Kopf hinaus, aber im letzten Moment sprang er nach oben und fing sie auf.

»Es wird ja langsam«, rief er.

Während der nächsten fünfzehn Minuten verbesserte sie sich immer mehr. Sie versuchte, die Scheibe weiter und gerade zu werfen und Colton verlängerte den Abstand zwischen ihnen kontinuierlich.

»Okay, lass uns eine Schwierigkeitsstufe höher gehen«, sagte Colton. »Ich werfe jetzt so, dass du rennen musst, um das Frisbee zu fangen. Und du machst das Gleiche. Der erste, der die Scheibe nicht fängt, ist der Verlierer. Na gut, du darfst sie einmal fallen lassen, weil du ja …«

»Weil ich eine Frau bin?«, fragte sie und unterbrach ihn. »Ich brauche keine Sonderbehandlung, nur weil ich eine Frau bin.« Wahrscheinlich brauchte sie wirklich ein bisschen mehr Übung, aber es fiel ihr sehr schwer zuzugeben, dass sie schlechter war als er.

»Ich wollte dich nicht besonders behandeln, weil du eine Frau bist, sondern weil du Anfängerin bist, aber wie du willst.«

»Auf geht's. Was bekomme ich, wenn ich gewinne?«

»Was willst du denn?«

»Lass uns ums Abendessen spielen.«

»Alles klar.«

Diese Herausforderung hatte Olivia angespornt. Sie rannte hin und her und musste sich sogar manchmal in den Sand werfen, um die Scheibe zu fangen, da Coltons Würfe immer schwieriger wurden. Einmal bekam sie sogar eine Ladung Sand in den Mund. Als Colton sie fragte, ob es ihr gut gehe, spuckte sie den Sand einfach nur aus und stand auf. Sie würde sich nicht einfach so geschlagen geben. Er hatte sie dazu gebracht, sich zu Boden zu werfen, was bei ihr einen ganz neuen Plan entstehen ließ.

Es war ihr bewusst, dass Colton nicht nur den Wettkampf suchte, er wollte auch gewinnen. Und er würde alles Erdenkliche tun, damit die Scheibe den Boden nicht berührte.

Sie warf die Scheibe in Richtung Meer. Colton sprintete über den Strand, er war unglaublich konzentriert und zögerte nicht eine Sekunde, in die Luft zu springen. Er landete mit der Scheibe in der Hand, allerdings war er dabei ins knietiefe Wasser gesprungen. Eine große Welle rollte heran und Strömung riss ihn von den Beinen.

Die Scheibe immer noch in der Hand haltend, versuchte er aufzustehen – in seinen Augen funkelten mörderische Absichten.

»Gut gefangen«, sagte sie und lachte über den Anblick seiner klatschnassen Kleidung und seines wütenden Gesichtsausdrucks.

»Das hast du doch mit Absicht gemacht, Olivia.«

»Wir haben unser Spielfeld vorab nicht begrenzt.« Sie machte einige Schritte rückwärts, als er auf sie zustakste.

»Das Meer war eine implizite Eingrenzung.«

»Das hast du nie gesagt.« Sie musste wieder lachen, als sie sah, wie er sein T-Shirt auswrang.

»Du amüsierst dich ein bisschen zu viel für meinen Geschmack«, sagte er.

Sie hatte wirklich Spaß. Die Anspannung der letzten drei Tage war mit den aufkrachenden Wellen, der salzigen Meeresluft auf ihren Wangen und den gelegentlichen Schreien der Möwen von ihr abgefallen. Das war die Magie des Strandes.

Vielleicht war es aber auch Colton, der Mann, der geradewegs auf sie zusteuerte. In seinem Gesichtsausdruck sah sie, dass er vorhatte, sich zu rächen.

Sie rannte vor ihm weg, wusste aber, dass sie ihrem Schicksal nur kurzzeitig entfliehen konnte. Colton joggte jeden Tag. Er war topfit. Sie ging zwar ab und zu ins Fitnessstudio und verbrachte eine Stunde auf dem Crosstrainer, aber die meiste Zeit saß sie am Schreibtisch und arbeitete am Computer.

Sie sah sich hastig über die Schulter und sah, dass er dabei war, sie einzuholen. Das Einzige, was ihn vermutlich ein wenig bremste, war die Tatsache, dass seine Jeans und sein T-Shirt klatschnass und somit schwer waren.

Sie versuchte, schneller zu rennen, aber der rutschige Sand machte ihr einen Strich durch die Rechnung. Colton umschlang ihre Hüfte, und bevor sie auch nur irgendetwas tun konnte, hatte er sie über seine Schulter gelegt, als sei sie nicht schwerer als eine Puppe. Dann marschierte er schnurstracks auf das Meer zu.

»Nein«, schrie sie und versuchte sich aus seinem Griff zu befreien, aber es gelang ihr nicht. Er war daran gewöhnt, Menschen aus brennenden Gebäuden zu tragen. Das hier war für ihn wahrscheinlich eine Kleinigkeit.

Er rannte ins Wasser. Als sie sah, dass er schon wadentief im Wasser stand, wusste sie, dass sie nun ihre ganze Energie und jede List einsetzen musste, um nicht selbst im Meer zu landen.

»Ich mache alles, was du willst«, flehte sie. »Aber schmeiß mich nicht rein.«

»Alles, was ich will?«

»Naja, in einem angemessenen Rahmen«, fügte sie schnell hinzu.

»Hättest du das nicht gesagt, hätte ich dich gehen lassen.«

»Colton, du kannst mich nicht reinwerfen.«

»Du hast keine Sekunde gezögert, mich nass zu machen«, gab er zurück.

Bis zur letzten Sekunde hatte sie geglaubt, dass sie davonkommen würde. Aber plötzlich saß sie im eiskalten Wasser. Von der Gischt war ihre Sicht verschwommen und von der Kälte blieb ihr beinahe das Herz stehen. Zu allem Überfluss wickelte sich ein Strang Seetang um ihre Hand.

Die Strömung begann, sie zu erfassen. Colton ergriff ihre Hand und zog sie nach oben. Sie rannten stolpernd ans trockene Land. Als sie wärmeren Sand unter ihren Füßen spürte, blieb sie stehen, um Luft zu schnappen.

Dann sah sie Colton an, der ein breites Grinsen auf seinem Gesicht hatte. »Ich kann nicht glauben, dass du das gemacht hast.«

»Das war deine eigene Schuld. Du hast gesagt, du willst keine Sonderbehandlung, weil du eine Frau bist«, erinnerte er sie.

»Ja, aber ...« Sie konnte ihren Satz nicht beenden, da sie sich nicht wirklich verteidigen konnte. Sie hatte das vorhin tatsächlich so angeberisch gesagt und hatte ihn ja auch tatsächlich zuerst ins Meer geschickt.

Er lachte. »Da bist du wohl sprachlos. Das ist ja mal was ganz Neues.«

Sie dachte einen Moment lang nach und bemerkte dann, dass er das Frisbee nicht mehr in seinen Händen hielt. »Naja, da fallen mir drei Worte ein: *ich habe gewonnen.*«

»Wovon redest du? Ich hab' es gefangen, bevor ich im Wasser gelandet bin.«

»Aber wo ist es jetzt? Du musst es fallen gelassen haben.«

»Ich hab' es nicht fallen lassen. Ich hab' es da drüben abgelegt«, sagte er und deutete in die Ferne.

»Naja, es liegt auf dem Boden und du hast es mir nicht zugeworfen, also hab' ich gewonnen. Und du weißt ja, wir haben ums Abendessen gespielt.«

Er sah sie mit zusammengezogenen Augenbrauen an. »Naja.«

»Hat's dir die Sprache verschlagen?«, stichelte sie.

»Das war kein besonders fairer Sieg.«

»Egal, Sieg ist Sieg.« Sie schlang zitternd die Arme um sich. »Ich muss mich abtrocknen.«

»Lass uns zum Auto zurückgehen. Wir können uns vielleicht mit eingeschalteter Heizung weiter streiten.«

Sie gingen los und Colton legte ihr einen Arm um die Schultern. Sie konnte der Versuchung, sich an ihn zu kuscheln, nicht widerstehen, als sie den Strand entlang gingen. Sie sagte sich, dass sie es aus rein praktischen Gründen tat, weil sie sich an ihm wärmen wollte. Aber das war gelogen. Es gefiel ihr, mit ihm Arm in Arm zu laufen, neben ihm zu sein. Sie konnte sich nicht erinnern, wann sie zuletzt so viel Spaß gehabt hatte.

Es gefiel ihr sogar, dass er sie ins Meer geworfen hatte, obwohl sie das ihm gegenüber niemals zugeben würde. Aber die Aktion hatte ihr gezeigt, dass er sie respektierte. Er hatte sie auf Augenhöhe behandelt und bewiesen, dass er austeilen und einstecken konnte. Leute, die sich zu ernst nahmen, hatte sie noch nie gemocht. Solche, die es nicht ertragen konnten, dass man sich über sie lustig machte.

Colton war es egal, dass seine Klamotten vollgesogen mit Meerwasser waren und dass ihm nun dicke Klumpen Sand an der Jeans hingen. Tatsächlich war es ihr ja auch egal, denn vielleicht, nur vielleicht, hatte sie ihr eigenes Leben ein klein wenig zu ernst genommen und brauchte eine lebhafte Erinnerung daran, dass nicht jeder Tag schwierig sein musste.

Oder zumindest nicht jeder Teil jeden Tages ...

Als sie zum Auto kamen, war Olivia auch extrem froh, dass sie mit Coltons Auto gefahren waren und nicht mit ihrem Mietwagen.

»Hast du vielleicht ein Handtuch oder einen Pulli oder irgendetwas, auf das ich mich setzen kann?«, fragte sie

Er schüttelte den Kopf. »Mach dir keinen Kopf. Das bisschen Sand und Wasser schadet der Kleinen nicht. Sie und ich waren schon überall in allen möglichen Wetterlagen unterwegs.«

In Anbetracht des Zustandes des Wageninneren seines Jeeps glaubte sie ihm. »Warum bezeichnen Männer ihrer Autos immer als eine *sie*?«

»Keine Ahnung«, sagte er lächelnd, als er den Wagen anließ und die Heizung auf die höchste Stufe stellte. »Vielleicht ist das, weil sie genauso wie Frauen wunderschön, schnell und auch extrem gefährlich sein können.«

Das brachte sie zum Lächeln. »Wirklich? Du läufst in brennende Gebäude und bist der Ansicht, dass Frauen gefährlich sind?«

Er nickte. »Ganz genau.«

»Naja, ich glaube du bist verrückt. Ich habe noch niemandem das Herz gebrochen.«

»Vielleicht weißt du es nur nicht.« Er bog aus dem Parkplatz auf den Great Highway ab. Sie dachte eine Weile über seine Worte nach und schüttelte dann den Kopf. »Nein, das glaube ich nicht. Ich hatte bisher eigentlich nur zwei ernsthafte Beziehungen. Eine davon war in meinem ersten Jahr am College. Ich glaube, ich habe ihn ausgewählt, weil ich immer noch versuchte, der Trauer meines letzten Jahres in der Highschool zu entfliehen. Er machte irgendwann Schluss, und suchte sich eine Freundin, die wahrscheinlich ein wenig glücklicher mit ihrem Leben war.«

»Und der Zweite?«

»Das war nach dem College. Ein Jurastudent. Wir waren einfach zusammen. Das Ende der Beziehung überraschte mich ein wenig. Aber das Jurastudium gefiel ihm nicht und New York auch nicht so recht. Also brach er sein Studium ab und beschloss, ein Jahr lang um die Welt zu reisen. Er hat mich gefragt, ob ich mit ihm mitgehen will, aber ich hatte gerade den Job bei Philip Dunston bekommen und wollte ins Berufsleben einsteigen. Ich wollte nicht wie eine Nomadin immer dorthin ziehen, wo er hin wollte. Also trennten wir uns.«

»Hast du noch mal etwas von ihm gehört?«

»Er hat mir ein paar Postkarten geschickt, aber das hörte nach etwa sechs Monaten auf. Später habe ich von einem gemeinsamen Freund gehört, dass er nach

Australien gezogen ist. Sie hielt inne. »Ich habe ihm also wirklich nicht das Herz gebrochen.«

»Es klingt auch nicht so, als hätte er deines gebrochen.«

»Nein, das hat er nicht. Ich war schon traurig, als er ging, aber eben nicht traurig genug, um ihm zu folgen.« Sie sah Colton an. »Er hat mir einmal gesagt, dass ich für ihn zu ernst bin. Dass ich ein bisschen lockerer werden, ab und zu mal Spaß haben sollte.«

Colton sah sie an. »Er hat dich wirklich gar nicht gekannt.«

Diese Antwort gefiel ihr. »Ich weiß, dass ich manchmal zu ernst bin. Seine Kritik war also nicht komplett unfair.«

»Aber du kannst auch loslassen. Ich meine, sieh dich doch jetzt mal an. Und du bist noch nicht mal sauer, dass ich dich ins Meer geworfen habe.«

»Soweit würde ich dann doch nicht gehen.«

Er lächelte einfach.

»Und was ist mit dir, wo wir gerade dabei sind, Geschichten auszutauschen«, sagte sie. »Wie viele Herzen hast du schon gebrochen?«

»Keins, glaube ich. Ich versuche, Frauen nichts vorzumachen.«

»Und wie sieht es mit ernsten Beziehungen aus?«

»Mein Problem ist das Gegenteil von deinem, Olivia. Keiner glaubt, dass ich irgendetwas ernst meine.«

Darüber dachte sie nach. Sie hatte den Unterton in seiner Stimme gehört und wusste, dass er nicht so oberflächlich war, wie er tat. »Dann kennen sie dich wirklich gar nicht.«

Ihre Blicke trafen sich und blieben eine Weile aneinanderhängen. Widerwillig lenkte er seine Aufmerksamkeit wieder auf die Straße.

Den Rest des Weges zum Hotel zurück, sagte er nichts mehr. Das war okay für sie. Sie gab es nicht gern zu, aber das, was gerade zwischen ihnen vorgefallen war, hatte sie ziemlich mitgenommen. Mit dem fröhlichen, gut gelaunten Colton, dem charmanten Mann mit dem unwiderstehlichen Lächeln, konnte sie umgehen. Mit seiner Schlagfertigkeit und seinem Humor ebenso. Aber seine ernsthaftere Seite, ließ ihren Puls höher schlagen und ihr Herz geriet aus seinem Rhythmus. Dieser Mann konnte ihr wirklich unter die Haut gehen, dachte sie. Das war ein Mann, für den sie ein gebrochenes Herz in Kauf nehmen würde.

Aber vielleicht musste es in ihrer Beziehung nicht um Liebe gehen. Es konnte doch nur um Spaß, Sinnlichkeit und Lust gehen. Dieser Gedanke ließ ihre Nerven kribbeln.

Colton parkte vor ihrem Hotel. »Ich denke, ich sollte nach Hause gehen, duschen und etwas Frisches anziehen.«

»Ja, vielleicht«, sagte sie und dachte, dass es vielleicht mehr Spaß machen würde, zusammen zu duschen. Bei dem Gedanken wurde ihr ziemlich heiß.

»Woran denkst du gerade?«, fragte er.

»Nichts«, sagte sie schnell. »Ich sollte auch duschen und mich umziehen. Ich wette, die Leute werden mich komisch anschauen, wenn ich zum Aufzug gehe.«

»Vielleicht sollte ich mit dir mitkommen, dann würdest du die seltsamen Blicke nicht alleine auf dich ziehen.«

»Das wäre sehr ritterlich von dir«, sagte sie leichthin und wusste, dass sie mit dem Feuer spielte.

»Nur, wenn du Gesellschaft willst.« Ihre Blicke verfingen sich wieder.

Sie zögerte eine lange Sekunde und nickte dann. »Ja,

ich finde, du solltest mit auf mein Zimmer kommen. Ich habe eine gute Dusche mit tollem Wasserdruck.«

Sein Blick hellte sich auf. "Im Ernst?"

"Habe ich dir nicht gerade gesagt, dass ich meistens ernst bin?" Ohne seine Antwort abzuwarten, stieg sie aus dem Wagen aus und wartet auf dem Gehweg auf ihn. Sie fragte sich kurz, ob er auf ihr Angebot vielleicht doch nicht eingehen würde. Und genau darin lag das Problem, sich jemandem gegenüber zu öffnen - es war riskant.

Kapitel 20

Colton wusste nicht, warum er zögerte. Schließlich sah er aber, wie Olivia auf den Gehweg trat und sich langsam umdrehte, um zu sehen, ob er ihr folgte. Er sprang aus dem Wagen. Er war sich bewusst, dass sie nicht einfach mit jedem ins Bett ging. Das war auch der Grund, warum er nicht gleich ausgestiegen war. Er hatte angenommen, sie würde ihr Angebot, mit in ihr Zimmer zu kommen zurückziehen, denn wenn er erst einmal drin wäre, würde er es so schnell nicht wieder verlassen.

Aber ihr süßes, unsicheres Lächeln zeigte ihm, dass es in Ordnung für sie war. Also ging er zu ihr und legte ihr einen Arm um die Taille und sie gingen in das Hotel.

Der Rezeptionist sah sie neugierig an, aber da er telefonierte, konzentrierte er sich alsbald wieder auf sein Telefonat. Auf dem Weg zu Olivias Zimmer begegneten sie niemandem mehr.

Olivia schloss ihr Zimmer auf, ging hinein und legte ihre Handtasche auf den Tisch. Sie sah ihn nervös an. »Soll ich die Dusche schon einmal anmachen?«

Ihr zögerliches Verhalten gefiel ihm. Sie war so eine interessante Mischung aus weich und hart, Unschuld und

Erfahrung, Ernsthaftigkeit und Spaß – all das machte sie zu einer sehr liebenswerten Frau. Und schön war sie auch noch. Sogar jetzt, wo sie mit tropfenden Haaren und völlig ungeschminkt vor ihm stand, war sie immer noch unglaublich schön.

»Du starrst mich an, Colton.«

»Ich weiß. Ich kann seit unserem ersten Treffen meine Augen nicht mehr von dir abwenden, falls dir das nicht aufgefallen ist.«

Sie befeuchtete ihre Lippen. »Mir geht es da ähnlich. Du hast ein echt unwiderstehliches Lächeln. Und deine Augen …«

»Sind nicht so fantastisch wie deine.« Er lächelte. »Nun ja, wir sind scheinbar beide sehr attraktive Menschen, was?«

Sie lachte über seinen Kommentar, der die Spannung zwischen ihnen gebrochen hatte. »Ja, und bescheiden sind wir auch beide.« Sie hielt inne. »Ich kann mich mit dir immer gut entspannen, Colton.«

»Bei mir ist es eher so, dass du mich aufdrehst«, sagte er. Er fühlte sich angespannt und ungeduldig, wollte sie aber nicht drängen.

Ihr Blick verdunkelte sich. »Das hier … wir … das könnte ein Fehler sein.«

»Das könnte es«, stimmte er zu. »Wir müssen gar nichts tun, Olivia. Ich kann jetzt gehen. Alles gut. Nichts passiert.«

»Und kein Spaß?«

Er lehnte seinen Kopf zur Seite. »Ich denke, wir würden etwas Fantastisches verpassen.«

»Das denke ich auch.« Sie sah ihn eine lange Weile an. »Ich will nicht, dass du gehst, Colton. Ich will, dass du hierbleibst.«

Ihr Blick war voller Verlangen und ihm blieb der

Atem weg. »Ich bin froh, dass du das so siehst. Denn eigentlich hatte ich nicht die Absicht, irgendwohin zu gehen.« Er schloss die Lücke zwischen ihnen, indem er seine Hände auf ihre Hüften legte. »Komm, wir holen dich mal aus diesen nassen Sachen heraus.«

»Du zuerst.« Sie griff nach dem Saum seines T-Shirts und half ihm dabei, es über den Kopf zu ziehen. Dann trat sie einen Schritt zurück, ihr Blick war voller Bewunderung.

»Wow, du bist so heiß, Colton. Ich meine … ich habe mir das zwar gedacht, schließlich bist du ja Feuerwehrmann. Und du bist fit, und joggst …« Sie atmete laut aus und fächerte sich mit ihrer Hand Luft zu. »Irgendwie bin ich jetzt etwas eingeschüchtert. Ich habe keine solchen Bauchmuskeln.«

»Das ist gut«, sagte er. »Ich mag Kurven – weiche, sexy Kurven.« Er knöpfte ihre Bluse auf und ließ sie von ihren Schultern fallen. Als sie aus den Ärmeln schlüpfte, fiel sein Blick auf ihren dunkelroten BH, der sich um ihre drallen Brüste schmiegte. Sein Mund wurde ganz trocken.

Ihre Haut war hellgolden mit ein paar Sommersprossen auf ihren Schultern und entlang der Schlüsselbeine. Ein paar verstreute Sommersprossen um ihre BH-Träger lockten ihn besonders an.

Er öffnete den BH-Verschluss an der Vorderseite und zog die Seiten auseinander. Er schüttelte bewundernd den Kopf. »Und wer ist jetzt eingeschüchtert?« Er umschloss ihre Brüste mit seiner Hand und umspielte ihre Brustwarzen liebevoll mit dem Daumen. Dann senkte er seine Lippen auf sie – eine Brust nach der anderen.

Olivia fuhr durch seine Haare mit einem leisen Seufzen auf den Lippen. Sie strich über seinen Kopf, während er ihre Nippel liebkoste.

Seine Jeans waren jetzt unglaublich eng, der Stoff

vom Salzwasser steif. Nur widerstrebend hob er den Kopf und trat zurück, um seine Jeans zu öffnen und abstreifen zu können.

Olivia zog sich gleichzeitig ihre Jeans und ihren verführerischen roten Tanga aus und Sie bot ihm den tollen Anblick ihres schönen Hinterns, als sie ins Badezimmer lief. Der Dampf des heißen Wassers ließ die Duschwand beschlagen. Colton folgte ihr in die Dusche. Sie hatte die Arme befangen vor ihren Brüsten verschränkt, aber in diesem beengten Ort gab es kein Verstecken für sie. Er zog ihre Arme weg und ließ seine Finger hinunter zu ihren gleiten. Einen langen Moment hielt er sie nur bei den Händen und weidete sich an ihrem Körper.

Sie sah schon in ihren Klamotten gut aus, aber nackt … ein heißer Schauer durchfuhr ihn und ließ ihn hart werden. Sie war so fantastisch. Und er wollte sich die Zeit nehmen, jeden Zentimeter ihres göttlichen Körpers zu erforschen. Jedoch war er von Natur aus ungeduldig und heute war dies kein Stück anders. Er wollte es langsam angehen, wusste aber, dass er sobald er sie berührte, sie küsste, seine Beherrschung verlieren würde.

So harrte er eine lange Minute aus.

»Colton«, sagte sie. Ihre Stimme klang verlockend, voller Verlangen. »Worauf wartest du noch?«

»Auf dich«, sagte er. Und in diesem Moment wurde ihm bewusst, dass er sein ganzes Leben nur auf sie gewartet hatte. Nur war ihm das erst jetzt aufgefallen.

Er zog sie an sich, ließ ihre Hände los, um ihre Taille mit seinen Armen zu umfassen. Das heiße Wasser ergoss sich über ihre Köpfe. Er küsste sie und sie küsste ihn.

Sie legte ihre Hände um seinen Nacken und drückte sich näher an ihn. Das Wasser lief ihr den Rücken hinunter. Sie öffnete ihre Lippen, liebkoste ihn mit ihrer

Zunge, gab ihm Einlass in ihren Mund.

Ihr Zögern von vorhin war vollends verschwunden, als der Funken der Leidenschaft zu einem lodernden Brand zwischen ihnen wurde. Hitze umgab sie und steigerte sich mit jedem Kuss und jeder Berührung. Die Mischung aus Wasser und Dampf umschloss sie in einer Insel des Verlangens. Die restliche Welt verschwamm. Alles, was er sah, schmeckte und berührte war Olivia.

Seine Hände glitten über ihren Körper, umspielten ihre Brüste, liebkosten ihren Bauch und ihre Hüften. Seine Finger streichelten ihre aufgeheizte Perle und tauchten in ihr Innerstes. Jede Berührung ließ sie zart aufstöhnen.

Er liebte dieses leise Stöhnen, die Art, wie sie sich an ihn schmiegte. Sie war seinen Berührungen gegenüber so sensibel, so empfänglich, so herrlich ungehemmt, jetzt da sie ihre Wachsamkeit abgelegt hatte.

Sie umschloss seinen Harten und flüsterte ihm ins Ohr *ich brauche dich*. Das brachte ihn fast um den Verstand und er musste sich beherrschen, sie nicht gegen die Fliesen zu drücken und sie in der Dusche zu nehmen.

»Bett«, murmelte er. Mehr konnte er nicht mehr sagen, denn alles Blut floss aus seinem Gehirn in südlichere Regionen. Er küsste sie noch einmal und zog sie aus der Dusche heraus. Er wickelte sie in ein großes, weißes Handtuch.

Schnell trockneten sie sich ab und begaben sich ins Schlafzimmer.

Olivia räumte das Bett frei, während Colton ein Kondom aus seiner Jeanstasche zog.

»Du hast das hier kommen sehen«, sagte Olivia, als er sie zärtlich auf das Bett stieß. »Vielleicht bist du ja immer ...«

»Schhh«, sagte er und legte einen Finger auf ihre

Lippen. »Ich war nur optimistisch.« Er küsste sie und sie ließ sich auf den Rücken fallen.

Sie unter sich zu spüren war ein unglaubliches Gefühl, all diese köstlichen Kurven, die ihn umgaben. Er atmete tief durch, um sich davon abzuhalten, sofort in sie einzudringen. Er wollte sicherstellen, dass auch sie zu ihren Gunsten kam.

Aber Olivia drängte ihn ungeduldig. Sie spreizte ihre Beine und griff nach seinem Hintern, während sie die unwiderstehlichsten Worte aussprach: *Ich will dich, Colton.*

»Du hast mich«, sagte er und ließ sich in sie gleiten. Das Gefühl von Freude war unbeschreiblich.

Sie bewegten sich, als hätten sie sich schon tausende Male geliebt. Sie kamen gemeinsam zum Höhepunkt. Colton sah in ihre Augen und entdeckte darin den glücklichen, heißen Ausdruck der Erfüllung. Allein um diesen herrlichen Anblick erneut zu sehen, wollte er sie noch einmal nehmen. Er fühlte sich dabei eins mit der Welt.

Olivia zog ihn zu sich und er ließ sie sein Gewicht für eine Weile tragen. Er sog den zarten Duft ihrer nassen Haare ein.

Schließlich legte er sich neben sie und schloss sie in seine Arme, sodass sie sich ansahen.

Sie lächelte ihn an. »Das war gut.«

Er lächelte zurück. »Besser als gut.«

Sie schloss schläfrig die Augen und murmelte: »Vielleicht können wir ja für immer hier liegen.«

Er sah ihr dabei zu, wie sie in einen erschöpften Schlaf der Erfüllung driftete und flüsterte: »Ja, vielleicht können wir das.«

Zum ersten Mal in seinem Leben dachte er überhaupt über *für immer* nach.

Olivia streckte sich und fühlte dabei den süßen Schmerz der Befriedigung. Als sie die Augen öffnete, bemerkte sie, wie dunkel es schon im Zimmer war. Sie hob den Kopf von Coltons Brust, wo sie in den letzten paar Stunden sanft geruht hatte. Ein Blick auf den Wecker verriet ihr, dass es schon fast 11:00 Uhr nachts war.

Sie waren seit kurz nach sechs im Bett und hatten sich bereits zweimal geliebt. So gerne sie auch genau dort bleiben wollte, wo sie gerade war, so knurrte doch ihr Magen.

Ihr Blick wanderte zu dem Mann an ihrer Seite. Lächelnd beobachtete sie Colton im Schlaf und genoss, dass sie ihn eine Weile lang genau ansehen konnte. Er hatte einen markanten Kiefer und über seine Wangen breiteten sich sexy Bartstoppeln aus. Eine braune Strähne war ihm ins Gesicht gefallen und sie konnte es nicht lassen, sie ihm aus der Stirn zu streichen.

Diese zarte Bewegung weckte ihn. Er drückte sie mit dem Arm, den er um ihre Taille gelegt hatte enger an sich. Dann blinzelte er verschlafen und sah sie mit seinen dunkelblauen Augen an. Sie dachte, dass er wirklich tolle Augen hatte. Manchmal waren sie hellblau, wie der Morgenhimmel und dann so dunkel wie der tiefste Ozean. Und jetzt, da das Mondlicht durch das Fenster fiel, sahen sie fast grau aus.

»Hey«, sagte er sanft und fuhr mit seinen Fingern über ihren Rücken. »Du bist ja wach.«

»Ja, und ich weiß, das ist jetzt nicht wirklich sexy, aber ich habe Hunger.«

Sie schenkte ihm das Lächeln, das er so liebte. »Ja, ich auch.«

»Wie sieht's aus, sollen wir uns über den

Kühlschrank hermachen? Es ist noch etwas vom Mittagessen übrig, das du vorhin gekauft hast.«

»Ja, das wäre perfekt, aber ...« Er drückte sie fester an sich. »Das bedeutet, dass einer von uns aufstehen muss.«

»Und das wäre dann ich?«

»Naja, ich würde dir schon gerne dabei zusehen, wie du nackt durch das Zimmer läufst.«

»Zu so einer Show von dir würde ich auch nicht nein sagen«, neckte sie ihn. »Und ein echter Gentleman würde das ja auch machen.«

»Ach, das Argument nutzt du also. Ich dachte, du glaubst an die Gleichstellung von Frau und Mann, aber scheinbar nur, wenn es deinen Zwecken dient.«

»Schuldig im Sinne der Anklage. Aber ...« Sie rutschte ein Stück nach oben, wobei ihre Brüste seinen Oberkörper streiften, dann küsste sie ihn. »Ich würde mich auch bei dir revanchieren.«

»Du glaubst doch nicht, dass ich jetzt wirklich aufstehe, oder?« Er zog sie auf sich und machte es damit sehr deutlich, dass er eindeutig mehr an Sex interessiert war, als an Essen.

»Na, bist du hungrig.«

»Ja, ich verzehre mich nach dir.« Er strich ihr zärtlich über die Wange. »Du bist einfach fantastisch, Olivia.«

»Und das hört man ja immer gerne danach ...«

Er lächelte und ließ seinen Daumen über ihre Lippen gleiten. »Davor, danach, währenddessen, in einem Monat ... Ich glaube, meine Meinung hat sich nicht verändert, seit ich dich zum ersten Mal gesehen habe und ich glaube auch nicht, dass ich sie in nächster Zeit ändern werde. Je besser ich dich kennen lerne, desto lieber mag ich dich.«

»Ja, ich habe dich auch liebgewonnen.« Als sie das aussprach, wurde sie etwas traurig, denn sie wusste, dass diese Beziehungen – oder was auch immer das hier war – ins nirgendwo führte. Ihr Leben befand sich auf der anderen Seite des Landes und seines war hier in San Francisco. Aber sie wollte jetzt nicht darüber nachdenken. Colton hatte ihr gezeigt, wie schön es sein kann, im Hier und Jetzt zu leben. Genau das würde sie jetzt tun.

Sie umschloss sein Gesicht mit ihren Händen und sah ihn lange an. Dann senkte sie langsam ihren Kopf und bedeckte seinen Mund mit ihrem. Nur wenig später, drehte er sie auf den Rücken und fuhr ihr mit seinen Händen durch ihre Haare. Seine Küsse wurden wilder und bald bewegten sich ihre Körper wieder im Einklang.

◦—➤➤◄◄—◦

Colton wurde vom Sonnenschein und dem Geräusch der laufenden Dusche geweckt. Er setzte sich auf und sah auf die Uhr. Es war halb neun. Offiziell war die Nacht nun vorbei.

Und was für eine Nacht es gewesen war. Er konnte sich nicht daran erinnern, jemals eine bessere erlebt zu haben. Nachdem sie ein drittes Mal miteinander geschlafen hatten, hatten sie die Reste aus dem Kühlschrank verputzt und dann im Fernsehen gemeinsam den Film *Blade Runner* angesehen.

Science-Fiction hatte er schon immer gemocht und darüber nachzudenken, ob es im Universum noch andere Lebensformen gab. Es hatte sich herausgestellt, dass Olivias Vater auch ein großer Fan gewesen war und mit ihr gemeinsam ein paar klassische Science-Fiction-Filme angesehen hatte, darunter *Mad Max 2: Der Vollstrecker* und *Tron*.

Colton hatte noch nie eine Frau kennengelernt, die Science-Fiction mochte. Allerdings hatte er den seltsamen

Blick in Olivias Augen gesehen, als sie feststellte, dass es zwischen ihrem Vater und ihm eine weitere Gemeinsamkeit gab.

Würde sie das Risiko eingehen können, jemanden zu lieben, dessen Job gefährlich war?

Aber er dachte viel zu weit voraus. Er hatte Olivia gesagt, sie solle aufhören, sich so große Sorgen um die Zukunft zu machen – und seinen eigenen Rat musste er nun auch befolgen.

Als er hörte, dass Olivia die Dusche abgestellt hatte, bemerkte er, dass er eine weitere Möglichkeit verpasst hatte, in ihrer Nähe zu sein. Sein Handy klingelte, was ebenfalls eine Erinnerung daran war, dass ein neuer Tag begonnen hatte. Er stand auf, zog sich seine immer noch sandige Unterhose und Jeans an und nahm sein Handy vom Tisch.

»Emma«, sagte er, als er den Anruf seiner Schwester entgegennahm, deren Nummer auf dem Bildschirm angezeigt war.

»Hast du etwas herausgefunden?«

»Ja. Ich habe die Akte von Stan Harper gefunden.«

»Super. Und was hast du entdeckt?«

»Nun ja, der Brand fand am 17. September 1973 statt. Es gab einen Toten – Stanley Harper. Der Brand ging von der Küche aus.«

»Es ist selten, dass ein Mann in einem Küchenbrand ums Leben kommt«, kommentierte er und setzte sich auf die Bettkante.

»Ja, das stimmt, aber das steht hier im Bericht.«

»Und was war mit seiner Familie? Wo waren sie, als der Brand ausbrach?«

»Nach Angaben des Untersuchungsberichts waren sie nicht zu Hause. Tatsächlich waren Molly und ihre Kinder bei Grandma, als das Feuer ausbrach. Grandma wohnte ganz in der Nähe von den Harpers.«

Die Verbindung zwischen dem Brand und seiner Großmutter rief ein dumpfes Gefühl in Coltons Magengrube hervor. »Du machst Witze.«

»Klingt das nach einem Witz? Als ich den Bericht gelesen habe, wurde mir ganz klamm ums Herz, Colton. Die Verbindung zwischen dem Brand und unseren Großeltern hört da nämlich nicht auf. Molly hat in ihrer Aussage angegeben, dass sie Patrick losgeschickt hat, um Stan zu holen, weil er nicht ans Telefon gegangen ist, und sie und Eleanor damit beschäftigt waren, Kekse für eine Schulveranstaltung zu backen. Stan hätte die Kinder abholen sollen, war aber nicht aufgetaucht. Als Grandpa zum Haus der Harpers kam, stand es in Flammen.«

Colton lief es eiskalt den Rücken hinunter. »Also war Grandpa der Erste vor Ort?«

»Ja, aber er hatte keinen Dienst an dem Abend. Er trug normale Straßenkleidung und hatte keine Ausrüstung. Er rief den Notruf und versuchte, hinten ins Haus zu gelangen, indem er ein Fenster einschlug. Allerdings hat er es nicht bis in die Küche geschafft. Das Feuer war zu intensiv. Scheinbar haben Putzmittel, die unter der Spüle standen, dazu beigetragen, dass das Feuer sich so schnell ausbreitete. Grandpa hatte alles getan, was er konnte, um Stan zu retten, hatte aber keinen Erfolg. Er hatte sich an beiden Händen und Armen beim Rettungsversuch verbrannt.«

»Ich habe seine Narben gesehen. Grandpa hat mir nie verraten, woher er sie hatte.«

»Jetzt wissen wir es.«

»Ich muss zugeben, du hast mich überrascht, Emma.«

»Mich hat es auch überrascht. Ich hatte nicht erwartet, dass es eine Verbindung zu Grandpa und Grandma gibt, als du mich gebeten hast, mir den Brand genauer anzusehen.«

»Gab's eine Autopsie?«

»Ich habe keinen Bericht gefunden. Es kann sein, dass er verloren gegangen ist. Aber die Leiche von Stan war schwer verbrannt und damals gab es die forensische Technologie, die wir heute haben, noch nicht. Ich habe Max gebeten, herauszufinden, ob es Berichte über Stanleys Tod in den Polizeiarchiven gibt. Da Stan Polizist war, gehe ich davon aus, dass die Polizei eine vollständige Untersuchung durchgeführt hat.«

»Das klingt super«, sagte er und versuchte, alle Informationen, die Emma ihm gegeben hatte, zu verarbeiten.

Er sah hoch, als Olivia das Zimmer betrat. Sie trug eine weiße Jeans und dazu einen pfirsichfarbenen Pullover. Ihr langes Haar fiel ihr in sanften Wellen über die Schultern. Sie war so hübsch, dachte er. Sie hatte ihn kurz von seinem Telefonat abgelenkt, aber die scharfe Stimme seiner Schwester holte ihn in die Gegenwart zurück.

»Colton!«, sagte Emma laut.

»Ja, ich bin hier.«

»Wo bist du hin?«

»Nirgendwo. Danke für deine Hilfe. Sag Bescheid, wenn du noch etwas Weiteres herausfindest.«

»Das werde ich, aber zuerst möchte ich gerne wissen, um was es hier überhaupt geht.«

»Ich werde dir alles erzählen, versprochen«, sagte er. »Aber nicht jetzt.«

»Colton, du nervst. Warum bist du so kryptisch?«

»Ich muss erst mal alle Informationen zusammenbekommen, bevor ich irgendwelche Annahmen treffe. Ruf' mich an, wenn du mehr weißt.«

Als er aufstand, sah Olivia ihn neugierig an. »Wer

war das?«

»Emma.« Er berichtet Olivia von dem, was Emma ihm gerade gesagt hatte.

Mit jedem Wort weiteten sich Olivias Augen mehr. »Na gut, scheint, als wären wir wieder bei deinen Großeltern angelangt.«

Er nickte mit einem angespannten Gesichtsausdruck. Er hatte wirklich gedacht, dass sie sich von Eleanor wegbewegten und sich auf Molly konzentrierten. Aber scheinbar waren die Leben beider Frauen engstens miteinander verbunden.

»Glaubst du, dass Patrick wusste, dass Stan Molly verprügelte? Vielleicht hätte er nicht so viel Einsatz bei seinem Rettungsversuch gezeigt, wenn er es gewusst hätte.«

»Meinem Großvater wäre es egal gewesen, was für einen Mann Stan Harper war. Er ist Feuerwehrmann. Er wurde ausgebildet, Leben zu retten. Er urteilt nicht darüber, ob jemand es wert ist, gerettet zu werden oder nicht.«

»Du würdest also dein Leben aufs Spiel setzen, um einen Massenmörder zu retten?«

»Ja, das würde ich«, sagte er ohne jeglichen Zweifel in seiner Stimme. »Es kann schon sein, dass ich ihn danach würde umbringen wollen. Aber ich mache meinen Job, ich rette Menschen. Und mein Großvater ebenfalls.«

Sie sah ihn mit einem nachdenklichen Blick aus ihren grünen Augen an und nickte. »Ich weiß nicht, ob ich das könnte. Wahrscheinlich ist es gut, dass ich diese Art von Entscheidungen in meinem Beruf nicht treffen muss.« Sie hielt inne. »Wir sollten noch einmal mit deiner Großmutter sprechen.«

Diese Idee gefiel ihm ganz und gar nicht. »Als wir Stan gestern erwähnt haben, regte sie sich sehr auf. Sie ist zusammengebrochen. Ich möchte nicht, dass es noch einmal passiert.«

Sie runzelte mit zusammengezogenen Augenbrauen die Stirn. »Versuchst du, mich abzublocken, Colton?«

»Nein, aber ich möchte auf den Gesundheitszustand meiner Großmutter Rücksicht nehmen. Du hast doch gesehen, was passiert ist.«

»Ich gebe zu, dass das erschreckend war. Ich verstehe auch, warum du dir Sorgen machst, aber vielleicht ist deine Großmutter die Einzige, die die Wahrheit kennt. Mit jedem Tag, der vergeht, entschlüpft uns dieses Wissen.«

»Vielleicht ist das auch besser so«, sagte er und wusste, dass Olivia ihm nicht zustimmen würde.

»Wie kannst du das sagen?«

»Weil diese ganze Scheiße schon so lange her ist. Vielleicht sollten wir es einfach sein lassen.«

»Nein. Diese ganze Scheiße, die du meinst, ist meiner Großmutter passiert und ich will die Wahrheit erfahren.«

»Du weißt doch gar nicht, ob sie überhaupt deine Großmutter ist«, sagte er frustriert. »Warum ist das so wichtig, Olivia? Bist du nur einfach ehrgeizig und willst einen Vertrag für ein eigenes Buch bekommen? Was genau treibt dich so an, die Vergangenheit so aufzudecken?«

Bei seinen Worten, wurde ihr Blick eiskalt. »Alles, was du gerade gesagt hast, treibt mich an – besonders die Möglichkeit, dass Molly meine Großmutter ist. Ich will mehr über ihr Leben erfahren und es verstehen. Und ja, ich möchte wirklich gerne ein ausgezeichnetes Buch schreiben. Für meine Gründe werde ich mich auch nicht rechtfertigen. Ich mache hier nichts falsch. Du solltest jetzt besser gehen.« Sie hob sein T-Shirt vom Stuhl auf und warf es ihm zu.

Widerwillig fing er das T-Shirt auf und zog sich an.
»Es tut mir leid, ich hätte dich nicht so anschreien sollen.«

»Wir vertreten schon die ganze Zeit unterschiedliche Standpunkte, Colton. Ich habe das nur kurz vergessen.«

»Das stimmt doch gar nicht, Olivia.«

»Mach's gut, Colton.«

»Nein, ich werde es nicht gut machen. So leicht wirst du mich nicht los. Und unsere Standpunkte sind nicht so verschieden. Wir versuchen nur beide, unsere Familien zu schützen.« Als er im Türrahmen stand, hielt er kurz an und, nur um sie zu provozieren, stahl er einen Kuss von ihrem wütenden Mund. »Ich mag dich immer noch, Olivia, auch wenn sich deine Gefühle verändert haben.«

Er war kaum über die Schwelle getreten, als sie die Tür hinter ihm zuknallte.

Kapitel 21

Olivias Gefühle hatten sich nicht verändert – zumindest nicht in der Art und Weise, wie Colton dachte. Sie lehnte sich gegen die Tür. Ihre Lippen prickelten immer noch von seinem letzten Kuss, einem Kuss, der sie an all die anderen erinnerte, die sie in der Nacht zuvor ausgetauscht hatten. Aber das war letzte Nacht gewesen und letzte Nacht war vorbei.

Sie war von ihm genervt und auch ein wenig verletzt, dass er versucht hatte, sie davon abzuhalten, mit seiner Großmutter zu sprechen. Gleichzeitig respektierte sie aber auch seine Loyalität gegenüber seiner Familie. Sie war eigentlich nur sauer auf sich selbst, weil sie sich auf ihn eingelassen hatte. Sie hatte sich ihm geöffnet und angefangen zu denken, dass er auf ihrer Seite war. Aber er würde stets auf der Seite seiner Großmutter sein und das konnte sie ihm wirklich nicht übelnehmen.

Seufzend verließ sie ihren Platz an der Tür und ging sich durch das Zimmer. Der Anblick ihrer zerwühlten Bettwäsche versetzte ihr einen Stich ins Herz. Sie musste hier raus. Sie nahm die Bilder, auf denen Molly mit ihren Verletzungen abgebildet war, und steckte sie zusammen mit dem Stapel Briefe in ihre Handtasche. Vielleicht konnte sie ja einen ruhigen Platz zum Arbeiten finden, wo sie nicht von den Erinnerungen an Colton abgelenkt werden würde.

Als sie die Straße erreichte, entschied sie sich gegen ihr Auto und begann zu laufen. Es fühlte sich gut an, sich ein wenig wie ein Tourist zu verhalten. Sie genoss das geschäftige Treiben in den Restaurants, Boutiquen, Kunstgalerien und den vielen Cafés und Bio-Saftbars auf der Union Street. Sie hatte vergessen, wie gesundheitsbewusst die Leute in Kalifornien waren.

Sie kam zu einem kleinen Park am Ende der Straße. Dort setzte sie sich auf eine Bank und nahm ihr Handy aus der Tasche. Es war zwar nicht Sonntag, aber sie wollte mit ihrer Mutter sprechen, der Frau, die sie großgezogen und jeden Tag ihres Lebens geliebt hatte. Sie hatte zuerst überlegt, ob sie ihre Mom erst kontaktieren sollte, wenn sie wirklich wusste, ob sie Mollys Enkelin war, oder nicht. Aber jetzt musste sie die Stimme ihrer Mutter hören und die Verbindungen zu ihrer Vergangenheit und zu den echten Menschen in ihrem Leben spüren.

»Hallo Mom, ich bin's.«

»Olivia, was ist denn los?«

»Nichts«, sagte sie, bemerkte aber selbst, dass ihre Stimme zitterte.

»Liebes?«

»Ich bin einfach nur verwirrt.«

»Worüber denn?«

»Über alles. Ich habe ein wenig Recherche über die Frau betrieben, die mich eingeladen hat, nach San Francisco zu kommen. Und ich habe Einiges herausgefunden, das ein wenig schockierend ist.«

»Was meinst du damit? Was hast du

herausgefunden?«, fragte ihre Mutter mit besorgter Stimme.

Sie nahm sich Zeit, um zu überlegen, was sie sagen wollte. »Naja, es ist ein sonderbarer Zufall, aber Mollys Tochter, Francine, hat ein Kind gekriegt, das sie zur Adoption freigegeben hat. Dieses Kind ist am gleichen Tag geboren worden wie ich.« Am anderen Ende der Leitung hörte sie, wie ihre Mutter tief Luft holte. »Ich weiß nicht wirklich, ob ich mit ihnen verwandt bin, oder nicht. Aber es würde schon eine Menge Sinn ergeben, wenn man sich überlegt, wie Molly sich bei mir gemeldet hat.«

Auf ihre Worte folgte Stille. Dann sprach ihre Mutter endlich: »Ich weiß nicht, was ich sagen soll, Olivia. Gibt es abgesehen von dem Geburtsdatum irgendwelche anderen Verbindungen?«

»Bisher noch nicht.«

»Ich weiß, Mollys Brief hat dich berührt, aber meinst du nicht, dass du voreilige Schlüsse ziehst?«

»Da bin ich mir nicht sicher«, gab sie zu.

»Und was wurde aus Mollys Tochter?«

»Francine starb ungefähr ein Jahr nach der Geburt ihres Kindes. Scheinbar litt sie an Depressionen und war drogenabhängig. Das hat ihr Bruder mir erzählt. Er hat mir gesagt, dass er nicht weiß, wer der Kindsvater war. Er wollte auch überhaupt nicht mit mir reden. Er hat sogar sichergestellt, dass ich weiß, dass seine Mutter gar kein Geld hat und dass es kein Erbe zu erschleichen gibt.«

»Was für ein Arsch. Du wirst niemals eine Beziehung eingehen, um Geld herauszuschlagen«, schimpfte ihre Mutter.

»Das habe ich ihm auch gesagt, aber ich bin mir nicht sicher, ob er mir geglaubt hat. Er scheint sehr zynisch zu sein. Natürlich habe ich auch versucht, seine Reaktion etwas zu relativieren, immerhin liegt seine Mutter im Sterben. Aber ich bin mir nicht sicher, ob er ein anderer Mensch ist, wenn er nicht gerade in einer schrecklichen Situation steckt. Es ist so absurd zu denken, dass ich vielleicht meine leibliche Familie gefunden habe, aber die Einzige, die mich kennen lernen wollte, ist bewusstlos und der andere Verwandte will nur, dass ich verschwinde.«

Es fühlte sich eigenartig an, mit ihrer Mutter so ehrlich darüber zu sprechen. Ihre Adoption war zwar nie ein Geheimnis gewesen, aber dennoch hatten sie nicht häufig darüber gesprochen – vor allem nicht, seit ihr Vater gestorben war.

»Vielleicht solltest du es sein lassen«, schlug ihre Mutter vorsichtig vor. »Es klingt nicht so, als würde da etwas Positives herauskommen. Nicht, dass du am Schluss noch verletzt wirst.«

»Ich muss einfach nur wissen, ob es denn stimmt. Ich habe einen DNA-Test durchführen lassen, der mit einer Probe von Mollys Haarbürste und Zahnbürste verglichen wird, um zu sehen, ob es eine Verwandtschaft gibt. Das Ergebnis sollte ich im Laufe des Tages heute oder morgen bekommen.«

»Das geht aber schnell«, sagte Elaine.

»Das Ergebnis wird unsere Beziehung zueinander aber nicht beeinflussen«, sagte Olivia. Sie hatte das Gefühl, dass sie das, was da scheinbar unter der Oberfläche köchelte, ansprechen musste. »Du bist immer noch meine Mom, ganz egal wessen DNA ich habe. Ich hoffe, du weißt das.«

»Natürlich weiß ich das«, sagte ihre Mutter. »Du bist meine Tochter und das wirst du immer sein.«

»Das stimmt.«

»Wie lässt du diesen Test machen?«

»Coltons Schwester hilft mir dabei. Sie ist Ärztin und hat einen Freund im Labor, der den Test schnell durchführen wird.«

»Wer ist denn Colton?«

Plötzlich wurde ihr bewusst, wie viel eigentlich passiert war, seit sie das letzte Mal mit ihrer Mom gesprochen hatte. »Colton ist der Enkel von Eleanor Callaway. Eleanor ist die beste Freundin von Molly.«

»Kann sie dir sagen, ob Molly deine Großmutter ist?«

»Sie sagte, dass sie es nicht weiß. Aber sie hat Alzheimer, da kann man ihren Erinnerungen nicht immer trauen.«

»Das klingt alles sehr kompliziert, Olivia.«

»Und mit jeder Minute wird es komplizierter.«

»Ich kann es dir nicht verübeln, dass du deine leiblichen Wurzeln suchst. Ich bin selbst nicht adoptiert worden, also weiß ich nicht, wie es sich anfühlt, nicht mit seinen Eltern blutsverwandt zu sein. Aber ich hatte immer das Gefühl, dass du meine Tochter bist. Ich will dich auch wirklich unterstützen. Aber ich mache mir Sorgen, wohin all das führt. Ich kann einfach kein positives Endergebnis für dich erkennen.«

Das konnte sie auch nicht, aber sie konnte jetzt schlecht aufhören. »Du weißt doch, wie ich bin, wenn ich eine Frage habe, auf die ich eine Antwort brauche. Ich werde weitersuchen, bis ich sie finde.«

»Ich weiß. Kann ich dir irgendwie helfen?«

»Du hilfst mir schon«, sagte sie. Sie fühlte sich bereits viel besser, jetzt, wo sie mit ihrer Mom sprach. »Es wird alles gut. Ich muss das nur alles herausfinden.«

»Wirst du das alles schaffen, bevor du zurück nach New York musst?«

»Ich weiß nicht. New York fühlt sich gerade sehr weit weg an.«

»Da ist doch noch was im Busch, oder? Was verschweigst du mir?«

»Nichts«, stritt sie ab.

»Olivia. Ich kenne dich viel zu gut. Hat es etwas mit diesem Mann zu tun, den du gerade erwähnt hast – Colton?«

»Nun ja …«

»Ich seh' das jetzt mal als ›Ja‹ an. Macht er dir das Leben schwer?«

»Ja und nein. Es ist so …« Sie suchte nach den richtigen Worten.

»Meine Güte, das habe ich ja noch nie erlebt, dass du die Zähne nicht auseinanderbekommst«, sagte Elaine. »Was genau ist *es* denn?«

Sie holte tief Luft. »Ich glaube, ich bin dabei, mich in ihn zu verlieben.«

»Na, das ist ja mal eine Überraschung. Ich habe mir schon lange gewünscht, dass du das einmal sagst. Aber es scheint immer, als hättest du keine Zeit, jemanden kennen zu lernen oder dich zu verlieben.«

»Ich habe ja auch jetzt nicht wirklich Zeit und ich glaube auch nicht, dass das hier wirklich etwas Gutes ist.«

»Warum nicht?«

»Weil ich zurück nach New York muss.«

»Das musst du doch gar nicht.«

»Aber mein Job ist dort.«

»Mein Schatz, es gibt überall Jobs.«

Sie zupfte einen Fussel von ihrer Jeans und sagte: »Er ist Feuerwehrmann, Mom. Jedes Mal wenn er zur Arbeit geht, setzt er sich neuen Gefahren aus.«

»Also geht es um deinen Vater«, sagte ihre Mutter in einem wissenden Ton.

»Ich habe gesehen, wie du dir jeden Tag, wenn Dad das Haus verließ, Sorgen gemacht hast. Und als ich älter wurde, habe ich mir auch Sorgen um ihn gemacht. Und dann wurden unsere schlimmsten Befürchtungen wahr.«

»Ja, ich habe mir Sorgen um deinen Dad gemacht. Ich habe ihn sehr geliebt. Natürlich hatte ich auch immer ein wenig Angst, dass ich ihn verlieren würde. Nach seinem Tod war ich wütend und ich glaube, ich habe dir ein bisschen zu viel von dieser Wut gezeigt.«

»Du warst zurecht wütend. Sein Job hat ihn umgebracht.«

»Nein, Olivia, es war nicht sein Job, der ihn umgebracht hat. Es war ein böser Mensch. Es hat lange gedauert, bis ich an dem Punkt war, an dem ich das akzeptieren konnte. Aber es ist mir schlussendlich gelungen. Und ich wünschte, du könntest auch zu diesem Punkt kommen.«

»Wäre er Versicherungsvertreter oder Zahnarzt gewesen, wäre er immer noch bei uns.«

»Aber das war er nun einmal nicht, Olivia. Und ich habe ihn geliebt. Jeder einzelne Tag, den ich mit ihm verbringen konnte, war ein Segen. Ich hätte nicht auf ihn wütend sein sollen, weil er seine Arbeit liebte. Sie war ein Teil von ihm. Er hat in seinem Leben sehr viel erreicht. Er hat die Welt für uns ein Stückchen sicherer gemacht, für dich und für mich. Es klingt so, als wollte dein Freund Colton so ziemlich das Gleiche machen.«

»Erst ein guter Mann«, gab sie zu. »Attraktiv, stark, mutig.«

»Das Problem ist nicht, dass du auf der anderen Seite des Landes lebst, oder dass er Feuerwehrmann ist, und das weißt du auch. Du hast Angst.«

»Ja, ich habe Angst.«

»Ist er in dich verliebt, Olivia?«

Sie umgriff ihr Handy fester. »Das weiß ich nicht, Mom.«

»Bevor du die Stadt verlässt, solltest du es herausfinden.«

—➤➤◄◄◄—

Nachdem er Olivias Hotel verlassen hatte, fuhr Colton zurück in seine Wohnung. Er duschte, zog sich frische Sachen an und brütete währenddessen darüber nach, wie Olivia und er im Hotel verblieben waren. Sich nach dem Sex zu verabschieden, war noch nie seine große Stärke gewesen, aber keine der bisherigen Erlebnisse hatten ihn mit einem solch schlechten Gefühl nach Hause gehen lassen. Und das lag daran, dass Olivia nicht einfach nur irgendeine Frau war, sondern eben Olivia.

Um sie zu beschreiben, fehlten ihm die richtigen Worte. Sie war hübsch, manchmal ernst, manchmal lustig, sie suchte den Wettstreit und ihre Entschlossenheit entsprach seiner. Sie mochte Surfen und Science-Fiction-Filme und sie fuhr genauso schnell Auto wie er, was er ironisch fand, weil sie scheinbar bei ihrer gründlichen Recherchearbeit sehr geduldig war, aber keinerlei Geduld hatte, wenn es darum ging, von A nach B zu kommen.

Sie war stark, aber gleichzeitig auch verletzlich. Sie tat so, als wäre ihr vieles ganz egal, aber beim genauen Hinsehen, konnte man ihr großes Herz erkennen. Sie hatte starke Emotionen – zu starke wahrscheinlich. Sie trauerte immer noch um ihren Vater. Und auch wenn sie seit langer Zeit akzeptiert hatte, dass sie adoptiert worden war, war sie doch jetzt ins Schwimmen geraten, und versuchte herauszufinden, wer sie wirklich war und ob sie tatsächlich zur Familie Harper gehörte.

Er konnte sich nicht vorstellen, wie es sich wohl anfühlte, zu wissen, dass man nach der Geburt weggegeben und zu einer anderen Familie geschickt worden war. Ganz gleich, wie unglaublich toll die neue Familie war, würde man sich nicht dennoch abgelehnt fühlen?

Er dachte, dass Olivia sich so fühlte. Er dachte sich sogar, dass sie jedes Mal eine Mauer um sich aufbaute, wenn sie in eine Situation kam, in der sie abgelehnt, verlassen oder verletzt werden könnte. Ihre leibliche Mutter hatte sie verlassen, dann war ihr Vater gestorben und so fühlte sie sich, als hätte er sie auch im Stich gelassen. Er wollte nicht die dritte Person sein, die ihrem Herz eine Schramme verpasste, aber er hatte das Gefühl, dass das unausweichlich war. Und deshalb wäre es wohl besser gewesen, wenn sie nicht im Bett gelandet wären.

Aber es hatte sich nicht wie eine einfache Bettgeschichte angefühlt. Es hatte sich nach deutlich mehr angefühlt und dieser Gedanke machte ihn nervös.

Colton war so damit beschäftigt gewesen, Feuerwehrmann zu werden, sich zu beweisen und die Fußstapfen der Familie Callaway auszufüllen, dass er keinerlei Zeit oder Kraft in eine romantische Beziehung gesteckt hatte. Er war nicht daran interessiert gewesen, jemanden zu haben, der auf ihn wartete, wenn er nach Hause kam, jemanden, der sich Sorgen um ihn machte, jemanden, der von ihm mehr als nur Spaß wollte. Er hatte diese Art von Komplikationen aufgeschoben. Er hatte auch nie jemanden kennengelernt, der ihn diese Strategie infrage stellen ließ – bis jetzt. Und natürlich musste er ausgerechnet jemanden gut finden, der auf der anderen Seite des Landes lebte. Es war ihm noch nie gelungen, Dinge auf die leichte Art zu machen.

Bei diesem Gedanken runzelte er die Stirn, nahm seinen Schlüssel und verließ sein Gebäude. Er setzte sich ins Auto und machte sich auf den Weg zu seiner Nachuntersuchung beim Arzt. Seine Finger waren nicht mehr geschwollen, und obwohl seine Gelenke noch steif waren, würde ihn das nicht davon abhalten, seine Arbeit zu verrichten.

In der Praxis angekommen, wurde er in einen Untersuchungsraum geführt. Der Orthopäde Dr. John Robertson untersuchte ihn zügig, wobei er die Beweglichkeit und die Schwellung der Finger begutachtete. Er sagte ihm, dass die Heilung gut verlief.

»Ich würde gerne wieder arbeiten gehen«, sagte er.

Dr. Robertson lächelte ihn wissend an. Er kümmerte sich seit zwei Jahrzehnten um die gebrochenen Knochen der Callaways. »Ja, das glaube ich Ihnen. Ab Samstag sind Sie wieder voll dienstfähig.«

»Das ist in vier Tagen.«

»Ja, genau. Vier Tage, keine Ewigkeit. An einem der Gelenke ist immer noch etwas Schwellung zu sehen. Es wäre wirklich schade, wenn Sie bleibende Schäden in der Hand davontragen würden. Ich kann Sie für leichten Dienst als dienstfähig einstufen, wenn Sie möchten.«

Er stöhnte auf. Kein Feuerwehrmann schob gerne leichten Dienst, denn dazu gehörte in aller Regel die Überprüfung von Rauchmeldern und Vorträge in Schulen. »Voll dienstfähig am Samstag ist besser. Das passt sogar ziemlich gut in meinen normalen Dienstplan.«

»Gut, ich werde Ihre Finger heute noch einmal mit Tape fixieren. Aber ab Samstag können Sie es abmachen.«

»Danke, Dr. Robertson.«

»Grüßen Sie die Familie von mir.«

»Mache ich.« Er nahm die Dienstfähigkeitsbescheinigung und verließ die Praxis. Auf dem Weg nach Hause wollte er an der Wache vorbei. Sein Team hatte heute Dienst, also traf sich das ganz gut. Er würde Captain Warren Bescheid sagen, dass er am

Samstagmorgen wieder zum Dienst antreten würde.

Eine Viertelstunde später parkte er hinter der Feuerwache und stieg aus. Es war ein gutes Gefühl, wieder zurück zu sein. Die Feuerwache fühlte sich mehr wie Zuhause an, als seine Wohnung. Auch wenn er nur ein paar Tage weg gewesen war, hatte er das Gefühl, als sei er monatelang nicht hier gewesen. In der letzten Woche war eine Menge passiert.

Er hatte immer gedacht, dass alles Wichtige in seinem Leben von diesem Ort aus passieren würde, der Feuerwache, seinem Lebensmittelpunkt. Aber seit Olivia aufgetaucht war, hatte sich sein Lebensmittelpunkt leicht verändert.

Adam und seine anderen Freunde begrüßten ihn mit Lächeln und Schulterklopfen, als er in den Aufenthaltsraum kam.

»Bist du schon zurück?«, fragte Adam.

»Bei der nächsten Schicht.«

»Gut. Deine Vertretung ist ein Arschloch.«

Colton lächelte. »Hanes?« Der Mann, der in seinem Team zur Vertretung eingesetzt wurde, war fünfundzwanzig Jahre lang Soldat gewesen und seine Einstellung war in etwa deckungsgleich mit der von Captain Warren. Er war der Ansicht, dass keiner, der nach den achtziger Jahren geboren war, etwas taugte.

Adam nickte. »Ich kann es kaum erwarten, dass er in die Rente geht. Gestern hat er es kaum geschafft, auf die Leiter zu steigen. Ich musste beinahe ihn retten, statt des Opfers. Aber würde er das zugeben? Nein, er greift mich sogar an, als hätte ich etwas falsch gemacht.«

Colton war überrascht von der Heftigkeit in Adams Stimme. Sein Freund war normalerweise ziemlich entspannt. »Und was gibt's sonst noch Neues?«, fragte er. »Wie geht's deiner heißen Rothaarigen?«

Adam zuckte mit den Schultern. »Scheinbar hat sie einen Neuen.«

Und da hatte er auch schon den Grund, warum Adam so genervt war. »Das tut mir leid.«

»Ach, egal. Wie sieht's bei dir aus? Was ist mit der hübschen Brünetten? Ist sie immer noch da?«

»Noch ein paar Tage«, sagte er und die Erinnerung daran machte ihn traurig.

Adam sah ihn nachdenklich an. Und dann grinste er breit. »Aha, so ist das also.«

»Gar nichts ist irgendwie.«

»Bist du dir sicher?«

»Nicht wirklich«, gab er zu.

»Was machst du eigentlich hier? Du solltest jede freie Sekunde damit verbringen, herauszufinden, ob da nicht doch etwas ist.«

Adam hatte Recht. Auch wenn Olivia ihn am Morgen rausgeworfen hatte, bedeutete das noch nicht, dass er sich aus ihrem Leben heraushalten musste. Das war wirklich das Letzte, was er vorhatte. »Ich werde sie später sehen«, sagte er. »Erst mal muss ich dem Captain sagen, dass ich am Samstag zurück sein werde.« Colton stand auf. »Hat sich seine Laune in der letzten Woche etwas gebessert?«

»Er ist ein strenger Boss. Aber es scheint, dass du der Einzige bist, den er wirklich nicht mag.«

»Na super«, sagte er seufzend.

Er verließ den Aufenthaltsraum und ging den Flur entlang zum Büro des Captains. Er konnte sehen, dass Warren da war und scheinbar Schadensberichte bearbeitete. Er klopfte an die halbgeöffnete Tür.

Warren blickte auf und verzog das Gesicht, als er ihn sah. »Was wollen Sie, Callaway?

»Ich bin für die nächste Schicht wieder dienstfähig und wollte Ihnen Bescheid sagen.« Er legte die

Dienstfähigkeitsbescheinigung vom Arzt auf seinen Schreibtisch.

»Ich glaube, Sie sollten woanders arbeiten«, sagte Warren. »Ich glaube, eine Veränderung würde Ihnen gut tun.«

»Aber mir gefällt es hier«, sagte er und bei dem Gedanken an eine Versetzung drehte sich ihm der Magen um.

»Nun, mir gefallen Sie hier aber nicht«, antwortete Warren spitz.

»Haben Sie eine Erklärung dafür?«

Warren sah ihn lange und streng an. »Warum fragen Sie nicht Ihren Bruder?«

»Das habe ich schon. Burke hat mir nicht gesagt, was zwischen Ihnen beiden vorgefallen ist, er hat aber gesagt, dass Sie ein guter Feuerwehrmann sind.« Eigentlich hatte Burke das Wort anständig benutzt, aber Colton behielt das lieber für sich.

Diese Informationen riefen ein überraschtes Blitzen in den Augen des Captains hervor. Einen Moment lang schien es, als hätte es ihm die Sprache verschlagen.

»Ich kann wirklich gute Arbeit hier leisten«, sagte Colton und nutzte Warrens Schweigen aus. Er wollte absolut nicht nur aufgrund seines Namens versetzt werden. »Ich bin nicht mein Bruder. Ich weiß nicht, was zwischen Ihnen und Burke vorgefallen ist und selbst wenn ich es wüsste, könnte ich daran nichts ändern. Das hier ist mein Zuhause. Ich möchte gerne bleiben. Lassen Sie uns doch versuchen, zusammen zu arbeiten.«

Der Captain starrte ihn an. »Eine solche leidenschaftliche Rede habe ich auch einmal gehalten, an Ihren Bruder gerichtet. Und wissen Sie, was er gemacht hat? Er hat sich umgedreht und ist weggegangen.«

Colton fuhr sich frustriert mit der Hand durch die

Haare und fragte sich, was zum Teufel wohl zwischen Warren und Burke passiert war.

»Okay, ich werde darüber nachdenken«, sagte Warren griesgrämig.

»Super. Dann sehen wir uns am Samstag.« Er verließ das Büro, bevor der Captain es sich noch einmal anders überlegen konnte.

Kaum im Flur angelangt, hörte er, wie die Sirene anging. Es war völlig unnatürlich für Colton, nicht auf den Alarm zu reagieren. Er wollte mit seinem Team auf den Löschwagen springen. Er wollte zum Brand eilen. Aber stattdessen musste er stehen bleiben und seinen Kollegen dabei zu sehen, wie sie sich an die Arbeit machten, während er zu seinem Auto ging.

Brände zu bekämpfen, lag in seiner Natur. Das wurde ihm nun immer mehr bewusst. Ursprünglich hatte er den Beruf nur gewählt, um in die Fußstapfen seines Vaters und Großvaters zu treten. Aber jetzt hatte er seine ganz eigenen Gründe, warum er bleiben wollte. Die Feuerwache war sein Zuhause, weshalb er auch Warren angefleht hatte, dass er bleiben durfte. Er hatte einen widerwilliges ›Ja‹ bekommen. Hoffentlich würden gute Arbeit und Zeit die Zweifel seines Captains zerschlagen. Aber er hatte es satt, im Dunkeln zu tappen. Er musste herausfinden, was zwischen seinem Bruder und Warren vorgefallen war.

Kapitel 22

Colton fand seinen Bruder auf der anderen Seite der Stadt in einer anderen Feuerwache. Burke hatte sein eigenes Büro, weil er Bataillonskommandeur war. Burke begrüßte ihn mit einem netteren Lächeln, als er es von seinem Captain bekommen hatte. Aber in seinen Augen konnte er eine skeptische Frage erkennen.

»Was machst du hier?«, fragte Burke.

Colton schloss die Tür hinter sich, durchquerte das Büro und setzte sich auf den Stuhl vor Burkes Schreibtisch. Er vermutete, dass das der Stuhl war, auf dem Anfänger von Burke die Ohren langgezogen bekamen. Und obwohl er sich in seinem Leben schon so einige Male von den Errungenschaften seines Bruders eingeschüchtert gefühlt hatte, so war das heute nicht der Fall.

»Ich brauche ein paar Antworten von dir«, sagte er knapp.

Burkes Augen waren dunkelblauer als seine und es schien, als seien darin Schatten zu sehen, die seine Gedanken verdeckten.

»Und was für welche?,« fragte Burke.

»Über das Problem zwischen dir und Mitch Warren. Ich habe gerade mit Warren gesprochen. Er will mich versetzen, weil mein Nachname Callaway ist und ich mit dir verwandt bin.«

»Das hat er nicht wirklich gesagt.«

»Doch, hat er«, antwortete Colton und sah in die Augen seines Bruders. »Also, wo liegt der Hund begraben?«

»Vielleicht wäre es besser, wenn du dich versetzen lässt«, sagte Burke.

»Das sehe ich anders. Ich bin noch nie einem Streit aus dem Weg gegangen und ich habe nicht vor, damit jetzt anzufangen.« Er hielt inne. »Du bist auch noch nie einem Streit aus dem Weg gegangen. Also macht es mich nur noch neugieriger, dass du mir vorschlägst, dass ich mich auf die Versetzung einlassen soll.«

»Meine Probleme mit Warren haben nichts mit Brandbekämpfung zu tun.« Burke lehnte sich in seinem Stuhl zurück und verschränkte die Arme.

»Und weiter?«, drängte Colton.

Burke dachte eine Weile nach und sagte dann: »Mitch Warren war vor mir mit Leanne zusammen.«

Colton war völlig perplex. Burke nannte seine verstorbene Verlobte nie beim Namen und die Tatsache, dass Warren mit Leanne zusammen gewesen war, war sogar noch überraschender.

»Er macht mich für ihren Tod verantwortlich«, fügte Burke hinzu.

»Wie soll das denn möglich sein? Sie kam durch einen betrunkenen Fahrer ums Leben, nicht durch dich.«

Burke sah ihn an, sein Blick war eiskalt. »Er war der Ansicht, dass Leanne nicht auf der Straße unterwegs gewesen wäre, wenn es mich nicht gegeben hätte.«

»Das verstehe ich nicht.« Colton hielt inne. »Aber ich

glaube, ich weiß auch einfach nicht, was an dem Abend damals passiert ist.«

»Es ist auch egal. Ich habe Warren gesagt, dass seine Beziehung mit Leanne schon vor Jahren zu Ende gegangen war und dass es ihn nicht zu kümmern hatte, warum sie an diesem Abend unterwegs war. Er ist ausgeflippt und hat versucht, mir eine zu verpassen. Natürlich hat er mich nicht getroffen. Der Mann kann vielleicht Feuer bekämpfen, aber im Faustkampf ist er ein Versager.«

Colton sah seinen Bruder an, vernahm den eiskalten, verächtlichen Ton in seiner Stimme. Er kannte Burke nicht wirklich gut. Er war über zehn Jahre älter als er, weswegen sie sich nicht sehr nahegestanden hatten, als sie aufwuchsen. Aber er hatte seinen ältesten Bruder immer respektiert und ihn als Vorbild dessen angesehen, was für ein Mann er mal sein wollte. Burke hatte auf ihn immer den Eindruck gemacht, dass er nichts zurückhielt. Aber jetzt war er mit Absicht vage, fast so, als gäbe es einen merkwürdigen Grund, warum Leanne an dem Abend unterwegs war.

»Ich rate dir«, fuhr Burke fort, »über eine Versetzung nachzudenken.«

»Das kommt nicht infrage.« Er erinnerte sich an das, was Mitch zu ihm gesagt hatte. *Eine solche leidenschaftliche Rede habe ich auch einmal gehalten, an deinen Bruder gerichtet. Er hat sich umgedreht und ist weggegangen.* Was auch immer Burke Warren nicht gesagt hatte, machte den Captain nach wie vor verrückt und seit dem Tod von Leanne waren schon viele Jahre vergangen.

»Dann weiß ich auch nicht, was ich dir sagen soll«, sagte Burke. »Warren ist uneinsichtig und er will, dass du für die Sünden, die ich seiner Meinung nach begangen habe, bezahlst. Ganz egal, ob das gerechtfertigt ist oder nicht.«

»Warum war Leanne denn an dem Abend unterwegs?«

Burke presste seine Lippen fest aufeinander. »Das ist nicht wichtig, Colton.«

»Scheinbar ist es das aber für Warren. Das ist der Grund, warum er dich hasst, weil du ihm keine Antwort geben willst.«

»Das wird doch nichts verändern. Leanne wird dadurch auch nicht wieder lebendig.« Burke räusperte sich. »Und mehr werde ich zu diesem Thema auch nicht sagen.«

Burkes Verschlossenheit frustriert ihn und mit einem Mal verstand er auch die Frustration seines Captains. »Burke ...«

»Das war's, Colton. Wenn du es bei Warren weiter aushalten möchtest, musst du einen Weg finden, wie du mit ihm klarkommst.«

Oder es würde ihm gelingen, Warren dazu zu bringen, ihm zu sagen, was Burke seiner Ansicht nach in Bezug auf Leanne falsch gemacht haben sollte. Aber das würde er seinem Bruder nicht sagen. »Na gut«, sagte er und stand auf. »Wir sehen uns.«

»Ja. Mach bitte die Tür zu, wenn du gehst.«

Burke war schon wieder an der Arbeit, als Colton in den Flur trat. Oder zumindest tat er so. Er konnte einfach nicht glauben, dass Burke auf die Erwähnung von Leanne so emotionslos reagiert hatte. Nach ihrem Tod war er am Boden zerstört.

Den ganzen Weg zurück zu seinem Wagen grübelte Colton über ihrer Unterhaltung nach. Er wusste praktisch nichts über die Beziehung seines Bruders zu Leanne. Und jetzt konnte er nicht anders, als sich zu fragen, was wohl kurz vor ihrem Tod zwischen ihnen vorgefallen war. Vielleicht war an der Geschichte mehr dran, als alle anderen wussten.

Als er in sein Auto einstieg, klingelte sein Handy. Als er Olivias Namen auf dem Display sah, begann sein Puls zu rasen. Er war sich nicht sicher gewesen, wann sie sich wieder bei ihm melden würde, aber hatte es nicht so bald erwartet.

»Hallo, Olivia?«

»Colton, zum Glück.«

Aus ihrer Stimme konnte er Angst heraushören. »Was ist denn los?«

»Jemand ist in mein Hotelzimmer eingebrochen. Sie haben alles gestohlen, was wir bei Molly mitgenommen haben. Ich weiß nicht, was ich tun soll.«

»Hast du schon mit der Rezeption gesprochen?«

»Ja. Sie haben gesagt, dass sie den Sicherheitsdienst zu mir schicken. Aber ich weiß nicht, wie mir das weiterhelfen soll. Wer auch immer eingebrochen ist, hat nichts mitgenommen, was mir gehört. Noch nicht mal meinen Laptop.«

Ihm drehte sich der Magen um. Er war froh, dass Olivia nichts passiert war, aber der Einbruch machte ihm schwer zu schaffen. »Ich mach mich auf den Weg zu dir. Ich werde in zehn Minuten da sein. Schließ deine Tür zweimal ab.«

»Das habe ich schon, aber ich glaube, das Schlimmste liegt schon hinter uns.«

»Das hoffe ich«, murmelte er, als er den Motor anließ und die Straße entlangraste.

--➤➤◄◄--

Olivia setzte sich auf die Bettkante. Der Schock saß

tief. Sie hatte ein paar schöne Stunden verbracht, in denen sie auf der Union Street bummeln gewesen war und in einem Café draußen spät gefrühstückt hatte. Als sie am frühen Mittwochnachmittag zurück ins Hotel kam, bemerkte sie zu ihrem Entsetzen, dass die Kiste mit Mollys Tagebüchern und anderen persönlichen Dingen weg waren. Wer könnte dahinterstecken?

Es fiel ihr nur ein einziger Name ein: Peter Harper, Mollys Sohn. Sie hatte ihm gesagt, dass Molly ihr ihre Tagebücher gegeben hatte, aber den Rest hatte sie nicht erwähnt. Wenn er jedoch in ihr Zimmer eingebrochen war, hätte er ja sicherlich alles mitgenommen, was er in Verbindung mit Molly finden konnte. Obwohl dieses Szenario Sinn ergab, fand sie es schwer zu glauben, dass ein Mann mittleren Alters, ein angesehener Geschäftsmann, in ihr Hotelzimmer einbrechen würde.

Es klopfte an der Tür, gefolgt von Coltons Stimme: »Olivia?«

Sie öffnete, und obwohl sie sich vorher auf so unschöne Weise voneinander verabschiedet hatten, warf sie sich in seine Arme. Sie musste sich einen Moment lang beschützt fühlen.

Er umarmte sie lang und tröstend. Als er sie losließ, sah er sie mit einem beunruhigten Gesichtsausdruck an. »Geht es dir gut?«

»Ja«, sagte sie und zwang sich, sich aus seiner Umarmung zu lösen. »Komm doch rein.«

Er betrat das Zimmer und sah sich um. »Wo warst du, als das hier passiert ist?«

»Ich bin auf der Union Street spazieren gegangen, habe etwas gegessen und war bummeln. Ich war vielleicht so zwei bis drei Stunden unterwegs.«

»Sieht so aus, als wäre in deiner Abwesenheit auch das Zimmermädchen da gewesen.«

Sie folgte seinem Blick auf das frisch gemachte Bett und erinnerte sich sofort an die Nacht, die sie mit Colton darin verbracht hatte. Er war erst vor ein paar Stunden gegangen, und doch fühlte es sich viel länger an.

»Ja«, sagte sie. Ihr wurde bewusst, dass sie etwas sagen musste, um die anschwellende Spannung im Zimmer zu brechen. »Das Zimmermädchen ist gekommen, während ich weg war. Ich habe gerade mit dem Sicherheitsmann vom Hotel gesprochen. Er sagte, dass er die Hotelangestellten fragen würde, ob sie etwas gesehen hätten. Er klang dabei aber nicht besonders optimistisch und gab mir auch keinen Anlass zu glauben, dass die Polizei an einem Fall interessiert wäre, bei dem nur persönliche Gegenstände und keine Wertgegenstände abhandengekommen sind.«

»Ja, wahrscheinlich nicht.«

»Also kommt derjenige, der das hier gemacht hat, ungeschoren davon?«

»Es muss etwas geben, das wir machen können.«

»Hast du irgendwelche Ideen?«

»Naja, ich glaube nicht, dass die Liste der Tatverdächtigen besonders lang ist.«

Sie begegnete seinem Blick. »Peter Harper steht auf meiner Liste ganz oben.«

»Auf meiner auch. Ich finde, wir sollten ihm einen Besuch abstatten.«

»Ja, finde ich auch, aber ich frage mich, ob wir überhaupt irgendwelche Ansprüche stellen können. Peter hat irgendwie ein größeres Anrecht auf die Dokumente seiner Mutter als ich.«

»Sie hat dir ihre Tagebücher hinterlassen«, erinnerte er sie. »Die Leiterin des Seniorentreffs hat sie dir gegeben.«

»Ich weiß, aber den Rest haben wir uns einfach

genommen.«

»Das stimmt. Aber ich finde, wir sollten trotzdem mit ihm reden und ihn fragen, ob er etwas über die Bilder sagen kann, auf denen der gewaltsame Missbrauch abgebildet ist.«

Sie fuhr bei seinen Worten hoch. »Oh, die Bilder habe ich noch.«

»Wirklich?«

»Ja. Ich habe die Fotos, auf denen abgebildet ist, wie Molly misshandelt wurde, in meine Handtasche gesteckt. Auch die Briefe von den Frauen, denen sie geholfen hat. Ich wollte mir einen Kaffee holen und sie dabei durchgehen. Ich hab' es aber gar nicht gemacht«, sagte sie und griff nach ihrer Tasche. Sie zog die Fotos und Briefe heraus. »Das hier haben wir also noch.«

»Das ist doch schon mal ein Anfang«, sagte er mit einem zustimmenden Nicken.

»Glaubst du, dass Peter diese Bilder jemals gesehen hat?«

»Falls nicht, würde er sie jetzt sehen.«

»Ja«, stimmte sie zu. »Obwohl, wenn man sich die schiere Anzahl der Blutergüsse auf Mollys Körper auf den Bildern ansieht, glaube ich kaum, dass ihre Kinder das nicht mitbekommen haben.« Sie hielt inne. »Ich würde auch gerne wissen, woran Peter sich in Bezug auf den Brand erinnert, in dem sein Vater ums Leben gekommen ist.«

»Ich glaube, du solltest Peter anrufen und ihm sagen, dass du mit ihm über ein paar Fotos sprechen möchtest, die du gefunden hast, auf denen es so aussieht, dass seine Mutter und/oder seine Schwester misshandelt wurden«, sagte Colton.

Olivia hob eine Augenbraue. »Du willst, dass ich auch Francine erwähne?«

Er sah sie an. »Ja, ich will, dass du seine Aufmerksamkeit mit allen erdenklichen Mitteln erzielst.«

»Die Chancen stehen gut, dass er im Krankenhaus ist. Die letzten paar Male, in denen ich dort war, war er da.«

»Lass uns doch zuerst sein Büro anrufen. Wenn er nicht dort ist, können wir nachsehen, ob er im Krankenhaus ist.«

Dieser Plan gefiel ihr. Es fühlte sich gut an, in die Offensive zu gehen – zu agieren, statt zu reagieren.

Sie rief in Peters Büro an und erreichte dort seine Sekretärin. Sie erklärte ihr, dass sie mit Peter dringend über eine persönliche Angelegenheit sprechen musste. Die Sekretärin bat sie um mehr Informationen, also gab sie weiter, was Colton ihr gesagt hatte und fragte dann, ob Peter am Nachmittag für ein Gespräch zur Verfügung stünde. Nach einer kurzen Pause erhielt sie einen Termin für 13:00 Uhr.

»Wir haben in zwanzig Minuten einen Termin«, sagte sie zu Colton, als sie auflegte. »Du wirst sehr schnell fahren müssen, wenn wir pünktlich sein wollen. Sein Büro ist in der Innenstadt.«

»Kein Problem, ich kenne alle Abkürzungen.«

Sie steckte die Fotos und Briefe zurück in ihre Tasche und folgte Colton aus dem Zimmer.

In den ersten paar Minuten sprachen sie kein Wort miteinander. Sie war darauf konzentriert, was sie Peter sagen wollte und ging davon aus, dass Colton sich auf die Straße konzentrieren wollte, während er sich durch den Verkehr schlängelte und durch schmale Gassen fuhr, um Staus zu vermeiden. Sie lagen gut in der Zeit, bis sie in eine Baustelle gerieten.

Colton trommelte ungeduldig auf dem Lenkrad herum. »Verdammt, ich hätte eine andere Straße nehmen sollen.«

»Wir sind nicht mehr weit weg, oder?«

»Nur ein oder zwei Meilen, aber bei dem Verkehr könnte es schon noch ein paar Minuten dauern. Und dann müssen wir noch einen Parkplatz finden, was in der Innenstadt immer die reinste Freude ist.«

»Nun ja, wir werden schon dorthin kommen und hoffentlich wird Peter nicht wieder gehen, bevor wir da sind.«

»Und wenn er geht, werden wir ihn finden. Ich will wissen, ob er derjenige war, der in dein Zimmer eingebrochen ist.«

»Selbst wenn er es war, bezweifle ich, dass er es zugeben wird.«

»Ich denke, wir werden es anhand seiner Reaktion auf unsere Fragen feststellen können.« Er atmete schwer aus. »Ich finde es total schrecklich, dass jemand in dein Zimmer eingebrochen ist, Olivia.«

»Als mir klar wurde, was passiert war, hätte ich mich beinahe übergeben. Die Vorstellung, dass jemand meine Sachen durchstöbert hat …« Der Gedanke jagte ihr einen Schauer über den Rücken. »Ich weiß nicht, ob ich heute Nacht dort schlafen kann.«

»Du kannst bei mir übernachten.«

Er hatte die Einladung schlicht und einfach ausgesprochen, weil das nun mal seinem Charakter entsprach. Aber natürlich hatte er das Ganze nicht wirklich durchdacht. Er verzog das Gesicht.

»Ich kann auch in einem anderen Hotel übernachten«, sagte sie.

Nun runzelte er noch mehr die Stirn. »Olivia, das ist jetzt nicht der richtige Zeitpunkt, um eine lange Diskussion anzufangen. Wie wir heute Morgen auseinandergegangen sind, hat mir nicht gefallen. Irgendwie sind wir vom Weg abgekommen.«

»Ich denke, uns hat einfach nur die Realität eingeholt. Vielleicht war das auch gut so. Es war eine Erinnerung daran, dass das vermutlich nur eine einmalige Sache war.«

»Vielleicht aber auch nicht. Noch hast du San Francisco nicht verlassen.«

Als er sie mit seinen sexy blauen Augen ansah, wurde ihr ganz heiß. »Das stimmt, aber ...«

»Aber du willst nicht noch einmal mit mir schlafen?«, beendete er ihren Satz mit einem komischen Unterton in seiner Stimme.

Sie dachte viel zu lange über diese Frage nach. Dann schenkte sie ihm ein reuevolles Lächeln. »Genau das ist das Problem, Colton. Ich möchte noch einmal mit dir schlafen, ich denke nur, dass ich das nicht sollte.«

»Warum nicht?«

»Dafür gibt es eine Menge Gründe.«

»Und welche zum Beispiel?«

Sie wusste sofort, welcher Grund ihn sofort zum Schweigen bringen würde. »Ich habe Angst, dass ich mich in dich verliebe.«

Als sie ihre Worte aussprach, bemerkte sie ein Funkeln in seinen Augen, als sei diese Idee gar nicht so abwegig. Und für einen kurzen Moment, wirklich nur einen Moment, dachte sie, er würde vielleicht etwas Ähnliches sagen.

Hinter ihm wurde gehupt.

»Wir können fahren«, sagte sie.

Er fluchte leise und konzentrierte sich wieder auf den Straßenverkehr. Das, was er hatte sagen wollen, blieb unausgesprochen.

Kapitel 23

Zehn Minuten später bog Colton in ein Parkhaus ein und reichte dem Valet seinen Autoschlüssel. Während sie auf den Aufzug zu Peters Büro warteten, sah Colton sie ernst an. »Olivia, ich möchte, dass du weißt, dass ich verstanden habe, was du mir sagen wolltest.«

»Und?«, fragte sie.

»Ich verstehe auch, warum du dich deswegen sorgst.«

Diese großspurigen Worte überraschten sie ein wenig. »Oh, weil du so daran gewöhnt bist, dass Frauen sich in dich verlieben?«

»Nein, so habe ich das nicht gemeint«, sagte er mit gerunzelter Stirn.

»Was hast du dann gemeint?«

Die Türen des Aufzugs öffneten sich und sie traten beiseite, um den Aussteigenden Platz zu machen. Sie stiegen ein und Colton drückte den Knopf, um in die Lobby zu gelangen. »Ich meine, dass alles zwischen uns gestern Abend sehr intensiv wurde. Und damit hatte ich nicht gerechnet.«

»Okay«, sagte sie immer noch ein bisschen verwirrt. »Was versuchst du, mir zu sagen, Colton?«

Sie erreichten die Lobby, bevor er ihr antworten konnte. Als sie aus dem Aufzug ausstiegen und das Foyer durchquerten, um zu den anderen Aufzügen zu gelangen, fanden sie sich plötzlich in einer Menschenmenge wieder. Auf dem Weg in den fünfundvierzigsten Stock bot sich keine Möglichkeit mehr für eine Unterhaltung.

Olivia konnte spüren, dass Colton sie ansah, traute sich aber nicht, seinen Blick zu erwidern. Seine letzten Kommentare hatten sie noch mehr verunsichert. Für einen Kerl, der so kontaktfreudig war und mit jedem ins Gespräch kam, hatte er tatsächlich große Schwierigkeiten einige zusammenhängende Sätze auszusprechen. Sie versuchte sich vorzustellen, dass es daran lag, dass er mit Gefühlen haderte, die er sonst nicht hatte. Aber vielleicht war das auch Wunschdenken.

Als sie aus dem Aufzug ausstiegen, konnte sie sehen, dass Peter Harpers Firma das gesamte Stockwerk einnahm. Auf einem dicken Teppich gingen sie durch einen wunderschön gestalteten und stilvollen Empfangsbereich. Eine Frau in einem schwarzen Etuikleid lächelte sie an, als sie sich dem gläsernen Tresen näherten.

»Ich habe einen Termin mit Peter Harper«, sagte sie. »Mein Name ist Olivia Bennett und das ist Colton Callaway.«

»Einen Moment.« Die Frau griff nach dem Telefon. »Mr. Harper Ihr 13:00 Uhr Termin ist hier.« Sie hielt inne. »Ja, selbstverständlich.«

Sie legte auf. »Er wird gleich bei Ihnen sein. Nehmen Sie doch bitte Platz.«

»Danke.« Olivia entfernte sich vom Empfangstresen, setzte sich aber nicht hin. Sie fühlte sich dafür viel zu rastlos.

Colton legte ihr eine Hand auf die Schulter. »Tief

durchatmen«, sagte er.

Manchmal konnte er wirklich ihre Gedanken lesen.

»Ich bin nervös«, gab sie zu. »Es geht nicht darum, dass er mich einschüchtert, auch wenn das definitiv der Fall ist. Es geht darum, wer er ist und um meine Beziehung zu ihm. Das beängstigt mich.«

»Mach erst mal einen Schritt nach dem anderen.«

»Das werde ich versuchen.«

Seine Hand glitt an ihrer Schulter und ihrem Arm hinunter und griff nach ihrer Hand. »Noch mal zurück zu dem, was ich vorhin gesagt habe ...«

»Ich kann da jetzt wirklich nicht drüber reden.«

»Das verstehe ich. Aber du musst wissen, dass nur, weil ich nicht die richtigen Worte finden konnte, das nicht heißt, dass ich dich nicht gernhabe. Ich habe dich gern. Vielleicht sogar ein bisschen zu viel.«

Seine Worte und sein Blick ließen Ihre Nervenenden prickeln. Er hatte ihr zuvor erzählt, dass er keine Lügen mochte und sie dachte sich auch nicht, dass er jetzt log. Aber was das alles bedeutete, überstieg gerade ihren Horizont.

»Miss Bennett?«, sagte die Empfangsdame und unterbrach damit ihre Unterhaltung. »Mr. Harper wird Sie jetzt empfangen. Ich werde Sie zu seinem Büro begleiten.«

»Super, danke.« Als sie den Gang entlanglief, holte sie, so oft sie konnte, tief Luft. Sie wollte so ruhig wie möglich sein, wenn sie Peter Harper über die schrecklichen Bilder von seiner Mutter befragte.

***

Als sie sein Büro betraten, stand Peter auf. Er hatte sein Sakko ausgezogen. Die Ärmel seines weißen Hemdes waren bis zu den Ellenbogen hochgerollt und seine teure

Krawatte hing ihm lose um den Hals. Er sah erschöpft aus. Olivia fragte sich, ob der Gesundheitszustand seiner Mutter ihn so strapazierte, oder ob es dafür noch andere Gründe gab.

»Sie schon wieder«, sagte er mit einem resignierten Seufzen. »Irgendwie habe ich mir schon gedacht, dass ich Sie nicht zum letzten Mal gesehen habe.« Sein Blick wanderte zu Colton. »Und Sie haben einen Freund mitgebracht, wunderbar.«

»Das ist Colton Callaway«, sagte sie.«

Peters Blick verengte sich. »Callaway? Sind Sie mit Eleanor verwandt?«

»Ich bin ihr Enkel, der Sohn von Jack«, fügte Colton hinzu. »Ich glaube, Sie kannten ihn, als Sie ein Kind waren.«

»Ich kannte seinen Bruder Michael. Also was wollen Sie? Sie sagten, es hätte etwas mit Fotos meiner Mutter und meiner Schwester zu tun.«

»Ja, von ihrer Mutter«, sagte Olivia und zog die Fotos aus ihrer Tasche. Peter hatte ihnen noch nicht angeboten, sich zu setzen. Sie wollte mit ihm auf Augenhöhe bleiben, also blieben alle drei stehen. »Peter verzog sein Gesicht, als er sich die Fotos ansah. Er blätterte sie schweigend durch und legte sie dann auf den großen Schreibtisch aus Kirschholz, der zwischen ihnen stand. »Woher haben Sie die?«

»Aus Mollys Haus.«

»Sie sind in das Haus meiner Mutter eingebrochen? Ich sollte sie verhaften lassen.«

»Olivia ist keine Verbrecherin. Meine Großmutter hat ihr einen Schlüssel gegeben«, unterbrach ihn Colton. »Es kann noch dazu gut sein, dass sie Ihre Nichte ist. Vielleicht sollten Sie also Ihre Einstellung ein bisschen ändern.«

Peter starrte sie schweigend an und Olivia bekam das Gefühl, dass es ihn kein Stück kümmerte, ob sie miteinander verwandt waren oder nicht.

»Abgesehen von meiner Beziehung zu Ihrer Mutter«, sagte sie und brach damit das angespannte Schweigen. »Was können Sie mir über diese Fotos sagen? Hat Ihr Vater Ihre Mutter geschlagen?«

»Ja, gelegentlich«, gab Peter zu. »Aber es erschien mir nie so schlimm, wie es auf diesen Bildern aussieht.«

»Wollen Sie damit sagen, dass die Fotos vielleicht verfälscht wurden?«

»Woher zum Teufel soll ich das wissen? Ich bin nicht mal sicher, ob das überhaupt meine Mutter auf den Bildern ist. Sie hat viel Zeit mit missbrauchten Frauen verbracht. Häusliche Gewalt war eines ihrer Anliegen, das ihr am Herzen lag.

Sie konnte den verbitterten Ton in seiner Stimme nicht ignorieren. »Es klingt, als wären sie darüber wütend.«

»Ja, es hat mich wütend gemacht. Meine Mutter hat ihrer Familie den Rücken zugekehrt, um Fremden zu helfen, wo sie doch eigentlich ihrer eigenen Tochter hätte helfen sollen.«

»Francine wurde misshandelt?«

»Nein. Aber nach dem Tod meines Vaters kämpfte sie um ihr Überleben. Meine Mutter befasste sich mit anderen, während Francine sich mit Drogen und Alkohol volldröhnte. Als meine Mutter sich dann wieder auf Francine konzentrierte, war sie schon nicht mehr zu retten.«

»Warum haben Sie sie nicht gerettet?«, unterbrach Colton ihn.

Peters Blick sprang hinüber zu Colton. »Ich habe es versucht – viele Male sogar. Aber als sie mit den Drogen anfing, war ich im College und später dann in der Navy. Ich wusste nicht, was los war. Ich habe mich darauf verlassen, dass sich meine Mutter tatsächlich wie eine Mutter verhält.«

Olivia erkannte, dass Peter seine Mutter für Francines Probleme verantwortlich machte. Ob das nun fair war oder nicht, konnte sie nicht sagen. »Wir kommen gerade ein bisschen vom Thema ab«, sagte sie und zog seine Aufmerksamkeit wieder auf sie. »Sie sind wütend auf Ihre Mutter, das ist ganz klar. Aber haben Sie nicht auch ein bisschen Mitleid mit ihr, nach allem, was sie durchgemacht hat mit Ihrem Vater?«

»Wie schon gesagt, es war nicht so schlimm«, antwortete er. »Ja, er hat zu viel getrunken und war äußerst aufbrausend. Ab und zu hat er ihr eine runtergehauen, sie mal geschubst, ihr Abendessen in den Müll geworfen – aber das ist nicht immer passiert. Er konnte auch ein guter Mann sein. Er hat ihr Geschenke gemacht, mit ihr Ausflüge gemacht und uns als Familie unterstützt. Er hatte einen stressigen Job. Natürlich war das falsch, was er machte. Aber sie hätte doch nicht …« Peter hörte abrupt auf zu sprechen.

»Hätte doch nicht was tun sollen?« bohrte Olivia.

Er starrte sie eine lange Weile an, an seinem Hals konnte sie erkennen, dass sein Puls raste. »Ist doch egal.«

»Ist es eben nicht«, sagte sie frustriert. Immer wenn sie sich einem interessanten Aspekt näherte, schlug ihr jemand die Tür vor der Nase zu. »Was hat Molly gemacht?«

»Na gut. Sie wollen es wissen? Ich werde es Ihnen sagen. Sie hat ihn umgebracht«, sagte Peter emotionslos. »Sie hat meinen Vater getötet. Sie hat ihn mir und Francine weggenommen.«

Sie legte sich, von seinen Worten geschockt, die

Hand auf den Mund. Es wurde ihr ein wenig übel. »Das verstehe ich nicht. Es gab einen Brand ...«

»Ja, einen Brand, den sie gelegt hat, als er zu betrunken war, um sich selbst retten zu können.«

Olivia schluckte den Kloß in ihrem Hals herunter und sah hinüber zu Colton. Sie fragte sich, was er wohl über Peters Aussage dachte.

Coltons Gesichtsausdruck war düster, als er sie ansah. Dann wandte er sich an Peter. »So steht es aber nicht im offiziellen Bericht. Darin steht, dass Sie, Francine und Ihre Mutter im Haus meiner Großmutter waren, als das Feuer ausbrach. Ihre Mutter hat sich Sorgen gemacht, als Ihr Vater nicht ans Telefon ging und hat meinen Großvater geschickt, um nach ihm zu sehen.«

»Völliger Schwachsinn«, sagte Peter »meine Eltern haben sich in der Küche gestritten. Eleanor ist auf einmal aufgetaucht. Sie hat Francine und mich nach draußen gebracht und uns zu ihr nach Hause geschickt. Sie und meine Mutter sind dann nach einer Viertelstunde aufgetaucht. Dann haben wir die Martinshörner gehört. Ich dachte noch, dass sie sich sehr nah anhörten. Aber ich habe erst am nächsten Tag erfahren, dass die Feuerwehrautos zu meinem Haus gerast sind und dass mein Vater tot war.«

Auf seine Worte folgte Stille. Sie wusste nicht, was sie sagen sollte.

Schließlich murmelte sie: »Es tut mir leid.«

»Ich brauche Ihr Mitgefühl nicht«, sagte er. »War's das jetzt?«

»Noch nicht ganz«, sagte sie schnell, als sie spürte, dass er dabei war, ihre Unterhaltung zu beenden. »Warum glauben Sie, dass der Bericht voller Lügen war?«

»Weil die Callaways versucht haben, meine Mutter vor dem Gefängnis zu bewahren. Vielleicht dachten sie, dass es am besten so wäre. Mein Vater war tot und meine Mutter war die einzige Person, die wir noch hatten. Ich war ein Kind, als das alles passierte. Ich hatte nicht verstanden, was genau gelaufen war. Ich habe erst viel später die Puzzleteile zusammenfügen können und die Wahrheit erkannt.«

»Ihr Vater war Polizist«, unterbrach Colton. »Wieso sollte die Polizei seinen Tod nicht untersucht und die Wahrheit herausgefunden haben?«

Peter zuckte mit den Schultern. »Ich habe keine Ahnung. Vielleicht hat meine Mutter auf die Tränendrüse gedrückt.«

»Sie meinen, dass sie vielleicht jemandem davon erzählt hat, dass Ihr Vater ihr gegenüber gewalttätig war?«, fragte Olivia. Sie verstand einfach nicht, warum Peter so entschlossen war, diesen Teil der Geschichte unter den Teppich zu kehren.

»Ich weiß nicht, was sie getan hat.«

»Sie haben sie nie gefragt? In all den Jahren, die seither vergangen sind, ist dieses Thema nie hochgekommen?«, forderte sie ihn heraus.

»Nicht ein einziges Mal. Ich glaube, meine Mutter fühlte sich schuldig, wegen dem, was passiert war. Ganz ehrlich verstehe ich nicht einmal, wie sie es geschafft hatte, die Beerdigung zu überstehen. Die Kollegen meines Vaters stellten ihn als Helden dar. Sie berichteten der Welt von all seinen guten Taten. Und meine Mutter saß nur da und schwieg. Sie hat nicht einmal geweint.«

Peters Worte berührten sie tief. Sie hatte eine sehr ähnliche Beerdigungsfeier erlebt, als ihr Vater gestorben war – mit allem Prunk und den Heldengeschichten. In ihrem Fall hatte sie keinerlei Gründe gehabt, die Geschichten anzuzweifeln, aber sie war auch einen anderen Weg gegangen als Peter. Sie hatte ihren Vater nach seinem Tod nicht verehrt, sie war nur wütend gewesen, dass er nicht mehr da war. Aber sie konnte sehen, dass Peters Bewunderung für seinen Vater über die Jahre nur noch mehr gewachsen war. Er hatte sich offensichtlich davon überzeugt, dass sein Vater gut war und seine Mutter sehr, sehr schlecht.

»Warum besuchen Sie Molly, wo Sie sie doch so hassen?«, fragte sie. »Ich habe sie schon zweimal am Bett ihrer Mutter getroffen.«

Er antwortete nicht sofort. »Ich weiß es nicht. Ich denke aus Pflichtgefühl.«

»Haben Sie jemals darüber nachgedacht, dass Sie vielleicht nicht die ganze Geschichte der Ehe Ihrer Eltern kennen?«

Er schüttelte den Kopf. »Ich war doch dabei. Wenn ich sie nicht kenne, wer denn dann?«

»Ihre Mutter. Und diese Fotos erzählen eine ganz andere Geschichte von Ihrem Vater, als das, was Sie uns gerade erzählt haben. Diese schrecklichen Blutergüsse kamen nicht von ein paar Ohrfeigen und Schubsern. Und Sie wollen mir erzählen, dass Sie Ihre Mom nie in diesem Zustand gesehen haben?« Sie hob eines der Bilder auf und hielt es ihm vor das Gesicht. »Sehen Sie sie an. Sehen Sie sich an, wie verletzt sie ist. War das wirklich ein Held, der das getan hat?«

»Ich ... Ich glaube nicht, dass sie das ist«, verdrehte er die Tatsachen.

»Natürlich ist sie das.« Sie sah ihm direkt in die Augen. »Und das wissen Sie. Sie wollen nur nicht von den Lügen ablassen, die Sie sich diese ganzen Jahre lang selbst erzählt haben.«

»Was wissen Sie schon davon? Sie kennen sie nicht einmal.«

»Ich weiß, was sie mir in ihrem Brief geschrieben

hat. Ich weiß, dass sie das Gefühl hatte, dass die Männer in ihrem Leben ihr den Mund verbaten. Und ich weiß, dass sie sich nicht getraut hat, ihre Geschichte zu erzählen. Und ich weiß, dass sie misshandelt wurde, weil diese Bilder einfach nicht lügen, es sei denn, Sie wollen das.«

Schweigen bereitete sich zwischen ihnen aus. »Ich weiß nicht, was Sie von mir wollen«, sagte Peter. »Meine Mutter wird wahrscheinlich bald sterben. Ich bezweifle, dass sie wieder ihr Bewusstsein erlangt. Also selbst, wenn ich Interesse daran hätte, mit ihr zu sprechen, ist es jetzt zu spät. Meine Familie ist nun fast völlig verschwunden, Miss Bennett.« Er hielt inne. »Und selbst wenn Sie Francines Tochter sind, kann ich trotzdem nichts für Sie tun.«

»Ich will gar nicht, dass Sie etwas für mich tun. Ich will die Wahrheit wissen.« Sie holte tief Luft und wechselte das Thema. »Wissen Sie, wer der Vater von Francines Baby ist?«

»Ich habe Ihnen bereits gesagt, dass ich es nicht weiß.«

»Und selbst wenn sie Ihnen keinen Namen genannt hat, hat sie Ihnen nie etwas über ihn erzählt?«, fragte Olivia. Sie hatte das Gefühl, dass jetzt ihre letzte Chance war, irgendwelche Informationen darüber zu erlangen, wer ihr leiblicher Vater war.

»Sie sagte, dass er Musiker sei, dass sie ihn liebte. Aber dass er nicht daran interessiert war, Vater zu sein. In dem Moment, in dem ich das gehört habe, begann ich, mir Sorgen zu machen. Es ging ihr ungefähr ein Jahr lang wirklich gut. Sie hatte keine Drogen genommen und war zu den Anonymen Alkoholikern gegangen. Ich hatte gehofft, dass sich ihr Leben wieder zum Guten wenden würde. Während ihrer Schwangerschaft hat sie auch gut durchgehalten, hat keine Drogen genommen. Sie hat ihre Vitamine eingenommen und versucht, sich gesund zu ernähren. Sie hatte gehofft, dass der Mann, den sie liebte, zu ihr zurückkommen und dass sie ihr Happy End bekommen würde. Genauso war Francine, sie lebte immer in einer Traumwelt.«

Olivia überraschte das nicht. Es klang, als ob Francine eine Menge Gründe gehabt hatte, warum sie aus ihrem Leben ausbrechen wollte. »Wann hat sie beschlossen, ihr Baby zur Adoption freizugeben?«

»Am Tag nach der Geburt ihrer Tochter. Sie hatte schon eine Weile darüber nachgedacht. Als der Kindsvater dann nicht im Krankenhaus auftauchte, wurde sie von der Realität eingeholt. Sie hat das Jugendamt angerufen und gesagt, dass sie zum ersten Mal in ihrem Leben die richtige Entscheidung treffen und dafür sorgen würde, dass ihre Tochter in ein gutes Zuhause kommen würde.«

»Meine Schwester war ein guter Mensch«, fuhr Peter fort. »Aber nach dem Tod meines Vaters ist ein Teil von ihr verloren gegangen. Nachdem ich aufs College bin, ist sie immer wieder in Schwierigkeiten geraten. Sie brauchte jemanden, der sie gerettet hätte, aber meiner Mutter ist das nicht gelungen. Sie hat Francine dazu ermutigt, das Kind zur Adoption freizugeben. Sie hätte Francine stattdessen helfen können, aber dieses Angebot hat sie nicht gemacht.«

Olivia seufzte. Sie war sich nicht mehr sicher, wie sie über Molly denken sollte. »Hat Francine Ihnen irgendetwas über die Adoptiveltern erzählt?«

Er sah sie an. »Sie hat mir gesagt, dass der Vater Polizist ist.«

Ein eiskalter Schauer jagte über ihren Rücken. Ein weiteres Indiz, dass sie Francines Tochter war. »Mein

Vater war Polizist.«

»War?«, fragte er.

»Er kam im Dienst ums Leben, als ich in der Highschool war.«

Peter holte scharf Luft. »Es stimmt scheinbar, was man sagt, dass die Besten jung sterben.«

»Er war ein guter Mensch.« Sie wünschte, sie könnte das Gleiche über seinen Vater sagen, ihren leiblichen Großvater, aber das konnte sie nicht.

»Das war's«, sagte Peter. »Mehr weiß ich nicht.«

»Nur noch eine Frage«, warf Colton ein. »Warum sind Sie in Olivias Hotelzimmer eingebrochen und haben die Tagebücher ihrer Mutter gestohlen?«

Peter blieb der Mund offenstehen. »Was zur Hölle meinen Sie damit? Ich weiß nicht mal, in welchem Hotel sie übernachtet.«

»Ich hatte Ihnen erzählt, dass ich die Tagebücher Ihrer Mutter habe«, sagte Olivia. »Und wahrscheinlich wäre es auch nicht schwer gewesen, mich anhand meines Namens zu finden. Heute Morgen ist jemand in mein Hotelzimmer eingebrochen und hat die Tagebücher, die Molly mir zur Durchsicht gegeben hatte, gestohlen.«

»Ich weiß nicht, wovon Sie sprechen. Ich war den ganzen Morgen hier im Büro.«

Peter schien nicht zu lügen. Und bisher hatte er sehr viel preisgegeben, sodass sie jetzt nicht mehr wusste, was sie denken sollte. »Haben Sie eine Idee, wer sich sonst noch für die Erinnerungen Ihrer Mutter interessieren könnte?«, fragte sie. »Mir fällt niemand außer Ihnen ein.«

Peter sah sie an. »Mir auch nicht. Ich weiß nur, dass ich es nicht war. Sie können diese Bilder mitnehmen.«

»Nein«, sagte sie. »Behalten Sie sie.«

»Na gut.« Er sah auf seine Uhr. »Ich habe noch einen weiteren Termin. Sind wir fertig?«

»Vorerst schon«, sagte sie. Sie wollte sich nicht auf einen völligen Abschluss der Geschichte einlassen, auch wenn es sehr deutlich war, dass Peter hoffte, sie nie wieder zu sehen.

Kapitel 24

»Geht es dir gut?«, fragte Colton, als sie auf den Valet warteten, der ihr Auto brachte.

»Ich weiß es nicht«, sagt Olivia mit einem hilflosen Schulterzucken.

»Ich hatte mir ein anderes Bild von Peter gemacht.«

»Was hast du erwartet?«

»Zunächst einmal niemanden, der seine Mutter hasst. Ich kann nicht verstehen, wie er sie für die häusliche Gewalt verantwortlich machen oder die Bilder so abtun konnte, die wir ihm gezeigt haben.«

»Er will das scheinbar alles nicht wahrhaben.«

»Du hättest die Bilder besser behalten sollen, Olivia.«

»Ja, vielleicht. Ich wollte, dass er sich die Blutergüsse auf dem Körper seiner Mutter genau ansieht und ich glaube, dass er das in unserer Anwesenheit nicht machen würde.«

»Wahrscheinlich hat er sie in den Müll geworfen. Er möchte keine andere Geschichte hören oder sehen, als die, die er sich in seinem Kopf zusammengereimt hat.« Der Gedanke an Peters Ausflüchte machte ihn wütend. Molly hatte einen Sohn verdient, der sich für sie einsetzte und sie nicht dafür verantwortlich machte, was ihr passiert war.

»Vielleicht hast du Recht. Was mir aber im Moment mehr Sorgen bereitet, ist, wer in mein Hotelzimmer eingebrochen ist. Ich denke nicht, dass es Peter war. Aber wenn ich ihn von der Liste streiche, weiß ich nicht, wo ich weitersuchen soll.«

»Wer weiß denn sonst noch, dass du in diesem Hotel übernachtest?«

»Ich habe Nancy vom Seniorentreff meine Adresse gegeben, so hast du mich am Anfang gefunden. Ich bin mir also sicher, dass alle Senioren von diesem Treff meine Adresse bekommen würden, wenn sie sie wollten.« Sie hielt einen Moment inne. »Dein Großvater ist aber nicht zurück, oder?«

»Nein. Er ist nicht in der Stadt«, sagte Colton mit einem genervten Gesichtsausdruck. Er spürte, wie er sich durch ihre Worte am ganzen Körper anspannte. »Er würde nicht in dein Hotelzimmer einbrechen, Olivia. Um Gottes willen, er ist vierundachtzig Jahre alt.«

»Ich habe ihm das ja auch nicht unterstellt. Ich gehe nur die Liste der Leute durch, mit denen ich gesprochen habe und die nicht wollen, dass ich hier bin. Und dein Großvater steht ganz oben auf dieser Liste. Mal abgesehen davon sind alle Verdächtigen alt. Das Alter deines Großvaters ist also nichts Besonderes. Ich verstehe ja, dass du deine Familie beschützen willst, Colton, aber ich kann nicht zulassen, dass deine Gefühle die Fakten verdecken.«

»Das war jetzt ziemlich brutal«, gab er zurück.

Die Luft zwischen ihnen knisterte und es war eindeutig kein gutes Knistern.

Olivia sah ihn entschuldigend an. »Es tut mir leid. So habe ich es nicht gemeint.«

Er hoffte wirklich, dass sie es nicht so gemeint hatte, denn ihre Worte hatten ihn verletzt.

»Manchmal bekomme ich einen Tunnelblick, wenn ich mich auf ein Problem konzentriere«, fügte sie hinzu. »Deine Gefühle sind mir wichtig Colton.«

Er nickte und ließ es ihr durchgehen, weil sie sehr gestresst war. »Danke. Ich verstehe auch, dass du frustriert bist. Das geht mir ähnlich. Und ich weiß, dass der nächste logische Schritt ist, mit meiner Großmutter zu sprechen.«

»Sie ist der gemeinsame Nenner, Colton.«

»Ja, aber ich wünschte, es wäre nicht so.« Er hielt inne, als der Valet sein Auto brachte. Sie stiegen ein und wenige Minuten später verließen sie das Parkhaus. Er war froh, die Sonne wieder zu sehen. Sie ließ die Spannung der letzten Stunde ein wenig weichen.

»Was ich auch nicht verstehe«, sagte Olivia, als sie an einer Ampel anhielten, »ist, warum Peter über die Brandnacht Lügen erzählt. Ich verstehe ja, dass er versucht die Vergangenheit anders darzustellen, was den Missbrauch seiner Mutter angeht. Ich verstehe, dass er seinen Vater nicht als Monster in Erinnerung behalten möchte. Aber warum er eine andere Geschichte über diese Nacht im Kopf hat, als der Feuerwehrbericht darstellt, ist mir nicht klar.«

»Irgendjemand lügt hier ganz offensichtlich oder erinnert sich nicht genau daran, was passiert ist.« Er sah sie kurz an. »Glaubst du, Molly hat Stan getötet, wie Peter sagt?«

»Wenn sie es getan hat, dann in Notwehr. Glaubst du, deine Großeltern würden versuchen, das Ganze zu verschleiern, um sie zu schützen?«

»Nein.« Er schüttelte den Kopf und dachte über die Fakten nach. »Molly hatte diese eindeutigen Fotos ihres

Missbrauchs. Wir wissen, dass sie nicht verbrannt sind, sie hätte also Beweise gehabt, dass ihr Ehemann sie schlug. Es ist deshalb zweifelhaft, dass jemand sie wegen Notwehr verurteilt hätte.«

»Das stimmt nicht immer«, sagte Olivia. »Wenn die Geschworenen nicht geglaubt hätten, dass es Notwehr war, sondern dass Molly einfach wütend wurde und ihren Mann getötet hat, hätte sie dafür ins Gefängnis kommen können.«

Er hasste es, dass das Justizsystem so versagen könnte, wusste aber, dass es manchmal passierte. »Nun ja, ich denke, das wäre möglich.«

»Ein Verfahren hätte sicherlich eine Menge Schmutzwäsche hervorgebracht«, fügte sie hinzu. »Molly wollte das vielleicht nicht durchmachen oder verhindern, dass ihre Kinder alles mitbekamen. Ich frage mich aber, warum Peter zu niemandem jemals etwas gesagt hat. Wenn er wirklich denkt, dass seine Mutter eine Mörderin ist, warum sollte er über all diese Jahre schweigen?«

»Vielleicht dachte er, dass ihm niemand glauben würde. Oder vielleicht gehört das zum Nichtwahrhabenwollen dazu. Als es passiert war, war er noch ein Kind. Er war verwirrt und voller Trauer. Er hatte gerade seinen Vater verloren und ich bin mir sicher, dass er nicht auch noch seine Mutter verlieren wollte.«

»Das stimmt.« Sie dachte einen Moment lang nach. »Weißt du, ich habe mir überlegt, dass es vielleicht noch eine andere Sichtweise auf all das gibt, die wir noch nicht durchgegangen sind.«

»Wirklich?«, fragte er überrascht und hoffnungsvoll. Denn er fühlte sich, als wären sie in einem Hamsterrad voller Frustration gefangen. »Und was für ein Blickwinkel wäre das?«

Sie drehte sich in ihrem Sitz um, damit sie ihn

ansehen konnte. »Es geht um die Briefe, die ich immer noch in meiner Handtasche habe. Vielleicht versucht jemand, eine der Frauen aufzuspüren. Oder vielleicht ist eine dieser Frauen zurück in San Francisco und hat davon gehört, dass ich das Buch schreiben will und möchte ihre geheime Vergangenheit beschützen.«

»Nun ja, das wäre schon möglich, aber all das ist schon so lange her, Olivia.«

»Na gut. Wie wäre es damit: was, wenn Ginnie oder Constance eine Freundin hatten, die sie gerettet haben und die mit ihnen über die Jahre in Kontakt geblieben ist? Sie könnten ihr gegenüber erwähnt haben, dass ich an dem Buch arbeite und dass Molly mir einige ihrer Dinge hinterlassen hat. Vielleicht wurden sie nervös, was ihre Rolle in der ganzen Geschichte angeht. Vielleicht gibt es jemanden in ihrer Familie, den die Idee eines Buchs genauso wenig gefällt wie deinem Großvater. Vielleicht war es auch gar nicht Ginnie oder Constance. Es könnte ja eins ihrer Kinder, oder ein Geschwisterteil oder jemand mit einer Verbindung zu ihnen sein.«

Er legte den Kopf auf die Seite. »Ich kann deine Theorien nicht abstreiten. Aber dadurch wird unsere Verdächtigenliste nur länger. Und wir müssen versuchen, sie einzugrenzen.«

»Ich weiß«, sagte sie seufzend. »Ich versuche nur, einen Schlachtplan zu entwerfen.«

Er dachte einen Moment lang nach, als er durch die Stadt fuhr und es gab wirklich nur einen einzigen Plan, der Sinn ergab. »Wir werden mit meiner Großmutter sprechen.«

»Wirklich?«, fragte Olivia zweifelnd. »Ich dachte, das sei dein letzter Ausweg.«

»Ich glaube, wir sind an dem Punkt angelangt. Du könntest in Gefahr schweben.«

»Ich weiß nicht, ob ich in Gefahr schwebe«, sagte sie langsam. »Bisher hat noch keiner versucht, mir weh zu tun.«

»Noch nicht«, sagte er mit einem schweren Unterton.

»Okay, jetzt machst du mir ein bisschen Angst.«

»Mir gefällt der Gedanke nicht, dass jemand in deinem Zimmer war. Wie sind sie da reingekommen? Wie konnten sie wissen, dass du nicht da warst? Das gefällt mir einfach nicht. Und da wir ja nicht wissen, mit wem wir es zu tun haben, kann ich nicht einschätzen, zu was sie noch fähig sind. Offensichtlich machen deine Anwesenheit und dein Aufwühlen von Geheimnissen jemanden nervös.«

»Jetzt machst du mir noch mehr Angst.«

Er lächelte sie kurz beruhigend an. »Mach dir keine Sorgen. Ich werde dich beschützen, Olivia. Wenn du bei mir bist, wird dir nichts passieren.«

Sie erwiderte sein Lächeln. »Ich muss zugeben, dass ich mich in deiner Nähe sicherer fühle.«

»Gut. Genau so soll es sein« er wechselte die Spur und fuhr bei Gelb über die Ampel. »Wir reden jetzt mit meiner Großmutter. Lass uns nur einfach nicht Stan erwähnen. Das hat scheinbar das letzte Mal ihre Aufregung ausgelöst.«

Zehn Minuten später ließ Donna sie in das Haus seiner Großmutter. Sie hieß sie lächelnd willkommen und sagte ihnen, dass Eleanor sich gut fühlte und im Wohnzimmer war.

Er freute sich, dass seine Großmutter so gut aussah, wie sie sich scheinbar fühlte. Sie trug ein blaues Kleid mit großen weißen Blumen darauf. Das Blau brachte ihre Augen zum Leuchten und die Blumen erinnerten ihn an ihren Sinn für Spaß.

»Grandma, du siehst heute sehr hübsch aus.«

»Danke, Colton«, sagte sie mit einem warmen Lächeln. »Hallo Olivia, es ist schön, Sie wiederzusehen. Ich war vorhin beim Seniorentreff, aber Sie leider nicht. Ich habe mich schon gefragt, ob Sie zurück nach New York gegangen sind.«

»Ich wäre gerne hingegangen, aber es ist etwas dazwischen gekommen«, sagte Olivia.

»Lynda sagte, dass ich euch gestern in Aufregung versetzt habe.«

Colton setzte sich neben seine Großmutter, während Olivia im Sessel gegenüber Platz nahm. »Wir haben dich in Aufregung versetzt«, sagte er.

»Worüber haben wir gesprochen, bevor ich weg war?«, fragte Eleanor mit einem liebevollen Lächeln.

Er fragte sich, wie viele Male er wohl noch mit ihr so sprechen können würde, die echte Grandma zu sehen und nicht die beängstigende Hülle, die er am Vortag erlebt hatte. Der Gedanke versetzte seinem Herz einen Stich. Er wollte wirklich nichts tun, das sie möglicherweise wieder in Aufruhr versetzte. Gleichzeitig wollte er aber auch Olivia helfen.

»Du scheinst hin- und hergerissen zu sein.« Eleanor legte den Kopf schief und sah ihn eindringlich an. »Das ist aber ungewöhnlich für dich, Colton. Normalerweise weißt du doch immer genau, was du willst. Das habe ich an dir immer bewundert. Tatsächlich erinnerst du mich, was das angeht, sehr an deinen Großvater. Also, was ist das Problem? Kann ich dir irgendwie helfen?«

»Ich weiß nicht, ob du dich an unsere letzte Unterhaltung erinnerst«, sagte er langsam. »Wir haben dir erzählt, dass wir denken, dass Olivia vielleicht mit Molly verwandt ist.«

»Daran erinnere ich mich«, sagte Eleanor nickend. »Wäre das nicht schön? Francine hat mir immer so leidgetan. Sie hatte so viele Probleme. Sie wollte ihr Kind nicht aufgeben, wusste aber, dass sie keine gute Mutter sein würde. Ich habe ihre Entscheidung respektiert.«

»Ich hatte den Eindruck, dass Molly Francine dazu ermutigt hat, ihr Baby zur Adoption freizugeben«, sagte Olivia.

»Wer hat Ihnen das gesagt?«

»Peter.«

»Oh, Peter.« Eleanors Ton veränderte sich schlagartig. »Aus diesem Jungen ist ein harter, kalter Mann geworden. Wenn er sie besuchte, zitterte Molly jedes Mal. Ich glaube, sie war fast sogar dankbar dafür, dass sie sich voneinander entfremdeten. Sie sahen sich deswegen nicht mehr oft.«

Colton fragte sich plötzlich, ob Peter wohl auch zu einem handgreiflichen Mann geworden war wie sein Vater. Aber er wollte nicht gleich über Stan sprechen.

»Nein«, fuhr Eleanor fort. »Molly sagte Francine, dass sie ihr mit dem Baby helfen würde. Peter war derjenige, der die Adoption vorgeschlagen hatte. Francine traf in ihrem Leben viele schlechte Entscheidungen. Sie tat mir aber trotzdem leid, weil sie sehr traurig war, nachdem sie das Baby weggegeben hatte.«

»War sie nicht schon vorher traurig?«, fragte Colton. »Peter sagte, nach dem Tod ihres Vaters war sie ein ziemliches Wrack.«

»Ja das kann schon sein. Es war eine schreckliche Zeit. Nach Francines Tod war Molly am Boden zerstört. Die Arme. Es schien, als würde sie alle paar Jahre einen Menschen verlieren.«

»Wo wir gerade von Molly sprechen«, sagte Olivia langsam. »Ich möchte mit Ihnen gerne über ein paar Bilder sprechen, die ich bei Molly gefunden habe. Darauf waren fürchterliche Blutergüsse dokumentiert. Ich gehe davon aus, dass diese Blutergüsse durch ihren Ehemann entstanden sind.«

Colton hielt die Luft an, als Olivia Stan in die Unterhaltung einbrachte, auch wenn sie absichtlich nicht seinen Namen genannt hatte. Seine Großmutter war ein wenig blass um die Nase geworden, aber in ihren Augen konnte er sehen, dass sie noch bei ihnen war.

»Ja«, sagte Eleanor. »Es ist schwer, das laut auszusprechen, sogar nach all den Jahren. Es ist wahr, Molly wurde von ihrem Mann geschlagen.«

»Wann haben Sie es herausgefunden?«, fragte Olivia.

»Das hat eine Weile gedauert. Eine Zeit lang hatte ich so meine Vermutungen, aber Molly hatte immer eine Erklärung parat. An einem Tag waren die Blutergüsse zu schlimm, um sie ignorieren zu können. Da habe ich sie zur Rede gestellt und sie hat mir die Wahrheit erzählt. Es ging schon eine ganze Weile so und meistens wurden die Prügel von Stans Alkoholkonsum ausgelöst.«

»Haben Sie die Bilder von Molly gemacht?«, fragte Olivia.

»Ja. Molly hatte mit einem Polizisten gesprochen, bevor es zu diesen Schlägen damals gekommen war. Sie ist zu einer Wache gegangen, wo ihr Mann nicht arbeitete, in der Hoffnung, dass sie mit jemandem über ihre Situation sprechen konnte, der unvoreingenommen war, um Hilfe zu bekommen. Aber der Mann, mit dem sie sprach, hat ihr überhaupt nicht geholfen und war auch unfreundlich zu ihr. Er sagte ihr, dass er sich ihre Beschwerden ansehen würde, aber dass ihr Ehemann nun einmal einen stressigen Beruf hatte und dass sie lieber mit ihm in den Urlaub fahren sollte, als zu versuchen, ihn verhaften zu lassen.«

Olivia schüttelte ungläubig den Kopf. »Das ist absurd. Ich kann nicht glauben, dass ein Polizist so reagieren würde, auch wenn es um einen Kollegen ging.«

»Ich habe ihr gesagt, dass sie mit jemand anderem sprechen soll, aber sie sagte, dass sie Beweise brauchte. Deswegen habe ich die Bilder von ihr gemacht.«

»Grandma, geht's dir gut?«, fragte Colton, als er sah, dass seine Großmutter begann, an ihren Fingern zu nesteln. »Soll ich dir ein Glas Wasser bringen? Oder möchtest du, dass wir aufhören, darüber zu sprechen?«

Eleanor zögerte und schüttelte dann den Kopf. »Nein, ich habe das erwartet. Ich dachte, ich bin darauf vorbereitet. Ich hatte immerhin lange Zeit, um mich darauf vorzubereiten.« Sie atmete tief ein und sagte: »Ich weiß, was ihr beide mich fragen wollt.«

»Wirklich?«, fragte Colton und zog ihren Blick damit auf sich.

Sie nickte mit aufeinandergepressten Lippen. »Ihr wollt wissen, was mit Stan passiert ist.«

Sein Magen zog sich zusammen. »Nur, wenn es dir gut genug dafür geht.«

»Ich habe deinem Großvater vor langer Zeit versprochen, dass ich nie wieder über diese Nacht sprechen werde.« Ihr Blick wanderte von Colton zu Olivia. »Aber ich weiß, dass Molly wollte, dass Sie diese Geschichte hören, Olivia. Es war mir nicht klar, dass sie es wollte, weil Sie ihre Enkelin sind. Ich dachte, sie wollte nur, dass die Wahrheit ans Licht kam, weil es seit Jahrzehnten an ihr nagte.«

»Und was ist die Wahrheit?«, fragte Olivia.

»Molly und Stan haben sich eines Abends ganz furchtbar gestritten. Ich hatte mir schon die gesamte Woche über Sorgen um Molly gemacht, weil die Gewalt immer schlimmer wurde. Stan hatte Schwierigkeiten auf der Arbeit und ließ seinen Frust an Molly aus. Sie wollte ein besonderes Abendessen für ihn machen, um seine

Stimmung aufzuhellen. Ich hatte Bedenken deswegen. Ich habe versucht, sie vor dem Abendessen anzurufen. Ich hatte nicht gedacht, dass Stan schon zu Hause sein würde. Er mochte es nicht, wenn sie abends telefonierte, deswegen sprachen wir immer tagsüber.«

»Ist sie denn drangegangen?«, fragte Olivia und rutschte auf die Sesselkante.

»Ja, das ist sie«, sagte Eleanor. »Sie war ganz aufgeregt. Im Hintergrund konnte ich Stan schreien hören. Ich wusste, dass es schlimm war, also bin ich rüber zu ihrem Haus gegangen. Mein Sohn Kevin passte auf die anderen Kinder auf. Ich dachte, ich würde in ein paar Minuten wieder da sein. Aber als sich zu Mollys Haus kam, wurde ich Zeuge eines grausamen Streits. Ich hatte noch nie einen Mann gesehen, wie er eine Frau schlug. Stan war völlig außer Kontrolle. Er war betrunken und wütend. Er beschimpfte sie wüst und stürmte durch die Küche. Er warf Töpfe und Pfannen an die Wände und auf Molly. Ich habe Funken fliegen gesehen. Ich dachte, er würde Molly umbringen und das Haus abbrennen.«

Colton rutschte näher an seine Großmutter heran und legte ihr seinen Arm um die zitternden Schultern. »Du kannst jederzeit aufhören, Grandma, wenn es dir zu viel wird.«

»Nein, ich kann nicht aufhören. Molly kann nicht mehr sprechen. Ich wollte es ihr überlassen, die Wahrheit ans Licht zu bringen und ich wusste, dass sie wollte, dass ihre Enkelin die Wahrheit erfährt.«

»Und was ist die Wahrheit?«, fragte Olivia mit einem besorgten Unterton.

Colton hielt die Luft an. Es schien, als bräuchte seine Großmutter ewig, um die richtigen Worte zu finden. Als es ihr nicht gelang, ergriff er das Wort.

»Molly hat ihren Ehemann umgebracht, oder nicht?«,

fragte er.

Eleanor starrte ihn aus weit aufgerissenen Augen mit etwas angsterfülltem Blick an. »Nein«, sagte sie und sah ihm in die Augen. »Molly hat ihren Mann nicht umgebracht ... Ich war es.«

Kapitel 25

>>W<<as ist denn hier los?«, wollte Patrick wissen.

Colton sprang auf, als sein Großvater mit einem wütenden Blick ins Wohnzimmer kam. Es war offensichtlich, dass er den letzten Teil ihrer Unterhaltung mitbekommen hatte.

Patrick ging schnell zu Eleanor und setzte sich neben sie auf das Sofa. Er nahm ihre Hand und sah ihr ins Gesicht, um zu erkennen, ob sie in irgendeiner Form beunruhigt war. »Geht es dir gut, Ellie?«

»Ja, es geht mir gut«, sagte sie und lächelte ihn gezwungen an. »Es tut mir leid, aber ich musste den beiden die Wahrheit erzählen.«

Patrick sah Colton an. »Was zur Hölle glaubst du eigentlich, was du hier machst?«

»Schrei ihn nicht an«, sagte Eleanor. »Olivia ist Mollys Enkelin. Sie ist das Kind, das Francine weggegeben hat. Sie musste erfahren, was mit Stan passiert ist.«

»Was?«, gab Patrick schockiert zurück. Er sah Olivia an. »Haben Sie dafür Beweise?«

»Ich … Ich bin gerade dabei …«, sagte sie.

Olivia war auch aufgesprungen, als Patrick in das Haus gestürmt war. Colton hatte sich neben sie gestellt, da er das Gefühl hatte, dass sie in Anbetracht des eiskalten Blickes seines Großvaters ein wenig Unterstützung gebrauchen konnte.

»Ein Freund von Shayla führt gerade einen DNA-Test durch«, erklärte Colton. »Aber wir sind uns schon ziemlich sicher, was das Ergebnis sein wird.«

»Ich habe dich um eine ganz einfache Sache gebeten, Colton. Du solltest deine Großmutter von dieser Frau fernhalten. Du hast es mir versprochen.« In seiner Stimme war große Enttäuschung zu hören.

»Ich konnte das Versprechen einfach nicht halten«, sagte er und bedauerte das eigentlich gar nicht. »Und diese Frau, von der du sprichst, hat einen Namen. Sie heißt Olivia. Sie ist eine tolle Person und sie ist Mollys Enkelin. Sie will Grandma nicht wehtun. Sie versucht herauszufinden, was mit ihrer Familie geschehen ist.«

»Nimm es Olivia oder Colton nicht übel, Patrick«, sagte Eleanor zu ihrem Mann. »Du weißt doch, wie ich bin, wenn ich mich einmal entschlossen habe, etwas zu tun. Ich wollte mit Olivia sprechen, weil Molly das wollte. Sie ist eine meiner besten Freundinnen und liegt sehr wahrscheinlich im Sterben.«

»Du hast schon viel zu viel für Molly gemacht«, sagte Patrick wütend. »Wann hört das endlich auf?«

»Ich denke, es hört jetzt auf«, sagte Eleanor.

»Es ist also wahr?«, fragte Colton. Als er seine Großeltern ansah, hatte er beinahe das Gefühl, als würde er sie gar nicht kennen. Hatte seine Großmutter einen Mann getötet und es dann verschleiert? Hatte sein Großvater die Wahrheit all die Jahre lang gekannt und geschwiegen? Es schien ihm unglaublich.

»Ja«, sagte Eleanor.

»Nein.« Patricks harsche Antwort hob die Bestätigung, die seine Frau gerade gegeben hatte, wieder auf.

»Also was denn jetzt?«, fragte Colton frustriert.

Patrick sah Eleanor an und nahm ihre Hand in seine. »Du hast Stan nicht umgebracht, Ellie. Deine Erinnerung stimmt nicht.«

Eleanor runzelte die Stirn. »Ich fühle mich sehr klar im Kopf, Patrick. Ich habe nicht dieses verschwommene Gefühl, das ich normalerweise habe, bevor die Erinnerungen aussetzen.«

»Wenn Grandma Stan nicht getötet hat, wer war es denn dann?«, fragte Colton. »War es Molly?«

»Es war weder Molly, noch deine Großmutter«, sagte Patrick und schnitt seiner Frau das Wort ab, als sie gerade ansetzen wollte, um etwas zu sagen. »Ich war es.«

Colton holte erschrocken Luft. »Was?«

»Du hast schon richtig gehört. Ich war es.« Die Stimme seines Großvaters ließ keinen Zweifel zu.

»Das verstehe ich nicht«, sagte Colton. Sein Herz schlug so schnell, dass er das Gefühl hatte, er würde in Ohnmacht fallen.

Olivia nahm seine Hand und er drückte ihre Finger. Er war dankbar für ihre Berührung. Er musste sich wieder sammeln.

»Ich habe Stan Harper umgebracht. Was gibt es da nicht zu verstehen?«, fragte Patrick herausfordernd.

»Ich verstehe nicht, warum im Bericht der Feuerwehr etwas Anderes steht«, sagte er, als er endlich seine Stimme wiedergefunden hatte. »Du hast Brandwunden davongetragen von deinem Versuch, Stan aus dem Haus zu bringen. Ich kann doch die Narben auf deinen Händen sehen.«

Patrick sah seine vom Wetter gegerbten Hände an.

Die Haut war von Sommersprossen übersät und so dünn, dass seine Venen hervortraten. Und auf den Händen waren weiße Brandnarben.

»Diese Narben werden mich für immer an das erinnern, was ich an jenem Abend getan habe.« Er sah Colton an. »Die Wahrheit ist, als ich zum Haus kam, war Stan rasend vor Wut. Wir haben uns gestritten. Er hat Pfannen durch die Küche geworfen. Eine von ihnen hat angefangen zu brennen. Ich habe versucht, ihn aufzuhalten. Es kam zu einem Handgemenge. Er ist ausgerutscht und hat sich den Kopf angestoßen. Er ist bewusstlos geworden. Und die Küche um uns herum brannte schon lichterloh.«

»So schlimm kann das doch nicht gewesen sein.«

»Es hat sich schnell ausgebreitet. Unter der Spüle und im Vorratsschrank standen Reinigungschemikalien. Einige davon sind explodiert. Das hat den Brand beschleunigt.«

»Aber du hattest doch Zeit, um ihn zu retten«, sagte Colton und stellte sich die Situation vor.

Patrick sah ihn streng an. »Ja, vielleicht hatte ich die Zeit. Aber ich habe nicht versucht, ihn zu retten. Als ich versuchte, mir einen Weg aus dem Feuer zu bahnen, habe ich mir die Hände verbrannt. Daher stammen die Narben.«

»Das glaube ich dir nicht«, sagte Colton mit einem Kopfschütteln. Es war für ihn unvorstellbar, dass sein Großvater, ein Feuerwehrmann, einen bewusstlosen Mann zurücklassen würde.

»Es ist aber wahr«, sagte Patrick. »Stan war bösartig, krank im Kopf. Er hätte nie für seine Taten geradestehen müssen, für das, was er seiner Frau angetan hatte. Auch seine Kinder hatten ab und zu Blutergüsse. Ich machte mir Sorgen, dass er sich auch gegen Ellie und den Rest unserer Familie wenden würde. Das konnte ich nicht zulassen. Ich habe alles getan, um meine Familie zu schützen. Und ich bereue es nicht.«

»Du solltest es bereuen. Du bist Feuerwehrmann. Du hast dein gesamtes Leben nach diesem Ehrenkodex ausgerichtet. Du hast mir beigebracht, den höchsten Anforderungen gerecht zu werden und diese Anforderungen besagen, dass du jeden retten musst, der gerettet werden muss«, sagte Colton. »Wir fällen keine Urteile. Wir entscheiden nicht, wer leben darf und wer sterben muss. Was du getan hast, war falsch. Es war nicht nur falsch, es war kriminell.«

»Colton.«

Er hörte den klagenden Ton in der Stimme seiner Großmutter, aber der Schock über das, was sein Großvater getan hatte, war zu groß, als dass er zuhören konnte. Er musste aus diesem Haus raus. Er musste verdammt noch mal so weit wie möglich wegkommen von den zwei Leuten, von denen er gedacht hatte, dass er ihnen bedingungslos vertrauen konnte.

Er stürmte durch das Wohnzimmer, riss die Eingangstür auf und donnerte sie hinter sich zu. Er dachte kurz darüber nach, ins Auto einzusteigen, aber er war zu wütend, um zu fahren. Also rannte er los. Er rannte, so schnell er konnte die Straße entlang. Er wusste nicht, wohin er rannte, aber er würde nicht anhalten bis seine Welt wieder Sinn ergab.

Es würde ein sehr langer Lauf werden.

»Du solltest ihm nachgehen, Patrick«, sagte Eleanor.

»Er will nicht mit mir sprechen«, sagte Patrick schroff. Er blickte hinüber zu Olivia. »Haben Sie nun das bekommen, was sie wollten?«

Sie wusste nicht, wie sie diese Frage beantworten sollte. Sie war immer noch dabei, zu verarbeiten, was sie gerade alle gesagt hatten. Und auch wenn beide lange Erklärungen abgeliefert hatten, so hatte sie doch das Gefühl, dass etwas fehlte. »Mollys Sohn Peter denkt, dass Molly Stan getötet hat. Eleanor sagt nun, dass sie es getan hat. Und jetzt übernehmen Sie die Verantwortung dafür.« Sie hielt inne. »Ich weiß wirklich nicht, wem ich glauben soll.«

»Sie können mir glauben«, sagte er mit Nachdruck. »Ich war an dem Abend dort. Ich war der Letzte, der Stan gesehen hat.« Er sah Ellie an. »Du weißt doch, dass das stimmt, meine Liebe.«

»Ich weiß, dass du nach mir dorthin gegangen bist«, sagte sie mit einem verwirrten Gesichtsausdruck. »Aber ...«

»Das ist alles, was du wissen musst«, sagte Patrick und schnitt ihr damit das Wort ab. Er sah wieder Olivia an. »Was machen Sie denn jetzt mit diesen Informationen?«

»Das weiß ich nicht.« Sie leckte sich über die Lippen. »Mir ist klar, dass in diesen schrecklichen, mit adrenalingeladenen Momenten dieser Nacht Entscheidungen in Sekundenbruchteilen gefällt wurden. Es ist mir auch klar, dass diese Entscheidungen aus Angst getroffen wurden. Was ich aber nicht verstehe, ist, wie es dazu kam, dass später keiner Fragen stellte. Ein Mann war gestorben. Er war ein schrecklicher Mann, wie es scheint. Aber er war Polizist und ich bin mir sicher, dass es schon irgendjemanden gekümmert hat, dass er unter verdächtigen Umständen ums Leben kam.«

»Die Polizei hatte alles umfassend untersucht«, sagte Patrick. »Das Gleiche gilt für die Feuerwehr. Molly und ihre Kinder waren in Sicherheit und Stan konnte niemals wieder irgendjemanden verletzen.«

Sie fragte sich, ob er sich einredete, dass das so in Ordnung war. Denn es klang nämlich danach. »Ich habe noch mehr Fragen«, sagte sie.

»Dann werden Sie Geduld haben müssen«, sagte Patrick »wir werden nicht weiter darüber sprechen, ohne uns vorher mit unserem Anwalt zu beraten.«

»Ich bin kein Gesetzeshüter, ich bin Mollys Enkelin.«

»Bis ich dafür Beweise gesehen habe, weiß ich nicht wirklich, wer sie sind«, sagte er.

»Olivia, Sie sollten Colton nachgehen«, sagte Eleanor. »Erst aufgebracht und er braucht nun jemanden. Er braucht Sie.«

»Das weiß ich nicht so genau«, sagte sie sanft. »Ich bin diejenige, wegen der all das hier angefangen hat. Diejenige, die sein Weltbild zerstört hat.« Sie sah seine Großeltern an. In Eleanors Augen sah sie Schuld und Schmerz und in Patricks Blick erkannte sie Wut und Frustration.

»Dann helfen Sie ihm dabei, sein Weltbild wieder zurechtzurücken«, sagte Eleanor.

Patrick stand auf. »Ich begleite Sie nach draußen.«

Das Letzte, was sie wollte, war eine weitere Unterredung zwischen ihr und Patrick Callaway. »Das müssen Sie nicht. Ich finde den Ausgang alleine.«

Als sie auf der Straße stand, sah sie sich nach Colton um. Sein Auto war immer noch da, aber von ihm fehlt jede Spur. Sie rief ihn an, aber er ging nicht ans Handy. Sie wartete noch fünf Minuten und entschied dann, mit dem Taxi zurück in ihr Hotel zu fahren. Sie wusste nicht, wann Colton zurückkommen würde und sie wollte nicht den restlichen Tag vor dem Haus seiner Großeltern herumstehen. Sie musste das tun, was sie zu Patrick und

Eleanor gesagt hatte: die Wahrheit herausfinden.

Obwohl er es ihr beteuert hatte, glaubte sie Patricks Geschichte nicht. Die Geschichte hatte Lücken. Eleanor hatte gesagt, dass sie gesehen hatte, wie Funken geflogen waren, als sie zum Haus kam. Bis sie und Molly zum Haus der Callaways gerannt wären und Patrick zurück zu Stan geschickt hätten, wären sicherlich einige Minuten vergangen. Und doch behauptete Patrick, dass der Brand ausgebrochen war, als er da war. Vielleicht war das nur ein kleines Detail. Vielleicht war das Feuer noch nicht groß genug, bis Patrick ankam, aber ihre Instinkte sagten ihr, dass diese kleine Lücke in der Geschichte ausreichte, um alle Lügen ans Licht zu bringen.

Sie neigte dazu, Eleanor zu glauben. Es erschien ihr sinnvoller, dass Patrick nur versuchte, seine Frau zu schützen.

Aber auch die Möglichkeit, dass Eleanor versuchte, Molly zu schützen, kam infrage.

Alles kehrte stets zu Molly zurück.

— ❖ —

Nach seinem stundenlangen Lauf kam Colton schließlich zurück zu seinem Auto. Er war verschwitzt müde und fühlte sich ein bisschen weniger verwirrt als zuvor. Er holte sein Handy aus der Tasche und sah, dass er einen Anruf von Olivia verpasst hatte. Sie hatte ihm keine Nachricht hinterlassen, aber er war sich recht sicher, dass sie es alleine zurück zum Hotel geschafft hatte. Er hatte ein schlechtes Gewissen, dass er sie alleine mit seinen Großeltern zurückgelassen hatte und völlig wortlos abgehauen war.

Er wählte ihre Nummer. Sie antwortete kurze Zeit später.

»Es tut mir leid«, sagte er.

»Geht es dir besser?«

»Nicht wirklich.« Er lehnte sich gegen sein Auto und sah das Haus seiner Großeltern an. »Aber ich hätte dich hier nicht zurücklassen sollen.«

»Ich habe das schon verstanden, Colton. Du warst völlig geschockt.«

»Jetzt weiß ich, wie du dich in den letzten paar Tagen gefühlt hast.«

»Jetzt können wir zusammen durchdrehen«, sagte sie leichthin.

Seine Hand umgriff sein Handy fester. »Du bist ziemlich fantastisch, weißt du das?«

»Naja, so sehe ich mich natürlich auch gerne. Aber was habe ich denn heute gemacht, das so fantastisch ist?«

»Du warst für mich da«, sagte er.

»Du warst die ganze Woche schon für mich da«, antwortete sie. »Es war an der Zeit, dass ich mich revanchieren konnte.«

»Ist dir klar, dass mein Großvater deinen Großvater umgebracht hat?«

»Mir ist bewusst, dass das ein mögliches Szenario ist.«

»Naja, wenn er es nicht war, dann war es meine Großmutter. Das macht es keinen Deut besser.«

»Vielleicht war es auch Molly«, erinnerte sie ihn.

»Und das macht es auch nicht besser. Es ist komisch, dass die eine Person, die tot ist, ein schrecklicher Mensch war und alle Menschen, die in Verdacht stehen, ihn getötet zu haben, sind gute Menschen. Das erscheint mir nicht richtig zu sein.«

»Nein, das ist es auch nicht. Haben meine Großeltern noch irgendetwas Wichtiges gesagt, nachdem ich gegangen war?«

»Dein Großvater hat gesagt, dass er nicht mehr mit mir sprechen wird, bis er mit einem Anwalt gesprochen hat.«

»Großartig. Das ist einfach nur großartig. Einen Anwalt anzurufen, lässt ihn tatsächlich schuldig aussehen.«

»Dein Großvater versucht nicht, es irgendwie aussehen zu lassen, Colton. Er nimmt die Schuld auf sich. Es scheint, als wäre er willens für Stans Tod ins Gefängnis zu gehen.«

»Naja, vielleicht sollte er das auch.«

»Das meinst du nicht ernst.«

»Vielleicht doch«, sagte er. Er wünschte sich, er hätte gesagt, dass er es wirklich ernst meinte. Aber wie üblich hatte Olivia ihn ein bisschen zu gut durchschaut. »Ich habe ihn immer für einen ehrenwerten Mann gehalten. Ich habe mein Leben nach seinem Vorbild ausgerichtet. Wie dumm war das denn?«

»Es war gar nicht dumm. Dein Großvater ist ganz offensichtlich ein komplizierter Mann. Ein Mann, den du meiner Meinung nach nicht wirklich gut kennst.«

»Das ist wahr. Und das, was ich zu wissen glaubte, ist eine Lüge.«

»Du musst noch einmal mit ihm sprechen. Du musst mit ihnen beiden noch einmal sprechen.«

»Das kann ich im Moment nicht. Ich bin viel zu aufgekratzt. Ich muss mich erst beruhigen, das Ganze verarbeiten. Ich muss dich sehen, Olivia. Wo bist du jetzt? Ich komme zu dir.«

»Ich bin gerade bei Mollys Haus angekommen.«

Er spannte sich an. »Und was hast du dort vor? Wir wissen doch schon, was in der Nacht des Brandes passiert ist. Wir haben sogar viel zu viele Verdächtige. Warum suchst du nach weiteren?«

»Weil ich noch nicht wirklich davon überzeugt bin, dass unsere Verdächtigen tatsächlich schuldig sind. Wir haben hier drei Leute, die gewillt sind, die Schuld auf sich zu nehmen, oder anderen die Schuld zu geben. Aber ich habe das Gefühl, dass wir die Wahrheit noch nicht kennen.«

Er fuhr sich mit der Hand durch die Haare und wünschte sich, dass er ihr nicht zustimmen könnte, aber das konnte er nicht. »Dann komme ich jetzt zu dir. Ich glaube, du solltest dort nicht alleine sein.«

»Es wird schon alles gut gehen.«

»Ich komme aber trotzdem. Sei vorsichtig. Bis gleich.«

Als er den Anruf beendete, kam sein Großvater aus dem Haus und ging die Stufen hinab. Er hätte ihm entgegengehen können, aber er beschloss, dass seinen Großvater zur Abwechslung mal auf ihn zukommen sollte.

»Du bist zurück«, sagte Patrick und blieb in einiger Entfernung vor ihm stehen.

Als er seinen Großvater ansah, hatte Colton das Gefühl, ihn mit anderen Augen zu sehen und er war sich nicht sicher, was er da sah. Sein Großvater war immer sein Held gewesen, zusammen mit seinem Vater – vielleicht stand er sogar auf seiner Liste höher als sein Vater, weil Patrick bei der Feuerwehr eine Art Legende war. Er war ein Mann, der Grenzen überschritt, der sein Leben immer wieder aufs Spiel setzte, um Menschen vor dem schrecklichsten aller Tode zu bewahren.

Aber er hatte Stan nicht gerettet.

Colton atmete tief durch und sagte dann: »Ich glaube nicht, dass wir jetzt reden sollten. Ich bin wütend.«

»Das weiß ich. An deiner Stelle wäre ich das wahrscheinlich auch.«

Er hatte gesagt, dass er nicht reden wollte, konnte sich aber nicht davon abhalten, diese Frage zu stellen: »Warum hast du ihn nicht gerettet, Grandpa?«

Patrick sah ihm in die Augen. »Ich konnte es einfach nicht. Wenn er überlebt hätte, wären die Folgen für Molly und ihre Kinder, deine Großmutter, unsere ganze Familie schrecklich gewesen.«

»Glaubst du nicht, dass du Stan Harper der Polizei hättest überlassen können?«

»Er *war* die Polizei.«

»Nein, er war nur ein einzelner Mann. Du hattest Einfluss. Du hattest Freunde, die Polizisten waren. Warum hast du nicht mit ihnen gesprochen? Warum bist du nicht zu ihm gegangen bevor das Ganze eskaliert ist? Du musst doch gewusst haben, was vor sich ging. Grandma hat doch sicher davon erzählt, dass Molly misshandelt wurde.«

»Tatsächlich hat sie es mir eine lange Zeit nicht erzählt. Sie hatte ihrer Freundin versprochen, das Geheimnis für sich zu behalten. Und das hat sie getan, bis sie bemerkt hatte, dass Molly in großer Gefahr schwebte. Das war gerade einmal zwei Wochen vor dem Brand. Wir haben darüber gesprochen, wie wir Molly helfen könnten. Sie war uns dabei aber keine große Hilfe. Sie änderte immer wieder ihre Meinung darüber, was sie tun wollte. Manchmal wollte sie, dass Stan ins Gefängnis kam. Und manchmal war sie darüber besorgt, wie sie ohne ihren Ehemann überleben sollte. Sie war eine Hausfrau mit zwei Kindern und ohne Arbeit.«

»Ich bin mir sicher, du hättest ihr helfen können.«

»Das hätte ich auch, aber diese Möglichkeit bot sich nicht schnell genug.«

Colton sah sein Großvater streng an. »Deine Tat scheint dich nicht besonders zu berühren. Bereust du es denn gar nicht?«

»Naja, es ist schon lange her, Colton, über vierzig Jahre. Ich habe gelernt, damit zu leben, was passiert ist. Und ich weiß tief in meinem Herzen, dass ich in der Situation damals das Richtige getan habe – das Einzige, was ich überhaupt tun konnte. Wenn ich vielleicht mehr Zeit zum Nachdenken gehabt hätte …« Er zuckte mit den Schultern. »Aber ich hatte nur wenige Sekunden.«

Die Antwort seines Großvaters enttäuschte ihn. »Du warst immer so sicher, was richtig und was falsch ist. Du warst unser Maßstab, als wir Kinder aufwuchsen. Wir mussten dir gerecht werden. Das war unsere Pflicht – die Callaway-Tradition.«

»Und jetzt hast du festgestellt, dass dein Held nur ein Mann mit Schwächen ist«, sagte Patrick mit resignierter Stimme. »Es gibt nichts, was ich sagen kann, um das zu ändern. Aber ich will, dass du eines weißt, Colton. Deine Großmutter war an diesem Abend unglaublich mutig. Ohne zu zögern, hat sie sich mitten in ein Schlachtfeld gestürzt. Sie hat für ihre Freundin ihr eigenes Leben aufs Spiel gesetzt. Wenn du einem Vorbild gerecht werden willst, dann sollte sie dein Vorbild sein.«

Mit diesen Worten ging Patrick zurück ins Haus und schloss die Tür.

Kapitel 26

Olivia wanderte mit einem ermatteten Stirnrunzeln durch Mollys Haus. Sie hatte in den Schlafzimmern und Kleiderschränken im Obergeschoss erneut nachgesehen, ob es etwas Interessantes zu finden gab, hatte aber keinen Erfolg gehabt. Nachdem sie ihre Suche oben abgeschlossen hatte, ging sie wieder nach unten und nutzte die Taschenlampenfunktion ihres Handys, um den Weg zu finden. Sie wollte nicht so viele Lampen anschalten und auf diese Weise auf ihre Anwesenheit in Mollys Haus aufmerksam machen. Sie wusste nicht, ob jemand sie vielleicht beobachtete. Sie hoffte, dass niemand sie beobachtete, war aber etwas nervös alleine in dem Haus zu sein – insbesondere nach dem, was in ihrem Hotelzimmer passiert war.

Sie musste sich jetzt einfach davon überzeugen, dass jeder, der wollte, zu jeder Zeit in Mollys Haus hätte eindringen können und dass deswegen kein Grund bestand, dass jemand jetzt anwesend sein würde. Wenn irgendjemand die Unterlagen hätte haben wollen, die sie aus dem Haus mitgenommen hatte, hätte er das ja schon vorher an sich nehmen können, um sie davon abzuhalten, diese Informationen in die Hände zu bekommen. Vielleicht hatte jemand Angst, dass sie das Gefundene in ihrem Buch verarbeiten würde. Sie dachte auch noch einmal an die Meinung der anderen Damen im Seniorentreff, die nicht einverstanden waren, als Eleanor ihr den Schlüssel zu Mollys Haus angeboten hatte.

Im Erdgeschoss ging sie durch den Flur zur Waschküche, um sich dort kurz umzusehen. Sie fand eine Tür, von der sie annahm, dass sie in eine Waschküche führte, aber zu ihrer Überraschung war dort eine Treppe, die in den Keller ging.

Mit Herzklopfen schaltete sie das Licht ein und ging die Treppe hinunter. Als sie auf der untersten Stufe angelangt war, durchfuhr sie ein aufgeregter Schauer. In einer Ecke stand eine sehr alte Nähmaschine, daneben ein Kleiderständer voller Kostüme. Auf dem Boden fand sie durchsichtige Plastikkisten, in denen sich Handarbeitsmaterialien wie Stecknadeln, Knöpfe, Reißverschlüsse, Pailletten und andere Dinge befanden.

Sie fragte sich, warum Molly all ihre Vorräte hier nach unten gebracht hatte, anstatt sie im Gästezimmer oben aufzubewahren. Oder nähte sie vielleicht nicht mehr?

Olivia ging durch den Raum und sah dabei Dutzende gerahmte Fotografien von Männern und Frauen in tollen Kostümen. Vermutlich stammten sie aus der Zeit des Volkstheaters. Sie konnte auch ein paar bekannte Gesichter entdecken: Ginnie, Eleanor und Constance, alle trugen Kostüme für ihre jeweiligen Rollen.

Sie dachte bei sich, dass das schöne, mutige Frauen waren. Und kaum einer wusste davon.

Sie drehte sich von der Wand mit den Fotografien weg und ihr Blick fiel auf eine andere Kiste, auf der mit grünem Stift nur ein Wort geschrieben stand: *Francine*.

Ihr Herz setzte für einen Moment aus, und als sie sich hinkniete, um sich die Kiste genauer anzusehen, stockte ihr der Atem. Sie hatte beinahe Angst, die Kiste zu öffnen. Sie hatte sich so sehr auf Molly konzentriert. Darauf, dass sie ihre Großmutter sein könnte, und auf Peter, ihren eiskalten und unfreundlichen Onkel. Sie hatte gar nicht viel Zeit damit verbracht, an die Frau zu denken, die vielleicht ihre leibliche Mutter war.

Sie öffnete die Kiste und sah hinein. Der erste Gegenstand, den sie sah, war eine wunderschöne Spieluhr. Im dunkel angelaufenen Silber sah sie eine Gravur mit Francines Namen und geschwungenen Herzen auf dem Deckel. Als sie den Deckel öffnete, erschien eine Ballerina und Musik ertönte. Sie betrachtete die Tänzerin eine Weile und ließ sich von der Melodie treiben. In diesem Moment fühlte sie sich Francine sehr nah. Sie wusste, dass dies ihre Spieluhr war, dass sie das Lied unzählige Male gespielt und dabei die Tänzerin betrachtet hatte.

Die Spieluhr erinnerte sie an die, die ihr als kleines Mädchen gehörte. Darin hatte es keine Tänzerin gegeben, aber sie hatte eine hübsche Melodie gespielt. Sie hatte sich sehr erwachsen gefühlt, weil sie einen so tollen, wertvollen Gegenstand besaß. In der Spieluhr hatte sie ihre ersten Modeschmuckteile verstaut.

Als ihr das einfiel, hob sie den Samtboden hoch und entdeckte darunter einige Mädchenringe, Armreifen und eine Kette mit Herzanhänger. Ganz unten sah sie ein dickes gefaltetes Stück Papier.

Sie faltete das Papier vorsichtig auf und hatte dabei das Gefühl, dass sie noch einen weiteren Einblick in ihre Vergangenheit erhalten würde.

Es war ein Brief, über zwei Seiten Papier hinweg geschrieben. Als sie die ersten paar Worte las, machte ihr

Herz einen Satz.

Es tut mir leid, mein kleines Mädchen. Ich musste dich weggeben. Ich wollte es nicht, aber ich musste es tun. In meinem Herzen wusste ich, dass ich dir nicht das Leben bieten kann, das du verdient hast. Ich hoffe, dein Leben wird viel besser sein, als meins. Ich weiß, dass du jetzt bei einer guten Familie bist und dass sie sich lieb um dich kümmern werden. Aber ich vermisse dich schrecklich. Ich hoffe, dass du mich eines Tages finden wirst, und dass ich dir diesen Brief geben kann, damit du weißt, wie sehr ich dich geliebt habe.

Wahrscheinlich fragst du dich, wer dein Vater ist und was er für ein Mensch ist. Leider kann ich dir nicht die Antworten geben, die du dir wünscht. Sein Name ist Rex Coleman und zurzeit ist er Bassist einer Band namens Night Wolves. Der Name der Band hat sich allerdings schon zweimal geändert, also weiß ich nicht, ob sie in einigen Jahren immer noch so heißen wird oder ob Rex weiterhin Musik macht. Na gut, das ist nicht wahr. Ich bin mir sicher, dass er immer noch ein Musiker sein wird, denn Musik ist das Einzige in seinem Leben, das er wirklich liebt. Ich wünschte, er hätte mich so geliebt, wie ich ihn. Und ich weiß, dass du jetzt gerade denkst, dass er dich auch nicht geliebt hat, aber er kennt dich nicht, mein kleines Mädchen. Als ich ihm gesagt habe, dass ich schwanger bin, fürchtete er sich vor der Verantwortung und ist abgehauen. Ich versuche, ihm das immer noch zu verzeihen.

Ich denke, ich bin meiner Mutter sehr ähnlich, was unseren Männergeschmack und unser Urteilsvermögen angeht. Ich hoffe, dass es dir gelingen wird, diese Ketten zu brechen, weil du nicht von uns großgezogen wirst. Du wirst das, was wir erlebt und mitgemacht haben, nicht erleben. Zumindest hoffe ich das inständig.

Du hast wahrscheinlich viele Fragen an mich und möchtest mich kennenlernen. Ich hoffe, dass ich dir viel erzählen kann und dass wir uns oft lange unterhalten werden. Aber ein Teil von mir befürchtet, dass es dazu nicht kommen wird, weil ich meinem Dad sehr ähnlich bin. Ich bin oft rastlos, habe Angst und ich trinke zu viel. Ich verletze andere Menschen. Nicht so, wie er – außer mich selbst vielleicht. Das ist ein weiterer Grund, warum ich dich weggegeben habe, weil ich dich nie im Leben verletzen will.

Wenn wir uns also nie kennenlernen, und das könnte wirklich passieren, denn wer weiß, was mit mir geschehen wird, möchte ich, dass du einiges über mich weißt. Ich liebe es, zu tanzen. Als ich ein kleines Mädchen war, wollte ich Ballerina werden. Ich mag Hunde. Katzen mag ich nicht so gern, aber sag das nicht meiner Mom. Sie liebt Katzen. Meine Lieblingseissorte ist Pfefferminz mit Schokoladensplittern und meine Lieblingsuhrzeit ist Mitternacht. Manchmal gehe ich kurz vor Mitternacht an den Strand und sehe mir das Meer an, während ein Tag in den anderen übergeht. Ich warte dann auf den Sonnenaufgang und hoffe, dass der neue Tag besser sein wird, als der vorherige.

Ich bin gerade am Strand. Ich wünschte, du könntest sehen, wie der Mond sich auf den Wellen spiegelt. Es ist so wunderschön. Wenn ich aufs Meer und auf die Sterne blicke, fühle ich mich, als wäre ich im Himmel. Das beruhigt mich. Dadurch weiß ich, dass alles gut wird. Du wirst glücklich und geliebt aufwachsen. Ich wünschte, ich wüsste, wie du heißt. Ich habe der Sozialarbeiterin gesagt, dass ich mir wünsche, dass deine neuen Eltern dich Olivia nennen. Aber sie hat mir gesagt, dass ich deinen Eltern nicht vorschreiben kann, wie sie dich nennen sollen. Olivia ist mein zweiter Vorname und ich

fände es schön, wenn du einen Teil von mir bei dir hättest.
Aber wie dein Name auch ist, ich bin mir sicher, dass er
so schön ist wie du.
   In Liebe
   deine Mama

Olivia setzte sich auf den Boden und drückte den Brief an ihr Herz. In diesem Moment merkte sie, dass sie weinte. Die Worte ihrer Mutter – und jetzt wusste sie zweifelsfrei, dass Francine ihre Mutter war – hallten in ihrem Kopf nach. Sie fühlte sich gleichzeitig traurig und wütend, dass der einzige Kontakt, den sie mit ihrer leiblichen Mutter haben würde, dieser Brief war.

Aber Francine hatte vorhergesehen, dass es vielleicht so kommen würde. Zumindest hatte sie in weiser Voraussicht diesen Brief an sie geschrieben – einen Brief, den sie wohl niemals gefunden hätte, wenn Molly sich nicht an sie gewendet hätte. Sie wusste nicht einmal, ob Molly über diesen Brief Bescheid wusste, weil er in Francines Spieluhr versteckt gewesen war.

Sie faltete den Brief wieder zusammen und steckt ihn in ihre Hosentasche. Sie wusste, dass sie ihn noch unzählige Male in den nächsten Tagen, Wochen und Jahren lesen würde. Sie stand auf und wischte sich die Tränen aus den Augen. Sie blinzelte, ihre Augen brannten. Da bemerkte sie, dass die Luft voller Rauch war. Der Brief hatte sie so abgelenkt, dass sie bis jetzt gar nichts davon mitbekommen hatte.

Sie rannte die Treppe hinauf zurück in die Waschküche. Dort war der Rauch noch viel dichter, die Hitze war intensiv und neben dem Rauch konnte sie auch Benzin riechen. Sie stolperte zur Tür, ihr Weg war nun von lodernden orangefarbenen Flammen erhellt.

Das Haus brannte!

Sie wollte ihr Handy herausholen, bemerkte aber, dass sie es im Keller auf den Boden gelegt hatte. Sie hatte nun keine Taschenlampe mehr, wollte aber auch nicht zurückgehen und ihr Handy finden.

Sie tastete sich mit ausgestreckter Hand zur Tür zum Flur vor. Mit der anderen Hand versuchte sie, ihren Pullover über Mund und Nase zu ziehen.

Als sie in den Flur kam, sah sie zwischen ihr und der Eingangstür des Hauses eine Wand aus Flammen. Sie sah, wie ein Mann aus dem Esszimmer kam. Er trug dunkle Kleidung und hatte eine Kapuze über sein Gesicht gezogen. Als er sie sah, hielt er abrupt an und starrte sie schockiert an. Zuerst dachte sie, es sei Peter, aber als die Flammen in die Höhe schlugen, merkte sie, dass es sich um Keith Fletcher handelte, den Polizisten, den sie in der Bar kennengelernt hatte. Derjenige, der mit Coltons Vater zusammengesessen hatte.

»Was zum Teufel machen Sie hier?«, rief er. »Niemand hätte hier sein sollen.«

»Warum haben Sie das gemacht?«, fragte sie. Ihre Augen brannten, als sie den Flur entlangstolperte.

»Ich konnte es nicht riskieren, dass hier vielleicht noch mehr gefunden werden konnte.«

Seine Worte ergaben keinen Sinn, aber sie hatte keine Zeit, Fragen zu stellen. Sie hustete, die Hitze und der Rauch machten sie schwindelig. Sie streckte gerade ihre Hand in Richtung Wand aus, als ein schreckliches Grollen durch das Haus rollte. Und dann explodierte alles.

Die Druckwelle der Explosion warf sie gute anderthalb Meter durch den Flur. Als sie auf den Boden krachte, bedeckte sie ihr Gesicht mit den Armen, um sich vor der einstürzenden Decke zu schützen. Das Feuer war oben noch viel stärker. Es war offensichtlich, dass er den Brand dort gelegt hatte.

Es dauerte eine Weile, bis sie sich wieder gesammelt hatte. Dann bemerkte sie einen intensiven Schmerz in ihrem Knöchel. Sie versuchte, sich zu bewegen, aber ein schweres Holzstück hatte sie eingeklemmt.

»Helfen Sie mir«, schrie sie. Sie bemühte sich, im Flur etwas zu erkennen, aber alles war schwarz und voller Rauch. Sie wusste nicht einmal, ob Fletcher noch im Haus war.

Dann spürte sie einen Luftzug, der einerseits willkommen war, gleichzeitig aber auch erschreckend, da der frische Sauerstoff das Feuer nur noch weiter anfachte.

Es war ihr nicht bewusst gewesen, wie laut ein Feuer war. Alles um sie herum prasselte, knallte und zerbarst. In diesem Moment wurde ihr bewusst, dass es sein konnte, dass sie es nicht lebend aus diesem Haus herausschaffen würde.

»Oh Gott«, flüsterte sie. »Bitte hilf mir.«

Sie dachte an ihre Mom, an Colton, an ihre Freunde, an all die Menschen, die sie vermissen würden, all die Dinge, die sie vermissen würde.

In der Dunkelheit hörte sie eine Stimme. *»Halte durch, mein kleines Mädchen.«*

Sie sah sich um, konnte aber niemanden erkennen.

Die Stimme ertönte erneut. *»Kämpf. Gib nicht auf, wie ich aufgegeben habe.«*

Sie reagierte auf diese Worte, auf diese Herausforderung. Sie wollte nicht aufgeben. Sie würde nicht in Mollys Haus sterben. Sie musste einen Weg finden, sich zu befreien. Sie drehte sich hin und her, versuchte, sich mit aller Kraft von dem Balken zu befreien, unter dem sie eingeklemmt war, aber konnte ihn nicht bewegen und der Brand wurde immer schlimmer.

Dann hörte sie eine andere Stimme, eine männliche Stimme, eine wohlbekannte. Sie sah hoch, als ein Mann auf der anderen Seite des Flammenvorhangs in der Mitte des Flurs erschien. Die Flammen fraßen sich an der schmelzenden Tapete entlang und näherten sich ihr.

Colton!

Sie war erleichtert, als sie ihn sah und gleichzeitig beängstigt, weil er jetzt auch in Gefahr schwebte.

»Halte durch«, schrie er. »Ich hol dich hier raus.«

Sie wollte, dass er genau das tat. Aber wie sollte er nur durch diese Feuersbrunst zu ihr kommen? Er hatte keinerlei Ausrüstung, keine Schutzkleidung.

Colton verschwand und tauchte kurze Zeit später mit einem Handtuch über seinem Kopf und seiner Brust auf. Er rannte durch die Flammen und schlug auf die Funken ein, als er sich ihr näherte.

Er ließ sich auf die Knie fallen. »Kannst du dich bewegen, Olivia?«

Sie schüttelte den Kopf. »Mein Bein ist eingeklemmt.«

»Alles wird gut.«

Sein ruhiges Selbstbewusstsein hatte sie schon vorher zu schätzen gewusst, aber jetzt gefiel es ihr noch mehr.

Er griff mit beiden Händen nach dem Balken und versuchte, ihn von ihr zu heben. Aber das Gewicht der Decke, die auf den oberen Teil drückte, war zu viel für ihn. Er versuchte es erneut und Olivia konnte die Anstrengung in jedem Muskel in seinem Gesicht erkennen.

Das Feuer verschlimmerte sich. Jetzt würde nicht nur sie sterben, sondern auch Colton. »Du musst hier raus, Colton. Hol' Hilfe.«

Er sah ihr in die Augen. »Hilfe ist schon unterwegs und ich würde dich nie hier zurücklassen, Olivia. Du musst durchhalten.«

Hinter ihm erschien ein weiterer Mann. Zuerst dachte

sie, es sei ein Feuerwehrmann, aber zu ihrem Entsetzen, sah sie Keith Fletcher. Sie hatte gedacht, er sei schon längst über alle Berge.

Wie Colton auch, hatte er seine Kapuze über sein Gesicht gezogen und war dann durch die Flammen gestürmt. Seine Ärmel brannten, als er sie erreichte. Colton half ihm dabei, die Flammen zu löschen.

»Sie sind zurückgekommen«, sagte sie verwundert.

Er sah sie streng an. »Ich hatte einmal die Chance, Molly zu retten, aber ich habe sie nicht ergriffen. Ich kann heute nicht das Gleiche noch einmal tun. Ich kann ihre Enkelin nicht sterben lassen.«

»Woher wissen Sie, dass ich ihre Enkelin bin?«

»Seit Sie hier in der Stadt aufgetaucht sind, habe ich Nachforschungen über Sie angestellt. Sie haben ihre Augen. Die gleichen Augen, die mich einmal anflehten, ihren Ehemann einzusperren.«

»Darüber können wir später noch sprechen«, unterbrach Colton. »Helfen Sie mir, den Balken hochzuheben.«

Mit Keiths Hilfe gelang es Colton, das schwere Holz lang genug anzuheben, dass sie sich befreien konnte. Sie versuchte aufzustehen, aber ihr Knöchel schmerzte schrecklich. »Ich kann nicht laufen.«

Colton zögerte keine Sekunde. Er schnappte sich das Handtuch und wickelte es um ihren Oberkörper. Dann hob er sie in seine Arme. »Halt die Luft an, wir sind gleich draußen.«

Sie schloss fest die Augen und hielt die Luft an, während er sie durch das Feuer trug. Die Hitze war intensiv. Für eine kurze Zeit dachte sie, dass sie es nicht schaffen würden, den Flammen zu entkommen, aber Colton gelang es irgendwie.

Als sie zur Eingangstür kamen, beschleunigte er

seinen Lauf und hielt nicht an, bis er den Gehweg erreichte. Gerade als er sie auf den Boden setzte, preschte ein Löschwagen mit kreischendem Martinshorn um die Ecke.

»Wird aber auch langsam Zeit«, murmelte er. Dann sah er sie sorgenvoll an. »Geht's dir gut?«

Sie nickte. »Dank dir, ja«. Sie hustete.

Er legte seine Hände um ihr Gesicht und küsste sie. »Versuch, nicht zu sprechen. Ich werde jetzt nach Fletcher suchen.«

»War er nicht direkt hinter uns?«

»Ich weiß nicht, wo er hin ist. Bleib hier.«

»Colton, geh' da nicht wieder rein.« Sie konnte den Gedanken nicht ertragen, dass er wieder zurück in das Feuer gehen würde. Aber als sie den entschlossenen Blick in seinen Augen sah, wusste sie, dass nichts ihn davon abhalten konnte, seine Arbeit zu erledigen.

»Alles wird gut, Olivia. Ich verspreche es dir.«

Sie wusste nicht, wie er dieses Versprechen einhalten wollte. Aber er hatte einmal gesagt, dass er nicht log, also vertraute sie ihm, dass er zu ihr zurückkommen würde.

Robin, die Rettungssanitäterin, die sie vor ein paar Tagen in der Bar kennengelernt hatte, tauchte an ihrer Seite auf. Sie drückte ihr eine Sauerstoffmaske aufs Gesicht und schiente ihr Bein. Dann half sie ihr gemeinsam mit einem männlichen Rettungssanitäter auf die Trage und schob sie in den Krankenwagen.

»Wir bringen dich jetzt ins Krankenhaus«, sagte Robin ihr.

»Moment, wo ist Colton?«, fragte sie und bemühte sich, ihn in der Menschenmenge zu erkennen. Vor Ort befanden sich nicht nur ein Dutzend Feuerwehrleute, auch eine Menge Nachbarn hatten sich versammelt.

»Colton geht es gut«, sagte Robin und lächelte.

»Mach dir keine Sorgen um ihn. Das ist sein Job, Olivia. Ich bin mir sicher, dass er der Erste sein wird, der dich in der Notaufnahme besucht.«

Als der Krankenwagen davonfuhr, versuchte sie, sich zu entspannen, sich selbst zu sagen, dass das Schlimmste hinter ihr lag. Aber sie wusste, sie würde sich nicht entspannen können, bis sie Colton wiedersah.

Sie griff in ihre Jeanstasche und umschloss den Brief ihrer Mutter mit den Fingern. Auch wenn alles andere in Mollys Haus vom Feuer zerstört worden war, hatte sie immer noch diesen Brief. Und das war zumindest eine besondere Verbindung mit ihrer Mutter.

Sie schloss die Augen und hörte plötzlich die gleiche weibliche Stimme, die sie während des Feuers gehört hatte. *»Alles wird gut, mein kleines Mädchen.«*

Und alles wird gut werden. *»Danke«*, flüsterte sie.

Kapitel 27

Es vergingen fast anderthalb Stunden, bis Colton es ins Krankenhaus schaffte. Er wusste, dass Olivia dort in guten Händen war und dass ihre Verletzungen nicht schlimm waren. Trotzdem machte er sich Sorgen. Sie hatte eine Menge Rauch eingeatmet, das könnte ihre Lunge geschädigt haben. Oder sie war in einen Schock gefallen, nachdem sie vom Haus weggebracht worden war.

Alle möglichen negativen Szenarien spukten ihm durch den Kopf und deren Intensität schockierte ihn. Er war sonst niemand, der vom Schlimmsten ausging. Normalerweise gelang es ihm, Dinge zu verdrängen, optimistisch zu sein, daran zu glauben, dass er jedes Hindernis überwinden konnte. Aber in Bezug auf Olivia gingen seine Nerven mit ihm durch.

Als er bei Mollys Haus ankam und Rauch roch, hatte ihn ein großer Schrecken gepackt. Als er sah, dass sie da unter einem Balken eingeklemmt war und von den Flammen bedroht wurde, hatte er panische Angst.

Seine Gedanken wanderten zur vorherigen Woche, als er einen Mann in ähnlichen Umständen verloren hatte.

Er konnte Olivia nicht verlieren, nicht jetzt, nicht, wo er gerade bemerkt hatte, dass er sich in sie verliebt hatte.

Zum Glück hatte er sie in Sicherheit bringen können.

Es wäre ihm wahrscheinlich nicht gelungen, wenn Keith Fletcher ihm nicht zu Hilfe gekommen wäre. Der Mann war zwar ein Brandstifter, aber sein Gewissen hatte es nicht zugelassen, dass er zum Mörder wurde. Colton war dafür dankbar.

Schnellen Schrittes ging er durch die Tür zur Notaufnahme und fand bald eine Krankenschwester, die ihn zu Olivia brachte. Als er ins Untersuchungszimmer kam, sah er Olivia auf einer Liege, wo sie angelehnt saß, mit ihrem linken Bein vor sich ausgestreckt. Auf ihrem Knöchel lag ein Kühlkissen.

Sie schenkte ihm ein breites, fröhliches Lächeln und zog die Sauerstoffmaske von ihrem Mund, um zu sagen: »Colton, ich bin so froh, dich zu sehen.«

»Das geht mir auch so, Süße.«

Ihre Lippe begann zu zittern und ihre Augen füllten sich mit Tränen. »Ich hatte solche Angst ... Das erinnerte ihn daran, wie kurz er davorgestanden hatte, sie zu verlieren. Aber er hatte sie nicht verloren.

Er lockerte seine Umarmung, damit er ihr Gesicht sehen konnte. Zärtlich wischte er ihr die Tränen von der Wange. »Du kannst doch jetzt nicht weinen. Es ist doch alles vorbei.«

»Ich glaube nicht, dass das der Grund ist, warum ich weine«, schniefte sie. »Tut mir leid.«

»Du musst dich nicht entschuldigen. Du hast heute eine Menge mitgemacht. Wie geht es deinem Bein?«

»Auf dem Röntgenbild kann man eine Haarfraktur erkennen. Der Arzt will mir einen Gehgips verpassen.«

»Das tut mir leid.« Er schenkte ihr ein mitfühlendes Lächeln. »Ich bin froh, dass es nichts Schlimmeres ist.

Wie geht's der Lunge?«

»Alles wird gut werden.«

»Setz die Maske wieder auf«, forderte er.

»Gleich, ich will mich zuerst bedanken. Wenn du nicht zum richtigen Zeitpunkt reingekommen wärst, wäre ich jetzt wohl nicht mehr am Leben.«

»Aber du lebst noch und alles andere ist egal.«

»Was ist mit Fletcher passiert? Er hat es doch nach draußen geschafft, oder?«

Colton nickte. »Ja, er hat es raus geschafft und wurde verhaftet.«

»Naja, wenigstens ist er nicht tot.«

Er wunderte sich darüber, dass Olivia ihm nicht den Tod wünschte, schließlich hatte dieser Mann sie beinahe umgebracht. »Nein, Fletcher wird es überleben und für das bezahlen, was er heute getan hat.«

»Und was ist mit seinen Taten der Vergangenheit? Er war derjenige, an den Molly sich um Hilfe gewandt hat. Er hat sie weggeschickt.«

»Das hat er getan, weil er Stan Geld schuldete und weil er vor ihm Angst hatte«, sagte Colton und bemerkte dabei, dass Olivia noch nicht auf dem neuesten Stand war. »Ich habe gerade mit meinem Schwager Max telefoniert. Die Polizei befragt Fletcher seit einer Stunde.«

»Und was hat er gesagt?«

»Fletcher hat Max erzählt, dass Stan damals illegale Wetten annahm. Viele Polizisten schuldeten ihm Geld.«

»Wirklich?«, fragte sie überrascht. »Davon haben wir vorher nichts gewusst.«

»Ja, das war alles streng geheim. Als Stan ums Leben kam, hat die Polizei keine Untersuchung durchgeführt, weil sie dachten, dass einer von ihnen Stan getötet hatte.«

»Deswegen war die Untersuchung nur so kurz. Gerade, als ich dachte, ich wüsste alles …«

»Als du angefangen hast, in der Vergangenheit herumzuwühlen, hat Fletcher Angst bekommen, dass seine Rolle in dem Ganzen ans Licht kommen würde. Nicht nur die illegalen Wetten, sondern auch, dass er einer misshandelten Frau die Hilfe verwehrt hatte. Er dachte, dass ihm das die Chancen auf die Stelle als Polizeichef nehmen würde. Darauf hatte er sein ganzes Leben hingearbeitet.«

»Als Brandstifter hat er nun gar keine Chance mehr. Ich kann nicht glauben, dass er verzweifelt genug war, Mollys Haus anzuzünden.«

Er war auch derjenige, der in dein Hotelzimmer eingebrochen ist. Du hast ihm am Abend davor erzählt, dass Molly dir ihre Tagebücher gegeben hat. Er hatte Angst, dass sie etwas über ihn geschrieben hatte. Nachdem er aber die Tagebücher aus dem Hotelzimmer mitgenommen hatte, fragte er sich, ob es vielleicht in Mollys Haus noch mehr Beweise gegen ihn gab. Er hatte Angst davor, dass das Buch, das du schreiben wolltest, alle seine Verfehlungen aus der Vergangenheit aufdecken würde.«

»Wenn er sich so große Sorgen um die Beweise gemacht hat, warum hat er denn nicht versucht, sie vorher zu finden? Das ist doch alles schon so lange her, Colton.«

»Er wähnte sich in Sicherheit. Nach dem Brand wollte Molly nicht, dass man den Tod von Stan untersuchte. Sie hat die Polizei nicht aufgefordert, weiterzusuchen, nachdem sie aufgehört hatten. Sie sagte der Polizei auch nicht, dass Stan sie missbraucht hatte. Sie wollte nur alles hinter sich lassen.«

»Ja, das ergibt Sinn«, sagte sie langsam.

»Dein Buchprojekt hat ihm gezeigt, dass er vielleicht doch nicht so sicher war, wie er gedacht hatte. Es war ja nicht nur, dass er Molly weggeschickt hatte. Er hat bei den Wetten mit Stan das Gesetz gebrochen und mitgeholfen, den Mord an Stan zu verschleiern.«

»Hat er gedacht, dass Molly es getan hat?«

»Er war sich nicht sicher. Er hatte Molly im Verdacht, wusste aber, dass es noch einige andere Polizisten gab, die hohe Schulden bei Stan hatten. Wenn er also starb, wären auch ihre Schulden weg gewesen.« Colton holte tief Luft und fügte dann hinzu: »Fletcher hatte nicht gedacht, dass irgendjemand heute Abend im Haus sein würde. Er wusste, dass Molly allein lebte und dass sie im Krankenhaus war und wahrscheinlich im Sterben lag. In seiner verqueren Logik glaubte er nicht, dass es irgendjemanden stören würde, wenn er ihr Haus abbrennen ließ.«

»Bis er bemerkte, dass ich im Haus war.«

»Er behauptet, dass er nicht vorhatte, jemanden zu verletzen.«

»Nun ja, er hat dir dabei geholfen, mich zu befreien, also glaube ich ihm das schon.«

»Ich würde ihn nicht so ungeschoren davonkommen lassen. Wäre er nicht gewesen, wärest du nicht in Gefahr gewesen«, sagte er scharf. Er erinnerte sich, wie schrecklich es gewesen war, zu sehen, dass Mollys Haus brannte. »Er hätte dich töten können, Olivia. Ich will, dass er dafür bezahlt.«

Sie lächelte ihn sanft an. »Sieh mal an, wer jetzt an all das denkt, was alles hätte passieren können.«

Er atmete hörbar aus. »Schuldig im Sinne der Anklage. Nun ja, ich glaube, wir haben jetzt alle Antworten. Fletcher hat Molly nicht geholfen und die Polizei hat den Tod nicht untersucht, weil Stan illegale Wetten abhielt. Und mein Großvater hat Stan getötet.«

»Colton«, sagte sie.

Der Blick in ihre wunderschönen grünen Augen

gefiel ihm gar nicht. »Was?«

»Es war nicht dein Großvater.«

»Aber er hat uns doch erzählt, was alles vorgefallen ist.«

»Das war eine gute Geschichte, aber es war nicht die Wahrheit – und das weißt du auch.«

Ihre Worte gingen ihm durch den Kopf, und als er in ihre Augen sah, wurde ihm klar, dass er die Wahrheit kannte. »Ja, ich weiß. Ich weiß nur nicht, was ich tun soll. Ich kann doch meine Großmutter nicht an die Polizei ausliefern.«

»Es war Notwehr, Colton. Sie hat ihn geschlagen, um Molly zu retten.«

»Das müsste sie in einem Gerichtsverfahren beweisen. Sowas kann sie nicht durchmachen. Sie ist krank, Olivia. Du hast doch gesehen, was mit ihr passiert, wenn sie sich aufregt.«

»Und genau aus diesem Grund würde sie niemand vor Gericht zerren.« Ein mitfühlendes Lächeln trat auf ihr Gesicht. »Du musst sie nicht der Polizei ausliefern. Du musst gar nichts machen.«

»Und das würde dich nicht stören? Ich meine, du könntest doch Stans Enkelin sein.«

»Ich bin seine Enkelin. Ich habe es dir nicht erzählen können, bevor das Feuer ausgebrochen ist. Ich habe das hier in Francines Spieluhr gefunden. Es ist ein Brief, den sie an ihre Tochter geschrieben hat, nachdem sie sie weggegeben hatte.« Olivia zog ein zusammengefaltetes Papier aus ihrer Tasche. »Francine sagte, dass sie die Adoptiveltern einzig darum gebeten hatte, das Baby Olivia zu nennen. Das war ihr zweiter Vorname.«

In Olivias Augen traten Tränen, aber sie lächelte gleichzeitig und Colton lächelte mit ihr.

»Es ist ein wunderschöner Brief«, sagte sie. »Ich will,

dass du ihn liest.«

»Das werde ich, aber nicht heute. Heute ist er nur für dich da.«

Sie nickte und steckte den Brief wieder zurück in ihre Tasche. Dann lächelte sie ihn an und sein Herz machte einen Satz. »Danke, dass du so verständnisvoll bist. Du bist so unglaublich wunderbar zu mir gewesen in den letzten Tagen. Ich glaube, dass ich es ohne dich nicht ausgehalten hätte.«

»Das geht mir auch so.« Sein Herz begann schneller zu schlagen, als er sie ansah und ihn Emotionen erfüllten, die er noch nie zuvor gespürt hatte, als Worte, die er noch nie zuvor gesagt hatte, beinahe aus ihm herausplatzten.

»Colton? Gibt es vielleicht etwas, das du mir sagen möchtest?«

»Ja.« Aber bevor er es sagen konnte, öffnete sich die Tür und der Arzt kam herein. Er sagte Olivia, dass er ihr nun den Gips anlegen würde und dass der Lungenfacharzt wollte, dass sie über Nacht blieb, damit sie ihre Lunge weiter beobachten und über die nächsten zwölf bis vierundzwanzig Stunden einige Behandlungen durchführen konnten.

Olivia versuchte, mit dem Arzt zu diskutieren, aber er ließ nicht ab. Und Colton würde ihr sicherlich auch nicht dabei helfen, aus dem Krankenhaus zu entkommen. Er wollte sicherstellen, dass es ihr wieder gut ging, bevor sie das Krankenhaus verließ.

»Das gefällt mir überhaupt nicht«, sagte Olivia zu ihm, als der Arzt das Zimmer kurz verließ.

»Ich weiß, aber es ist ja nur für eine Nacht. Möchtest du, dass ich jemanden für dich anrufe? Deine Mutter vielleicht?«

»Nein, ich will nicht, dass sie sich Sorgen macht. Ich werde morgen mit ihr sprechen, wenn ich nicht mehr im

Krankenhaus bin.«

Er strich ihr eine Haarsträhne aus dem Gesicht. »Olivia, ich weiß, das ist jetzt nicht der beste Augenblick. Ich bin mir sicher, dass der Arzt gleich wieder da sein wird.«

»Dann solltest du vielleicht etwas schneller sprechen«, sagte sie lächelnd. »Anstatt hier um den heißen Brei herumzureden, das sieht dir gar nicht ähnlich. Du bist doch sonst immer so selbstbewusst.«

Er lächelte sie an. »Aber nicht, wenn es um etwas Wichtiges geht.«

Sie stöhnte. »Es ist wirklich gut, dass ich gerade im Krankenhaus bin. Du bringst mich noch ins Grab.«

»Ich habe mich in dich verliebt, Olivia. Ich glaube, dass es passiert ist, als ich dich zum ersten Mal gesehen habe, als du mich im wahrsten Sinne des Wortes umgehauen hast.«

Ihr Lächeln ließ ihre Augen funkeln. »Das war nicht meine Schuld. Du hast auf dein Handy geguckt.«

»Und du warst neugierig, was in deiner mysteriösen Kiste war. Wer hätte gedacht, dass wir am Schluss hier landen?«

»Oder was zwischendurch passieren würde«, sagte sie ruhig. »Ich habe mich auch in dich verliebt, Colton. Ich weiß nur nicht, wie wir damit jetzt umgehen sollen.«

»Das werden wir schon noch herausfinden«, sagte er und dieses Mal klang er selbstbewusst. Denn solange er wusste, dass sie seine Gefühle erwiderte, würde er das schon hinbekommen.

Eine Krankenschwester kam herein und bereitete alles für Olivias Gips vor.

Olivia lächelte ihn wieder an. »Du solltest nach Hause gehen, Colton.«

»Ich will dich hier nicht alleine lassen. Ich kann

heute Nacht hierbleiben.«

»Das wird schon alles. Ich werde sowieso nur schlafen. Ich bin wirklich erschöpft, es war ein langer Tag. Aber wenn du mich morgen abholen würdest …«

»Ich werde morgen früh hier sein.« Er beugte sich vor und küsste sie liebevoll. »Mach keinen Unsinn ohne mich.«

»Keine Sorge«, sagte sie lächelnd. »Ich werde dich heute Nacht vermissen.«

»Ich werde dich auch vermissen, Süße.«

⁕

Dank ihrer großen Erschöpfung und den Schmerzmitteln, fiel Olivia in einen traumlosen Schlaf, der die ganze Nacht anhielt. Der Gips war unbequem und ihr Bein tat ihr noch weh, als sie kurz vor acht Uhr aufwachte. Dennoch fühlte sie sich um einiges besser. Während sie ein wenig in ihrem Frühstück herumstocherte, fragte sie sich, wann sie wohl Colton wiedersehen würde. Sie hoffte, dass ihr die Schmerzmittel keinen Streich gespielt hatten, und dass er ihr tatsächlich gesagt hätte, dass er sich in sie verliebt hatte. Denn sie hatte sich auf jeden Fall in ihn verliebt.

Der Mann war wortwörtlich für sie durchs Feuer gegangen. Sein Mut und seine Stärke waren beeindruckend. Aber das waren nicht die einzigen Eigenschaften, die ihr an ihm gefielen. Seine Loyalität gegenüber seiner Familie und seinen Freunden, die Art, wie er Menschen beschützte, die ihm am Herzen lagen, und seine Fähigkeit, offen und ehrlich zu sein, schätzte sie am meisten. Er spielte keine Spielchen.

Sie lächelte. Das stimmte nicht wirklich, aber die Spiele, die er spielte, mochte sie sehr gern. Die

Erinnerung an die gemeinsame Zeit im Bett ließ sie erröten. Es fühlte sich an, als sei es schon sehr lange her. Ein Teil von ihr wünschte sich, sie hätte ihn gestern Abend nicht nach Hause geschickt. Aber er war genauso müde gewesen wie sie. Außerdem gefiel ihr der Gedanke, dass er auf dem harten Besucherstuhl neben ihrem Bett versuchte, ein Nickerchen zu halten, gar nicht.

Sie sah auf die Uhr und fühlte sich ungeduldig und rastlos. Die Krankenschwester hatte ihr gesagt, dass der Arzt sie wahrscheinlich nicht vor zehn Uhr entlassen würde, also hatte sie noch zwei Stunden Zeit. Sie drückte auf die Ruftaste. Als die Krankenschwester kam, fragte sie, ob man sie nach oben bringen könnte, um ihre Großmutter zu besuchen. Die Krankenschwester sah keinen Grund, warum das nicht möglich sein sollte und kurze Zeit später fuhr man Olivia im Rollstuhl in das Zimmer ihrer Großmutter.

Molly sah immer kleiner, dünner, blasser aus. Es war klar, dass sie dabei war, dahinzuscheiden – wenn sie nicht schon längst weg war.

Olivia starrte ihre Großmutter eine lange Zeit an. Sie wollte das bisschen Zeit, das sie mit ihr verbringen konnte, vollständig aufnehmen. Sie rollte mit ihrem Rollstuhl ein Stück näher an das Bett heran und legte ihre Hand auf Mollys.

»Ich weiß nicht, ob du mich hören kannst, oder meine Berührung spürst«, sagte sie. »Ich bin es, Olivia. Ich weiß jetzt, dass du mir aus einem bestimmten Grund geschrieben hast. Ich glaube, du wolltest mich kennen lernen und du wolltest, dass ich dich kennen lerne. Vielleicht hättest du mir die ganze Geschichte erzählt und unsere wahre Beziehung zueinander offengelegt, vielleicht aber auch nicht. Ich wünschte nur, wir hätten die Chance gehabt, miteinander zu sprechen. Ich wünschte, ich könnte deine Stimme hören, deine Augen sehen. Einige Leute haben mir gesagt, dass deine Augen genauso aussehen wie meine.«

Der bevorstehende Verlust machte sie unerwartet traurig.

»Es ist nicht gerecht, dass wir so weit gekommen sind und keine Verbindung zueinander aufbauen können«, fuhr sie fort. »Aber wenn das hier alles ist, was wir bekommen, dann nehme ich es gerne an.« Sie schluckte den Kloß in ihrem Hals herunter und stellte sich ihren aufwühlenden Gefühlen, als sie darüber nachdachte, was sie sagen wollte.

»Ich möchte, dass du weißt, dass mein Leben schön war. Meine Eltern waren ganz toll. Ich habe keinerlei Beschwerden darüber, wo ich aufgewachsen bin. Francine hat sich für mich das Beste gewünscht und das habe ich bekommen. Ich hatte also dank ihr eine gute Kindheit. Wahrscheinlich war meine Kindheit besser als Francines.«

Sie drückte Mollys Hand. »Ich weiß, was du durchgemacht hast. Ich habe die Puzzleteile deiner Geschichte zusammengefügt und ich denke, ich habe alles im Großen und Ganzen verstanden. Ich weiß nicht, ob du wirklich wolltest, dass ich deine Geschichte erzähle, oder ob du nur wolltest, dass ich sie kenne.« Eine Weile lang dachte sie darüber nach, dann sagte sie: »Aber ich weiß, was ich jetzt machen will. Ich hoffe zwar immer noch, dass du aufwachst und mich begrüßen wirst, aber selbst, wenn du es nicht machst, werde ich für Gerechtigkeit sorgen. Das verspreche ich dir.«

Sie seufzte. »Ich wünschte, du könntest mich hören, Molly. Ich wünschte, du könntest die Verbindung zwischen uns spüren, meine Liebe für dich spüren. Ich weiß, das klingt seltsam, weil wir uns noch gar nicht wirklich kennen, aber ich habe dich sehr lieb. Und ich werde dich nie vergessen.«

Eine Träne rollte aus ihrem Auge und plötzlich spürte sie, wie sich Mollys Finger unter ihren bewegten. Sie sah Mollys Gesicht genau an. Dort konnte sie keinerlei Bewegung erkennen und jetzt war auch keine Bewegung mehr in ihren Fingern zu spüren. Hatte sie sich das eingebildet?

»Sie sind wieder da«, sagte eine männliche Stimme resigniert.

Sie musste sich gar nicht umdrehen, sie wusste, dass es Peter war.

Er stellte sich auf die andere Seite des Bettes. »Ich habe gehört, dass sie gerade noch so vor einem Brand im Haus meiner Mutter fliehen konnten.«

»Sie könnten zumindest so tun, als wären Sie darüber froh, dass ich herausgekommen bin«, gab sie zurück.

»Ich war die ganze Nacht auf der Polizeiwache und beim Haus meiner Mutter, ich bin ziemlich müde.«

Er sah wirklich erschöpft aus. Unter seinen Augen lagen dunkle Schatten. »Ich nehme an, Sie wissen jetzt, was vorgefallen ist.«

»Ich weiß genug.« Sein Blick wanderte von ihr zu seiner Mutter und landete schließlich wieder auf ihr. »Diese Bilder, die Sie mir gestern gezeigt haben – sie waren schrecklich.«

Sie nickte. »Ja, das waren sie.«

»Ihre Blutergüsse waren so viel schlimmer, als ich sie im Gedächtnis hatte. Ich habe mir eine lange Zeit eingeredet, dass es nicht so schlimm war. Mein Vater war aufbrausend, konnte aber auch ein netter Kerl sein. Zumindest manchmal, ab und zu.« Er hielt einen langen Moment inne. »Ich habe mich selbst belogen. Ich wollte keinen Vater, der seine Frau verprügelte. Nach seinem

Tod war es einfacher, mir zu sagen, dass der Brand nur ein Unfall war. Und dass all das, was vorher passiert war, nicht zählte.«

»Sie waren ein Kind«, sagte sie sanft. »Sie haben versucht, sich selbst zu schützen und das auf die einzige Art, die Sie kannten. Aber jetzt sind Sie kein Kind mehr.«

»Nein, ich bin jetzt älter als mein Vater, als er starb. Ich wünschte, ich könnte meiner Mutter sagen, dass es mir leidtut, dass ich das, was ihr widerfahren ist, so abgetan habe. Dass ich ihr die Schuld an Francines Schicksal gegeben habe. Ich habe meine Mutter in vielerlei Hinsicht behandelt, wie mein Vater es getan hatte. Ich wünschte, ich könnte das ungeschehen machen, aber das geht nicht.«

»Oh mein Gott«, murmelte Olivia, die erneut von Molly abgelenkt wurde.

»Was denn?«, fragte Peter.

»Ihre Finger, sie bewegen sich.« Sie sah ihn an. »Sie müssen das spüren.«

Er lehnte sich über das Bett und legte seine Hand auf das Handgelenk seiner Mutter. Er spürte die Bewegung ihrer Finger, dieses Mal war es ganz eindeutig.

»Mom«, sagte er. »Ich bin bei dir. Und …« Er sah Olivia an. »Ich bin hier mit Francines Tochter. Komm zurück zu uns.«

Olivia hielt den Atem an, als Mollys Augenlider zu zittern begannen. Als sie ihre Augen endlich aufschlug, sah Olivia in grüne Augen – so grün wie ihre eigenen.

»Mom«, sagte Peter aufgeregt. »Du bist aufgewacht. Ich kann es nicht fassen, du bist aufgewacht.« Er sah Olivia an. »Können Sie eine Krankenschwester rufen? Ich will sie nicht allein lassen.«

Sie ließ widerwillig Mollys Hand los und rollte sich in ihrem Rollstuhl in den Gang. Sie rief eine Schwester herbei. »Sie ist aufgewacht«, sagte sie und konnte es immer noch nicht so richtig glauben, dass es wahr war.

Aber es war wahr und dreißig Minuten später hatten zwei Ärzte sie untersucht. Ihr Beatmungsschlauch wurde entfernt und sie atmete wieder eigenständig. Ihre Augen waren offen und sie war bei Bewusstsein. Bisher hatte sie noch nicht gesprochen und der Arzt hatte ihnen gesagt, dass sie es langsam angehen sollten. Ihre Sprache und ihr Gehirn könnten eine Weile brauchen, um sich zu erholen.

Als der Arzt das Zimmer verlassen hatte, kehrten Peter und Olivia wieder an ihr Bett zurück. Dieses Mal Seite an Seite.

»Hallo, Molly«, sagte sie ruhig. »Ich bin Olivia, deine Enkelin.«

»Olivia.« Mollys Antwort klang heiser, aber klar.

»Versuch nicht, zu sprechen, Mom«, sagte Peter und legte ihr die Hand auf den Arm. »Wir haben Zeit. Olivia geht nicht weg.« Er sah Olivia an. »Oder gehen Sie etwa doch?«

»Das habe ich nicht vor.«

Molly schloss ihre Augen und Olivia fragte sich, ob sie sie wieder verloren hatten. Aber die Krankenschwester, die in ihrer Nähe stand, sagte zu ihnen: »Es ist alles in Ordnung. Sie schläft nur.«

»Aber sie wird wieder aufwachen, oder?«, fragte Olivia.

»Ich denke schon«, sagte die Krankenschwester.

»Ich denke auch«, sagte Peter zuversichtlich.

»Was ist denn hier los?«, fragte Colton, als er das Zimmer betrat.

»Molly ist aufgewacht, Colton. Sie hat mich direkt angesehen und meinen Namen gesagt.«

»Das ist toll«, sagte er überrascht.

»Meine Augen sehen aus wie ihre.«

Er lächelte sie an. »Das hat meine Großmutter auch gesagt.«

»Wir müssen deiner Großmutter sagen, dass Molly aufgewacht ist.«

»Das werden wir.«

Olivia sah Peter an, der sie in ihrer Unterhaltung beobachtet hatte. »Ich weiß, Sie mögen mich nicht. Aber glauben Sie, wir können vielleicht einen Waffenstillstand vereinbaren? Zumindest, wenn wir hier bei Ihrer Mutter sind? Ich weiß ja nicht, wie viel Zeit uns mit ihr bleibt. Da möchte ich hier nicht in angespannter und wütender Stimmung sein.«

»Ja, Sie haben Recht«, sagte er.

»Gut.«

»Ich muss telefonieren«, sagte Peter.

Als Peter gegangen war, wandte sie sich an Colton. »Es ist, als wäre eben ein Wunder geschehen.«

Er nickte. »Ja, so fühlt es sich an. Ich weiß, du bist davon überzeugt, dass du Mollys Enkelin bist. Ich habe gerade mit Shayla gesprochen und der DNA-Test bestätigt das.«

»Ich habe mir das gedacht. Ab dem ersten Moment, in dem ich Mollys Brief an mich gelesen hatte, habe ich eine starke Anziehungskraft gespürt. Ich hatte keine Ahnung, was mich hier erwartete, aber ich wusste, dass ich nach San Francisco kommen musste.«

»Ich bin sehr froh über diese Entscheidung.«

»Hast du noch einmal mit deinen Großeltern gesprochen?«

»Nein, aber das werde ich bald. Bist du bereit zu gehen?«

»Ich würde gerne eine Weile hier bei Molly bleiben. Ich möchte sie jetzt ungern zurücklassen, wo ich sie doch gerade erst kennengelernt habe.«

»Dann bleibe ich mit dir hier«, sagte er und zog sich einen Stuhl heran, damit er neben ihr sitzen konnte.

Sie lächelte und ihr Herz wurde mit Liebe für ihn überflutet. »Du bist ein guter Mann, Colton Callaway.«

»Das bin ich. Und wenn wir dann endlich hier raus sind und etwas Abstand von unseren Familienproblemen haben, werde ich dir zeigen, wie gut ich sein kann.«

Seine Worte ließen ihre Nervenenden kribbeln. »Da nehme ich dich beim Wort.«

Kapitel 28

Am nächsten Tag, es war Freitag, versammelte sich die Familie Callaway kurz nach fünf im Aufenthaltsraum des Sunset Seniorentreffs. Auf den Sofas saßen Eleanor und Patrick Callaway mit Eleanors Freunden Ginnie, Constance und Tom. Peter Harper und die restliche Familie Callaway saßen auf Stühlen, die sie von den anderen Tischen geholt hatten.

Peter sah verlegen und unbehaglich aus, dachte Olivia. Aber sie hatte den Verdacht, dass das nur seine natürliche Art war. Er hatte vor sehr langer Zeit einen Schutzwall um sich aufgebaut, wahrscheinlich, als er noch ein kleines Kind war und zum ersten Mal die Gewalt zwischen seiner Mutter und seinem Vater miterlebt hatte. Sie konnte nicht einschätzen, ob sie sich jemals nahestehen würden, oder sogar Freunde werden würden, jedoch war es ihnen in den letzten vierundzwanzig Stunden gelungen, den Waffenstillstand zwischen sich aufrechtzuerhalten. Ein paar Mal hatte er sogar etwas Positives über Francine gesagt. Olivias Anwesenheit rief in ihm ein paar gute Erinnerungen wach, die vor Francines Tod lagen.

Olivia sah sich im Raum um und fand, dass die ganze

Szene für sie etwas surreal wirkte. Vor einer Woche hatte sich die Familie hier versammelt, um Eleanors Geburtstag zu feiern. Sie war gerade in San Francisco angekommen und konnte es kaum erwarten, eine Gruppe Frauen zu treffen, die ihrer Karriere als Schriftstellerin möglicherweise den nötigen Schwung verleihen könnte.

Ihre Ziele waren zwischenzeitlich weit über das Buch, das sie schreiben wollte, hinausgewachsen und so hatte sie ein altes Rätsel gelöst, eine Reihe Geheimnisse aufgedeckt, in deren Geschichte sie die Hauptrolle spielte. Eine Geschichte, die sie nie zu hören erwartet hatte.

»Bereit?«, murmelte Colton, als er sich zu ihr hinüberlehnte, um ihr ins Ohr zu flüstern.

Sein Atem auf ihrer Wange ließ sie ein wenig erzittern. Colton war eine weitere unerwartete, wenn auch wunderschöne Überraschung gewesen. »Ich denke schon«, sagte sie. Colton und sie saßen auf dem Sofa, das sich neben Eleanor und Patrick befand. Sie hatte zwar eine Ahnung, was seine Großeltern ihnen wohl mitteilen wollten, war sich aber nicht ganz sicher. Colton hatte am Vortag mehrmals versucht, mit seinen Großeltern zu sprechen, aber sie hatten ihn jedes Mal unterbrochen und ihm gesagt, dass sie miteinander reden würden, wenn sie dazu bereit wären. Scheinbar waren sie nun bereit.

Sie nahm Coltons Hand, da sie wusste, dass er gestresst davon war, was ihn erwartete. Aber die Wahrheit musste ans Licht kommen, ganz gleich, wie schwierig es für alle Beteiligten sein würde.

Als sie herüber zu dem älteren Paar sah, entdeckte Olivia, dass Eleanor und Patrick sich auch an den Händen hielten. Sie waren seit über sechzig Jahren zusammen. Es war eine fantastische Liebesgeschichte. Sie konnte nicht anders, als zu hoffen, dass sie in sechzig Jahren eine ähnlich tolle Geschichte zu erzählen hatte.

Eleanor lächelte sie an, ihre hellen blauen Augen wirkten munter, ein entschlossenes Funkeln lag darin. Es war klar, dass sie bereit war, auszupacken. Olivia lächelte sie ermutigend an.

Patrick räusperte sich. »Danke, dass ihr alle gekommen seid. Eigentlich wollte ich das nicht hier machen, weil ich es für eine Familienangelegenheit halte. Aber Eleanor besteht darauf, dass ihr alle zu unserer Familie gehört, insbesondere wegen dem, was vor einer langen Zeit passiert ist. Es geht um Molly und ihren Mann.« Sein Blick wanderte hinüber zu Peter. »Und ihre Kinder«, ergänzte er.

Peter nickte langsam.

Als Patrick innehielt, bemerkte Olivia, wie Ginnie und Constance einen Blick austauschten. Sie fragte sich, was die anderen in der Theatergruppe wohl schon wussten. Vielleicht war das Geheimnis gar nicht so gut gehütet gewesen, wie jeder gedacht hatte.

Patrick sah Eleanor an. »Habe ich die Ehre?«

»Nein, ich möchte die Geschichte erzählen, Patrick. Ich weiß, was Molly will, dass ich sage. Bevor ich euch mit in die ferne Vergangenheit nehme, möchte ich, dass ihr alle wisst, dass ich gestern mit Molly gesprochen habe. Es geht ihr viel besser. Sie wird noch Hilfe brauchen, um ihre Sprache und einige Bewegungen wieder vollends zu erlangen, aber sie ist ganz anwesend und rege und sehr froh darüber, dass sie ihre längst verloren geglaubte Enkelin hier in San Francisco bei sich hat.« Sie lächelte Olivia wieder an. »Von uns hat keiner gewusst, dass du Mollys Enkelin bist, als sie uns von einer Schriftstellerin erzählt hat, die sie hierher einladen wollte, um unsere Geschichte zu hören. Jetzt ergibt alles Sinn.«

Eleanor sah wieder in die Runde. »Ich habe Molly

gestern gesagt, dass ich die Wahrheit über das erzählen werde, was ihrem Mann Stan widerfahren ist. Wir haben dieses Geheimnis vierzig Jahre lang bewahrt, nicht nur, um uns selbst zu schützen, auch um Mollys Kinder zu schützen.« Eleanor holte tief Luft und hob ihr Kinn, als würde sie in die Schlacht ziehen. Vielleicht tat sie das auch.

»Molly liebte ihren Mann sehr. Aber Stan war extrem aufbrausend und trank zu viel«, sagte Eleanor. »Wenn er trank, wurde er gewalttätig und ließ es immer an Molly aus. Sie versuchte alles, um ihn davon abzuhalten, wütend zu werden. Aber meistens waren ihre Bemühungen vergebens. Manche von euch fragen sich vielleicht, warum Molly bei Stan geblieben ist. Ihre Eltern starben, als sie ein Teenager war. Sie musste dann bei ihrer Tante leben, die sich nur wenig um sie kümmerte. Sie fühlte sich sehr einsam, und als sie sich in Stan verliebte und Kinder bekam, hatte sie das Gefühl, wieder eine Familie zu haben. Sie wollte diese Familie nicht zerstören.«

Eleanor befeuchtet ihre Lippen mit der Zunge, ihr Blick wanderte zu Peter. »Molly hat mir erzählt, dass Stan eines Tages Peter gepackt und ihn gegen die Wand gestoßen hatte. Das war der Moment, in dem sie wusste, dass sie etwas tun musste. Sie konnte nicht zulassen, dass er ihren Kindern etwas antat. An den Wochenenden, an denen Stan häufiger trank, schickte sie ihre Kinder oft zu ihren Freunden zum Übernachten. Sie versuchte, mit der Polizei in Kontakt zu treten. Sie ging zu einer Polizeiwache, wo ihr Ehemann nicht arbeitete, aber der Mann, mit dem sie dort sprach – Keith Fletcher - war nicht gewillt, ihr zu helfen.«

»Nachdem sie einen ganz besonders gewalttätigen Abend durchgemacht hatte, bat mich Molly, Fotos von ihren Blutergüssen zu machen. Sie wollte Beweise für das haben, was Stan ihr antat, damit sie beim nächsten Mal bei der Polizei etwas vorweisen konnte. Bevor sie das aber tun konnte, kam Stan eines Abends wütend nach Hause. Molly war dabei, Stan ein besonderes Abendessen zu machen. Er hatte schon die ganze Woche schlechte Laune gehabt und sie wollte alles richtig machen. Wahrscheinlich kochte sie sogar auf allen Herdplatten, weil sie all seine Lieblingsgerichte zubereitete. Sie tat alles, um ihn glücklich zu machen.«

Eleanors Ton wurde düster. »Stan ist aber zu früh und betrunken nach Hause gekommen. Das Abendessen war noch nicht fertig und er war fuchsteufelswild. Er begann, Molly zu schlagen. Ich habe zufällig während des Streits angerufen und sie hat es geschafft, ans Telefon zu gehen. Sie hatte kaum meinen Namen ausgesprochen, als er schon auflegte. Ich wusste, dass sie in Schwierigkeiten war. Patrick war noch nicht von der Arbeit zu Hause und für einen Moment hatte ich darüber nachgedacht, die Polizei anzurufen. Aber nach dem, was sie Molly gesagt hatten, dachte ich, dass ich nicht darauf zählen konnte, dass sie wirklich kamen.«

»Was hast du dann gemacht, Grandma?«, fragte Emma, als Eleanor einen Schluck Wasser trank.

»Ich bin zu Mollys Haus gelaufen und in die Küche gestürmt. Molly brüllte mir zu, dass ich die Kinder aus dem Haus holen sollte. Ihre Nase blutete stark und eins ihrer Augen war schon geschwollen. Stan hatte eine Flasche in seiner Hand und ich war mir sicher, dass er ihr sie über den Kopf hauen würde. Ich wusste nicht, was ich tun sollte. Molly schrie wieder, dass ich die Kinder holen sollte. Also ging ich schnell nach oben.«

Eleanors Blick wanderte zu Peter.

Olivia verfolgte ihren Blick und sah, wie ihr Onkel ganz blass wurde, als Eleanor ihnen allen von der wahrscheinlich schlimmsten Nacht seines Lebens berichtete.

»Wir waren in Francines begehbarem Kleiderschrank«, sagte Peter. »Francine weinte. Sie hatte schreckliche Angst. Sie umarmte ihren Plüschhasen fest und ich umarmte sie«, sagte er langsam. »Das war der schlimmste Streit, den ich je zwischen ihnen mitbekommen habe. Die Schreie meiner Mutter hallten durch das ganze Haus. Mein Vater klang wie ein wütender Bär. Ich hörte, wie immer wieder Dinge zerbrachen. Ich konnte mir nicht vorstellen, wie das Haus wohl aussehen würde, wenn sie endlich fertig wären.«

Olivia war von all dem, was Peter sagte, geschockt. Er war über seine Vergangenheit stets so wortkarg gewesen, bis jetzt.

Peter schüttelte verwirrt den Kopf. »Ich hatte all diese Erinnerungen verdrängt bis genau zu diesem Augenblick.«

»Du warst noch so jung«, sagte Eleanor mitfühlend. »Ich habe euch beide an den Händen gefasst und bin mit euch die Treppe runtergegangen.«

»Und dann hast du uns gesagt, dass wir zu dir nach Hause laufen sollen«, vollendete Peter ihren Satz. »Und dann bist du wieder hineingegangen.«

»Und was ist dann passiert?«, fragte Emma, die immer ungeduldig war.

»Die Küche glich einem Schlachtfeld«, sagte Eleanor. »Stan hatte wohl die Töpfe durch die Küche geworfen, denn überall waren kleine Flammen zu sehen. Er hatte nicht einmal bemerkt, dass er dabei war, sein eigenes Haus anzuzünden. Er war zu sehr auf Molly konzentriert. Er hatte seine Hände um ihren Hals gelegt, seine großen, roten, fleischigen Hände«, fügte sie hinzu. »Er war dabei, sie zu erwürgen. In diesem Moment glaubte ich wirklich, dass er sie umbringen würde. Ich schnappte mir eine schwere gusseiserne Pfanne. Das war der erstbeste Gegenstand, den ich zu greifen bekam. Ich habe sie ihm über den Kopf gezogen. Er ist sofort zu Boden gegangen.«

Eleanor hielt inne, ihr Blick ruhte wieder auf Peter. »Deine Mutter zitterte und japste nach Luft. Ich wusste, dass ich sie sofort aus dem Haus rausbringen musste. Also habe ich sie zu mir nach Hause gebracht.«

Peter starrte sie an. »All diese Jahre lang habe ich geglaubt, dass meine Mutter meinen Vater getötet hatte, und nur Angst hatte, es zuzugeben.«

»Aber die Geschichte ist noch nicht vorbei«, unterbrach Colton. »Grandma, erzähl uns den Rest der Geschichte.«

»Lass ihr die Zeit, die sie braucht«, blaffte Patrick Colton an. »Setz sie nicht unter Druck.«

Eleanor beschwichtigte ihren Ehemann. »Es ist in Ordnung, Patrick. Es geht. Als Molly und ich in meinem Haus ankamen, war Patrick schon zu Hause. Ich erzählte ihm, was passiert war und er rannte einfach los. Etwa zehn Minuten später hörte ich Martinshörner. Ich wusste nicht, was in Mollys Haus vor sich gegangen war. Ich hatte mich um ihre Verletzungen gekümmert und versucht, die Kinder zu trösten.« Sie sah ihren Ehemann an. »Ich denke, jetzt bist du dran.«

Patrick nickte. »Als ich zum Haus kam, war Stan wieder auf den Beinen und stolperte durch seine Küche. Wir haben uns geprügelt, während um uns herum die Küche brannte. Als ich ihn schließlich zu Boden geschlagen hatte, war der Brand schon riesengroß. Ich sah ihn an, wie er auf dem Boden lag. Ich habe darüber nachgedacht, ihn zu retten …« Seine Stimme wurde immer leiser, dann holte er tief Luft. »Aber ich tat es nicht.«

»So stand das aber nicht im Brandbericht«, unterbrach Emma. »Du hast den Ermittlern gesagt, dass sich das Feuer schon zu weit ausgebreitet hatte, als du zum Haus kamst. Du konntest Stan nicht mehr erreichen. Du hast dir beim Versuch, ihn zu retten, die Hände verbrannt.«

»Das habe ich erfunden«, sagte Patrick. »Ich habe nicht versucht, ihn zu retten. Ich habe ihn sterben lassen.«

»Nein, das hast du nicht«, sagte Jack und ging auf seinen Vater zu. »Das ist nicht passiert, das habe ich nie geglaubt.«

»Du wusstest davon, Dad?«, forderte Colton seinen Vater heraus und stand auf.

»Ich war zu Hause, als Mom mit Molly und den Kindern zurückkam. Ich wusste, dass Stan bei dem Brand ums Leben gekommen war.« Jack sah Patrick an. »Aber ich glaube nicht, dass du ihn hast sterben lassen.«

»Oh doch, das habe ich«, sagte Patrick und stand ebenfalls auf.

Die Luft zwischen den Männern knisterte. Einige von Coltons Brüdern standen ebenfalls auf. Burke schien besonders geschockt zu sein. »Das glaube ich auch nicht«, sagte Burke. »Du bist ein Feuerwehrmann. Du lässt niemanden zurück.«

»Setzt euch alle hin und haltet den Mund«, sagte Eleanor scharf. »Ich meine es ernst«, fügte sie hinzu, als sich keiner bewegte. »Also, vielleicht habe ich nicht mehr als ein paar Minuten, bevor ich wieder vergesse, wer ich bin und warum ich hier bin. Und jetzt da ich noch bei Sinnen bin, möchte ich alles gestehen.«

Die Callaway Männer setzten sich langsam und unwillig wieder hin.

Eleanor wandte sich an Patrick. »Ich lasse es nicht

länger zu, dass du für meine Taten geradestehst. Du hast mir versprochen, dass wir heute Abend die Wahrheit sagen.«

»Ich habe die Wahrheit gesagt«, gab er zurück. »Du erinnerst dich nur nicht richtig, Ellie.«

»Ich erinnere mich sehr wohl an diesen Abend, Patrick. Und ich habe es zugelassen, dass du mich vierzig Jahre lang belogen hast. Das muss jetzt aufhören. Uns geht die Zeit aus und ich kann es nicht mehr ertragen, dieses Geheimnis weiter zu bewahren. Wir wissen doch beide, dass ich Stan mit der Bratpfanne getötet habe. Du hast es verschleiert.«

»Ist das wahr, Grandpa?«, fragte Colton.

In Patricks Augen waren Wut und Frustration zu erkennen, aber Eleanors stechender Blick ließ seine Entschlossenheit weichen. »Ja«, sagte er schließlich.

Olivia atmete hörbar aus. Sie hatte gedacht, dass Patrick Eleanor zu schützen versuchte, aber sie war sich nicht sicher, dass sie jemals von ihm gehört hatte, dass er es zugab.

Eleanor sah auch ein wenig überrascht darüber aus, dass ihr Ehemann nun endlich die Wahrheit gesagt hatte.

Patrick rutschte unruhig hin und her und nahm schließlich die Hände seiner Frau in seine. »Ich konnte es nicht zulassen, dass du den Rest deines Lebens mit der Schuld leben musstest, dass du Stan getötet hast, Ellie. Ich konnte auch nicht zulassen, dass du ins Gefängnis kommst, weil du einen Mann getötet hast, der dich, Molly und jeden anderen, den er erwischt hätte, umgebracht hätte.«

Sie nickte. »Ich weiß, deswegen hast du mir gesagt, dass du ihn in der Prügelei umgebracht hast. Aber ich wusste tief in meinem Herzen, dass das nicht stimmte. Ich habe Stan angesehen, als er auf den Boden fiel. Ich wusste, dass er tot war. Ich dachte, dass die Wahrheit ans Licht kommen würde, wenn die Polizei anfing, Fragen zu stellen. Ich wollte auch aussagen, aber es kam einfach nicht dazu. Colton hat mir vorhin erzählt, dass das so war, weil Stan auf der Arbeit illegale Sachen gemacht hatte und darin auch andere Polizisten verstrickt waren. Sie dachten, dass einer von ihnen vielleicht Stan getötet hatte. Natürlich wusste ich das damals nicht.«

»Ich habe mich immer gefragt«, warf Peter ein, »warum die Polizisten das geschwollene Gesicht meiner Mutter nicht beachtet haben, und nicht gefragt haben, woher sie diese schlimmen Verletzungen hatte, wo sie doch eigentlich mit dir Kekse hätte backen sollen.«

»Das kann ich dir sagen«, sagte Eleanor. »An dem Abend des Brandes habe ich Molly von der Polizei ferngehalten. Ich sagte, dass sie einen hysterischen Anfall hatte und eine Schlaftablette genommen hat. Als sie dann mit den Ermittlern sprach, waren schon gute vierundzwanzig Stunden vergangen. Die Schwellungen hatten schon nachgelassen und wir konnten einige der Blutergüsse überschminken. Tatsächlich sahen ihr die Polizisten nicht ins Gesicht und die Befragung war sehr kurz.«

Eleanor holte tief Luft und fuhr fort. »Molly wollte nicht, dass es eine Untersuchung gab. Sie wollte nicht, dass die ganze Gemeinde erfuhr, was für ein Mann Stan gewesen war. Sie wollte nicht, dass du und Francine vor Gericht aussagen musstet, Peter.«

»Also jeder hatte einen Grund, zu schweigen«, sagte Olivia und wurde sich bewusst, dass sie plötzlich im Mittelpunkt der Aufmerksamkeit stand. »Die Polizei, Molly und dann ihr beide«, sagte sie und drehte sich Eleanor zu. »Ich verstehe, warum ihr damals das getan habt, was ihr getan habt – alle beide«, fügte sie hinzu.

»Aber ich denke, es stellt sich die Frage, was ihr jetzt machen wollt.«

Eleanor Patrick sah sie beide an. »Ich werde der Polizei sagen, was ich getan habe«, sagte Eleanor.

»Das wirst du ganz sicherlich nicht«, sagte Patrick.

»Tatsächlich habe ich es der Polizei sogar schon gesagt«, sagte Eleanor und sah Emmas Ehemann Max an, der nun unruhig in seinem Stuhl hin- und herrutschte.

»Heute Abend bin ich nur Emmas Ehemann«, sagte Max.

Eleanor lächelte. »Du bist ein solch guter Mann für sie, Max.«

Das Kompliment ließ Max ein wenig erröten und dann murmelte er: »Danke.«

»Aber ich möchte jetzt doch alles richtig machen«, sagte Eleanor. »Ich weiß, vielleicht erinnere ich mich morgen nicht mal mehr an diese Entscheidung, aber ich habe das Gefühl, dass ich etwas sagen muss. Ich hätte es schon vor langer, langer Zeit machen sollen. Ich habe es mir wirklich leicht gemacht.«

»Nein, das hast du nicht«, unterbrach sie Peter. Er stand auf und ging hinüber zu Eleanor. Er kniete sich vor sie hin, so dass er mit Eleanor auf Augenhöhe war. »Du hast meine Mutter gerettet. Du hast mich und meine Schwester gerettet.« Er seufzte schwer. »Als Olivia zu mir kam, und mir Fragen über das Feuer stellte, war ich mir so sicher, dass ich es richtig in Erinnerung hatte. Aber nachdem ich darüber nachgedacht habe, kamen andere Erinnerungen wieder zurück. Als ich heute Abend deine Geschichte gehört habe, habe ich jenen Abend wieder ganz klar vor mir gesehen.«

»Es tut mir so leid Peter«, sagte Eleanor.

»Nein, mir tut es leid. Ich habe das getan, was jeder andere Mann im Leben meiner Mutter getan hat: ich habe ihr die Schuld gegeben, anstatt dem wirklichen Verbrecher, meinem Vater. Und an dem Abend, als er dabei war, sie zu erwürgen, habe ich mich im Kleiderschrank versteckt.«

»Du warst noch ein Junge. Bitte gib dir selbst nicht die Schuld. Dein Vater ist der einzige Schuldige.«

»Ganz genau. Und er hat das bekommen, was er verdient hat. Er hat den Brand ausgelöst. Und du hast ihn nur geschlagen, weil du meine Mutter verteidigt hast. Diejenigen, die die Wahrheit erfahren mussten, kennen sie jetzt. Du gehst nicht zur Polizei. Du wirst deiner oder meiner Familie keinen weiteren Schmerz zufügen.«

»Wenn es das ist, was du willst«, sagte Eleanor langsam.

»Ja, das ist es. Ich möchte nicht, dass mein Vater noch weitere Leben zerstört. Heute Abend hört das alles auf.«

Eleanor nickte und streckte Peter die Arme entgegen.

Olivia war schockiert zu sehen, wie ihr mürrischer, eiskalter Onkel Eleanor umarmte. Für einen kurzen Moment konnte sie den Jungen sehen, der er einmal gewesen war, und die liebevolle Nachbarin, die ihm wortwörtlich das Leben gerettet hatte.

Peter stand auf und sagte: »Ich werde jetzt meine Mutter besuchen und ihr versichern, dass die Vergangenheit in der Vergangenheit bleiben wird – genauso, wie sie es immer gewollt hatte.« Er sah die anderen Frauen an und fügte hinzu: »Es ist mir jetzt klar, dass die Theatergruppe für meine Mutter die Möglichkeit war, etwas für die Gemeinschaft zu geben und in ihrem Leben etwas Gutes zu tun. Damals hat mir das nicht gefallen. Sie verbrachte deswegen weniger Zeit mit mir und meiner Schwester aber jetzt verstehe ich, dass sie diese Gruppe gebraucht hat, um sie vor dem Abgleiten in die Depression und vor ihren Schuldgefühlen zu bewahren. Indem sie etwas Gutes für jemand anderen tat, hatte sie einen Grund weiterzumachen. Ich danke Ihnen allen dafür. Noch einen schönen Abend.«

Die Gruppe wünschte ihm das Gleiche, als er ging.

»So, das war's«, sagte Patrick und stand auf. »Jetzt kennt ihr alle das Geheimnis, das eure Großmutter versucht hat, in den letzten Jahren vor euch zu bewahren.«

»Ich wusste, dass du nicht nur so vor dich hinredest, Grandma«, sagte Emma, als sie zu ihrer Großmutter hinüberging, um ihr einen Kuss auf die Wange zu geben. »Ich wusste schon immer, dass du großartig bist, aber jetzt bin ich noch mehr beeindruckt. Jetzt weiß ich, woher ich meinen Mut habe.«

»Das ist lieb, dass du das sagst«, antwortete Eleanor.

Olivia sah Colton an, als die verschiedenen Gruppen im Raum anfingen, sich miteinander zu unterhalten. »Was denkst du?«

»Ich denke, dass Peter gerade genau das Richtige gemacht hat. Und ich bin froh, dass meine Großeltern allen die Wahrheit gesagt haben.«

»Dein Großvater hat Stan nicht in diesen Brand ums Leben kommen lassen, Colton, er ist immer noch der Mann, für den du ihn seit jeher gehalten hattest.«

»Nein, das ist er nicht, weil ich ihn immer als Helden gesehen habe. Aber jetzt ist mir klar, dass er nur ein Mann ist.«

»Ein guter Mann«, sagte sie.

Er nickte. »Ja, das ist er.«

»Er würde für deine Großmutter sein Leben geben. Ich habe noch nie einen Mann gesehen, der sich so für seine geliebte Frau aufopfert.«

»Dann hast du mich noch nicht angesehen.«

Ihr stockte der Atem, als sie den intensiven Blick in seinen blauen Augen sah.

»Lass uns gehen, Olivia.«

»Du willst deine Familie jetzt verlassen?«

»Ja. Ich glaube, diese Dosis Familie wird mir eine Weile reichen. Ich möchte ein wenig Zeit mit dir allein verbringen.« Er zog sie hoch und reichte ihr die Krücken, auf denen sie in den nächsten Wochen unterwegs sein würde.

»Sollten wir uns verabschieden?«, fragte sie.

»Alle sind so in ihre Unterhaltung vertieft. Lass uns einfach gehen.«

»Alles klar, geh' du vor.«

Er bahnte sich einen Weg durch den vollen Raum und sorgte dann dafür, dass sie auf ihren Krücken gut die Treppe herunterkam. Als sie auf dem Parkplatz standen, hielt er inne. »Lass uns doch lieber an den Strand gehen, als nach Hause.«

»Ich weiß nicht, ob das mit den Krücken im Sand so gut funktionieren wird.«

Er lächelte sie an. »Ich werde dich tragen.«

»Na gut, über die Straße schaffe ich es aber noch. Dann kannst du mich tragen.«

»Alles klar.«

Sie warteten noch ein Auto ab, und überquerten dann die Straße. Colton legte ihre Krücken beiseite, hob sie in seine Arme und trug sie dann zu einem schönen Platz etwa zehn Meter vom Wasser entfernt.

Die Sonne war gerade untergegangen und der Mond war schon zu sehen, auf den Wellen tanzten glitzernde Lichtpunkte. Der Wind wehte ihr um die Nase und als sie die salzige Gischt auf ihren Lippen spürte, erinnerte sie sich an den Brief von Francine und wie sie gesagt hatte, dass sie immer gerne nachts am Strand gewesen war.

»Ich frage mich, ob das hier der Strand ist, an den Francine gekommen war, um mir diesen Brief zu schreiben«, sinnierte Olivia, als Colton sich neben sie setzte.

»Vielleicht. Sie ist nicht weit weg von hier aufgewachsen.«

»Es ist komisch, dass zwei handgeschriebene Seiten eine Verbindung herstellen können, die auf ewig bestehen bleibt.«

»Es tut mir leid, dass du sie nicht kennenlernen konntest, Olivia.«

»Ja, mir auch, aber ich hatte eine gute Mom. Ich möchte gerne, dass du sie kennenlernst«, sagte sie.

Er sah sie forschend an. »Du hast ihr von mir erzählt?«

»Ja ich habe ihr gesagt, dass ich mich ganz schrecklich davor fürchte, mich in einen Mann zu verlieben, bei dem ich mich jeden Tag sorgen würde, wenn er das Haus verlässt.«

Das Lächeln schwand aus Coltons Gesicht. »Olivia, was meinen Job angeht ...«

»Nein, warte doch erst mal ab«, sagte sie und legte ihm den Zeigefinger auf die Lippen. »Willst du wissen, was meine Mutter mir daraufhin gesagt hat?«

»Will ich das?«, gab er zurück.

»Sie hat mir gesagt, dass ich mehr wie mein Vater sein soll. Ich soll mein Leben ohne Angst und ohne Bedauern leben. Sie hat auch gesagt, dass echte Liebe immer das Risiko wert ist.« Sie hielt inne. »Sie hat Recht. Und alles, was sie gesagt hat, hat mich nicht nur an meinen Dad erinnert, sondern auch an dich. Du lebst dein Leben genauso furchtlos und mit Leidenschaft, wie er. Und was noch viel wichtiger ist, du hast in mir den Wunsch hervorgerufen, auch so zu leben. Ich will nicht länger alles planen, mir Sorgen machen und immer auf der sicheren Seite sein. Ich möchte nicht mehr nur jemandes Assistent sein. Ich will nicht immer der Beifahrer sein. Ich will in meinem Leben selbst das Steuer in der Hand haben.« Als sie das sagte, kam eine Welle absoluter Gewissheit über sie, dass sie auf dem richtigen Weg war. »Ich habe beschlossen, meinen Job zu kündigen und meine eigenen Bücher zu schreiben.«

»Das klingt nach einem guten Plan«, sagte Colton zustimmend.

»Und schreiben kann ich überall«, sagte sie.

»Sogar in San Francisco?«

»Sogar in San Francisco. Und weißt du, was ich sonst noch vorhabe?«

»Schieß los.«

»Ich habe vor, sehr viel Zeit damit zu verbringen, mit einem wirklich sexy Feuerwehrmann auszugehen.«

»Na das ist mal eine gute Ansage.«

Sie lachte. »Hast du irgendwelche Pläne, die du mit mir teilen willst?«

»Naja, du weißt doch, ich lebe im Hier und Jetzt.«

»Wie konnte ich das nur vergessen? Und wir haben im Hier und Jetzt auch ziemlich coole Sachen erlebt.« Sie neigte ihren Kopf zur Seite, als er sie ernsthaft anblickte. »Woran denkst du?«

»Dass du dein Leben ganz schön für mich veränderst.«

»Nicht nur für dich. Für mich, Colton, für uns. Und ich will auch nicht, dass du denkst, dass ich einen Heiratsantrag von dir erwarte. Ich möchte Zeit mit dir verbringen, sehen, in welche Richtung das hier geht. Ich glaube, wir passen gut zusammen.«

»Ich weiß, dass wir gut zusammenpassen. Du kannst bei mir einziehen. Wir schauen die ganze Nacht Science-

Fiction-Filme und haben Sex. Morgens können wir dann Surfen gehen und vielleicht kann ich dich auch dazu bringen, dass dir Laufen gefällt.«

»Oder vielleicht lernst du, es zu genießen, einen faulen Morgen mit einem guten Buch zu verbringen«, schlug sie vor.

»Ja, vielleicht. Also, wie sieht's aus? Ziehst du bei mir ein?«

»Hmm, ich weiß nicht. Deine Wohnung ist so langweilig. Vielleicht will ich meine eigene Wohnung.«

Er lachte. »Ich kann auch dekorieren.«

»Alle Beweise sprechen bisher gegen dich«, sagte sie und lächelte ihn an. »Wir werden es sehen. Ich brauche einen Ort, an dem ich mein Buch schreiben kann.«

»Moment mal. Wirst du Mollys Geschichte oder die Geschichte meiner Großeltern schreiben? Oder beide?«

Sie konnte sehen, wie sich sein Gesichtsausdruck plötzlich anspannte. »Entspann dich, Colton. Ich werde die Geheimnisse von niemandem verraten. Ich weiß jetzt, dass Molly nur wollte, dass ich ihre Geschichte erfahre und nicht, dass ich sie aufschreibe. Und deine Großmutter und ihre Freunde wollen die Geschichte ihrer Untergrund-Hilfsorganisation auch nicht so gerne erzählen. Aber ich kann das nicht einfach alles so bei sich belassen. Ich möchte etwas tun, um zu helfen. Ich möchte dem Mut und den Opfern, die diese Frauen erbracht haben, eine Ehre erweisen.«

Er sah sie neugierig an. »Also was hast du vor?«

»Ich werde mich wie deine Großmutter verhalten. Mit dem, was ich kann, werde ich Geld aufbringen, um ein Frauenhaus zu unterstützen. Ich werde ein Buch schreiben oder eine Biographie oder irgendetwas anderes, was mir einfällt. Und dann werde ich mindestens die Hälfte der Einnahmen an einen Ort spenden, an dem

Frauen geholfen wird. So werde ich das fortsetzen, was unsere Großmütter begonnen haben.«

Er nickte anerkennend. »Das finde ich gut. Es ist ein wunderbarer, großzügiger Plan.«

»Ich muss immer noch etwas schreiben, das sich gut verkauft. Sonst wird diese Großzügigkeit eher klein ausfallen.«

»Das wirst du. Ich glaube an dich.«

»Ich glaube auch an mich.« Sie atmete tief aus. »Nun ja, das ist der Plan. Ich habe dabei ein gutes Gefühl und auch bei meinen anderen Entscheidungen. Ich finde es toll, dass ich weiß, wer ich bin. Und auch wenn meine leibliche Familie nicht unbedingt das ist, was ich mir so vorgestellt hatte, so weiß ich doch zumindest, wo ich herkomme. Molly ist großartig. Und Peter wird sich vielleicht auch entspannen, wer weiß? Aber vor allen anderen Dingen bin ich einfach froh, dass ich dich kennengelernt habe, Colton.« Sie hielt inne und dachte bei sich, dass sie wollte, dass er genau wusste, wie sie sich fühlte. »Du bist ein fantastischer Mann.«

Er nahm ihr Gesicht in seine Hände. »Und du bist eine fantastische Frau. Erinnerst du dich noch, als ich dir gesagt habe, dass ich nie lüge?«

»Ja.«

»Dann weißt du ja, dass ich die Wahrheit sage, wenn ich dir sage, dass ich dich liebe.« Er hielt inne. »Und ich liebe dich wirklich, Olivia.«

Sie schluckte schwer, all ihre Emotionen hatten sich als Kloß in ihrem Hals festgesetzt. »Für einen so unbeschwerten Mann ist das eine ganz schön ernsthafte Aussage.«

»Ich weiß. Ich habe noch nie einer Frau gesagt, dass ich sie liebe. Ich wusste, dass es auch wirklich etwas bedeuten soll, wenn ich es sage.«

»Es bedeutet alles«, sagte sie. Ihr Herz war voller Liebe für ihn, für den Mann, der für sie wortwörtlich durchs Feuer gegangen war. Und er hatte ihr Leben nicht nur gerettet, sondern es auch komplett auf den Kopf gestellt. »Ich liebe dich auch, Colton. Können wir jetzt nach Hause gehen?«

»Ich dachte, du würdest nie fragen.«

Er küsste sie lang und liebevoll und dann gingen sie nach Hause.

ENDE

Über die Autorin

Barbara Freethy erreichte den ersten Platz unter den New York Times Bestsellerautoren und hat 62 Romane veröffentlicht, unter anderem zeitgenössische Liebesromane, spannende Liebesromane und Frauenromane. Viele Jahre lang wurden Barbaras Bücher von traditionellen Verlagen veröffentlicht. Im Jahr 2011 gründete sie ihren eigenen Verlag und hat seitdem über 7 Millionen Bücher verkauft! Zwanzig ihrer Bücher landeten auf den Bestsellerlisten der New York Times und von USA Today.

Barbara ist bekannt für ihre gefühlvollen und fesselnden Geschichten über Liebe, Familie, Geheimnisse und Romantik. Sie schreibt gerne über normale Menschen, die in ungewöhnliche Abenteuer verstrickt werden. Zurzeit schreibt sie an einer zusammenhängenden Familienromanreihe, Die Callaways. Die ersten acht Bücher der Reihe sind bei allen Buchhändlern erhältlich. Wenn Sie mehrteilige Liebesromane mit Romantik, Spannung und ein wenig Abenteuer lieben, werden Ihnen die Callaways gut gefallen.

Barbara hat auch im Jahr 2015 begonnen, eine neue romantische Mystery-Trilogie zu veröffentlichen. Der erste Roman in der Reihe Lightning Strikes ist BEAUTIFUL STORM.

Wenn Ihnen unbeschwerte, fröhliche Liebesromane gefallen, sollten Sie in die fortlaufende Reihe Bachelors & Bridesmaides reinblättern. Darin geht es um sieben Frauen, die zunächst Brautjungfern sind und dann Bräute werden.

Für eine komplette Bücherliste, für Auszüge und Wettbewerbe und um mit Barbara in Verbindung zu treten:

Besuchen Sie Barbaras Website
http://www.barbarafreethy.com

Treffen Sie Barbara auf Facebook
http://www.facebook.com/barbarafreethybooks

Folgen Sie Barbara auf Twitter
http://www.twitter.com/barbarafreethy